D1993453

Zu diesem Buch

«Jeder dieser Menschen – und das ist überhaupt das zentrale Thema dieser Dichterin – lebt mit einer tiefen Sehnsucht im Herzen, die sich fast nie erfüllt; sie sind auf der Suche nach ihrem Schicksal, nach ihrer Bestimmung, sie haben den Wunsch, sich selbst zu leben... Die Geschichte einer Witwe, die sich für ihren Sohn opfert, um ihn vor der Bestrafung als Brandstifter zu retten, hat die Dimension einer Tragödie... Nicht blinder Fatalismus waltet, sondern Notwendigkeit, Unausweichlichkeit, deren dumpfe Abfolge zunichte gemacht wird durch menschliche Einsicht. Das Leiden ist Teil des Menschseins; nur der Mensch kann durch Schmerzen reifer werden, durch die Erfahrung von Schuld, von Einsamkeit, von Unglück. Menschen müssen lernen, schweres Schicksal innerlich anzunehmen als unabdingbaren Teil ihres Daseins, ihrer Individualität.» («Frankfurter Allgemeine Zeitung»)

Karen Blixen-Finecke, als Erzählerin unter dem Namen Karen Blixen, Tania Blixen und Isak Dinesen bekannt, wurde am 17. April 1885 auf dem alten Familienbesitz Rungstedlund in Nordseeland/Dänemark geboren. Sie studierte in Kopenhagen, Paris und Rom Malerei. Nach der Heirat mit dem schwedischen Baron Bror Blixen siedelte sie 1914 nach Kenia über, wo das Ehepaar eine Kaffeefarm übernahm. Obschon Tania Blixen bereits vorher gelegentlich Erzählungen veröffentlicht hatte, entwickelte sich ihr literarisches Talent erst in Afrika, wo sie – wie sie selbst äußerte – «zu schreiben begann, um sich während der Regenzeit zu unterhalten». So entstanden vor allem phantastische Prosastücke, die stark an die deutsche Romantik anklingen und die versponnene Atmosphäre E.T.A. Hoffmanns neu erstehen lassen sowie an Poe, Hauff und Andersen erinnern. Tania Blixen starb am 7. September 1962.

In der Reihe der rororo-Taschenbücher erschienen außerdem: «Sieben phantastische Geschichten» (Nr. 5006), «Schicksalsanekdoten» (Nr. 5421) und die nachgelassenen Erzählungen «Gespensterpferde» (Nr. 5711).

Tania Blixen

Wintergeschichten

Aus dem Englischen übertragen
von Jürgen Schweier

rororo
Rowohlt

Umschlagillustration Sabine Wilharm
Umschlagtypographie Jürgen Kaffer

31.–40. Tausend Februar 1989

Veröffentlicht im Rowohlt Taschenbuch Verlag GmbH,
Reinbek bei Hamburg, September 1988
Die dänische Originalausgabe erschien unter dem Titel
«Vintereventyr»
Die amerikanische Ausgabe, aus der übersetzt wurde,
erschien, gleichzeitig mit der dänischen, 1942,
Amerikanische Ausgabe Random House, New York 1942,
Isak Dinesen: «Winter's Tales»
© 1942 by Random House, Inc.,
renewed 1970 by the Rungstedlundfonden
© der deutschen Ausgabe 1985
Deutsche Verlags-Anstalt GmbH, Stuttgart
Gesamtherstellung Clausen & Bosse, Leck
Printed in Germany
880-ISBN 3 499 15951 1

Der junge Mann mit der Nelke

In den sechziger Jahren des vorigen Jahrhunderts lag in Antwerpen, nahe dem Hafen, ein kleines Hotel, das »Hôtel de la Reine« hieß. Es war ein sauberes, solides Haus, in dem Schiffskapitäne mit ihren Frauen zu logieren pflegten.

Diesem Hotel näherte sich an einem Abend im März ein junger Mann, in Trübsal versunken. Wie er so vom Hafen heraufkam, wo er mit dem Schiff aus England angekommen, war er, so dünkte ihn, das einsamste Wesen auf der Welt. Und niemanden gab es, mit dem er über sein Elend sprechen konnte, denn in den Augen der Welt schien er ein Glückskind zu sein, ein junger Mann, den jedermann beneiden mußte.

Er war ein Schriftsteller, der mit seinem ersten Buch berühmt geworden war. Das Publikum war entzückt davon; die Kritiker hatten es einhellig gelobt; und es hatte ihm Geld eingebracht, nachdem er sein Leben lang arm gewesen war. Das Buch beschrieb, aus seinen eigenen Erfahrungen heraus, das schwere Los armer Kinder, und es hatte ihn mit Sozialreformern in Verbindung gebracht. Er war mit Begeisterung in einen Kreis hochgebildeter, edler Männer und Frauen aufgenommen worden. Er hatte sogar in ihre Gemeinschaft eingeheiratet, die Tochter eines berühmten Gelehrten, eine schöne junge Frau, die ihn vergötterte.

Er befand sich nun zusammen mit seiner Frau auf der Reise nach Italien, um dort sein neues Buch fertig zu schreiben; das Manuskript trug er in seiner Reisetasche bei sich. Seine Frau war ihm ein paar Tage vorausgefahren, denn sie wollte unterwegs ihre alte Schule in Brüssel besuchen. »Es wird mir guttun«, hatte sie lächelnd gesagt, »einmal über etwas anderes nachzudenken und zu reden als über dich.« Sie wartete jetzt im »Hôtel de la Reine« auf ihn und würde gewiß über nichts anderes nachdenken und reden wollen.

Alle diese Dinge sahen vortrefflich aus. Aber die Dinge waren nicht, wie sie schienen. Das waren sie eigentlich kaum einmal, dachte er, doch in seinem Falle lagen die Dinge genau umgekehrt. Seine Welt war auf den Kopf gestellt worden, kein Wunder, daß er sich in ihr elend, sterbenselend fühlte. Er war in die Falle gegangen und hatte es zu spät entdeckt.

Denn in seinem Herzen fühlte er die Gewißheit, daß er nie wieder ein großes Buch schreiben würde. Er hatte nichts mehr zu sagen, und das Manuskript in seiner Tasche war nichts als ein Packen Papier, der seinen Arm niederzog. Eine Bibelstelle kam ihm in den Sinn – denn als kleiner Junge war er in die Sonntagsschule gegangen –, und er sagte sich: »Ich bin zu nichts hinfort nütze, denn daß man mich hinausschütte und mich die Leute mit Füßen zertreten.«

Wie sollte er den Menschen vor die Augen treten, die ihn liebten und an ihn glaubten: seinem Publikum, seinen Freunden, seiner Frau? Er hatte nie daran gezweifelt, daß sie ihn mehr lieben mußten als sich selbst, und seine Belange über ihre eigenen stellen mußten, seines Genies wegen und weil er ein großer Künstler war. Wenn aber sein Genie ihn verlassen hatte, so gab es künftig nur zwei Möglichkeiten. Entweder verachtete und verstieß ihn die Welt, oder aber sie liebte ihn weiterhin, und dann war ihr sein Wert als Künstler gleichgültig. Von dieser letzteren Möglichkeit wandte er sich, obwohl er in seinen Gedanken selten vor etwas zurückschreckte, in einer Art *horror vacui* ab; sie drohte die Welt zum leeren Raum und zur Karikatur zu machen, zu einem Tollhaus. Eher alles andere ertragen als das!

Der Gedanke an seinen Ruhm vergrößerte und verschärfte seine Verzweiflung. Wenn er in der Vergangenheit unglücklich gewesen war und zu Zeiten erwogen hatte, ins Wasser zu gehen, war das wenigstens seine Privatsache gewesen. Jetzt dagegen war das grelle Scheinwerferlicht des Ruhms auf ihn gerichtet; Hunderte von Augen beobachteten ihn, und sein Scheitern oder sein Selbstmord würden Scheitern und Selbstmord eines weltberühmten Schriftstellers sein.

Doch selbst diese Überlegungen waren für sein Unglück von untergeordneter Bedeutung. Wenn es zum Schlimmsten kam, konnte er auch ohne seine Mitmenschen auskommen. Er hatte keine hohe Meinung von ihnen und konnte sie fahren lassen, Publikum, Freunde und Frau – und dies mit unendlich viel weniger Bedauern, als sie je vermutet hätten, solange nur er selbst im Angesicht Gottes leben konnte und in seinem Wohlgefallen.

Die Liebe zu Gott und die Gewißheit, daß Gott ihn wiederliebte, mehr als alle anderen Menschen, hatten ihn zu Zeiten der Armut und Not aufrechterhalten. Auch besaß er die Gabe der Dankbarkeit; das ihm jüngst widerfahrene Glück hatte das Einvernehmen zwischen Gott und ihm bestätigt und besiegelt. Jetzt aber fühlte er, daß Gott sich von ihm abgewandt hatte. Und wenn er kein großer Künstler war, wer war er dann, daß Gott ihn lieben sollte? Ohne seine visionären Kräfte, ohne sein Gefolge von Einfällen, Scherzen und Tragödien, wie konnte er sich da dem Herrn auch nur nahen und Ihn anflehen, daß er ihn aufrichte? Die Wahrheit war, daß er dann nicht besser war als andere Menschen. Die Welt mochte er betrügen, doch noch nie in seinem Leben hatte er sich selbst betrogen. Er hatte sich Gott entfremdet, wie konnte er da weiterleben?

Seine Gedanken wanderten und brachten neue Leidensnahrung heim. Das Urteil seines Schwiegervaters über die moderne Literatur fiel ihm ein. »Oberflächlichkeit«, hatte der alte Herr gedonnert, »ist ihr Merkmal. Unserer Zeit fehlt das Gewicht, ihre Größe ist hohl! Dein edles Werk dagegen, mein lieber Junge ...« Im allgemeinen besaßen die Ansichten seines Schwiegervaters keinerlei Relevanz für ihn, doch im Augenblick war er so niedergeschlagen, daß er unter diesen Worten doch litt. Oberflächlichkeit, dachte er, war das Wort, das Publikum und Kritiker auf ihn anwenden würden, wenn sie die Wahrheit entdeckten – ohne Gewicht und hohl. Sie hießen sein Werk edel, weil er ihre Herzen gerührt hatte, als er die Leiden der Armen beschrieb. Er hätte jedoch ebensogut vom Leiden der Könige schreiben können. Jene hatte er nur beschrieben, weil er sie zufällig kannte. Jetzt, da er sein Glück gemacht hatte, entdeckte er, daß er über die Armen nichts mehr zu sagen wußte und daß er am liebsten nichts mehr von ihnen hören würde. Das Wort »Oberflächlichkeit« begleitete seine Schritte in der langen Straße wie eine zweite Melodie.

Während er über diese Dinge gegrübelt hatte, war er langsam weitergegangen. Die Nacht war kalt, ein dünner, scharfer Wind fuhr ihm entgegen. Er schaute auf und dachte, daß es wohl gleich regnen würde.

Der Name des jungen Mannes war Charlie Despard. Er war ein kleiner, schmächtiger Mann, eine winzige Gestalt in der verlassenen Straße. Er war noch keine dreißig und sah für sein Alter ungemein jung aus; man hätte ihn für einen Jungen von siebzehn Jahren halten können. Haut und Haare waren braun, die Augen dagegen blau, das Gesicht schmal und die Nase ein wenig schief. Seine Bewegungen waren auffallend leicht und er hielt sich ganz gerade, selbst in seiner gegenwärtigen Niedergeschlagenheit und mit der schweren Reisetasche an der Hand. Er war gut angezogen in seinem Havelock, alle seine Kleider sahen neu an ihm aus und waren es auch.

Er wandte seine Gedanken dem Hotel zu und fragte sich, ob es wohl besser sei, in einem Haus zu sein als draußen auf der Straße. Er beschloß, ein Glas Brandy zu trinken, sobald er ins Hotel kam. In jüngster Zeit suchte er Trost beim Brandy; zuweilen fand er ihn dort, zuweilen nicht. Er dachte auch an seine Frau, die ihn im Hotel erwartete. Sie schlief wohl schon. Wenn sie nur die Tür nicht abgeschlossen hatte, so daß er sie nicht zu wecken und mit ihr zu reden brauchte, dann würde ihre Nähe vielleicht tröstlich sein. Er dachte an ihre Schönheit und ihre Güte gegen ihn. Sie war eine hochgewachsene junge Frau, mit hellem Haar und blauen Augen und einer Haut, so weiß wie Marmor. Ihr Gesicht hätte klassisch genannt werden können, wäre der obere Teil nicht ein wenig kurz und schmal gewesen im Verhältnis zu Mundpartie und Kinn. Die gleiche Eigenheit wiederholte sich in ihrer Gestalt: Der Oberkörper war ein wenig zu kurz und schmächtig im Verhältnis zu Hüften und Beinen. Sie hieß Laura. Sie hatte einen klaren, ernsten, sanften Blick, und ihre blauen Augen füllten sich leicht mit Tränen der Rührung; schon ihre Bewunderung für ihn brachte sie zum Überquellen, sobald sie ihn nur sah.

Doch was nützte ihm das alles? In Wirklichkeit war sie ja gar nicht seine Frau; sie hatte ein Trugbild ihrer eigenen Phantasie geheiratet, und er stand draußen in der Kälte.

Er betrat das Hotel und merkte, daß er nicht einmal den Brandy mehr wollte. Er stand nur in der Halle, die ihm wie ein Grab vorkam, und fragte den Portier, ob seine Frau angekommen sei. Der alte Mann antwortete ihm, Madame sei wohlbehalten eingetroffen und habe ihn davon unterrichtet, daß Monsieur nachkäme. Er bot an, die Reisetasche des Gastes nach oben zu tragen, Charlie war jedoch der Meinung, daß er seine Lasten besser selber trage. Er ließ sich von ihm die Zimmernummer geben und ging allein die Treppen hinauf und den Korridor entlang. Zu seiner Überraschung fand er die Doppeltür des Zimmers unverriegelt und trat gleich ein. Dies schien ihm die erste kleine Gunst zu sein, die ihm das Schicksal seit langer Zeit erwies.

Der Raum, den er betrat, war nahezu dunkel; nur beim Toilettentisch brannte ein schwaches Gasflämmchen. Ein Duft von Veilchen lag in der Luft. Seine Frau hatte sie wohl mitgebracht und sie ihm mit einer Zeile aus einem Gedicht schenken wollen. Sie lag aber tief in den Kissen vergraben. Er wurde in seiner gegenwärtigen Verfassung von Kleinigkeiten so leicht beeinflußt, daß es ihm ob dieses Glücks warm ums Herz wurde. Während er seine Schuhe auszog, blickte er sich um und dachte: »Dieses Zimmer mit seiner himmelblauen Tapete und den karmesinroten Vorhängen ist freundlich zu mir gewesen: ich werde es ihm nicht vergessen.«

Doch als er dann im Bett lag, konnte er nicht einschlafen. Er hörte eine Turmuhr in der Nachbarschaft die Viertelstunde schlagen, einmal, zweimal, dreimal. Ihm war, als habe er die Kunst des Schlafens verlernt und müsse ewig wach liegen. »Das kommt daher«, dachte er, »weil ich in Wirklichkeit tot bin. Für mich gibt es keinen Unterschied mehr zwischen Leben und Tod.«

Plötzlich, ohne Warnung, denn er hatte keine Schritte näher kommen hören, wurde er gewahr, wie jemand sachte den Türknauf drehte. Charlie hatte die Tür hinter sich abgeschlossen. Als die Person auf dem Korridor dies entdeckte, wartete sie einen Moment, dann versuchte sie es noch einmal. Sie schien ihr Vorhaben aufgeben zu wollen, trommelte nach einem Weilchen sacht eine kleine Melodie gegen die Tür und wiederholte sie dann. Wieder herrschte Stille; dann wurde leise ein Stückchen aus einer Melodie gepfiffen. Charlie litt Todesangst, daß all dies schließlich seine Frau aufwecken würde. Er stieg aus dem Bett, zog seinen grünen Schlafrock an, ging zur Tür und öffnete sie so leise wie möglich.

Der Korridor war heller erleuchtet als das Zimmer, und an der Wand über der Tür hing eine Lampe. Draußen, im Schein des Lichtes, stand ein junger Mann. Er war groß und blond und so elegant gekleidet, daß Charlie überrascht war, ihm hier im »Hôtel de la Reine« zu begegnen. Er war im Frack, hatte ein Cape über die Schultern geworfen und trug im Knopfloch eine rosa Nelke, die sich frisch und romantisch von dem Schwarz und Weiß abhob. Doch was Charlie im Augenblick, da er ihn sah, ergriff, war der Ausdruck im

Gesicht des jungen Mannes. Es strahlte so vor Glück, es leuchtete so von sanftem, demütigem, wildem, lachendem Entzücken, wie Charlie es noch nie in seinem Leben gesehen hatte. Ein Engelsbote, soeben vom Himmel herniedergestiegen, hätte keine überschwänglichere, herrlichere Seligkeit verbreiten können. Eine Zeitlang vermochte der Dichter ihn nur anzustarren. Dann sprach er ihn auf französisch an – denn es schien ihm selbstverständlich, daß dieser distinguierte junge Mann hier in Antwerpen Franzose sein müsse, und er selbst sprach gut Französisch, da er seinerzeit bei einem französischen Haarkünstler in die Lehre gegangen war. »Was wollen Sie?« fragte er. »Meine Frau schläft, und auch ich möchte sehr gerne schlafen.«

Der junge Mann mit der Nelke hatte beim Anblick Charlies ebenso verblüfft ausgesehen wie Charlie bei seinem Anblick. Doch seine eigenartige Glückseligkeit war so tief eingewurzelt, daß er einige Zeit brauchte, bis sich sein Gesichtsausdruck zu dem eines Herrn glättete, der einem anderen Herrn begegnet. Der Abglanz des Glücks verweilte auf seinem Gesicht, vermischt mit Bestürzung, selbst als er sprach und sagte: »Ich bitte Sie um Verzeihung. Ich bedauere unendlich, Sie gestört zu haben. Ich habe mich geirrt.« Hierauf schloß Charlie die Tür und wandte sich um. Aus dem Augenwinkel sah er, daß seine Frau sich in ihrem Bett aufgesetzt hatte. Er sagte, ganz kurz nur, denn vielleicht war sie nicht ganz wach: »Es war ein Herr. Ich glaube, er war betrunken.« Auf seine Worte hin legte sie sich wieder, und auch er begab sich ins Bett zurück.

Im Augenblick, da er lag, wurde er von einer furchtbaren Erregung ergriffen; er fühlte, daß ihm etwas Unheilbares geschehen war. Eine Zeitlang wußte er nicht, was es war, nicht einmal, ob es gut oder schlecht sei. Es war, als sei ein gewaltiges, blendendes Licht vor ihm aufgestiegen, sei erloschen und habe ihn geblendet zurückgelassen. Dann formte der Eindruck sich allmählich und verdichtete sich und wurde

Wirklichkeit in einem derart überwältigenden Schmerz, daß es ihn wie in einem Krampf zusammenzog.

Denn hier, erkannte er, war die Herrlichkeit, der Sinn und der Schlüssel des Lebens gewesen. Der junge Mann mit der Nelke besaß sie. Jenes unendliche Glück, das auf dem Gesicht des jungen Mannes mit der Nelke erstrahlte, war irgendwo auf der Welt zu finden. Der junge Mann kannte den Weg zu ihm, er jedoch, er hatte es verloren. Einst hatte auch er, wie ihm schien, dieses Glück gekannt, aber er hatte es aus den Händen gleiten lassen, und hier lag er nun, auf ewig verdammt. O Gott, Gott im Himmel, in welchem Augenblick hatte sich sein Weg von dem des jungen Mannes mit der Nelke getrennt?

Er sah jetzt klar und deutlich, daß die Trübsal seiner letzten Wochen nichts anderes gewesen war als die Vorahnung dieses völligen Verderbens. In seiner Todesangst – denn er fühlte sich wirklich im Würgegriff des Todes – griff er nach jedem Strohhalm, tastete im Dunkel und stieß auf einige der rühmlichsten Besprechungen seines Buches. Doch schon im nächsten Moment zuckte er von ihnen zurück, als hätte er sich an ihnen verbrannt. Hier lag ja gerade sein Untergang und seine Verdammnis: bei den Kritikern, den Verlegern, der Leserschaft und bei seiner Frau. Das waren die Leute, die Bücher verlangten und willens waren, um dieses Verlangen durchzusetzen, einen Menschen in bedrucktes Papier zu verwandeln. Er hatte sich verführen lassen von den am wenigsten verführerischen Menschen auf der ganzen Welt; sie hatten ihn dazu gebracht, seine Seele zu einem Preis zu verkaufen, der in sich selbst eine Strafe war. »Ich will Feindschaft setzen«, dachte er, »zwischen dem Autor und den Lesern, zwischen deinem Samen und ihrem Samen; du sollst ihnen in die Ferse stechen, sie aber werden dir den Kopf zertreten.« Es war kein Wunder, daß Gott aufgehört hatte ihn zu lieben, denn er hatte, aus eigenem und freiem Willen, die Dinge des Herrn – den Mond, das Meer, Freundschaft,

Kampf – gegen die Wörter eingetauscht, die sie beschreiben. Er konnte fortan in einem Zimmer sitzen und diese Worte niederschreiben und sich von den Kritikern dann dafür loben lassen, während draußen, auf dem Korridor, der Weg des jungen Mannes mit der Nelke jenem Lichte entgegenführte, von dem sein Gesicht leuchtete.

Er wußte nicht, wie lange er so dagelegen hatte; er meinte, geweint zu haben, seine Augen waren jedoch trocken. Endlich fielen sie ihm doch zu und er schlief ein paar Minuten. Als er wieder erwachte, war er vollkommen ruhig und entschlossen. Er würde fortgehen. Er würde sich retten, und er würde sich auf die Suche machen nach jenem Glück, das es irgendwo gab. Und wenn er bis ans Ende der Welt gehen mußte, um es zu finden, so hatte das nichts zu bedeuten; ja, vielleicht wäre es überhaupt der beste Plan, gleich zum Ende der Welt aufzubrechen. Er würde jetzt zum Hafen hinuntergehen und ein Schiff suchen, das ihn davontrug. Bei dem Gedanken an ein Schiff wurde er wieder ruhig.

Er blieb noch eine Stunde im Bett liegen; dann stand er auf und zog sich an. Dabei fragte er sich, was wohl der junge Mann mit der Nelke von ihm gedacht hatte. Er wird gedacht haben, sagte er sich: »*Ah, le pauvre petit bonhomme à la robe de chambre verte!*« So leise wie möglich packte er seine Reisetasche; sein Manuskript wollte er zuerst zurücklassen, dann nahm er es doch mit, um es ins Meer zu werfen und Zeuge seiner Vernichtung zu werden. Als er aus dem Zimmer gehen wollte, kam ihm seine Frau in den Sinn. Es war nicht recht, von einer schlafenden Frau zu gehen, für immer, ohne ein Wort des Abschieds. Theseus, fiel ihm ein, hatte das getan. Aber es war schwer, das richtige Abschiedswort zu finden. Schließlich schrieb er, am Toilettentisch stehend, auf ein Blatt seines Manuskriptes: »Ich bin fortgegangen. Verzeih mir, wenn du kannst.« Dann ging er hinunter. In der Loge war der Portier über einer

Zeitung eingenickt. Charlie dachte: »Ich werde ihn nie wieder sehen. Ich werde nie wieder diese Tür öffnen.«

Als er hinauskam, hatte sich der Wind gelegt, es regnete, und der Regen flüsterte und murmelte rings um ihn. Er nahm seinen Hut ab: Im Nu waren seine Haare tropfnaß, und der Regen lief ihm übers Gesicht. In dieser frischen, unverhofften Berührung lag eine Verheißung. Er ging die Straße hinab, die er gekommen war, denn es war die einzige Straße, die er in Antwerpen kannte. Wie er so dahinschritt, war ihm, als sei die Welt ihm gegenüber nicht mehr gänzlich gleichgültig, als sei er nicht mehr völlig allein in ihr. Die zerstückelten, zerstreuten Erscheinungen des Universums zogen sich wieder zusammen, sehr wahrscheinlich zur Gestalt des Teufels, und der Teufel hielt ihn nun bei der Hand gepackt oder beim Schopf.

Schneller als er erwartet hatte, war er am Hafen drunten, stand am Kai, seine Reisetasche in der Hand, und schaute ins Wasser hinab. Es war dunkel und tief, die Lichter der Lampen am Kai spielten darin wie junge Schlangen. Seine erste starke Empfindung war, daß es Salz sei. Von oben floß das Regenwasser auf ihn nieder, von unten grüßte ihn das Salzwasser. Alles war, wie es sein sollte. Er stand lange da und betrachtete die Schiffe. Auf einem von ihnen würde er davonfahren.

Die Rümpfe der Schiffe ragten gewaltig in die nasse Nacht. Sie trugen vielerlei Dinge in ihren Bäuchen und waren schwanger mit Möglichkeiten; sie waren Träger von Schicksalen, in jeder Beziehung ihm Überlegene, rings von Wasser umgeben. Sie schwammen; die Salzflut trug sie, wohin immer sie wollten. Wie er sie so betrachtete, schien eine Art Sympathie von den großen Schiffsleibern zu ihm herüberzuströmen; sie sandten ihm eine Botschaft, zunächst verstand er aber nicht, wie sie lautete. Dann fand er das Wort, es hieß: Oberflächlichkeit. Die Schiffe waren oberflächlich und hielten sich an der Oberfläche. Darin lag ihre Kraft; für Schiffe liegt die Gefahr darin, den Dingen auf den Grund zu gehen, auf Grund zu laufen. Sie waren sogar durch und durch hohl, in der Hohlheit lag das Geheimnis ihres Wesens; die großen Tiefen dienten ihnen, solange sie hohl blieben. Eine Woge des Glücks hob Charlies Herz; nach einem Weilchen lachte er in der Dunkelheit.

»Meine Schwestern«, dachte er, »ich hätte längst schon zu euch kommen sollen. Ihr schönen, oberflächlichen Wanderinnen, ihr kühnen, schwimmenden Siegerinnen über die Tiefe! Ihr schweren, leeren Engel, ich werde euch mein Leben lang dankbar sein. Gott halte euch über Wasser, große Schwestern, euch und mich. Gott bewahre uns unsere Oberflächlichkeit!« Er war jetzt ganz durchnäßt; seine Haare und sein Havelock glänzten weich, wie die Flanken der Schiffe im Regen. »Und von jetzt an«, dachte er, »will ich den Mund halten. In meinem Leben hat es schon allzu viele Worte gegeben; es will mir nicht mehr einfallen, weshalb ich so viel geredet habe. Erst als ich hier herunterkam und im Regen schwieg, wurde mir das Wesen der Dinge enthüllt. Von nun an werde ich nicht mehr reden, sondern werde dem zuhören, was mir die Seeleute zu erzählen haben, die Menschen, die mit den schwimmenden Schiffen vertraut sind und sich fernhalten vom Grund der Dinge. Ich werde ans Ende der Welt fahren und meinen Mund halten.«

Kaum hatte er diesen Entschluß gefaßt, als ein Mann auf der Mole auf ihn zukam und ihn ansprach. »Suchst du ein Schiff?« fragte er. Er sah wie ein Seemann aus, dachte Charlie, und zugleich ein wenig wie ein freundlicher Affe. Es war ein kleiner Mann mit einem wettergegerbten Gesicht und einem Seemannsbart. »Ja, das tue ich«, sagte Charlie. »Welches Schiff?« fragte der Seemann. Charlie wollte schon antworten: »Die Arche Noah, vor der Sintflut«, erkannte aber noch rechtzeitig, daß dies närrisch klingen würde. »Wissen Sie«, sagte er, »ich will an Bord eines Schiffes gehen und eine Reise machen.« Der Seemann spuckte aus und lachte. »Eine Reise?« sagte er. »So, so. Du hast da so ins Wasser gestarrt, daß ich schon dachte, du wolltest hineinspringen.« »Ach ja, hineinspringen!« sagte Charlie. »Und Sie hätten mich dann wohl gerettet? Aber Sie kommen leider zu spät, um mich zu retten. Gestern abend hätten Sie kommen müssen, das wäre der richtige Augenblick gewesen. Der einzige Grund, weshalb ich mich gestern abend nicht ertränkt habe«, fuhr er fort, »war der, daß es mir an Wasser mangelte. Wenn das Wasser da zu mir gekommen wäre! – Hier liegt das Wasser – gut; hier steht der Mann – gut. Wenn das Wasser zu ihm kommt, ertränkt er sich. Das alles beweist doch, daß auch die größten Dichter sich irren und daß man niemals Dichter werden sollte!« Der Seemann war unterdessen zu der Erkenntnis gelangt, daß der junge Fremde betrunken war. »Na ja, mein Junge«, sagte er, »wenn du dir das mit dem Ertränken anders überlegt hast, dann kannst du jetzt ja deiner Wege gehen, und damit gute Nacht.« Dies war eine herbe Enttäuschung für Charlie, der gefunden hatte, die Unterhaltung lasse sich prächtig an. »Ach, kann ich denn nicht mit Ihnen kommen?« fragte er den Seemann. »Ich bin auf dem Weg in die Kneipe »La Croix du Midi«, antwortete der Seemann, »um ein Glas Rum zu trinken.« »Das«, rief Charlie, »ist ein glänzender Einfall, und ich preise mich glücklich, einem Manne zu begegnen, der solche Einfälle hat!«

Sie gingen zusammen in das nahegelegene Wirtshaus »La Croix du Midi« und trafen dort zwei weitere Seeleute, die Charlies Begleiter kannte und die er ihm als einen Maat und einen Supercargo vorstellte. Er selbst war Kapitän eines kleinen Schiffes, das außerhalb des Hafens vor Anker lag. Charlie steckte die Hand in die Tasche und fühlte sie voll von dem Geld, das er für die Reise eingesteckt hatte. »Bringen Sie für die Herren hier eine Flasche von Ihrem besten Rum«, sagte er zum Kellner, »und für mich eine Kanne Kaffee.« In seiner augenblicklichen Stimmung wollte er keinen Alkohol trinken. Eigentlich fürchtete er sich vor seinen Begleitern, doch da es ihm schwerfiel, dies zu erklären, sagte er: »Ich trinke Kaffee, weil ich –« er wollte sagen: ein Gelübde abgelegt, besann sich aber eines Besseren und sagte: »eine Wette laufen habe. Da war so ein alter Seebär auf einem Schiff – übrigens ein Onkel von mir –, der mit mir gewettet hat, daß ich es nicht ein ganzes Jahr lang ohne Alkohol aushalten würde; wenn ich aber die Wette gewinne, gehört sein Schiff mir.« »Und, hast du es ausgehalten?« fragte der Kapitän. »Ja, weiß Gott«, sagte Charlie. »Es ist noch keine zwölf Stunden her, daß ich ein Glas Brandy ausgeschlagen habe, und was Sie, meinem Gerede nach, für Trunkenheit halten mögen, ist in Wirklichkeit die Wirkung des Meergeruchs.« Der Maat fragte: »War der Mann, der mit dir gewettet hat, so ein Kleiner mit einem dicken Bauch und bloß einem Auge?« »Genau, das ist mein Onkel!« rief Charlie. »Dann bin ich ihm auch mal begegnet, auf der Fahrt nach Rio«, sagte der Maat, »und er hat mir die gleiche Wette angeboten, aber ich ließ mich nicht drauf ein.«

Jetzt wurden die Getränke gebracht, und Charlie füllte die Gläser. Er drehte sich eine Zigarette und sog genießerisch das Aroma des Rums und des warmen Raumes ein. Im schwachen Licht der Hängelampe glänzten die drei Gesichter seiner neuen Bekannten frisch und freundlich. Er fühlte sich in ihrer Gesellschaft stolz und glücklich und dachte: »Wieviel mehr sie doch wissen als ich.« Er selbst war sehr blaß, wie immer, wenn er erregt war. »Möge dir der Kaffee guttun«, sagte der Kapitän. »Du siehst aus, als hättest du Fieber.« »Nein, aber ich habe großen Kummer gehabt«, sagte Charlie. Die anderen machten bedauernde Mienen und wollten wissen, was es denn für ein Kummer sei. »Das will ich euch erzählen«, sagte Charlie. »Es ist besser, darüber zu sprechen, wenn ich auch noch vor kurzem das Gegenteil geglaubt habe. Ich hatte einen zahmen Affen, den ich sehr liebte; er hieß Charlie. Ich hatte ihn einer alten Madame abgekauft, die in Hongkong ein öffentliches Haus führte, und sie und ich mußten ihn in der Mittagszeit, als alles schlief, hinausschmuggeln, sonst hätten ihn die Mädchen niemals fortgelassen, denn er war wie ein Bruder für sie. Auch für mich war er wie ein Bruder. Er kannte alle meine Gedanken und wich mir nicht von der Seite. Man hatte ihm schon viele Kunststücke beigebracht, bevor ich ihn bekam, und bei mir lernte er noch einige dazu. Doch als ich dann heimkam, vertrug er die englische Küche nicht, so wenig wie den englischen Sonntag. Er wurde krank davon, und es wurde immer schlimmer mit ihm und eines Sonntagabends ist er mir gestorben.« »Was für ein Jammer«, sagte der Kapitän teilnahmsvoll. »Ja«, sagte Charlie. »Wenn es nur ein einziges Wesen auf der Welt gibt, an dem einem liegt, und das ist ein Affe, und er ist tot, dann ist das ein Jammer.«

Der Supercargo hatte, bevor die beiden hereingekommen waren, dem Maat gerade eine Geschichte erzählt. Jetzt erzählte er sie für die beiden noch einmal von vorn. Es war ein grausames Garn über eine Fahrt von Buenos Aires mit einer Ladung Wolle. Als sie fünf Tage weit gekommen waren und in der Kalmenzone dümpelten, war das Schiff in Brand geraten, und die Besatzung mußte, nachdem sie die ganze Nacht hindurch gegen das Feuer gekämpft hatte, am Morgen in die Boote gehen und das Schiff aufgeben. Der Supercargo hatte sich die Hände schwer verbrannt; dennoch hatte er drei Tage und drei Nächte lang gerudert, und als sie dann von einem Dampfer aus Rotterdam aufgenommen wurden, stellte sich heraus, daß seine Hand mit dem Griff des Ruders förmlich verwachsen war, so daß er Daumen und Zeigefinger nie wieder strecken konnte. »Da«, sagte er, »habe ich mir meine Hand angesehen und habe einen heiligen Eid geschworen, wenn ich je wieder auf festes Land komme, soll der Teufel mich holen und soll der Teufel mich behalten, wenn ich je wieder auf See gehe.« Die beiden anderen Seeleute nickten ob seiner Geschichte ernst mit den Köpfen und fragten ihn, wohin er jetzt unterwegs sei. »Ich?« sagte der Supercargo. »Ich habe nach Sidney angeheuert.«

Der Maat beschrieb einen Sturm in der Biskaya, und der Kapitän gab eine Geschichte von einem fürchterlichen Schneesturm in der Nordsee zum besten, den er mitgemacht hatte, als er noch ein Schiffsjunge war. Man hatte ihn damals an die Pumpen gestellt, berichtete er, und ihn dort vergessen, und da er sich nicht zu entfernen wagte, hatte er volle elf Stunden lang ununterbrochen gepumpt. »Damals«, sagte er, »habe auch ich mir geschworen, an Land zu bleiben und nie wieder einen Fuß auf ein Deck zu setzen.«

Charlie hörte ihnen zu und dachte: »Das sind verständige Männer. Sie wissen, wovon sie reden. Denn die Leute, die nur zu ihrem Vergnügen reisen, wenn das Meer glatt ist und sie anlächelt, und die erklären, sie liebten es, die wissen nicht, was Liebe ist. Die Seeleute sind es, die von der See gerüttelt und geschüttelt wurden, die sie verflucht und verdammt haben, das sind ihre wirklichen Liebhaber. Sehr wahrscheinlich verhält es sich mit Ehemännern und ihren Frauen ebenso. Ich kann von diesen Seeleuten hier noch manches lernen. Verglichen mit ihnen, bin ich ein Kind und ein Tor.«

Die drei Seeleute wurden an der stummen, andächtigen Haltung des jungen Mannes gewahr, daß er sie bestaunte und bewunderte. Sie hielten ihn für einen Studenten und breiteten ihre Erlebnisse mit Behagen vor ihm aus. Sie hielten ihn auch für einen guten Gastgeber, denn er füllte ihre Gläser immerzu und ließ eine neue Flasche kommen, als die erste leer war. Charlie sang ihnen, zum Dank für ihre Geschichten, ein paar Lieder. Er besaß eine hübsche Stimme, und heute nacht fand er selbst Gefallen daran; es war lange her, daß er ein Lied gesungen hatte. Sie wurden herzlich miteinander. Der Kapitän schlug ihm auf die Schulter und sagte ihm, daß er ein heller Junge sei und es könne schon noch ein guter Seemann aus ihm werden.

Doch als ein wenig später der Kapitän zärtlich von seiner Frau und seinen Kindern zu erzählen begann, von denen er soeben Abschied genommen hatte, und als der Supercargo die Gesellschaft mit Stolz und Rührung davon unterrichtete, daß innerhalb der letzten drei Monate bei zwei Schankmädchen in Antwerpen Zwillinge angekommen seien, Mädchen mit roten Haaren, ganz der Vater, da kam Charlie seine eigene Frau in den Sinn, und er wurde bedrückt. Diese Seeleute, dachte er, schienen zu wissen, wie man mit Frauen umgehen mußte. Sicher fürchtete sich von ihnen keiner so vor seiner Frau, daß er mitten in der Nacht vor ihr davongelaufen wäre. Wenn sie wüßten, daß er das getan hatte, würden sie bestimmt eine weniger hohe Meinung von ihm haben.

Die Seeleute hatten ihn für viel jünger gehalten, als er in Wirklichkeit war; dadurch war er sich in ihrer Gesellschaft allmählich selbst wie ein Junge vorgekommen, und jetzt nahm seine Frau mehr die Gestalt einer Mutter als einer Gattin an. Seine wirkliche Mutter hatte, obgleich sie eine ehrbare Krämerin gewesen war, einen Tropfen Zigeunerblut in ihren Adern gehabt, und keiner seiner plötzlichen Entschlüsse hatte sie je aus der Fassung gebracht. Nein, dachte er nun, sie hat sich stets an der Oberfläche gehalten, was immer sich auch ereignen mochte, und schwamm majestätisch auf ihr dahin, wie eine stolze, schwere, schwarze Gans. Wenn er heute nacht zu ihr gekommen wäre und ihr gesagt hätte, er wolle zur See gehen, dann wäre sie vermutlich Feuer und Flamme für diesen Einfall gewesen. Der Stolz und die Dankbarkeit, die er der alten Frau gegenüber immer empfunden hatte, übertrugen sich jetzt, da er seine letzte Tasse Kaffee trank, auf die junge. Laura würde ihn verstehen und zu ihm halten.

Er saß eine Weile da und erwog die Sache sorgfältig. Denn die Erfahrung hatte ihn gelehrt, hier vorsichtig zu sein. Er hatte sich früher öfters von einer seltsamen, optischen Täuschung narren lassen. Wenn er ihr ferne war, nahm seine Frau das Aussehen eines Schutzengels an, dessen Mitgefühl und Hilfsbereitschaft unerschöpflich waren. Doch wenn er ihr dann wieder von Angesicht zu Angesicht gegenüberstand, war sie eine Fremde, und er fand seinen Weg mit Widrigkeiten gepflastert.

Doch heute nacht schien all dies der Vergangenheit anzugehören. Denn jetzt war er mächtig; er hatte das Meer und die Schiffe auf seiner Seite und den jungen Mann mit der Nelke vor sich. Gewaltige Bilder umgaben ihn. Hier, im Wirtshaus »La Croix du Midi« hatte er jetzt schon vieles miterlebt. Er hatte ein Schiff niederbrennen sehen, war bei einem Schneesturm in der Nordsee dabeigewesen und bei der Heimkehr des Seemanns zu Weib und Kindern. So mächtig fühlte er sich, daß die Gestalt seiner Frau geradezu rührend aussah. Er erinnerte sich ihrer, wie er sie das letzte Mal gesehen hatte: schlafend, friedvoll und still, und ihre Reinheit und ihre Unkenntnis der Welt gingen ihm zu Herzen. Als ihm der Brief einfiel, den er ihr hinterlassen hatte, errötete er plötzlich tief. Er könnte, fühlte er jetzt, leichteren Herzens fortgehen, wenn er ihr zuvor alles erklärt hätte. »Heim«, dachte er, »wo ist dein Stachel? Ehe, wo ist dein Sieg?«

Er saß da und starrte auf den Tisch, wo ein wenig Kaffee verschüttet war. Indessen verebbte das Gespräch der Seeleute, denn sie merkten, daß er nicht mehr zuhörte; schließlich verstummte es ganz. Die Wahrnehmung des Schweigens um ihn herum weckte Charlie auf. Er lächelte sie an. »Ich will euch eine Geschichte erzählen, bevor wir heimgehen. Eine blaue Geschichte«, sagte er.

»Es war einmal«, begann er, »ein unermeßlich reicher alter Engländer, der Hofmann und Ratgeber der Königin gewesen war und der jetzt, auf seine alten Tage, kein anderes Interesse mehr hatte, als altes blaues Porzellan zu sammeln. Zu diesem Zwecke reiste er nach Persien, Japan und China, und überallhin begleitete ihn seine Tochter, die Lady Helena. Nun begab es sich, als sie eines Tages im Chinesischen Meer segelten, daß ihr Schiff in einer windstillen Nacht in Brand geriet; alles ging in die Boote und stieß vom Schiff ab. In der Dunkelheit und der Verwirrung wurde der alte Lord von seiner Tochter getrennt. Lady Helena kam zu spät auf Deck und fand das Schiff verlassen vor. Im letzten Augenblick trug ein junger englischer Matrose sie in ein Rettungsboot hinunter, das man übersehen hatte. Den beiden Schiffbrüchigen schien es, als verfolgte sie Feuer von allen Seiten, denn der Widerschein spielte auf dem dunklen Wasser, und als sie aufschauten, schoß eine Sternschnuppe über den Himmel, als wollte sie in ihr Boot fallen. Neun Tage lang trieben sie umher, bis sie endlich von einem holländischen Handelsschiff gerettet wurden und nach England heimkamen.

Der alte Lord hatte seine Tochter tot geglaubt. Nun weinte er vor Freude und brachte sie sogleich an einen mondänen Badeort, damit sie sich von den erlittenen Strapazen erhole. Und da er meinte, es müsse ihr unangenehm sein, daß ein junger Matrose, der sein Brot in der Handelsmarine verdiente, aller Welt erzählen könnte, er sei neun Tage lang mit der Tochter eines Lords allein in einem Boot gefahren, zahlte er dem Jungen ein schönes Stück Geld und ließ ihn schwören, künftig die Meere auf der anderen Seite des Erdballs zu befahren und nie wieder nach England zurückzukommen. ›Denn wozu‹, sagte der alte Edelmann, ›sollte das gut sein?‹

Als Lady Helena sich erholt hatte und man ihr die Neuigkeiten vom Hofe und in der Familie berichtete und ihr schließlich auch mitteilte, wie der junge Matrose auf Nimmerwiedersehen fortgeschickt worden sei, da stellte sich heraus, daß ihr Gemüt durch die schweren Erlebnisse Schaden genommen hatte und daß ihr alles und jedes auf der Welt gleichgültig geworden war. Sie wollte nicht zurück in das Schloß ihres Vaters in seinem Park, sie wollte nicht an den Hof und sie wollte nicht in eine der fröhlichen Städte auf dem Kontinent reisen. Das einzige, wozu sie jetzt noch Lust hatte, war, wie ihr Vater vor ihr, umherzureisen, um seltenes blaues Porzellan zu sammeln. Also begann sie, von Land zu Land zu fahren, und ihr Vater begleitete sie.

Auf ihrer Suche erzählte sie allen Leuten, mit denen sie

handelte, daß sie ein bestimmtes Blau suche und jeden Preis dafür zahlen würde. Doch obwohl sie viele Hundert blaue Krüge und Schüsseln kaufte, nach einer Weile stellte sie alle zur Seite und sagte: »Nein, nein, das ist nicht das richtige Blau.« Ihr Vater äußerte eines Tages, nachdem sie viele Jahre lang gefahren waren, die Vermutung, daß die Farbe, die sie suchte, vielleicht gar nicht existiere. ›Oh Gott!‹ sagte sie, ›wie kannst du nur so etwas Grausames sagen, Papa! Es muß doch ein Stückchen davon übriggeblieben sein aus der Zeit, da die ganze Welt blau war.‹

Ihre beiden alten Tanten in England flehten sie an, heimzukommen und doch noch eine standesgemäße Partie zu machen. Doch sie antwortete ihnen: ›Nein, ich muß übers Meer fahren. Denn ihr müßt wissen, liebe Tanten, daß es der reine Unsinn ist, wenn die Gelehrten uns erzählen, das Meer habe einen Grund. Das Gegenteil ist richtig: Das Wasser, welches das edelste der Elemente ist, geht natürlich durch die ganze Erdkugel hindurch, so daß unser Planet in Wirklichkeit im Äther schwebt, wie eine Seifenblase. Und dort, auf der anderen Halbkugel, segelt ein Schiff, mit dem ich Fahrt halten muß. Wir zwei sind wie Spiegelungen voneinander, in dem tiefen Meer, und das Schiff, von dem ich spreche, ist immer genau unter meinem Schiff, auf der gegenüberliegenden Seite der Erde. Habt ihr nie einen großen Fisch unter einem Boot schwimmen und ihm wie ein tiefblauer Schatten im Wasser folgen sehen? So bewegt sich jenes Schiff, wie der Schatten meines Schiffes, und ich ziehe es hin und her, gemäß dem Kurs, den ich steuere, wie der Mond die Gezeiten durch die gesamte Masse des Erdballs hindurch zieht. Wenn ich aufhörte zu fahren, was würde dann aus den armen Matrosen werden, die ihr Brot in der Handelsmarine verdienen? Aber ich werde euch jetzt ein Geheimnis anvertrauen‹, sagte sie. ›Einst wird mein Schiff untergehen, zum Mittelpunkt der Erde hinab, und zu genau derselben Stunde wird auch das andere Schiff sinken – denn die Menschen nennen es Sinken, obwohl ich euch versichern kann, daß es im Meer weder Oben noch Unten gibt –, und dort, in der Mitte der Welt, werden wir zwei zusammenkommen.‹

Viele Jahre vergingen, der alte Lord starb und Lady Helena wurde alt und taub, aber immer noch segelte sie weiter. Da begab es sich, daß ihr ein Händler eines Tages, nach der Plünderung des Sommerpalastes des Kaisers von China, einen sehr alten blauen Krug brachte. Im Augenblick, da sie ihn sah, stieß sie einen schrecklichen Schrei aus. ›Da ist es!‹ schrie sie. ›Ich habe es endlich gefunden. Dies ist das richtige Blau. Oh, wie es einen leicht macht. Oh, es ist so frisch wie eine Brise, so tief wie ein großes Geheimnis, so voll wie – ach, ich kann es nicht sagen.‹ Mit bebenden Händen hielt sie den Krug an ihre Brust gepreßt und saß sechs Stunden lang in seine Betrachtung versunken da. Dann sagte sie zu ihrem Arzt und zu ihrer Gesellschafterin: ›Nun kann ich sterben. Und wenn ich tot bin, sollt ihr mein Herz herausschneiden und es in den blauen Krug legen. Denn dann wird alles wieder sein, wie es damals war. Alles um mich herum wird blau sein, und inmitten dieser blauen Welt wird mein Herz unschuldig und frei sein, und wird sanft schlagen, wie das Kielwasser eines Bootes, das singt, wie die Wassertropfen, die von einem Ruderblatt fallen.‹ Ein wenig später fragte sie die beiden: ›Ist es nicht köstlich zu denken, daß alles, was je gewesen ist, zu uns zurückkehren wird, wenn man nur Geduld hat?‹ Kurz danach starb die alte Lady.«

Die Gesellschaft brach jetzt auf, die Seeleute gaben Charlie die Hand und dankten ihm für den Rum und für die Geschichte. Charlie wünschte ihnen allen Glück auf die Reise. »Du hast deine Tasche vergessen«, sagte der Kapitän und hob Charlies Reisetasche mit dem Manuskript darin auf. »Nein«, sagte Charlie, »die möchte ich gern bei Ihnen lassen, bis wir in See stechen.« Der Kapitän betrachtete die Initialen auf der Tasche. »Das ist eine schwere Tasche«, sagte er. »Hast du etwas Wertvolles darin?« »Ja, sie ist schwer, Gott sei's geklagt«, sagte Charlie, »aber es wird nicht wieder vorkommen. Das nächste Mal wird sie leer sein.« Er fragte den Kapitän nach dem Namen seines Schiffes und verabschiedete sich dann von ihm.

Als er ins Freie kam, nahm er mit Überraschung wahr, daß es fast Morgen war. Die lange Reihe der spärlichen Straßenlaternen reckte ihre melancholischen Häupter in die graue Luft.

Ein mageres junges Mädchen mit großen schwarzen Augen, das vor dem Wirtshaus auf und ab gegangen war, kam herbei und sprach ihn an, und wiederholte, als er keine Antwort gab, ihre Einladung auf englisch. Charlie schaute sie an. »Auch sie«, dachte er, »gehört zu den Schiffen, wie die Muscheln und der Tang, die an ihren Kielen wachsen. In ihr ist mancher brave Seemann, welcher der Tiefe entkam, ertrunken. Aber dennoch wird sie nicht auf Grund laufen, und wenn ich mit ihr gehe, werde ich in Sicherheit sein.« Er steckte die Hand in die Tasche, fand dort aber nur noch einen einzigen Schilling. »Gibst du mir etwas für einen Schilling?« fragte er das Mädchen. Sie starrte ihn an. Ihr Gesichtsausdruck veränderte sich nicht, als er ihre Hand nahm, ihren alten Handschuh herabstreifte und die Handfläche, die rauh und klamm wie Fischhaut war, an seine Lippen und seine Zunge preßte. Dann ließ er ihre Hand los, legte den Schilling hinein und ging davon.

Zum dritten Male schritt er die Straße zwischen dem Hafen und dem »Hôtel de la Reine« entlang. Die Stadt erwachte jetzt, und er begegnete einigen Menschen und Fuhrwerken. Die Fenster des Hotels waren schon erleuchtet. Als er in die Halle kam, war niemand zu sehen, und er wollte schon in sein Zimmer hinaufgehen, als er, durch eine Glastür hindurch, seine Frau in einem kleinen, hellen Speisezimmer neben der Halle sitzen sah. Er ging hinein.

Als seine Frau ihn erblickte, erhellte sich ihr Gesicht. »Oh, da bist du ja!« rief sie. Er senkte den Kopf. Er wollte eben ihre Hand nehmen und sie küssen, da fragte sie ihn: »Warum kommst du denn so spät?« »Komme ich spät?« rief er, höchst überrascht von ihrer Frage und weil ihm jegliches Zeitgefühl abhanden gekommen war. Er sah zu der Uhr auf dem Kaminsims hinüber und sagte: »Es ist erst zehn nach sieben!« »Ja, aber ich hoffte, du würdest früher hier sein!« sagte sie. »Ich bin früh aufgestanden, um dich bei deiner Ankunft zu erwarten.« Charlie setzte sich zu ihr an den Tisch. Er antwortete ihr nicht, denn er hatte keine Ahnung, was er sagen sollte. »Ist es möglich«, dachte er, »daß sie die Seelenstärke hat, mich auf diese Weise wieder aufzunehmen?«

»Möchtest du eine Tasse Kaffee?« sagte seine Frau. »Nein, danke«, sagte er, »ich habe schon Kaffee getrunken.« Er schaute sich in dem Raum um. Obgleich es beinahe heller Tag war und die Gardinen zurückgezogen waren, brannten die Gaslampen noch, was ihm von klein auf immer wie ein großer Luxus vorgekommen war. Der Feuerschein vom Kamin spielte auf dem etwas abgetragenen Brüsseler Teppich und auf den roten Plüschstühlen. Seine Frau aß ein Ei. Als kleiner Junge hatte er am Sonntagmorgen ein Ei bekommen. Das ganze Zimmer, das nach Kaffee und frischem Brot duftete, mit dem weißen Tischtuch und der funkelnden Kaffeekanne, gewann ein sonntägliches Gepräge. Er betrachtete seine Frau. Sie trug ihr graues Reisekostüm, ihr Hut lag neben ihr, und ihr blondes Haar, in einem Netz geknotet, leuchtete im Lampenlicht. Sie besaß eine eigene Helligkeit, ein reines Licht ging von ihr aus, und sie schien fest und unerschütterlich auf dem Sofa zu sitzen – der einzige ruhende Punkt in einer turbulenten Welt.

Ein Gedanke durchzuckte ihn: »Sie ist wie ein Leuchtturm«, dachte er, »der feste, majestätische Leuchtturm, der sein freundliches Licht aussendet. Allen Schiffen ruft er zu: ›Bleibt fern!‹ Denn dort, wo das Leuchtfeuer steht, sind Klippen oder Untiefen. Für alle Schiffe bedeutet Annäherung den Tod.« In diesem Moment schaute sie auf und fand seine Augen auf ihr Gesicht gerichtet. »Woran denkst du?« fragte sie ihn. Er dachte: »Ich will es ihr sagen. Es ist besser, von nun an ehrlich gegen sie zu sein und ihr alles zu sagen.« So sagte er langsam: »Ich denke, daß du für mich, in meinem Leben, wie ein Leuchtturm bist. Ein stetes Licht, das mir zeigt, welchen Kurs ich steuern soll.« Sie schaute ihn an, dann beiseite, und ihre Augen füllten sich mit Tränen. Er befürchtete, sie würde zu weinen beginnen, obwohl sie bisher so tapfer gewesen war. »Laß uns doch in unser Zimmer hinaufgehen«, sagte er, denn es würde leichter sein, ihr alles zu erklären, wenn sie allein waren.

Sie gingen zusammen hinauf, und die Stufen, die ihm in der vergangenen Nacht endlos vorgekommen waren, ließen sich jetzt so mühelos an, daß seine Frau zu ihm sagte: »Nein, du willst zu hoch hinauf. Wir sind schon da.« Sie ging vor ihm den Korridor entlang und öffnete die Tür zu ihrem Zimmer.

Das erste, was er bemerkte, war, daß kein Veilchenduft mehr in der Luft lag. Hatte sie die Blumen im Zorn weggeworfen? Oder waren sie verwelkt, nachdem er gegangen war? Sie kam auf ihn zu und legte ihre Hand auf seine Schulter und ihr Gesicht darauf. Über ihr helles Haar in dem Netz hinweg schaute er sich um und erstarrte. Denn der Toilettentisch, auf den er vergangene Nacht seinen Brief für sie gelegt hatte, stand jetzt an einer anderen Stelle, und das Bett, entdeckte er, in dem er gelegen hatte, stand auch woanders. In der Ecke sah er jetzt einen Drehspiegel, der gestern überhaupt nicht dagewesen war. Dies war nicht sein Zimmer! Er registrierte rasch weitere Einzelheiten. Über dem Bett befand sich kein Baldachin mehr, dafür hing jetzt über seinem Kopfende ein Stahlstich mit der belgischen Königsfamilie, den er noch nie gesehen hatte. »Hast du heute nacht hier geschlafen?« fragte er. »Ja«, sagte seine Frau. »Aber nicht gut. Ich machte mir Sorgen, weil du nicht kamst; ich fürchtete, du hättest eine schlimme Überfahrt.« »Hat dich niemand gestört?« fragte er weiter. »Nein«, sagte sie. »Meine Tür war abgeschlossen. Und ich glaube, dies ist ein ruhiges Hotel.«

Als Charlie nun auf die Geschehnisse der vergangenen Nacht zurückschaute, mit dem geschulten Auge des Erzählers, da bewegten sie ihn so gewaltig, als stammten sie aus einem seiner eigenen Bücher. Er holte tief Atem. »Allmächtiger Gott« entrang es sich ihm aus tiefstem Herzensgrunde, »um so viel der Himmel höher ist als die Erde, sind deine Geschichten höher als unsere Geschichten.«

Sorgfältig und Schritt für Schritt ging er alle Einzelheiten durch, wie ein Mathematiker, der eine Gleichung aufstellt und löst. Als erstes fühlte er, wie Honig auf seiner Zunge, das Verlangen und den Triumph des jungen Mannes mit der Nelke. Dann, wie einen Würgegriff um seinen Hals, aber mit kaum weniger Künstlerentzücken, das Entsetzen der jungen Frau im Bett. So deutlich, als besäße er selbst ein Paar fester junger Brüste, nahm er wahr, wie das Herz unter ihnen stillzustehen drohte. Er stand regungslos da, ganz in Gedanken versunken, sein Gesicht jedoch begann so vor Entzücken, Überschwang und Frohlocken zu leuchten, daß seine Frau, die ihren Kopf wieder von seiner Schulter erhoben hatte, ihn verwundert fragte: »Und woran denkst du jetzt?«

Charlie ergriff ihre Hand, sein Gesicht strahlte noch immer. »Ich denke«, sagte er versonnen, »an den Garten Eden und an den Engel mit dem Flammenschwert. Nein«, fuhr er dann in derselben Weise fort, »ich denke an Hero und Leander. An Romeo und Julia. An Theseus und Ariadne, und an den Minotaurus natürlich auch. Hast du dir je vorzustellen versucht, mein Liebes, wie dem Minotaurus wohl bei dieser Gelegenheit zu Mute war?«

»Du wirst also eine Liebesgeschichte schreiben, Troubadour?« fragte sie, sein Lächeln erwidernd. Er antwortete zunächst nicht, sondern ließ ihre Hand los, und erst nach einer Weile fragte er: »Was hast du gesagt?« »Ich fragte dich, ob du eine Liebesgeschichte schreiben wirst«, wiederholte sie zaghaft. Er ging von ihr weg, zum Tisch hinüber, und legte seine Hand darauf.

Das Licht, das vergangene Nacht über ihn gekommen war, kehrte zurück, und jetzt von allen Seiten – auch von seinem eigenen Leuchtturm, dachte er benommen. Nur daß es gestern nach außen gestrahlt hatte, in die unendliche Welt hinaus, wogegen es in diesem Moment nach innen gerichtet war und das Zimmer im »Hôtel de la Reine« erhellte. Es war sehr hell; es war ihm, als sollte er in ihm sich selbst so sehen, wie Gott ihn sah, und bei dieser Prüfung bedurfte er des Halts am Tisch.

Während er dort stand, entwickelte sich die Situation zu einem Dialog zwischen Charlie und dem Herrn.

Der Herr sprach: »Dein Weib fragte dich zwei Mal, ob du eine Liebesgeschichte schreiben wirst. Glaubst du, daß du das tun wirst?« »Ja, es sieht sehr danach aus«, sagte Charlie. »Wird es«, fragte der Herr, »eine große und herrliche Geschichte sein, die in den Herzen der jungen Liebenden fortleben wird?« »Ja, das glaube ich schon«, sagte Charlie. »Und bist du damit zufrieden?« fragte der Herr.

»O Herr, was fragst du mich da!« rief Charlie. »Wie kann ich darauf mit Ja antworten? Bin ich denn nicht ein Mensch, und kann ich vielleicht eine Liebesgeschichte schreiben, ohne selbst nach jener Liebe zu verlangen, die innig umschlingt und nicht loslassen will, und nach der Weichheit und Wärme eines jungen Frauenleibes in meinen Armen?« »Das alles gab ich dir letzte Nacht«, sagte der Herr. »Du bist es doch gewesen, der aus dem Bett sprang, um davon fortzukommen, bis ans Ende der Welt.« »Ja, das tat ich«, sagte Charlie. »Hast du es angesehen und für gut befunden? Wirst du dafür sorgen, daß sich das wiederholt? Soll ich bis ans Ende meiner Tage der sein, der neben der Geliebten des jungen Mannes mit der Nelke lag – und was ist übrigens aus ihr geworden, und wie soll sie ihm die Zusammenhänge erklären? Und wer ist fortgegangen und hinterließ ihr die Worte: ›Ich bin fortgegangen. Verzeih mir, wenn du kannst‹?« »Ja«, sagte der Herr.

»Nein, sag es mir und weich mir nicht aus«, rief Charlie.

»Soll ich, derweil ich von der Schönheit junger Frauen schreibe, von den Frauen aus Fleisch und Blut nur für einen Schilling bekommen, und nicht mehr?« »Ja«, sagte der Herr. »Und du wirst damit zufrieden sein müssen.« Charlie zeichnete mit dem Finger ein verschlungenes Muster auf den Tisch; er sagte nichts. Es schein, als sei die Zwiesprache beendet, aber der Herr sprach noch einmal.

»Wer hat die Schiffe gemacht, Charlie?« fragte er. »Das weiß ich nicht«, sagte Charlie, »hast du sie gemacht?« »Ja«, sagte der Herr, »ich habe die Schiffe auf ihren Kielen gemacht und alles, was da schwebt und schwimmt. Den Mond, der über den Himmel segelt, die Gestirne, die durchs Universum schwingen, die Gezeiten, die Generationen, die Moden. Du machst mich lachen, denn ich habe dir die ganze Welt gegeben, darin zu segeln und zu schwimmen nach Herzenslust, und du bist hier auf Grund gelaufen, in einem Zimmer im ›Hôtel de la Reine‹, um mit mir zu streiten.«

»Höre«, sagte der Herr dann, »ich will einen Bund machen zwischen mir und dir. Ich, ich werde dir nicht mehr Qual zumessen, als du brauchst, um deine Bücher zu schreiben.« »Ach wirklich!« sagte Charlie. »Was hast du gesagt?« fragte der Herr. »Begehrst du Geringeres?« »Ich habe nichts gesagt«, sagte Charlie. »Aber du wirst diese Bücher schreiben«, sagte der Herr. »Denn Ich bin es, der sie geschrieben haben will. Nicht das Publikum, und schon gar nicht die Kritiker, sondern ICH!« »Kann ich dessen gewiß sein?« fragte Charlie. »Nicht immer«, sagte der Herr. »Du wirst dir dessen nicht zu allen Zeiten gewiß sein. Aber ich sage dir jetzt, daß es so ist. Daran wirst du dich halten müssen.« »O gütiger Gott«, sagte Charlie. »Willst du mir«, sagte der Herr, »danken für das, was ich heute nacht für dich getan habe?« »Ich denke«, sagte Charlie, »wir wollen es dabei bewenden lassen und nicht mehr davon sprechen.«

Seine Frau ging jetzt zum Fenster hinüber und öffnete es. Die kalte, rauhe Morgenluft strömte herein, mit ihr das

Gerassel der Wagen von der Straße drunten, menschliche Stimmen und ein lauter Spatzenchor, Geruch von Pferdeäpfeln und Rauch.

Als Charlie seine Zwiesprache mit Gott beendet hatte, und während sie noch so lebendig in ihm war, daß er sie hätte niederschreiben können, ging er zum Fenster und schaute hinaus. Die Morgenfarben der grauen Stadt waren frisch und zart, und am Himmel stand eine schwache Verheißung von Sonnenschein. Menschen begannen die Straßen zu beleben; eine junge Frau in einem blauen Umschlagtuch und Pantoffeln ging rasch ihres Weges; und der Wagen des Hotels, dem ein weißes Pferd vorgespannt war, hielt vor dem Eingang, indes der Portier den Gästen beim Aussteigen half und ihr Gepäck vom Dach des Wagens herunterholte. Charlie schaute auf die Straße hinab, die tief unter ihm lag.

»Für eins bin ich dem Herrn doch dankbar«, dachte er. »Daß ich meine Hand auf nichts gelegt habe, das meinem Bruder gehörte, dem jungen Mann mit der Nelke. Es lag in meiner Reichweite, aber ich habe es nicht berührt.« Er blieb ein Weilchen am Fenster stehen und sah den Omnibus davonfahren. In welchem dieser Häuser, überlegte er, mochte an diesem blassen Morgen der junge Mann von gestern nacht wohl sein?

»Ach, dieser junge Mann«, dachte er. *»Ah, le pauvre jeune homme à l'oeillet!«*

Leidacker

Die flache, sanft geschwungene dänische Landschaft lag heiter und still, wundersam hellwach in der Stunde vor Sonnenaufgang. Kein Wölkchen war am blassen Himmel, kein Schatten zeigte sich die dämmrigen, perlfarbenen Felder, Hügel und Wälder entlang. Der Nebel hob sich aus Tälern und Mulden, die Luft war kühl, Gras und Blattwerk troffen von Tau. Unbeobachtet von den Augen des Menschen und ungestört von seinem Treiben atmete das Land ein Leben außer der Zeit, das sich der Menschensprache entzog.

Doch hatten auf diesem Land seit tausend Jahren Menschen gelebt, waren von seiner Scholle und seinem Wetter geformt worden und hatten es ihrerseits durch Gedanken geprägt, so daß jetzt niemand mehr sagen konnte, wo das Wesen des einen aufhörte und das des anderen begann. Das schmale graue Band einer Straße, das sich über die Ebene und hügelauf und hügelab wand, war die befestigte Verwirklichung menschlicher Sehnsucht und menschlicher Hoffnung, daß an einem Ort zu sein besser sei als an einem anderen.

Ein Kind dieses Landes würde in dieser offenen Landschaft wie in einem Buche lesen können. Das unregelmäßige Mosaik aus Wiesen und Weizenfeldern war ein Abbild, in zagem Gelb und Grün, vom Kampf dieser Menschen um ihr täglich Brot; die Jahrhunderte hatten sie gelehrt, auf diese Weise zu pflügen und zu säen. Auf einer Anhöhe in der Ferne umrissen die reglosen Flügel einer Windmühle, in einem kleinen blauen

Kreuz gegen den Himmel, ein späteres Stadium im Werdegang des Brotes. Die verschwommenen Konturen reetgedeckter Dächer – niedrige, braune Früchte der Erde –, wo die Hütten des Dorfes sich zusammendrängten, erzählten die Geschichte des Bauern, von der Wiege bis zum Grab, des Geschöpfes, welches der Erde am nächsten ist und abhängig von ihr, welches in einem fruchtbaren Jahr gedeiht und in den Jahren der Dürre und Plagen stirbt.

Ein wenig höher gelegen, umringt von der schwachen waagrechten Linie der weißen Friedhofsmauer und flankiert von den senkrechten Konturen hoher Pappeln, verkündete die Kirche mit dem roten Dach, so weit das Auge reichte, daß dies ein christliches Land war. Die Landeskinder kannten sie als ein merkwürdiges Haus, das nur an jedem siebten Tag einige wenige Stunden bewohnt war, in dem aber eine starke, klare Stimme ertönte und die Freuden und Leiden des Landes kundtat: eine schlichte, kantige Verkörperung des Volksglaubens in die Gerechtigkeit und Barmherzigkeit des Himmels. Dort drüben aber, wo inmitten kuppelförmiger Baumgruppen und Haine die stolze, pyramidenförmige Silhouette gestutzter Lindenalleen sich in die Luft erhob, dort lag ein Herrensitz.

Der Einheimische konnte in diesen eleganten, geometrischen Zeichen auf dem diesigen Blau vieles lesen. Sie zeugten von Macht, die Linden standen auf Wache um eine Festung. Hier oben wurden die Geschicke des umliegenden Landes und der Menschen und Tiere auf ihm entschieden, und der Bauer schaute in Ehrfurcht zu den grünen Pyramiden auf. Sie zeugten von Würde, Grazie und Geschmack. Die dänische Erde brachte keine edlere Blume hervor als dieses Herrenhaus, auf das die lange Allee zulief. In seinen hohen Räumen traten Leben und Tod mit stolzem Anstand auf. Der Herrensitz sah weder zum Himmel hinauf, wie die Kirche, noch zur Erde hinunter, wie die Hütten; er hatte einen weiteren irdischen Horizont als sie und war verwandt mit einem Großteil der erlesenen Architektur in ganz Europa. Ausländische Kunsthandwerker waren herbeigerufen worden, um ihn mit Paneelen und Stuckdecken zu schmücken, und seine Bewohner unternahmen weite Reisen und brachten neue Ideen, Moden und schöne Dinge nach Hause. Gemälde, Gobelins, Silber und Glas aus fernen Ländern waren hier heimisch gemacht worden und bildeten jetzt einen Teil des dänischen Landlebens.

Das große Haus stand so tief in die Erde Dänemarks eingewurzelt wie die Hütten der Bauern und war ebenso eng verbunden mit seinen vier Winden und seinen wechselnden Jahreszeiten, mit dem Leben seiner Tiere, Bäume und Blumen. Nur lagen seine Interessen auf einer höheren Ebene. Innerhalb des Lindenreiches waren es nicht mehr Kühe, Ziegen und Schweine, um die sich Gedanken und Gespräche drehten, sondern Pferde und Hunde. Die freie Fauna, das jagdbare Wild des Landes, dem der Bauer hilflos mit der Faust drohte, wenn er es in seinem jungen grünen Roggen oder in seinem heranreifenden Weizenfeld sah, war für die Bewohner der Landsitze des Lebens wichtigster Inhalt und seine höchste Freude.

Die Schrift am Himmel verkündete feierlich Kontinuität, eine irdische Unsterblichkeit. Die großen Landsitze hatten sich über viele Generationen hinweg behauptet. Die Geschlechter, die auf ihnen lebten, ehrten die Vergangenheit, wie sie sich selber ehrten, denn die Geschichte Dänemarks war ihre eigene Geschichte.

Ein Rosenkrantz hatte auf Rosenholm gesessen, ein Juel auf Hverringe, ein Skeel auf Gammel-Estrup solange man sich zurückerinnern konnte. Sie hatten Könige und Stilrichtungen einander ablösen sehen und hatten, in Demut und Stolz, ihr eigenes Dasein auf das ihres Gutes übertragen, so daß sie unter ihresgleichen und bei den Bauern nach ihren Gütern hießen: Rosenholm, Hverringe, Gammel-Estrup. Für den König und für das Land, für das Geschlecht und für das jeweilige Oberhaupt des Hauses war es von untergeordneter Bedeutung, welcher Rosenkrantz, Juel oder Skeel, aus der langen Reihe von Vätern und Söhnen, im Moment in seiner Person die Felder und Wälder, die Bauern, das Vieh und den Wildbestand des Gutes verkörperte. Viele Pflichten lagen auf den Schultern der großen Grundbesitzer – gegen Gott im Himmel, gegen den König, den Nachbarn und sich selbst –, und sie alle waren harmonisch eingebunden in die Idee von der Pflicht seinem Gute gegenüber. Und den höchsten Rang unter den Pflichten nahm das Gebot ein, die geheiligte Kontinuität zu wahren und einen neuen Rosenkrantz, Juel oder Skeel zu zeugen für den Dienst an Rosenholm, Hverringe und Gammel-Estrup.

Weibliche Anmut stand in hohem Ansehen auf den Herrensitzen. Zusammen mit fröhlicher Jagd und edlem Wein bildete sie die Blüte und das Emblem des höheren Daseins, das dort geführt wurde, und in mannigfaltiger Weise waren die Geschlechter auf ihre Töchter stolzer als auf ihre Söhne.

Die Damen, die in den Lindenalleen lustwandelten oder sie in schweren Kutschen mit vier Pferden durchfuhren, trugen die Zukunft des Namens in ihrem Schoß und hielten, würdigen und anmutigen Karyatiden gleich, die Häuser aufrecht. Sie waren sich ihres Wertes wohl bewußt, hielten ihren Preis hoch und bewegten sich in einer Sphäre artiger Anbetung und Selbstanbetung. Man mochte sogar meinen, sie fügten, aus eigenem Gutdünken, einen graziösen, schalkhaften, paradoxen Hochmut hinzu. Denn wie frei waren sie, wie mächtig! Ihre Gebieter mochten das Land beherrschen und sich viele Freiheiten erlauben, doch wenn es um jenes oberste Prinzip der Legitimität ging, das den Grundpfeiler ihrer Welt bildete, dann lag der Schwerpunkt bei ihnen.

Die Linden standen in Blüte. Aber so früh am Morgen zog nur ein schwacher Duft durch den Garten, eine luftige Botschaft, ein aromatisches Echo der Träume in der kurzen Sommernacht.

Durch die lange Allee, die vom Haus bis ganz ans Ende des Gartens führte, wo man, von einem kleinen weißen Pavillon im klassischen Stil aus, einen weiten Ausblick über die Felder hatte, ging ein junger Mann. Er war in schlichtes Braun gekleidet, mit feinem Leinenhemd und Spitzen am Halstuch, barhäuptig, das Haar mit einem Band zusammengebunden. Er war dunkel, eine schlanke und kräftige Gestalt mit schönen Augen und Händen; er hinkte ein wenig.

Das große Haus am Ende der Allee, der Garten und die Felder waren sein Kindheitsparadies gewesen. Doch dann hatte er sich in der Welt umgesehen und außerhalb Dänemarks gelebt, in Rom und Paris, und gegenwärtig war er der Dänischen Gesandtschaft am Hofe von König George attachiert, des Bruders der verstorbenen, unglücklichen jungen Königin von Dänemark. Er hatte die Heimat seiner Väter neun Jahre lang nicht gesehen. Es machte ihn lachen, daß er jetzt alles so viel kleiner vorfand, als er es in Erinnerung gehabt hatte, und zugleich war er von dem Wiedersehen seltsam bewegt. Verstorbene Menschen kamen auf ihn zu und lächelten ihn an; ein kleiner Junge mit einer Halskrause rannte mit seinem Reifen und seinem Drachen an ihm vorbei, warf ihm im Vorüberlaufen einen hellen Blick zu und fragte lachend: »Willst du mir etwa weismachen, du seiest ich?« Er versuchte, den Fliehenden zu fangen und ihm zu antworten: »Ja, ich versichere dir, daß ich du bin«, aber die flüchtige Gestalt wartete keine Antwort ab.

Der junge Mann, dessen Name Adam war, stand in einer eigentümlichen Beziehung zu diesem Haus und dem Land ringsum. Sechs Monate lang war er Erbe des ganzen Besitzes gewesen; nominell war er es sogar noch in diesem Augenblick. Diese Bewandtnis war es, die ihn von England hergeführt hatte und über die er nachdachte, wie er langsam dahinschritt.

Der alte Baron im Herrenhaus droben, der Bruder seines Vaters, hatte in seiner Familie viel Unglück erfahren. Seine

Frau war jung gestorben und zwei seiner Kinder im Säuglingsalter. Der einzige Sohn, der ihm blieb, Spielgefährte seines Vetters, war ein kränklicher und grämlicher Knabe. Zehn Jahre lang reiste der Vater mit ihm von einem Kurort zum anderen, in Deutschland und in Italien, kaum je in anderer Gesellschaft als der seines stummen, sterbenden Kindes, dessen schwaches Lebensflämmchen mit beiden Händen schirmend, bis zu dem Augenblick, da ein neues Leben an ihm entzündet werden könnte. Zur gleichen Zeit traf ihn ein weiteres Unglück: er fiel bei Hofe, wo er bisher Rang und Namen innegehabt hatte, in Ungnade. Als er gerade dabei war, das Ansehen seiner Familie durch die Heirat, die er für seinen Sohn arrangiert hatte, wiederherzustellen, starb kurz vor der Eheschließung der Bräutigam, noch keine zwanzig Jahre alt.

Adam erfuhr vom Tode seines Vetters und von der Veränderung seines eigenen Schicksals in England, durch seine ehrgeizige und triumphierende Mutter. Er saß mit ihrem Brief in der Hand da und wußte nicht, was er davon halten sollte.

Wenn ihm dies, dachte er, widerfahren wäre, als er noch ein Knabe war, daheim in Dänemark, dann hätte es ihm die ganze Welt bedeutet. Das würde es seinen Freunden und Schulkameraden auch heute noch, wenn sie an seiner Stelle wären, und sie beglückwünschten oder beneideten ihn wohl in diesem Augenblick. Er jedoch war von Natur aus weder begehrlich noch eitel; er vertraute auf seine eigenen Fähigkeiten und war in dem Wissen zufrieden gewesen, daß sein Erfolg im Leben von seinem eigenen Können abhing. Sein leichtes Gebrechen hatte ihn stets von den anderen Knaben ein wenig abgesondert; es hatte ihm vielleicht eine größere Feinfühligkeit für viele Erscheinungen des Lebens verliehen, und jetzt dünkte es ihn nicht in der Ordnung, daß das Oberhaupt der Familie hinken sollte. Er sah nicht einmal seine Aussichten im selben Glanze wie seine Leute daheim. In England war er größerem Reichtum und größerem Glanz begegnet, als sie träumen mochten; er hatte eine englische Dame geliebt, und war von ihr glücklich gemacht worden, die von solchem Rang und Reichtum war, daß in ihren Augen, wie er glaubte, selbst das prächtigste Gut in ganz Dänemark wohl nur wie der Spielzeug-Bauernhof eines Kindes aussah.

Und in England war er auch mit den großen neuen Ideen des Zeitalters in Berührung gekommen: von der Natur, von Menschenrecht und Menschenfreiheit, von Schönheit und Gerechtigkeit. Durch sie war die Welt für ihn unendlich viel weiter geworden; er wollte noch mehr darüber erfahren und plante, nach Amerika zu reisen, in die neue Welt. Einen Augenblick lang kam er sich gefangen und gefesselt vor, als langten die Toten seines Geschlechts aus der Familiengruft daheim heraus mit ihren verdorrten Armen nach ihm.

Doch danach begann er nachts von dem alten Haus und dem Garten zu träumen. Im Traum war er durch diese Alleen hier gegangen und hatte den Duft der blühenden Linden eingesogen. Als ihm eines Tages in Ranelagh eine alte Zigeunerin aus der Hand gelesen und ihm geweissagt hatte, ein Sohn von ihm werde einst auf dem Lande seiner Väter sitzen, da hatte er eine plötzliche, tiefe Genugtuung empfunden, sonderbar bei einem jungen Manne, der noch nie an eigene Söhne gedacht hatte.

Sechs Monate später schrieb ihm dann seine Mutter wieder, um ihm mitzuteilen, daß sein Onkel das Mädchen, das für seinen Sohn ausersehen gewesen war, selbst geheiratet habe. Das Haupt der Familie war noch im besten Alter, noch keine sechzig Jahre alt, und obgleich Adam ihn als einen kleinen, schmächtigen Mann in Erinnerung hatte, war er von vitaler Natur; es war anzunehmen, daß ihm seine junge Frau Söhne gebären würde.

Adams Mutter schob in ihrer Enttäuschung die ganze Schuld auf ihn. Wenn er gleich nach Dänemark zurückgekommen wäre, schrieb sie, hätte sein Onkel in ihm mit der Zeit gewiß seinen Sohn gesehen und würde nicht geheiratet haben; ja, er würde die Braut dann wohl ihm zugeführt haben. Adam wußte es besser. Das Familiengut war, sich darin von den angrenzenden Gütern unterscheidend, seit der Zeit, da zum ersten Mal ein Mann ihres Namens auf ihm saß, stets vom Vater auf den Sohn übergegangen. Die Tradition direkter Erbfolge war der Stolz des Geschlechts und seinem Onkel ein heiliges Dogma; er würde ganz gewiß auf einem Sohn aus seinem eigenen Fleisch und Blut bestehen.

Doch auf diese Nachricht hin wurde der junge Mann von einem unerklärlichen, tiefen und schmerzenden Schuldgefühl der alten Heimat in Dänemark gegenüber ergriffen. Es war ihm, als sei er mit einer freundlichen und noblen Geste leichtfertig umgegangen und jemandem untreu geworden, der ihm unerschütterlich die Treue hielt. Es wäre nur recht und billig, dachte er, wenn von nun an das Gut ihn verstoßen und vergessen würde. Heimweh, das er nie zuvor verspürt hatte, packte ihn: zum ersten Male ging er in den Straßen und Parks von London wie ein Fremder umher.

Er schrieb an seinen Onkel und fragte an, ob er ihn besuchen dürfe, erbat Urlaub von der Gesandtschaft und schiffte sich nach Dänemark ein. Er war zu dem Haus zurückgekehrt, um seinen Frieden mit ihm zu machen; er hatte in der Nacht kaum geschlafen und war so früh auf und ging durch den Garten, um sich zu erklären und um Vergebung zu erhalten.

Während er so ging, nahm der stille Garten allmählich sein Tagwerk auf. Eine große Schnecke, von der Art, die sein Großvater aus Frankreich mitgebracht hatte, und die er, wie ihm jetzt wieder einfiel, als Kind im Gutshaus gegessen hatte, zog bereits mit Würde eine Silberspur die Allee hinab. Die Vögel begannen zu singen; in einem alten Baume, unter dem er stehenblieb, plagte eine ganze Schar von ihnen eine Eule; die Herrschaft der Nacht war vorbei.

Er stand am Ende der Allee und sah den Himmel hell werden. Eine entzückte Klarheit füllte die Welt; in einer halben Stunde würde die Sonne heraufkommen. Ein Roggenfeld zog sich hier am Garten entlang; zwei Ricken regten sich darin, und sahen rosig aus in der Morgendämmerung. Er ließ seinen Blick über die Felder schweifen, wo er als kleiner Junge auf seinem Pony geritten war, und zum Wald hinüber, wo er seinen ersten Hirsch getötet hatte. Die alten Diener fielen ihm ein, die ihn unterwiesen hatten; manch einer von ihnen lag jetzt auf dem Friedhof.

Die Bande, die ihn an diesen Ort fesselten, sann er vor sich hin, waren geheimnisvoller Natur. Auch wenn er nie wieder hierher zurückkäme, so würde das keinen Unterschied machen. So lange ein Mann aus seinem Blut und Namen auf dem Hofe saß, in den Feldern und Wäldern jagte und die Leute in den Hütten ihm gehorsam waren, wäre er, wo immer auf der Welt er sich auch befände, in England oder unter den Rothäuten Amerikas, stets in Sicherheit, hätte stets eine Heimat und besäße Ansehen in den Augen der Welt.

Seine Augen verweilten auf der Kirche. In alten Tagen, vor Martin Luthers Zeit, waren, wie er wußte, die jüngeren Söhne großer Familien in den Dienst der Kirche Roms getreten und hatten persönlichen Reichtum und Glück aufgegeben, um höheren Idealen zu dienen. Auch sie hatten Ehre eingelegt für ihre Häuser und waren in den Familienbüchern verzeichnet. In der stillen Einsamkeit des Morgens ließ er, halb im Scherz, seine Gedanken schweifen, wohin sie wollten; es war ihm, als könne er mit dem Land ringsum wie zu einem Menschen sprechen, wie zu der Urmutter seines Stammes. »Ist es nur mein Leib, den du haben willst«, fragte er sie, »und verschmähst du meine Phantasie, meine Energie und meine Gefühle? Wenn ich die Welt dazu brächte, mir Anerkennung zu zollen, damit der gute Klang unseres Namens nicht nur in der Vergangenheit begründet ist, würde dich das nicht befriedigen?« Das Land war so still, daß er nicht zu sagen vermochte, ob es ihm ja oder nein antwortete.

Nach einer Weile ging er wieder weiter und kam an den

neuen französischen Rosengarten, der für die junge Herrin des Hauses angelegt worden war. In England hatte er, was Gartenkunst anging, einen freieren Geschmack erworben, und er überlegte, ob er diese erglühenden Gefangenen nicht befreien und sie außerhalb ihrer gestutzten Hecken gedeihen lassen könnte. Vielleicht, sann er, sollte dieser elegant konventionelle Garten ein Blumenporträt seiner jungen Tante vom Hofe sein, die er noch nicht gesehen hatte.

Als er wieder zu dem Pavillon am Ende der Allee kam, wurde sein Blick von einem Bukett ausgesuchter Farben angezogen, die unmöglich dem dänischen Sommermorgen zugehören konnten. Es war denn auch sein Onkel in höchsteigener Person, gepudert und mit seidenen Strümpfen angetan, aber noch in einem Schlafrock aus Brokat und offensichtlich in tiefe Gedanken versunken. »Welches Geschäft, welche Betrachtungen«, fragte sich Adam, »mögen wohl einen Kenner und Verehrer des Schönen, der kaum drei Monate lang mit einem Weibe von siebzehn verheiratet ist, vor Sonnenaufgang aus dem Bett und in den Garten treiben?« Er ging auf die kleine, schmächtige, gerade Gestalt zu.

Sein Onkel zeigte keinerlei Überraschung, als er seiner ansichtig wurde, aber ihn schien kaum je etwas überraschen zu können. Er begrüßte ihn, mit einem Kompliment über sein frühes Aufstehen, so freundlich, wie er es bei seiner Ankunft gestern abend getan hatte. Gleich darauf blickte er gen Himmel und verkündete feierlich: »Dies wird ein heißer Tag werden.« Adam war als Kind oft von der pompösen, zeremoniellen Art beeindruckt gewesen, in welcher der alte Baron die alltäglichen Geschehnisse des Lebens vermeldete; es sah aus, als habe sich nichts hier verändert, als sei alles, wie es immer gewesen.

Der Onkel bot seinem Neffen eine Prise Schnupftabak. »Nein, danke, Onkel«, sagte Adam, »das würde mir die Nase für den Duft Ihres Gartens verderben, der so frisch ist wie der Garten Eden, als er eben erschaffen ward.« »Von dessen allerlei Bäumen«, sagte sein Onkel lächelnd, »du, mein Adam, beliebig essen sollst.« Sie gingen zusammen gemächlich die Allee hinauf.

Die verborgene Sonne vergoldete nun schon die Wipfel der höchsten Bäume. Adam sprach über die Schönheiten der Natur und die Größe der nordischen Landschaft, die weniger von der Hand des Menschen geprägt sei als jene Italiens. Sein Onkel faßte das Preisen der Landschaft als ein persönliches Kompliment auf und beglückwünschte ihn, weil er nicht, gleich so vielen anderen jungen Reisenden in fremden Ländern, sein Heimatland verachten gelernt habe. Nein, sagte Adam, er habe sich in jüngster Zeit in England nach den Feldern und Wäldern seiner dänischen Heimat gesehnt. Und er sei dort mit einem neuen Werk der dänischen Dichtung bekannt geworden, das ihn mehr als jedwedes englische oder französische Buch entzückt habe. Er nannte den Verfasser, Johannes Ewald, und sprach ein paar der mächtigen, stürmischen Verse.

»Und ich habe mich darüber gewundert, während ich dieses Werk las«, fuhr er nach einer Pause fort, noch ergriffen von den Zeilen, die er deklamiert hatte, »daß wir bisher nicht verstanden haben, wie sehr unsere nordische Mythologie an moralischer Größe jene Griechenlands und Roms übertrifft. Gäbe es nicht die körperliche Schönheit der antiken Götter, die in Marmor auf uns gekommen ist, so könnte kein moderner Mensch sie der Anbetung für wert halten. Sie waren böse, launisch und tückisch. Die Götter unserer dänischen Vorfahren stehen ebenso hoch über ihnen, wie der Druide über dem Auguren steht. Die blonden Götter in Asgard besaßen hohe menschliche Tugenden; sie waren gerecht, treu, gütig und sogar, in einer barbarischen Zeit, ritterlich.« Hier schien sein Onkel zum erstenmal wirkliches Interesse an der Konversation zu fassen. Er blieb stehen, die majestätische Nase ein wenig in die Luft gereckt. »Ja, für sie war es leichter«, sagte er.

»Wie soll ich Sie verstehen, Onkel?« fragte Adam. »Es war«, sagte sein Onkel, »für die nordischen Götter um ein Gutteil leichter als für jene Griechenlands, gerecht und gütig zu sein, wie du es zu nennen beliebst. Für mein Verständnis enthüllt es jedoch eher eine Schwäche in den Seelen unserer alten Dänen, daß sie bereit waren, solche Gottheiten anzubeten.« »Mein teurer Onkel«, sagte Adam lächelnd, »ich habe immer gespürt, daß Sie mit der Welt des Olymps vertraut sind. Lassen Sie mich deshalb bitte teilhaben an Ihrer Einsicht und sagen Sie mir, weshalb diese Tugenden unseren dänischen Göttern leichter fallen sollten als jenen in milderem Klima.« »Sie waren nicht so mächtig«, sagte sein Onkel.

»Steht denn die Macht«, fragte Adam wieder, »der Tugend im Wege?« »Nein«, sagte sein Onkel ernst. »Nein, Macht ist an sich die höchste Tugend. Die Götter jedoch, von denen du sprichst, waren niemals allmächtig. Sie hatten, zu allen Zeiten, jene dunkleren Mächte zur Seite, die sie Jötunen nannten, und die das Leid, das Unglück und das Verderben unserer Welt bewirkten. Sie konnten sich unbeschadet der Milde und der Mäßigung hingeben. Die allmächtigen Götter«, fuhr er fort, »haben solche Erleichterung nicht. Mit ihrer Allmacht nehmen sie das Weh der ganzen Welt auf sich.«

Sie waren jetzt an dem Punkt der Allee angelangt, von dem aus man das Herrenhaus sehen konnte. Der alte Baron blieb stehen und ließ seinen Blick darüber hinschweifen. Das stattliche Gebäude war dasselbe wie eh und je: Hinter den beiden hohen Frontfenstern lag jetzt, wie Adam wußte, das Schlafgemach seiner jungen Tante. Sein Onkel machte kehrt und ging denselben Weg zurück.

»Ritterlichkeit«, sagte er, »die Ritterlichkeit, von der du sprachst, ist keine Tugend des Allmächtigen. Sie setzt notwendig gewaltige Gegenmächte voraus, denen der Ritter trotzen muß. Was würde wohl der heilige Georg für eine Figur abgeben, wenn ihm der Drache an Stärke deutlich unterlegen wäre? Der Ritter, der gerade keine überlegenen

Feinde zur Hand hat, muß diese erfinden und gegen Windmühlen kämpfen; seine Ritterschaft an sich setzt Gefahren voraus, Verruchtheit, Mächte der Finsternis rings um ihn her. Nein, glaube mir, mein Neffe, seinen moralischen Werten zum Trotz muß dein ritterlicher Odin von Asgard als Weltenlenker seinen Rang unter dem Jupiters einnehmen, der sich zu seiner Souveränität bekannte und die Welt annahm, die er regierte. Doch du bist jung«, fügte er hinzu, »und die Weisheit der Alten muß dir pedantisch klingen.«

Er verharrte einen Augenblick und verkündete dann mit feierlichem Ernst: »Die Sonne ist da!«

Die Sonne kam wirklich über den Horizont herauf. Die weite Landschaft ward plötzlich von ihrem Strahlen belebt, und das tauige Gras funkelte in tausendfältigem Glanz.

»Ich habe Ihnen«, sagte Adam, »mit großem Interesse zugehört, Onkel. Doch will mir scheinen, als wären Ihre Gedanken bei unserem Gespräch mit etwas anderem beschäftigt gewesen; Ihre Augen haben auf dem Feld vor dem Garten geruht, als ginge dort etwas von großer Bedeutung vor sich, eine Sache auf Leben und Tod. Jetzt, da die Sonne herauf ist, sehe ich die Schnitter im Roggen und höre sie ihre Sicheln wetzen. Heute ist ja, wie Sie mir gestern sagten, Erntebeginn. Für den Gutsbesitzer ist das ein großer Tag und Grund genug, seine Gedanken von den Göttern abzulenken. Das Wetter ist prächtig, und ich wünsche Ihnen eine volle Scheune.«

Der ältere Mann stand regungslos da, die Hände auf den Knauf seines Spazierstocks gelegt. »Es geht dort auf diesem Felde«, sagte er schließlich, »wirklich etwas Großes vor sich, eine Sache auf Leben und Tod. Komm, wir wollen uns hier setzen, und ich werde dir die ganze Geschichte erzählen.« Sie ließen sich auf der Bank nieder, die rings um den Pavillon lief, und während er dann sprach, verwandte der alte Gutsherr kein Auge von dem Roggenfeld.

»Vor einer Woche, Donnerstag nacht«, sagte er, »steckte jemand meine Scheune zu Rødmosegaard in Brand – du kennst die Stelle ja, dicht beim Moor – und brannte sie bis auf den Grund nieder. Zwei oder drei Tage lang konnten wir die Hand nicht auf den Missetäter legen. Dann kam am Montagmorgen der Jagdhüter von Rødmose zum Haus, zusammen mit dem Stellmacher von drüben; sie zerrten einen Burschen mit sich, Goske Piil, den Sohn einer Witwe, und schworen auf die Bibel, daß er es getan habe; sie hätten ihn mit ihren eigenen Augen am Donnerstag bei Einbruch der Nacht um die Scheune herumschleichen sehen. Goske hat keinen guten Ruf auf dem Gut; der Jagdhüter hegt einen Groll gegen ihn wegen einer alten Wilddieberei, und der Stellmacher kann ihn auch nicht leiden, denn er hat ihn, wie mir erzählt wurde, mit seiner jungen Frau verdächtigt. Der Bursche, als ich mit ihm redete, beschwor seine Unschuld, aber er konnte dem Zeugnis der beiden alten Männer nicht standhalten. So ließ ich ihn denn einsperren, um ihn dann mit einem Brief zu unserem Bezirksrichter zu schicken.

Der Richter ist ein Narr und würde natürlich nur das tun, was ich seiner Meinung nach von ihm wünsche. Er hätte den Jungen wegen Brandstiftung ins Zuchthaus stecken oder ihn unter die Soldaten stoßen können, als einen Bösewicht und Wilddieb. Oder ihn, wenn er meinte, daß dies mein Wunsch sei, laufen lassen.

Ich ritt durch die Felder, um das Korn, das bald reif für den Schnitt war, in Augenschein zu nehmen, als eine Frau, die Witwe, Goskes Mutter, vor mich geführt wurde, die dringlich darum bat, mit mir sprechen zu dürfen. Anne-Marie ist ihr Name. Du wirst dich ihrer entsinnen; sie wohnt in dem Häuschen im Osten des Dorfes. Auch sie ist nicht gut angesehen auf dem Gut. Sie steht im Ruf, als Mädchen ein Kind bekommen und es beseitigt zu haben.

Sie hatte fünf Tage lang geweint, und ihre Stimme war jetzt so gebrochen, daß es mir schwerfiel, sie zu verstehen. Ihr Sohn, brachte sie endlich heraus, sei am Donnerstag zwar tatsächlich drüben in Rødmose gewesen, aber in keiner bösen

Absicht; er sei hingegangen, um jemanden zu treffen. Er ist ihr einziger Sohn, sie rief Gott den Herrn zum Zeugen seiner Unschuld an, und sie rang die Hände vor mir und flehte mich an, daß ich ihr den Jungen rette.

Wir befanden uns auf eben dem Roggenfeld, auf das du und ich jetzt schauen. Das gab mir einen Gedanken ein. Ich sagte zu der Witwe: ›Wenn du an einem Tag, zwischen Sonnenaufgang und Sonnenuntergang, mit deinen eigenen Händen dieses Feld abmähen kannst, und es ist wohlgeraten, dann werde ich die Anklage fallenlassen, und du wirst deinen Sohn behalten. Gelingt es dir aber nicht, muß er fort, und es ist nicht wahrscheinlich, daß du ihn dann je wieder sehen wirst.‹

Da erhob sie sich und schaute über das Feld hin. Sie küßte meinen Reitstiefel, aus Dankbarkeit für die ihr erwiesene Gnade.«

Hier machte der alte Baron eine Pause, und Adam sagte: »Bedeutete ihr dieser Sohn so viel?« »Er ist ihr einziges Kind«, sagte sein Onkel. »Er bedeutet für sie das tägliche Brot und die Versorgung im Alter. Man kann wohl sagen, daß er ihr so lieb ist wie das eigene Leben. So wie«, fügte er hinzu, »innerhalb einer höheren Lebensordnung, ein Sohn für seinen Vater den Namen und das Geschlecht bedeutet, und er ihm so lieb ist wie das ewige Leben. Ja, ihr Sohn bedeutet ihr viel. Denn das Mähen dieses Feldes ist ein Tagewerk für drei Männer, oder drei Tagewerke für einen Mann. Heute morgen, beim Aufgang der Sonne, begann sie ihr Werk. Und dort drunten, am Ende des Feldes, kannst du sie jetzt sehen, mit einem blauen Kopftuch, neben dem Mann, dem ich aufgetragen habe, ihr zu folgen und sich zu vergewissern, daß sie ihre Arbeit ohne fremde Hilfe tut, und zwei oder drei Begleiterinnen in ihrer Nähe, dic ihr Mut zusprechen.«

Adam sah hinüber und erblickte wirklich eine Frau mit einem blauen Kopftuch und ein paar andere Gestalten im Roggen.

Sie saßen eine Zeitlang schweigend da. »Halten Sie selber«, sagte Adam dann, »den Jungen für unschuldig?« »Ich kann es nicht sagen«, erwiderte sein Onkel. »Es gibt keinen Beweis. Das Wort des Jagdhüters und des Stellmachers stehen gegen das Wort des Burschen. Wenn ich das eine oder das andere wirklich glaubte, so wäre es lediglich eine Sache des Zufalls, oder vielleicht des Mitleids. Der Bursche«, sagte er nach kurzem Zögern, »war der Spielgefährte meines Sohnes, das einzige Kind, das er, soviel ich weiß, jemals mochte oder mit dem er auskam.« »Halten Sie es«, fragte Adam wieder, »für möglich, daß sie Ihre Bedingung erfüllt?« »Ich weiß es wirklich nicht«, sagte der alte Baron. »Einer gewöhnlichen Person wäre es nicht möglich. Keine gewöhnliche Person hätte sich überhaupt je darauf eingelassen. Ich wollte es so. Wir brauchen das Gesetz nicht, Anne-Marie und ich.«

Adam folgte eine Weile der Bewegung der kleinen Schar im Roggen. »Gehen Sie jetzt zurück?« fragte er. »Nein«, sagte sein Onkel, »ich denke, ich werde hier bleiben, bis ich das Ende der Sache gesehen habe.« »Bis Sonnenuntergang?« fragte Adam überrascht. »Ja«, sagte der alte Baron. Adam sagte: »Es wird ein langer Tag werden.« »Ja«, sagte sein Onkel, »ein langer Tag. Aber«, fügte er hinzu, als Adam sich zum Gehen erhob, »wenn du diese Tragödie, von der du sprachst, bei dir hast, dann sei doch so freundlich, sie mir hierzulassen, damit sie mir Gesellschaft leistet.« Adam reichte ihm das Buch.

In der Allee begegnete er zwei Bediensteten, die auf großen Silbertabletts die Morgenschokolade des alten Barons zum Pavillon hinuntertrugen.

Wie nun die Sonne am Himmel emporstieg und der Tag heiß wurde, verströmten die Linden ihren Überschwang an Duft, und der Garten ward erfüllt von unvergleichlicher, überwältigender Süße. Gegen die stille Mittagsstunde hin vibrierte die lange Allee wie der Resonanzboden eines Saiteninstruments mit einem tiefen, unaufhörlichen Brausen: dem

Summen ungezählter Bienen, die an den hangenden, prangenden Blütenbüscheln sich drängten und trunken waren vor Wonne.

In der kurzen Spanne des dänischen Sommers gibt es keine reichere oder köstlichere Zeit als jene Woche, in der die Linden blühen. Der himmlische Duft steigt zu Kopf und geht zu Herzen; er scheint die Gefilde Dänemarks mit jenen Elysiums zu vereinen; er birgt Heu, Honig und heiligen Weihrauch und ist halb Märchenland und halb Apothekerkasten. Die Allee war in einen mystischen Tempel verwandelt, in eine Kathedrale der Dryaden, äußerlich von Wipfel bis Wurzel verschwenderisch verziert, übersät mit mannigfaltigen Ornamenten und golden in der Sonne. Doch hinter den Mauern waren die Gewölbe wohlig kühl und dämmrig, ambrosische Zufluchtsstätten in einer brennenden und blendenden Welt, und hier herinnen war das Erdreich immer noch feucht.

Droben im Haus, hinter den seidenen Gardinen der beiden Frontfenster, steckte die junge Herrin des Gutes von ihrem breiten Bett aus ihre Füße in zwei Pantöffelchen mit hohen Absätzen. Ihr spitzengesäumtes Nachthemd war über ihr Knie hinaufgeglitten und von den Schultern heruntergerutscht; ihr Haar, für die Nacht in Papilloten aufgedreht, war noch bestäubt vom Puder des gestrigen Tages, ihr rundes Gesicht rosig vom Schlaf. Sie trat in die Mitte des Zimmers und blieb dort stehen, mit äußerst ernster und nachdenklicher Miene, in Wirklichkeit aber dachte sie an überhaupt nichts. Doch zog eine lange Prozession von Bildern durch ihren Kopf, und sie trachtete unbewußt danach, sie in eine Ordnung zu bringen, wie es die Bilder ihres Daseins immer gewesen waren.

Sie war am Hofe aufgewachsen; das war ihre Welt, und im ganzen Lande gab es wohl kein zweites Persönchen, dem Rhythmus und Ritus des Hoflebens so selbstverständlich und graziös in Fleisch und Blut übergegangen waren wie ihr.

Durch die Huld der alten Königinwitwe trug sie deren Namen und den der Schwester des Königs, der Königin von Schweden: Sophie Magdalena. Diese Dinge hatte ihr Gemahl im Auge gehabt, als er, um seinen Status an höchster Stelle zurückzugewinnen, sie als Braut erwählt hatte, zuerst für seinen Sohn und dann für sich selbst. Ihr eigener Vater jedoch, der ein hohes Amt in der königlichen Hofhaltung bekleidete und der neuen Hofaristokratie angehörte, hatte zu seiner Zeit genau das gleiche getan, nur gerade umgekehrt, und hatte eine Angehörige des Landadels geheiratet, um im alten Adel Dänemarks Fuß zu fassen. Das kleine Mädchen hatte das Blut ihrer Mutter in den Adern. Das Leben auf dem Lande war für sie eine großartige Überraschung gewesen und ein Entzücken.

Um in ihren Schloßhof zu kommen, mußte sie durch den Wirtschaftshof fahren, durch das schwere Scheunentor aus Stein hindurch, in dem das Rollen ihrer Kutsche sekundenlang wie Donner dröhnte. Sie mußte an den Ställen vorüberfahren und an dem Holzpferd, von dem aus ihr manchmal der traurige Blick eines armen Sünders folgte, und scheuchte vielleicht eine Herde kreischender Gänse auf oder kam an dem schweren, schnaubenden Bullen vorbei, der am Nasenring geführt wurde und in dumpfer Wut die Erde aufwühlte. Anfangs war dies für sie jedes Mal ein kleiner Schreck und ein Spaß gewesen. Doch nach einer Weile schienen alle diese Kreaturen und Dinge, die ihr gehörten, Teil ihrer selbst zu werden. Ihre Mütter, Damen vom alten dänischen Landadel, waren robuste Persönlichkeiten gewesen, die sich von keinem Wetter schrecken ließen: jetzt war sie selbst durch den Regen gegangen und hatte in ihm gelacht und geleuchtet wie ein grüner Baum.

Sie hatte ihr großes neues Haus zu einer Zeit in Besitz genommen, da alle Welt sich entfaltete, paarte und vermehrte. Blumen, die sie seither nur in Form von Buketten und Gewinden gekannt hatte, sprossen rings um sie her aus der

Erde; Vögel sangen in allen Bäumen. I
Lämmer kamen ihr niedlicher vor als ihre
Hannoveranerzucht ihres Mannes wurden
führt, damit sie ihnen Namen gebe; sie stand
tete, wie sie ihre weichen Nasen in die Bäu
stießen, um zu trinken. Von diesem merkwü
hatte sie bisher nur andeutungsweise vernom einem
Weg im Park aus war sie Zeugin geworden, wie der Hengst sich auf der Stute gebäumt und gellend gewiehert hatte. Diese ganze Lebenskraft, Lust und Fruchtbarkeit entfaltete sich vor ihren Augen, als geschähe es zu ihrem Vergnügen.

Und was ihre eigene Rolle anging, inmitten dieses Schauspiels, so war sie einem alten Manne angetraut, der sie mit pünktlichem Respekt behandelte, da sie ihm einen Sohn gebären sollte. So lautete der Vertrag; das hatte sie von Anfang an gewußt. Ihr Gatte, fand sie, tat sein Bestes, seinen Teil der Abmachung zu erfüllen, und sie selbst war von Natur aus loyal und streng erzogen worden. Sie würde sich ihrer Pflicht nicht entziehen. Nur empfand sie allmählich vage eine Mißhelligkeit oder Unstimmigkeit in ihrem majestätischen Dasein, die es ihr verwehrte, so glücklich zu sein, wie sie es erwartet hatte.

Nach einer gewissen Zeit nahm ihr Unbehagen eine seltsame Form an: als Bewußtsein eines Ausbleibens. Irgend jemand hätte bei ihr sein müssen und war es nicht. Sie hatte keine Erfahrung im Erforschen ihrer Gefühle; am Hofe war dazu keine Zeit gewesen. Jetzt, da sie öfter sich selbst überlassen war, erkundete sie tastend ihr eigenes Inneres. Sie versuchte, diese Leere auszufüllen, mit ihrem Vater, ihren Schwestern, ihrem Musiklehrer, einem italienischen Sänger, für den sie geschwärmt hatte; aber keiner von ihnen füllte die Leere aus. Mitunter wurde ihr leichter ums Herz, und sie glaubte, die Mißhelligkeit sei von ihr gewichen. Und dann wieder geschah es, sei es, wenn sie allein oder in der Gesellschaft ihres Gatten war, und sogar in seiner Umarmung, daß

…e herum alles aufschrie: Wo? Wo? so daß ihre …en Blicke im Zimmer umherirrten, auf der Suche nach … Wesen, das hätte da sein sollen, aber nicht gekommen …ar.

Als sie, vor sechs Monaten, davon unterrichtet worden war, daß ihr junger Bräutigam gestorben sei und daß sie statt dessen seinen Vater heiraten sollte, da hatte sie das nicht betrübt. Ihr jugendlicher Bewerber war ihr, das eine Mal, da sie ihn gesehen hatte, kindisch und abgeschmackt vorgekommen; der Vater würde einen ansehnlicheren Gatten abgeben. Inzwischen hatte sie manchmal an den toten Jungen gedacht und sich gefragt, ob mit ihm das Leben froher gewesen wäre. Doch bald verbannte sie dieses Bild wieder, und damit trat der traurige Jüngling endgültig von der Bühne dieser Welt ab.

An einer Wand ihres Zimmers hing ein hoher Spiegel. Wie sie sich darin betrachtete, kamen neue Bilder daher. Tags zuvor, als sie mit ihrem Gatten über Land gefahren war, hatte sie, in einiger Entfernung, eine Schar junger Mädchen aus dem Dorf in einem Bach baden sehen, von der Sonne beschienen. Ihr Leben lang hatte sie sich unter nackten Marmorgottheiten bewegt, aber es war ihr bis jetzt niemals in den Sinn gekommen, daß die Menschen, die sie kannte, unter ihren Schnürleibchen und Schleppen, unter ihren Kamisolen und Kniehosen aus Satin, eigentlich auch nackt waren, ja, daß sie sich selbst sogar unter ihren Kleidern nackt fühlte. Jetzt, vor dem Spiegel, löste sie langsam die Schleifen ihres Nachthemdes und ließ es zu Boden gleiten.

Hinter den zugezogenen Gardinen lag das Zimmer im Dämmerlicht. In dem Spiegel leuchtete ihr Körper silberhell wie eine weiße Rose; nur ihre Wangen und ihr Mund und die Spitzen ihrer Finger und Brüste zeigten ein schwaches Karminrot. Ihr schlanker Rumpf war von den Fischbeinstäben der Korsetts geformt, die ihn von Kindheit an eng umschlossen hatten; über dem schlanken Knie mit seinen Grübchen bezeichnete eine leichte Einschnürung den Platz des Strumpfbandes. Ihre Glieder waren so gerundet, daß es schien, man würde, an welcher Stelle man sie auch mit einem scharfen Messer durchschnitte, einen vollkommen kreisrunden Querschnitt erhalten. Taille und Bauch waren so glatt, daß ihr eigener Blick abrutschte und wegglitt und nach Halt suchte. Sie war jedoch nicht ganz und gar wie eine Statue, fand sie, und hob ihre Arme über den Kopf. Sie drehte sich, um einen Blick auf ihren Rücken zu erhaschen; die Rundungen unterhalb der Taille waren vom Druck des Bettes noch sanft gerötet. Sie rief sich einige Geschichten von Nymphen und Göttinnen ins Gedächtnis, sie schienen ihr aber alle so weit weg zu sein, daß ihre Gedanken zu den Dorfmädchen im Bach zurückkehrten. Sie wurden, einige Minuten lang, zu Spielgefährtinnen idealisiert, zu Schwestern sogar, denn sie gehörten ja zu ihr wie die Wiese und der blaue Bach. Und im nächsten Moment überkam sie das Gefühl der Verlassenheit erneut, ein *horror vacui* wie ein körperlicher Schmerz. Bestimmt, ganz bestimmt hätte irgend jemand jetzt bei ihr sein müssen, ihr anderes Ich, wie das Bild im Spiegel, nur näher, stärker: lebendig. Es war niemand da, die Welt um sie war leer.

Ein jähes, heftiges Jucken unterm Knie riß sie aus ihren Träumereien und weckte in ihr den Jagdinstinkt ihres Geschlechts. Sie feuchtete einen Finger mit der Zunge an, führte ihn behutsam nach unten und klatschte damit auf die Stelle. Sie spürte den winzigen scharfen Körper des Insekts deutlich an der seidigen Haut, preßte den Daumen darauf und hob den kleinen Gefangenen triumphierend zwischen ihren Fingerspitzen hoch. Sie stand ganz still da, als staune sie der Tatsache nach, daß ein Floh das einzige Geschöpf war, das um ihre Weichheit und ihr süßes Blut sein Leben wagte.

Ihre Jungfer öffnete die Tür und kam herein, beladen mit dem Aufzug des Tages – Frauenhemd, Korsett, Unterröcke und Reifrock. Es fiel ihr ein, daß sie einen Gast im Hause hatte, den neuen Neffen, der aus England gekommen war. Ihr

Gatte hatte sie gebeten, freundlich zu ihrem jungen Verwandten zu sein, den ihre Anwesenheit im Hause sozusagen enterbt hatte. Sie würden zusammen ausreiten.

Am Nachmittag war der Himmel nicht mehr blau wie am Morgen. Große Wolken türmten sich langsam an ihm auf, und das riesige Gewölbe selbst war farblos, als hätte es sich in die Dämpfe um die weißglühende Sonne im Zenith herum aufgelöst. Ein dumpfes Donnern lief den westlichen Horizont entlang; ein paar Mal erhob sich der Straßenstaub zu hohen spiraligen Wirbeln. Felder, Hügel und Wälder aber waren so still wie eine gemalte Landschaft.

Adam ging durch die Allee zum Pavillon hinunter und fand seinen Onkel dort, jetzt völlig angekleidet, vor, die Hände auf seinem Spazierstock und die Augen auf das Roggenfeld gerichtet. Das Buch, das Adam ihm gegeben hatte, lag neben ihm. Auf dem Feld wimmelte es jetzt von Menschen, Grüppchen standen hier und dort, und eine lange Reihe von Männern und Frauen rückte langsam auf den Garten zu, hinter den fallenden Schwaden her.

Der alte Baron nickte seinem Neffen zu, sprach aber nicht und veränderte seine Stellung nicht. Adam stand, ebenso still, neben ihm.

Der Tag war seltsam beunruhigend für ihn gewesen. Bei der Wiederbegegnung mit den alten Stätten hatten die süßen Klänge der Vergangenheit seine Sinne und sein Gemüt erfüllt und sich mit neuen, betörenden Tönen der Gegenwart vermischt. Er war wieder daheim in Dänemark, kein Kind mehr, sondern ein junger Mann, mit einem schärferen Sinn für das Schöne, voller Geschichten aus fremden Ländern, und zugleich ein wahrer Sohn seines Landes und verzaubert von dessen Liebreiz, wie er es nie zuvor gewesen war.

Doch durch alle diese Wohlklänge hindurch hatte die tragische und grausame Geschichte, die ihm der alte Baron am Morgen erzählt hatte, gehallt, und die traurige Kraftprobe, von der er wußte, daß sie ganz in seiner Nähe ausgetragen wurde, in diesem Roggenfeld: wie der stete, dumpfe Schlag einer gedämpften Trommel – ein schrecklicher Klang. Er kehrte wieder und wieder, so daß er gespürt hatte, wie er die Farbe wechselte und geistesabwesende Antworten gab. Dieser Klang führte tieferes Erbarmen mit allem Lebendigen mit sich, als er es je empfunden hatte. Als er an der Seite seiner jungen Tante dahingeritten war und sie der Weg am Schauplatz des Dramas vorüberführte, hatte er es sich angelegen sein lassen, zwischen ihr und dem Feld zu reiten, damit sie nicht sehen oder ihn danach fragen sollte, was dort vor sich ging. Aus demselben Grunde hatte er den Heimweg durch den tiefen grünen Wald gewählt.

Noch beherrschender als die Gestalt der Frau, die mit ihrer Sichel um das Leben ihres Sohnes kämpfte, leistete ihm die Gestalt des alten Mannes, so wie er sie bei Sonnenaufgang gesehen hatte, den Tag über Gesellschaft. Er begann zu grübeln, welche Rolle dieser einsame, entschlossene Mann in seinem eigenen Leben gespielt hatte. Von der Zeit an, da sein Vater gestorben war, hatte er für den Knaben Gesetz und Ordnung verkörpert, Lebensweisheit und freundliche Führung. Was sollte er tun, dachte er, wenn nach achtzehn Jahren diese Sohnesgefühle sich wandeln müßten und die Gestalt seines zweiten Vaters ein furchtbares Aussehen für ihn annähme, zum Inbegriff der Tyrannei und Unterdrückung in der Welt würde? Was sollte er tun, wenn diese beiden Gestalten eines Tages einander als Feinde gegenüberstünden?

Zugleich ergriff eine unerklärliche, eine unheilvolle Angst um den alten Mann Besitz von ihm. Denn hier konnte die Göttin Nemesis wahrlich nicht ferne sein. Dieser Mann hatte länger über die Welt um sich herum geherrscht, als Adam lebte, und nie war ihm von jemandem widersprochen worden. Während der Jahre, da er mit einem kranken Knaben aus seinem eigenen Fleisch und Blut als einzigem Gefährten durch Europa gezogen war, hatte er gelernt, sich von seiner Umgebung abzugrenzen und sich allem äußeren Leben zu verschließen, und er war für die Gedanken und Gefühle anderer Menschen fühllos geworden. Wunderliche Vorstellungen mochten sich damals in ihm festgesetzt haben, bis er sich schließlich als den einzigen wirklich existierenden Menschen gesehen hatte und die Welt als ein armes und eitles Schattenspiel ohne Substanz.

Jetzt wollte er, in senilem Eigensinn, das Leben derer in die Hand nehmen, die einfältiger und schwächer waren als er, das einer Frau, er benutzte es willkürlich für seine eigenen Zwecke und fürchtete keine vergeltende Gerechtigkeit. Wußte er denn nicht, dachte der junge Mann, daß es Kräfte in der Welt gab, die anders und furchtbarer waren als die kurzlebige Macht eines Despoten?

Mit der schwülen Hitze des Tages wuchs diese Ahnung nahenden Unheils in ihm, bis er schließlich nicht nur den alten Baron von Verderben bedroht fühlte, sondern auch das Gut, das Geschlecht und sich selbst. Es war ihm, als müsse er dem Manne, den er geliebt hatte, eine Warnung zurufen, bevor es zu spät war.

Doch als er sich jetzt wieder in der Gesellschaft seines Onkels befand, war die grüne Stille des Gartens so tief, daß er nicht die Stimme fand, seine Warnung auszustoßen. Statt dessen klang ihm wieder und wieder ein kleines französisches Lied im Ohr, das ihm seine Tante im Haus droben vorgesungen hatte: »*C'est un trop doux effort* ...« Er verstand etwas von Musik; er hatte das Lied schon früher gehört, in Paris, aber nicht so süß gesungen.

Nach einer Weile fragte er: »Wird die Frau die Bedingung erfüllen?« Sein Onkel breitete die Hände aus. »Es ist ein höchst verwunderliches Ding«, sagte er lebhaft, »aber es sieht wahrhaftig so aus, als sollte es ihr gelingen. Wenn du die Stunden von Sonnenaufgang bis jetzt zählst und von jetzt bis Sonnenuntergang, so wirst du feststellen, daß die Zeit, die ihr bleibt, die Hälfte der schon verstrichenen ist. Und siehe! Sie hat jetzt zwei Drittel des Feldes gemäht. Aber wir müssen natürlich in Betracht ziehen, daß mit fortschreitender Arbeit ihre Kraft abnimmt. Alles in allem betrachtet, wäre es für dich oder mich ein müßiges Unterfangen, auf den Ausgang der Sache zu wetten; wir müssen das Ergebnis abwarten. Setz dich doch und leiste mir Gesellschaft bei meiner Wache.« Im zwiespältigem Gefühl ließ Adam sich nieder.

»Und hier«, sagte sein Onkel und nahm das Buch von der Bank auf, »ist dein Buch, das die Zeit trefflich vertrieben hat. Es ist große Poesie, Ambrosia für Herz und Ohr. Und es hat mir, zusammen mit unserem Gespräch über Göttlichkeit heute morgen, Stoff zum Nachdenken gegeben. Ich habe über das Gesetz der vergeltenden Gerechtigkeit nachgedacht.« Er nahm eine Prise Schnupftabak und fuhr dann fort. »Ein neues Zeitalter«, sagte er, »hat sich nach seinem eigenen Bilde einen Gott erschaffen, einen gefühlvollen Gott. Und nun schreibt ihr schon eine Tragödie über euren Gott.«

Adam war nicht dazu aufgelegt, mit seinem Onkel eine Diskussion über Poesie zu beginnen, aber andererseits bangte ihm vorm Schweigen, und so sagte er: »Ist es nicht denkbar, daß wir die Tragödie für ein edles, ein göttliches Phänomen im Lebensplane halten?«

»Fürwahr«, sagte sein Onkel feierlich, »ein edles Phänomen, das edelste auf Erden. Aber nur auf Erden, und niemals göttlich. Die Tragödie ist das Privileg des Menschen, sein höchstes Privileg. Selbst der Gott der christlichen Kirche mußte, als Er zu erfahren wünschte, was Tragödie sei, Menschengestalt annehmen. Und selbst dann«, fügte er nachdenklich hinzu, »war die Tragödie nicht voll gültig, wie sie es geworden wäre, wenn ihr Held wahrlich ein Mensch gewesen wäre. Christi Göttlichkeit lieh ihr eine göttliche Note, das Moment der Komödie. Die wirklich tragische Rolle fiel, der Natur der Dinge gemäß, den Henkern zu, nicht dem Opfer. Nein, mein Neffe, wir müssen uns hüten davor, die reinen Elemente der Weltenordnung zu verfälschen. Die Tragödie sollte das Recht der Menschen bleiben, unterworfen in ihren

Lebensbedingungen oder in ihrer eigenen Natur dem harten Gesetz der Notwendigkeit. Den Menschen ist sie Erlösung und Glückseligkeit. Die Götter jedoch, von denen wir annehmen müssen, daß ihnen die Notwendigkeit fremd und unbegreiflich ist, können vom Tragischen keine Kenntnis haben. Wenn sie ihm von Angesicht zu Angesicht gegenübergestellt werden, dann haben sie, nach meiner Erfahrung, so viel guten Geschmack und Anstand, sich passiv zu verhalten und nicht einzugreifen.«

»Nein«, sagte er nach einer Pause, »die eigentliche Kunst der Götter ist das Komische. Das Komische ist ein Hinabsteigen des Göttlichen zur Welt des Menschen; es ist die höchste Einsicht, die nicht erworben werden kann, sondern immer von Himmelsmächten geschenkt werden muß. Im Komischen sehen die Götter ihr eigenes Wesen wie von einem Spiegel zurückgeworfen, und während der tragische Dichter durch strenge Gesetze gebunden ist, erlauben sie dem komischen Dichter eine Freiheit, die so grenzenlos ist wie ihre eigene. Sie enthalten nicht einmal die eigene Person seinen Possen vor. Jupiter mag Lukianus von Samosata sehr gewogen sein. Solange dein Spott nur in göttlich gutem Geschmack geschieht, magst du deinen Spott mit den Göttern treiben und dabei ein wahrer Gläubiger bleiben. Doch wenn du deinen Gott bemitleidest und bejammerst, dann verleugnest du ihn und machst ihn zunichte, und solches ist die gräßlichste Form der Gotteslästerung.«

»Und auch hier auf Erden«, fuhr er fort, »sollten wir, die wir an der Götter Statt stehen und uns von der Tyrannei der Notwendigkeit befreit haben, unseren Vasallen ihr Monopol auf die Tragödie überlassen und uns das Komische mit Würde vorbehalten. Nur ein roher und grausamer Herr, ein wirklicher Parvenu, wird mit der Zwangslage seiner Diener Spott treiben oder ihnen das Komische aufzwingen. Nur ein ängstlicher und pedantischer Herrscher, ein *petit maître*, wird für seine eigene Person das Lächerliche fürchten. Ja«, beschloß er seine lange Rede, »das gleiche Geschick, das, wenn es den Bürger oder den Bauern trifft, zur Tragödie wird, wird beim Aristokraten zum Komischen erhöht. An der Grazie und an dem Esprit, mit dem wir es annehmen, erweist sich unser Adel.«

Adam konnte sich eines Lächelns nicht erwehren, als er die Apotheose des Komischen aus dem Munde dieses steifen und förmlichen Propheten vernahm. In diesem ironischen Lächeln nahm er, zum ersten Male, von dem Oberhaupt seines Hauses Abstand.

Ein Schatten fiel über die Landschaft. Eine Wolke hatte sich vor die Sonne geschoben; das Land wechselte die Farbe darunter, erblaßte und erbleichte, und einen Augenblick lang schienen sogar alle Geräusche in ihm zu ersterben.

»Ah!« sagte der alte Baron, »wenn es zu regnen beginnt und der Roggen naß wird, kann Anne-Marie nicht rechtzeitig fertig werden. Und wen haben wir denn da?« fügte er hinzu und drehte seinen Kopf ein wenig.

Die Allee herab, ein Lakai vorneweg, kam ein Mann in Reitstiefeln und einer gestreiften Weste mit silbernen Knöpfen, den Hut in der Hand. Er verneigte sich tief, erst vor dem alten Baron und dann vor Adam.

»Mein Verwalter!« sagte der alte Baron. »Guten Nachmittag, Verwalter. Was für Neuigkeiten bringt Er uns?« Der Verwalter machte eine Geste des Bedauerns. »Nichts als schlechte Neuigkeiten, gnädiger Herr.« »Wie schlecht sind sie denn?« fragte sein Herr. »Auf dem ganzen Gut«, sagte der Verwalter mit Nachdruck, »ist nicht eine Seele bei der Arbeit, und nicht eine Sichel regt sich, außer der von Anne-Marie in diesem Roggenfeld. Die Mahd ist eingestellt; sie laufen alle hinter ihr drein. Es ist ein miserabler Tag für einen Ernteanfang.« »Ja, gewiß«, sagte der alte Baron. Der Verwalter fuhr fort: »Ich habe im Guten mit ihnen geredet«, sagte er, »und ich habe geflucht mit ihnen; es kommt alles auf eins heraus. Sie könnten geradesogut alle miteinander taub sein.«

»Guter Verwalter«, sagte der alte Baron, »laß Er sie in Frieden; laß Er sie machen, was sie wollen. Dieser Tag wird ihnen vielleicht dennoch mehr Gutes tun als viele andere. Wo ist Goske, der Bursche, Anne-Maries Sohn?« »Wir haben ihn in das kleine Gelaß bei der Scheune gesteckt.« »Nein, er soll hinuntergebracht werden«, sagte der alte Baron. »Er soll seiner Mutter bei der Arbeit zusehen. Aber was meint Er wohl – wird es ihr gelingen, das Feld rechtzeitig abzuernten?« »Wenn der gnädige Herr mich fragen«, sagte der Verwalter, »so glaube ich, daß es ihr gelingen wird. Wer hätte das je gedacht! Sie ist ja nur eine kleine Frau. Und obendrein herrscht heute eine Hitze, wie ich mich an eine ähnliche kaum erinnern kann. Weder ich noch der gnädige Herr hätten tun können, was Anne-Marie heute getan hat.« »Nein, nein, Verwalter, das hätten wir nicht«, sagte der alte Baron.

Der Verwalter zog ein rotes Taschentuch hervor und wischte sich die Stirn, etwas beruhigt dadurch, daß er seinem Zorn Luft verschafft hatte. »Wenn«, bemerkte er mit Bitterkeit, »sie alle so arbeiten würden, wie die Witwe heute arbeitet, könnten wir sogar einen Gewinn aus dem Land ziehen.« »Ja«, sagte der alte Baron und verfiel in Nachdenken, als berechne er den Gewinn, der dann zu erzielen wäre. »Und doch«, sagte er dann, »was die Frage von Gewinn und Verlust angeht, so ist sie schwieriger, als es scheinen will. Ich will Ihm etwas sagen, was Er vielleicht nicht weiß: Das berühmteste Gewebe, das je gewoben wurde, ward jede Nacht wieder aufgetrennt. Doch kommt«, fügte er hinzu, »sie ist jetzt ganz in der Nähe. Wir wollen hingehen und uns ihre Arbeit ansehen.« Mit diesen Worten erhob er sich und setzte seinen Hut auf.

Die Wolke war weitergezogen; die Sonnenstrahlen brannten wieder auf die weite Landschaft hernieder, und als die kleine Gesellschaft aus dem Schatten der Bäume hinaustrat, war die totenstille Hitze schwer wie Blei; der Schweiß brach auf ihren Gesichtern aus und ihre Augenlider schmerzten.

Auf dem schmalen Pfad mußten sie hintereinander gehen, der alte Baron schritt voran, ganz in Schwarz, und der Lakai, in seiner bunten Livree, bildete die Nachhut.

Auf dem Feld wimmelte es in der Tat von Menschen wie auf einem Marktplatz; es waren dort hundert Männer und Frauen oder mehr versammelt. Der Anblick rief in Adam Bilder aus seiner Kinderbibel wach: Jakobs Begegnung mit Esau in Edom, oder Boas' Schnitter in seinem Gerstenfeld bei Bethlehem. Manche von den Leuten hier standen am Ackerrain, andere drängten sich in Grüppchen um die mähende Frau, und ein paar folgten ihr in der Spur und banden die Schwaden auf, wo sie das Korn geschnitten hatte, als glaubten sie, ihr damit zu helfen, oder als wollten sie um jeden Preis an ihrer Arbeit teilhaben. Eine jüngere Frau mit einem Eimer auf dem Kopf hielt sich dicht an ihrer Seite, und eine Anzahl halbwüchsiger Kinder mit ihr. Eines von diesen erblickte als erstes den Gutsherrn und sein Gefolge und deutete auf ihn. Die Binder ließen ihre Garben fallen, und als der alte Mann stehenblieb, scharten sich viele der Zuschauer um ihn.

Die Frau, auf die seither die Augen aller auf dem Felde gerichtet gewesen waren – eine kleine Gestalt auf der großen Bühne –, drang langsam und ungleichmäßig vorwärts, doppelt gekrümmt, als gehe sie auf den Knien, und strauchelnd, während sie ging. Ihr blaues Kopftuch war nach hinten gerutscht; ihr graues Haar klebte schweißnaß am Schädel, voller Strohhalme und Staub. Sie wurde offensichtlich der Menge um sich herum gar nicht gewahr: nach den Neuankömmlingen wandte sie weder den Kopf noch ihren Blick.

Ganz in ihre Arbeit versunken, streckte sie eins ums andere Mal ihre linke Hand aus, um eine Handvoll Halme zu packen, und ihre rechte Hand mit der Sichel darin, um sie dicht über der Erde abzuschneiden, in zittrigen, unsicheren Rucken, den Zügen eines müden Schwimmers gleich. Ihre Bahn führte sie so dicht an die Füße des alten Barons heran, daß sein Schatten auf sie fiel. Gerade in diesem Augenblick wankte und schwankte sie zur Seite, und die Frau, die ihr folgte, hob den Eimer von ihrem Kopf und hielt ihn ihr an die Lippen. Anne-Marie trank, ohne ihren Griff um die Sichel zu lockern, und das Wasser rann ihr aus den Mundwinkeln. Ein Knabe, der sich dicht bei ihr hielt, beugte geschwind das eine Knie, umfaßte ihre Hände mit seinen eigenen und schnitt, sie haltend und führend, eine Handvoll Roggen ab. »Nein, nein«, sagte der alte Baron, »das darfst du nicht tun, Junge. Laß Anne-Marie in Frieden ihre Arbeit tun.« Beim Klang seiner Stimme erhob die Frau zögernd ihr Gesicht zu ihm empor.

Das knochige, gegerbte Gesicht war streifig von Schweiß und Staub; die Augen waren trüb. Doch es lag in seinem Ausdruck nicht die leiseste Spur von Angst oder Schmerz. Ja, unter all den ernsten und betroffenen Gesichtern auf dem Felde, war ihres das einzige vollkommen ruhige, friedliche und sanfte. Der Mund war zu einem Strich zusammengezogen, ein sprödes, feines, geduldiges kleines Lächeln, wie man es auf dem Gesicht einer alten Frau sieht, die an ihrem Spinnrad oder über ihrem Strickzeug sitzt, eifrig an ihrer Arbeit und glücklich darin. Und als die jüngere Frau den Eimer wieder auf ihren Kopf hob, nahm sie die Mahd unverzüglich wieder auf, mit einem glühenden, zärtlichen Verlangen, gleich dem einer Mutter, die ihr Kind an die Brust legt. Wie ein Insekt, das im hohen Gras dahinhastet, oder wie ein Schiffchen auf stürmischem Meer, stieß sie sich weiter, ihr ruhiges Gesicht wieder tief über ihre Arbeit gebeugt.

Die ganze Zuschauerschar, und mit ihr das Grüpplein vom Pavillon, rückte mit ihrem Vorrücken voran, langsam und wie an einer Schnur gezogen. Der Verwalter, der das gespannte Schweigen auf dem Felde schwer auf sich lasten fühlte, sagte zu dem alten Baron: »Die Roggenernte wird in diesem Jahr besser ausfallen als im vergangenen«, und erhielt keine Antwort. Er wandte sich mit seiner Bemerkung an Adam und zuletzt an den Lakaien, der sich jedoch über eine ackerbauliche Erörterung erhaben dünkte und als Antwort sich lediglich räusperte. Nach einer Weile brach der Verwalter das Schweigen abermals. »Da kommt der Bursche«, sagte er und deutete mit dem Daumen auf ihn. »Man hat ihn heruntergebracht.« In diesem Moment fiel die Frau vornüber auf ihr Gesicht und wurde von denen, die ihr zunächst standen, wieder aufgerichtet.

Adam blieb auf dem Feldweg jählings stehen und bedeckte mit der Hand seine Augen. Der alte Baron fragte ihn, ohne sich umzudrehen, ob er sich von der Hitze belästigt fühle. »Nein«, sagte Adam, »aber bleiben Sie. Ich muß mit Ihnen reden.« Sein Onkel blieb stehen, die Hand auf dem Stock und vorwärtsschauend, als bedauere er es, aufgehalten zu werden.

»Im Namen Gottes!« rief der junge Mann auf französisch, »zwingen Sie diese Frau nicht mehr weiter!« Es entstand eine kurze Pause. »Aber ich zwinge sie ja gar nicht, mein Freund!« sagte sein Onkel in derselben Sprache. »Es steht ihr frei, jeden Augenblick aufzuhören.« »Um den Preis ihres einzigen Kindes!« rief Adam wieder. »Sehen Sie denn nicht, daß sie stirbt? Sie wissen nicht, was Sie tun, oder was dies auf Sie herabbeschwören kann!«

Der alte Baron, bestürzt über diesen unerwarteten Tadel, drehte sich nach einem Moment ganz herum, und seine blassen, klaren Augen richteten sich in gemessenem Erstaunen auf das Gesicht seines Neffen. Sein langes, wächsernes Gesicht, mit den beiden symmetrischen Locken an den Seiten, hatte etwas von dem Aussehen eines idealisierten und veredelten alten Schafes oder Widders an sich. Er machte dem Verwalter ein Zeichen weiterzugehen. Auch der Lakai zog sich ein wenig zurück, und Onkel und Neffe waren sozusagen allein auf dem Feldweg. Eine Zeitlang sagte keiner von beiden etwas.

»Genau an dieser Stelle, wo wir jetzt stehen«, sagte dann der alte Baron mit Hoheit, »gab ich Anne-Marie mein Wort.«

»Onkel!« sagte Adam. »Ein Menschenleben ist etwas noch höheres als ein Wort. Nehmen Sie dies Wort zurück, ich beschwöre Sie, das aus einer Laune heraus gegeben wurde, als eine Marotte. Ich bitte Sie mehr um Ihretwillen als um meinetwillen, doch werde ich Ihnen mein Leben lang dankbar sein, wenn Sie mir meine Bitte erfüllen!«

»Du wirst in der Schule gelernt haben«, sagte sein Onkel, »daß im Anfang das Wort war. Es mag aus einer Laune heraus, als eine Marotte verkündet worden sein – die Heilige Schrift sagt uns darüber nichts. Es ist immer noch das Prinzip unserer Welt, ihr Gesetz der Schwerkraft. Mein eigenes geringes Wort ist ein Menschenalter lang das Prinzip des Landes gewesen, auf dem wir stehen. So war es meines Vaters Wort vor meiner Zeit.«

»Sie irren!« rief Adam. »Das Wort ist schöpferisch, es ist Erfindungskraft, Wagemut und Leidenschaft. Durch das Wort wurde die Welt erschaffen! Wieviel größer sind die Mächte, die Leben hervorbringen, als irgendein einschränkendes oder kontrollierendes Gesetz! Sie wollen, daß das Land, auf welches wir schauen, fruchtbar ist und sich mehret; verbannen Sie darum nicht die Kräfte aus ihm, die das Leben hervorbringen und es erhalten, und verwandeln Sie es nicht in eine Wüste durch die kalte Herrschaft des Gesetzes. Und wenn Sie diese Menschen ansehen, die einfältiger sind als wir und dem Herzen der Natur näher, die ihre Gefühle nicht erforschen, deren Leben eins ist mit dem Leben der Erde, erwecken sie denn nicht Zuneigung in Ihnen, Respekt, ja sogar Ehrfurcht? Diese Frau ist bereit, für ihren Sohn zu sterben; wird es Ihnen oder mir je beschieden sein, daß eine Frau freudig ihr Leben für das unsere hingibt? Und wenn es sich je ereignete, dürften wir dies Opfer für so leicht befinden, daß wir nicht ein Dogma dafür hingeben müßten?«

»Du bist jung«, sagte der alte Baron. »Ein neues Zeitalter wird dir ohne Zweifel Beifall zollen. Ich bin altmodisch, ich habe dir Worte zitiert, die mehr als tausend Jahre alt sind.

Wir beide mögen einander nicht ganz verstehen. Doch mit meinen Leuten stehe ich, wie ich glaube, in gutem Verständnis. Anne-Marie könnte gut meinen, daß ich ihre Tat leicht nähme, wenn ich jetzt, in der elften Stunde, diese durch ein zweites Wort zunichte machte. Ich an ihrer Stelle würde es so empfinden. Ja, mein Neffe, es ist sogar möglich, daß ich, würde ich deiner Bitte entsprechen und einen solchen Pardon verkünden, diesen ihrer Treue gegenüber machtlos fände, und daß wir sie weiterhin ihre Arbeit verrichten sähen, unfähig, aufzuhören, wie ein Weberschiffchen im Roggenfeld, bis sie es völlig abgeerntet hätte. Dann aber würde sie einen entstellten, einen grausigen Anblick bieten, wäre ein Gegenstand ungebührlichen Spottes, wie ein kleiner Planet, der am Himmel umhertorkelt, wenn das Gesetz der Schwerkraft aufgehoben ist.«

»Und wenn sie über ihrer Arbeit stirbt«, rief Adam aus, »dann wird ihr Tod und seine Folgen auf Ihr Haupt kommen!«

Der alte Baron nahm seinen Hut ab und fuhr mit der Hand behutsam über seinen gepuderten Kopf. »Auf mein Haupt?« sagte er. »Ich habe mein Haupt in vielerlei Wetter hoch getragen. Sogar«, fügte er stolz hinzu, »bei kaltem Wind von höchster Stelle. In welcher Gestalt wird es denn auf mein Haupt kommen, mein Neffe?« »Ich weiß es nicht!« rief Adam verzweifelt. »Ich habe versucht, Sie zu warnen. Gott allein weiß es.« »Amen«, sagte der alte Baron mit einem kleinen, feinen Lächeln. »Komm, laß uns weitergehen.« Adam schöpfte tief Atem.

»Nein«, sagte er auf dänisch. »Ich kann nicht mit Ihnen kommen. Dieses Feld gehört Ihnen; die Dinge hier geschehen nach Ihrem Willen. Ich aber muß fort von hier. Ich bitte Sie, mir heute abend einen Wagen bis in die Stadt zur Verfügung zu stellen. Denn ich könnte nicht noch eine Nacht unter Ihrem Dache schlafen, das ich höher in Ehren gehalten habe als irgendeines auf der Welt.« So viele einander widerstreitende Gefühle drängten sich ob seiner eigenen Rede in seiner Brust, daß es ihm unmöglich war, sie in Worte zu fassen.

Der alte Baron, der schon einige Schritte weitergegangen war, blieb wieder stehen, und mit ihm der Lakai. Eine Zeitlang sagte er nichts, als ob er Adam Zeit geben wollte, sich zu besinnen. Doch das Gemüt des jungen Mannes war in Aufruhr und wollte sich nicht besinnen.

»Müssen wir«, fragte der alte Mann auf dänisch, »hier auf diesem Roggenfeld voneinander Abschied nehmen? Du bist mir wert gewesen nächst meinem eigenen Sohn. Ich habe deine Laufbahn von Jahr zu Jahr verfolgt und bin stolz auf dich gewesen. Ich war glücklich, als du mir schriebst und deine Rückkehr ankündigtest. Wenn du nun gehen willst, so wünsche ich dir Glück.« Er nahm seinen Spazierstock von der rechten in die linke Hand und schaute seinem Neffen ernst ins Gesicht.

Adam begegnete seinem Blick nicht. Er schaute über das Land hin. Am späten milden Nachmittag gewann es seine Farben zurück, wie ein Gemälde, das ins richtige Licht gerückt wird: auf den Wiesen standen die kleinen schwarzen Torfstapel, jeder fein säuberlich für sich, auf der grünen Grasnarbe. Am Morgen dieses selben Tages hatte er alles das begrüßt, wie ein Kind, das lachend in die Arme seiner Mutter läuft; jetzt mußte er sich schon wieder davon losreißen, in Zwietracht und auf immer. Und im Augenblick des Scheidens schien es so unendlich viel liebenswerter als je zuvor, so sehr verschönt und feierlich gestimmt durch die nahende Trennung, daß es wie ein Traumbild vor ihm lag, eine Landschaft aus dem Paradiese, und er fragte sich, ob es wirklich dasselbe war. Doch ja – dort vor ihm lagen die Jagdgründe von einst. Und dort lief der Weg, auf dem er heute geritten war.

»Aber sage mir doch, wohin du von hier gehen willst«, sagte der alte Baron langsam. »Ich bin meiner Tage selbst viel gereist. Ich kenne das Wort Abschied, das Verlangen fortzugehen. Aber die Erfahrung hat mich gelehrt, daß dieses Wort in Wirklichkeit nur einen Sinn hat für den Ort und die Menschen, die man verläßt. Wenn du mein Haus verlassen hast, dann ist – obwohl es dich mit Trauer ziehen sehen wird –, was dieses angeht, die Sache abgeschlossen und erledigt. Für den Menschen jedoch, der fortgeht, liegt die Sache anders und nicht so einfach. In dem Augenblick, da er einen Ort verläßt, ist er schon, gemäß den Gesetzen des Lebens, unterwegs zu einem anderen Ort hier auf Erden. Laß mich darum wissen, um unserer alten Vertrautheit willen, an welchen Ort du von hier aus zu reisen gedenkst. Nach England?«

»Nein«, sagte Adam. Er fühlte in seinem Herzen, daß er niemals wieder nach England oder zu seinem leichten und sorglosen Leben dort würde zurückkehren können. Es war nicht weit genug entfernt; tiefere Wasser als die Nordsee mußten zwischen ihn und Dänemark gebracht werden. »Nein, nicht nach England«, sagte er. »Ich werde nach Amerika gehen, in die neue Welt.« Einen Moment lang schloß er die Augen und versuchte, sich ein Bild des Lebens in Amerika vorzustellen, mit dem grauen Atlantischen Ozean zwischen sich und diesen Feldern und Wäldern hier.

»Nach Amerika?« sagte sein Onkel und zog die Augenbrauen hoch. »Ja, ich habe von Amerika gehört. Sie haben dort Freiheit, einen großen Wasserfall, wilde rote Männer. Man schießt dort Truthühner, habe ich gelesen, wie wir Rebhühner schießen. Nun, wenn es denn dein Wunsch ist, dann gehe nach Amerika, Adam, und werde glücklich in der neuen Welt.«

Er stand einige Zeit da, in Gedanken versunken, als habe er den jungen Mann schon nach Amerika verabschiedet und sei für immer mit ihm fertig. Als er schließlich wieder sprach, hatten seine Worte den Charakter eines Monologes, verkündet von dem, der die Dinge kommen und gehen sieht und selber bleibt.

»Tritt denn«, sagte er, »dort in den Dienst der Macht, die

dir einen besseren Handel anbieten wird als diesen: Daß du mit deinem eigenen Leben das Leben deines Sohnes erkaufen kannst.«

Adam hatte den Ausführungen seines Onkels über Amerika nicht zugehört, doch die abschließenden, feierlichen Worte drangen an sein Ohr. Er blickte auf. Als wäre es zum ersten Mal in seinem Leben, sah er die Gestalt des alten Mannes als ein Ganzes und erkannte, wie klein sie war, um wieviel kleiner als er selbst, blaß, ein schmächtiger, schwarzer Anachoret auf seinem eigenen Lande. Ein Gedanke durchzuckte ihn: »Wie furchtbar, alt zu sein!« Die Abscheu vor dem Tyrannen und die grausige Angst um ihn, die ihm den ganzen Tag gefolgt waren, schienen zu ersterben, und sein Erbarmen mit allem Lebendigen schien sich sogar auf die düstre Gestalt vor ihm auszudehnen.

Sein ganzes Wesen hatte nach Harmonie geschrieen. Nun, mit der Möglichkeit des Vergebens, einer Versöhnung, durchzog ihn ein Gefühl der Erleichterung; halb benommen rief er sich das Bild Anne-Maries vor Augen, wie sie das Wasser trank, das ihr an die Lippen gehalten wurde. Er nahm seinen Hut ab, wie es sein Onkel vor ihm getan hatte, so daß es einem Betrachter in einiger Ferne vorkommen mußte, als ob die beiden dunkelgekleideten Herren auf dem Feldweg einander wiederholt und voller Respekt grüßten, und strich sich das Haar aus der Stirn. Noch einmal klang die Melodie aus dem Gartenzimmer in ihm auf:

Mourir pour ce qu'on aime
C'est un trop doux effort ...

Er stand lange reglos und taub. Er brach ein paar Roggenähren ab, hielt sie auf der Hand und betrachtete sie.

Er sah die Linien des Lebens, dachte er, wie ein verzwirntes und verwickeltes Muster, verworren und labyrinthisch; weder ihm noch irgendeinem Sterblichen war es gegeben, es zu gestalten. Leben und Tod, Glück und Leid, Vergangenheit und Zukunft waren in diesem Muster ineinander verschlungen. Doch von dem Eingeweihten konnte es ebenso leicht entziffert werden wie unsere Buchstaben – die einem Wilden wirr und unbegreiflich erscheinen müssen – von jedem Schulkind gelesen werden können. Und aus den gegensätzlichen Elementen stieg Harmonie auf. Alles, was lebte, mußte leiden; der alte Mann, den er so harsch verurteilt, hatte gelitten, wie er seinen Sohn dahinsterben sah, und hatte sich vor der Austilgung seines eigenen Wesens gefürchtet. Auch er selbst würde Leid, Tränen und Reue kennenlernen müssen und, gerade durch sie, die Fülle des Lebens. So mochte nun für die Frau auf dem Roggenfeld ihr Schmerzensgang ein Siegeszug sein. Denn für den zu sterben, den man liebt, diese Mühe ist zu süß für Worte.

Wie er jetzt darüber nachsann, erkannte er, daß er sein Leben lang die Einheit der Dinge gesucht hatte, das Geheimnis, das die Erscheinungen des Daseins verbindet. Dieses Bemühen war es, dieses schwache Erahnen, das ihn, inmitten der Spiele seiner Kameraden, manchmal still und reglos hatte stehenlassen, und zu anderen Zeiten – in mondbeglänzten Nächten oder in seinem kleinen Boot auf dem See – den Jungen in überschwängliches Glück gehoben hatte. Wo andere junge Menschen, in ihren Zerstreuungen oder in ihren Amouren, nach Gegensatz und Vielfalt gesucht hatten, da hatte es ihn stets nur danach verlangt, das Einssein der Welt völlig zu begreifen. Wenn sich die Dinge anders für ihn entwickelt hätten, wenn sein junger Vetter nicht gestorben wäre und die Ereignisse, die seinem Tod folgten ihn nicht zurück nach Dänemark geführt hätten, würde ihn seine Suche nach Verstehen und Harmonie vielleicht nach Amerika geführt haben, und vielleicht hätte er sie dort gefunden, in den jungfräulichen Wäldern einer neuen Welt. Nun waren sie ihm heute und hier enthüllt worden, an dem Orte, wo er als Kind gespielt hatte. Wie das Lied eins ist mit der Stimme, die es singt, wie der Weg eins ist mit dem Ziel, wie zwei Liebende eins werden in ihrer Umarmung, so ist der Mensch eins mit seinem Schicksal, und er soll es lieben wie sich selbst.

Er blickte wieder zum Horizont hinauf. Wenn er es wollte, fühlte er, könnte er herausfinden, was es war, das ihm, gerade hier, die plötzliche Erkenntnis der Einheit des Universums gebracht hatte. Als er, am Morgen dieses selben Tages, leichten Sinnes und um seiner selbst willen über sein Gefühl der Verbundenheit mit diesem Lande und mit dieser Erde Betrachtungen angestellt hatte, da war das der Beginn dazu gewesen. Doch inzwischen war diese Erkenntnis gewachsen; sie war zu etwas Mächtigerem geworden, zu einer Offenbarung für seine Seele. Zu gegebener Zeit würde er Einblick darin nehmen, denn das Gesetz von Ursache und Wirkung bot ein wundervolles und fesselndes Studium. Aber nicht jetzt. Diese Stunde war größeren Gefühlen geweiht: einem Ergeben in das Schicksal und in den Willen des Lebens.

»Nein«, sagte er endlich. »Wenn Sie es wünschen, werde ich nicht gehen. Ich werde hierbleiben.«

In diesem Augenblick zerbrach ein langer, lauter Donnerschlag die Stille des Nachmittags. Er grollte eine Weile in den niedrigen Hügeln nach, und er hallte in der Brust des jungen Mannes so gewaltig wider, als sei er von Händen gepackt und geschüttelt worden. Das Land hatte gesprochen. Es fiel ihm ein, daß er ihm vor zwölf Stunden eine Frage gestellt hatte, halb im Scherz und ohne zu wissen, was er da tat. Hier gab es ihm seine Antwort.

Was sie zu bedeuten hatte, wußte er nicht; und er suchte es auch nicht zu ergründen. In seinem Versprechen an seinen Onkel hatte er sich den gewaltigeren Mächten der Welt überantwortet. Nun mochte kommen, was kommen mußte.

»Ich danke dir«, sagte der alte Baron und machte mit der Hand eine kleine steife Geste. »Ich bin glücklich, dich das sagen zu hören. Wir sollten uns nicht von dem Unterschied in unserem Alter oder in unseren Ansichten trennen lassen. In unserer Familie pflegten wir stets in Frieden und Vertrautheit miteinander umzugehen. Du hast mein Herz leichter gemacht.«

Etwas in den Worten seines Onkels rief in Adam ein schwaches Echo der Mißgefühle des Nachmittags zurück. Er wies sie von sich; er gestattete ihnen nicht, das neue, köstliche Glücksgefühl zu stören, das ihm sein Entschluß hierzubleiben, gebracht hatte.

»Ich werde jetzt weitergehen«, sagte der alte Baron. »Aber es ist nicht nötig, daß du mich begleitest. Ich werde dir morgen erzählen, wie die Sache ausgegangen ist.« »Nein«, sagte Adam, »ich werde bei Sonnenuntergang zurückkommen, um das Ende mit eigenen Augen zu sehen.«

Er kam aber nicht zurück. Er behielt die Stunde im Sinn, und den ganzen Abend hindurch verliehen das Wissen um das Drama, die tiefe Betroffenheit und das Mitleiden, mit denen er ihm in Gedanken folgte, seiner Rede, seinem Blick und seinen Bewegungen ein ernstes und pathetisches Wesen. Doch er fühlte, daß er, in den Räumen des Herrenhauses und selbst am Spinett, auf dem er seine Tante bei ihrer Arie aus *Alkeste* begleitete, ebensosehr im Zentrum der Geschehnisse war, wie wenn er auf dem Roggenfeld gestanden hätte, und den Menschen, deren Schicksal dort jetzt entschieden wurde, ebenso nahe. Anne-Marie und er waren beide in der Hand des Schicksals, und das Schicksal würde, auf verschiedenen Wegen, jedes von ihnen an das vorbestimmte Ziel führen.

Was er an jenem Abend gedacht hatte, behielt er stets in Erinnerung. Der alte Baron aber blieb auf dem Acker. Am späten Nachmittag kam ihm sogar ein Einfall; er rief seinen Kammerdiener in den Pavillon herunter und ließ sich von ihm umkleiden, in einen brokatenen Anzug, den er am Hofe getragen hatte. Er ließ sich ein spitzengesäumtes Hemd über den Kopf ziehen und streckte seine schmächtigen Beine vor, damit man ihm dünne Seidenstrümpfe und Schnallenschuhe anziehe. In diesem majestätischen Aufzug speiste er allein, ein bescheidenes Mahl, zu dem er aber eine Flasche Rheinwein trank, um bei Kräften zu bleiben. Hinterher blieb er noch eine Weile sitzen, ein wenig zusammengesunken auf seinem Stuhl; dann, als die Sonne sich der Erde näherte, erhob er sich und schlug den Weg zum Feld hinunter ein.

Die Schatten wuchsen jetzt azurblau die östlichen Hänge entlang. Die vereinzelt im Korn stehenden Bäume bezeichneten ihren Standort mit schmalen blauen Pfützen, die von ihrem Fuß ausliefen, und wie der alte Mann dahinschritt, folgte ihm ein dünner, unendlich verlängerter Schatten auf dem Wege. Einmal verharrte er; er vermeinte, hoch über seinem Kopf eine Lerche singen zu hören, ein frühlingshaftes Lied; sein müder Kopf hatte alles Zeitgefühl verloren; er schien in einer Art von Ewigkeit zu gehen und zu stehen.

Die Menschen auf dem Felde waren jetzt nicht mehr stumm, wie sie es am Nachmittag gewesen waren. Viele von ihnen redeten laut miteinander, und ein wenig weiter weg weinte eine Frau.

Als der Verwalter seinen Herrn erblickte, ging er zu ihm hin. Er berichtete ihm, in großer Erregung, daß die Witwe, in aller Wahrscheinlichkeit, binnen einer Viertelstunde das Feld werde abgeerntet haben.

»Sind der Jagdhüter und der Stellmacher hier?« fragte ihn der alte Baron. »Sie sind hier gewesen«, sagte der Verwalter, »und sind wieder gegangen, fünfmal. Jedes Mal haben sie gesagt, daß sie nicht zurückkommen würden. Aber sie sind doch wieder zurückgekommen, und sie sind jetzt hier.« »Und wo ist der Bursche?« fragte der alte Baron wieder. »Er ist bei ihr«, sagte der Verwalter. »Ich habe ihm die Erlaubnis gegeben, ihr zu folgen. Er ist den ganzen Nachmittag über dicht bei ihr geblieben, und der gnädige Herr können ihn jetzt dort unten an ihrer Seite sehen.«

Anne-Marie arbeitete sich jetzt gleichmäßiger auf sie zu als am Nachmittag, aber mit einer äußersten Langsamkeit, als werde sie jeden Moment zum Stillstand kommen. Diese übermäßige Säumigkeit, dachte der alte Baron, wäre, wenn sie absichtlich ausgeführt würde, eine unnachahmliche, würdevolle Darbietung hoher Kunst; man könnte sich den Kaiser von China so vorstellen, in dieser Manier einer heiligen Prozession oder einem Ritual voranschreitend. Er beschattete seine Augen mit der Hand, denn die Sonne war jetzt genau auf dem Horizont, und ihre letzten Strahlen ließen helle, wirbelnde, vielfarbige Stäubchen vor seinen Augen tanzen. Mit solchem Glanz durchstrahlte der Sonnenuntergang Luft und Erde, daß sich die Landschaft in einen Schmelztiegel voll herrlicher Metalle verwandelte. Die Wiesen und Weiden wurden zu lauterem Gold; das Gerstenfeld nahebei, mit seinen langen Ähren, war ein See voll flüssigem Silber.

Auf dem Roggenfeld stand nur noch ein schmaler Streifen Halme, als die Frau, alarmiert durch die Veränderung des Lichts, ihren Kopf ein wenig wandte, um nach der Sonne zu sehen. Indessen hielt sie in ihrer Arbeit nicht inne, sondern griff um eine Handvoll Roggen und schnitt sie ab, dann die nächste und noch eine. Eine starke Bewegung und ein Laut wie ein mannigfaches, tiefes Seufzen liefen durch die Menge. Der Acker war jetzt vom einen Ende bis zum anderen abgeerntet. Nur die Schnitterin selbst nahm diese Tatsache nicht wahr; sie streckte ihre Hand aufs neue aus, und als sie nichts darin fand, schien sie verwirrt oder enttäuscht zu sein. Dann ließ sie die Arme fallen und sank langsam auf die Knie.

Viele von den Frauen brachen in lautes Weinen aus, und der Menschenschwarm drängte sich enger um sie zusammen, nur dort, wo der alte Baron stand, eine schmale Lücke lassend. Ihre plötzliche Nähe erschreckte Anne-Marie; sie machte eine schwache, ängstliche Bewegung, als fürchtete sie, von ihnen angefaßt zu werden.

Der Junge, der sich stets an ihrer Seite gehalten hatte, fiel nun neben ihr auf die Knie. Selbst er wagte nicht, sie zu berühren, er hielt nur einen Arm hinter ihren Rücken und den anderen in der Höhe ihrer Schulter vor sie, um sie notfalls auffangen zu können, und unablässig weinte er laut. In diesem Augenblick ging die Sonne unter.

Der alte Baron trat vor und nahm feierlich seinen Hut ab. Die Menge verstummte, in der Erwartung seines Wortes. Aber einige Minuten lang sagte er nichts. Dann sprach er die Frau an, sehr langsam.

»Dein Sohn ist frei, Anne-Marie«, sagte er. Wieder wartete er ein wenig, dann fügte er hinzu: »Du hast ein gutes Tagwerk verrichtet, das lange erinnert werden wird.«

Anne-Marie hob ihren Blick nur bis zur Höhe seiner Knie, und er begriff, daß sie nicht gehört hatte, was er sagte. Er wandte sich an den Jungen. »Sage du deiner Mutter«, sprach er sanft, »was ich ihr gesagt habe.«

Der Junge hatte hemmungslos geweint, in rauhen, abgerissenen Klagetönen. Er brauchte einige Zeit, um sich zu fassen. Doch als er dann schließlich sprach, direkt ins Gesicht seiner Mutter hinein, war seine Stimme leise, ein wenig ungeduldig, als teile er ihr eine alltägliche Nachricht mit. »Ich bin frei, Mutter«, sagte er. »Du hast ein gutes Tagwerk verrichtet, das lange erinnert werden wird.«

Beim Klang seiner Stimme hob sie ihr Gesicht zu ihm empor. Ein schwacher, sanfter Schatten der Verwunderung lief darüber hin, aber immer noch gab sie kein Zeichen, ob sie gehört habe, was er gesagt hatte, so daß die Menschen um sie herum sich zu fragen begannen, ob sie durch die Erschöpfung taub geworden sei. Doch nach einer Weile hob sie langsam und bebend ihre Hand, tastete in der Luft nach seinem Gesicht und berührte mit ihren Fingern seine Wange. Die Wange war naß von Tränen, so daß ihre Fingerspitzen bei der Berührung leicht daran haften blieben, und sie schien außerstande, den unendlich schwachen Widerstand zu überwinden oder ihre Hand zurückzuziehen. Eine Minute lang sahen die beiden einander in die Augen. Dann, weich und zögernd, wie eine Garbe, die zur Erde fällt, sank sie vornüber gegen die Schulter des Jungen, und er schloß seine Arme um sie.

Er hielt sie an sich gepreßt, sein Gesicht in ihr Haar und ihr Kopftuch begraben, so lange, daß die Nächststehenden, verängstigt, weil ihr Körper so klein aussah in seiner Umarmung, hinzudrängten, sich beugten und seinen Griff lösten. Der Junge ließ sie ohne Wort oder Bewegung gewähren. Die Frau aber, die Anne-Marie in ihren Armen hielt, um sie aufzuheben, wandte ihr Gesicht dem alten Baron zu. »Sie ist tot«, sagte sie.

Die Menschen, die Anne-Marie den ganzen Tag hindurch gefolgt waren, blieben noch viele Stunden lang auf dem Acker stehen oder gingen auf ihm umher, solange das Abendlicht währte, und noch länger. Auch lange nachdem einige von ihnen aus Ästen eine Bahre gemacht und die tote Frau fortgetragen hatten, wanderten andere weiter das Stoppelfeld hinauf und hinunter, vollzogen ihre Bahn nach, maßen sie vom einen Ende des Ackers zum anderen und banden die letzten Garben auf, wo sie ihre Mahd beendet hatte.

Der alte Baron blieb lange bei ihnen, ging ein wenig mit und stand wieder still.

An der Stelle, wo die Frau gestorben war, ließ der alte Baron später einen Stein mit einer eingemeißelten Sichel aufstellen. Das Landvolk hieß das Roggenfeld dann »Leidacker«. Unter diesem Namen war es noch lange weithin bekannt, als die Geschichte von der Frau und ihrem Sohne längst vergessen war.

Die Heldin

Es war einmal ein junger Engländer, Frederick Lamond mit Namen, der von einer langen Reihe Gelehrter und Geistlicher abstammte und selbst das Studium der Religionsphilosophie ergriff, und der, als er zwanzig Jahre alt war, durch seine Begabung und Beharrlichkeit die Aufmerksamkeit seiner Lehrer auf sich zog. Im Jahre 1870 erhielt er ein Reisestipendium und ging nach Deutschland. Er wollte ein Buch über die Versöhnungslehre schreiben und war von seinem Thema ganz erfüllt.

Frederick hatte bisher ein abgeschiedenes Leben inmitten von Büchern gelebt; jetzt brachte ihm jeder Tag neue Eindrücke. Die Welt selbst tat sich vor ihm auf wie ein großes altes Buch und wendete langsam und von allein Blatt für Blatt um. Das erste große Phänomen, das ihm darin begegnete, war die Malerei. Eines Tages ging er ins Alte Museum hinauf, um sich Venustis Gemälde »Christus am Ölberg« anzusehen, von dem ihm ein Freund erzählt hatte. Dort fand er sich zu seinem Erstaunen von Bildern umgeben, die in Verbindung mit seinem Studium standen. Er hatte seither nicht gewußt, daß es so viele Bilder auf der Welt gab. Er kam zurück, um sie wiederzusehen, und von den religiösen Gemälden wandte er sich den weltlichen Werken der großen Meister zu. Er war ein einfacher junger Mann. Er hatte niemanden, der ihn geführt hätte, und machte sich keine Illusionen, was seine eigene Kunstkenntnis anging; er kam zu den Bildern zurück, weil er unter ihnen glücklich war. Schließlich fühlte er sich in den Galerien daheim. Er erkannte die meisten biblischen Gestalten, wenn er sie sah, und stand auch mit den mythologischen und allegorischen Figuren auf freundlichem Fuß. Ja, sie waren die Personen in Berlin, die er am besten kannte, denn außerhalb der Museen schloß er nur langsam Bekanntschaften.

Während er so in seiner eigenen Welt umherwanderte, stand die Welt der harten Wirklichkeit um ihn herum nicht still, sondern bewegte sich im Gegenteil mit fiebriger Hast. Ein großer Krieg stand vor dem Ausbruch.

Die Lage ging ihm erstmals an einem heißen Tag im Juli auf, als er einem jungen Manne von dem Gut in seines Vaters Kirchspiel begegnete, der ihn stolz mit einem Zitat aus Hamlet begrüßte: »Bei meinem Leben, Lamond!« und ihm dann sein ungestümes junges Herz ausschüttete, in dem es nur so brodelte von Gerüchten und Theorien um den unmittelbar bevorstehenden Krieg zwischen Frankreich und Preußen. Dieser junge Mann hatte einen Bruder, der an der Gesandtschaft in Paris war, und er erklärte Frederick, daß die französische Armee gerüstet sei, bis auf den letzten Gamaschenknopf, und daß in Paris die Menge riefe: *»A Berlin!«* Frederick erkannte jetzt, daß er schon seit einiger Zeit von alledem aus Gesprächen wußte, die er in dem Café, in dem er sein Essen einnahm, gehört hatte, daß es aber an der Oberfläche seines Bewußtseins geblieben war. Er wurde auch gewahr, daß seine Sympathien auf Seiten Frankreichs lagen. »Ich verschwinde wohl besser aus Berlin«, dachte er.

Er suchte seine Manuskripte zusammen und packte seinen Koffer. Dann ging er ins Alte Museum, um den Bildern Lebewohl zu sagen, und betete darum, daß die bevorstehende Belagerung und Erstürmung von Berlin ihnen keinen Schaden zufügen möge. Danach machte er sich auf den Weg zur Grenze. Er war aber noch nicht weit gekommen, als er erkennen mußte, daß er zu langsam gewesen war. Zu diesem

Zeitpunkt war das Reisen schon schwierig geworden; er konnte weder vorwärts noch zurück. Er änderte seine Pläne und beschloß, nach Metz zu gehen, wo er Bekannte hatte, aber auch nach Metz kam er nicht. Schließlich mußte er sich damit zufrieden geben, in einem Städtchen namens Saarburg, nahe der Grenze, bleiben zu dürfen.

Das bescheidene Hotel zu Saarburg war voller gestrandeter französischer Reisender. Unter ihnen war ein alter Priester, der von einem Kollegium in Bayern kam, und zwei alte Nonnen aus einer Klosterschule, eine Witwe, die ein Hotel in einer Provinzstadt besaß, ein reicher Weinbauer und ein Handlungsreisender. Alle diese Menschen befanden sich in höchster Aufregung. Die Optimistischen unter ihnen hofften, die Erlaubnis zum Überschreiten der Grenze des Herzogtums Luxemburg zu bekommen und auf diesem Wege nach Frankreich zu gelangen; die Pessimisten erzählten erschreckliche Geschichten von Franzosen, die der Spionage beschuldigt und erschossen worden waren. Der Wirt des Hotels war seinen Gästen nicht freundlich gesonnen, denn einige von ihnen hatten ihre Reise Hals über Kopf angetreten, ohne Gepäck und ohne Geld, und außerdem war er Atheist und hatte für die Kirche nichts übrig.

Die Flüchtlinge fanden nun in der Gelassenheit des jungen englischen Gelehrten eine gewisse Beruhigung; sie kamen zu ihm und erzählten ihm von ihren Nöten. Um die Zeit zu vertreiben, führten er und der alte Priester lange theologische Disputationen. Der alte Mann vertraute ihm an, daß er, in seiner Jugend, eine Abhandlung über Petri Verleugnung geschrieben habe. Frederick übersetzte ihm dafür Stücke aus seinem Manuskript.

In diesen letzten Tagen des Juli begannen Erde und Luft in Saarburg von den bevorstehenden Ereignissen förmlich zu sieden und zu dampfen. Gerüchte gingen um, daß deutsche Truppen auf ihrem Weg nach Frankreich hier durchkommen würden. Im Vorgefühl ihrer Macht verhielt sich der Wirt seinen französischen Gästen gegenüber noch härter; er brachte die beiden alten Nonnen zum Weinen, und die Witwe fiel nach einer großen Szene mit ihm in Ohnmacht und mußte sich dann ins Bett legen. Die übrige Gesellschaft verhielt sich so unauffällig wie möglich.

Mitten in diesen Heimsuchungen traf, aus Wiesbaden kommend, eine französische Dame mit ihrer Kammerjungfer im Hotel ein und wurde sogleich der Mittelpunkt in dieser kleinen Welt.

Sie trug einen Namen, in dem für Frederick die heroische Geschichte Frankreichs widerklang. Er las ihn zuerst auf einer Reihe von Koffern und Kisten in der Halle des Hotels und erwartete, eine majestätische alte Dame zu erblicken, gewissermaßen ein Überbleibsel aus großer Vergangenheit. Doch als sie dann erschien, war sie so jung wie er selbst, blühend wie eine Rose, eine große Schönheit. Er dachte: »Es ist, als schreite eine Löwin gelassen in einer Herde von Schafen.« Sie hatte, überlegte er sich, ihre Abreise von Wiesbaden so lange hinausgeschoben, weil sie nicht zu glauben vermochte, daß irgendeine Widrigkeit sie jemals persönlich treffen könnte; sie weigerte sich offensichtlich auch jetzt, es zu glauben. Sie zeigte nicht die Spur von Angst. Sie begegnete der verstörten, bleichen Versammlung im Hotel mit unerschrockener Nachsicht, als sei sie der Meinung, daß jene in großer Spannung und Hoffnung nur auf ihre Ankunft gewartet habe. Konfrontiert mit der Gefahr des Augenblickes, der Ängstlichkeit der kleinen Schar und der Feindseligkeit ihrer Umgebung, gewann sie noch mehr ein heraldisches Aussehen, sie glich einer Löwin in einem Wappenschild. Trotz ihrer Jugend und Zartheit wurde sie in Fredericks Augen von Stunde zu Stunde, selbst in ihrer Haltung, Miene und Sprache, immer mehr zu der klassischen idealen Gestalt einer *»dame haute et puissante«*, zu einer Verkörperung des alten Frankreichs.

Die Flüchtlinge suchten Zuflucht bei ihr. Sie scheuchte den

Wirt mit einer Handbewegung aus dem Vorhandensein, brachte dem Personal andere Manieren bei und sorgte für besseres Essen. Sie bezahlte die Rechnungen und ließ für Madame Bellot einen Arzt holen. Bei diesen Maßnahmen bedurfte sie eines Kuriers, und so wurden sie und Frederick miteinander bekannt.

Wäre Frederick dieser Dame sechs Monaten zuvor begegnet, bevor er England verlassen hatte, hätte er sich in ihrer Gesellschaft schüchtern und verlegen gefühlt. Nun empfand er ein Gefühl der Vertrautheit – wenn auch nicht mit ihr selbst, so doch mit ihren Schwestern und Anverwandten. Denn so elegant modern sie war, besaß sie doch ganz das Aussehen der Göttinnen von Tizian und Veronese. Ihre langen seidigen Locken leuchteten in dem gleichen blaßgoldenen Glanz wie deren Haarflechten; ihre Haltung hatte jene weibliche Majestät, in der jene auf den Bildern thronten oder tanzten, und ihre Haut besaß die gleiche geheimnisvolle Frische und den gleichen Schmelz.

Sie trug einen kleinen Jagdhut mit einer rosa Straußenfeder, ein taubengraues Seidenkleid von unglaublicher Voluminosität, lange Wildlederhandschuhe und um ihren weißen Hals ein schmales schwarzes Band aus Samt. Sie hatte Perlen in den Ohren und um den Hals und Diamantenringe an den Fingern. Im wirklichen Leben hatte er nie eine Frau gesehen, die ihr auch nur im geringsten gleichgekommen wäre, aber sie hätte gut im Bildersaal des Alten Museums in einem goldenen Rahmen sitzen können. Er brachte in Erfahrung, daß sie Witwe war, nachdem sie sehr jung geheiratet hatte, aber nicht viel mehr. Aber er wußte auch so, wo sie die Jahre verbracht hatte, bevor sie sich jetzt begegnet waren: inmitten der leuchtenden Marmorsäulen, in dem frischen und köstlichen Grün, vor dem blendend blauen Meer und den silbrigen und korallenroten Wolken, die er auf den Gemälden gesehen hatte. Vielleicht hatte sie dort einen kleinen Mohren zum Diener gehabt. Zuweilen wanderten seine Gedanken davon, und er sah sie in göttlich nachlässigen Posen, ja, sogar im Gewand der Göttin Venus. Doch waren diese Phantasien unpersönlich und rein; um nichts in der Welt hätte er sie beleidigen mögen.

Sie war freundlich zu ihm, in der Art einer älteren Schwester, war aber zuweilen ein wenig kurz angebunden, als sei sie ungeduldig mit einer Welt, die so viel weniger vollkommen war als sie selbst. Frederick dachte, daß er und sie etwas gemeinsam hätten. Sie stimmten darin überein, daß sie über viele Dinge des Daseins hinwegsahen, die für andere Menschen von größter Wichtigkeit waren. Nur entsprang in seinem Falle diese Nichtachtung einem Gefühl der Entferntheit oder der Entfremdung von der Welt im allgemeinen. »Wogegen bei ihr«, dachte er, »diese Nichtachtung der Tatsache entspringt, daß sie die Welt meistert und sich von ihr nichts bieten läßt. Sie ist die Nachkommin und die rechtmäßige Erbin von Eroberern und Herrschern, ja von Tyrannen.« Ihr Vorname war, wie er an den Koffern ersah, Héloïse.

Im Bewußtsein von Madame Héloïses Macht verlebten die Flüchtlinge im Hotel ein oder zwei glückliche Tage. Zuletzt übertrieben sie ihre kecke Zuversicht etwas. Während des Abendessens, bei Brathuhn und einem vorzüglichen Wein, redeten sie frei und hoffnungsvoll, und der Handlungsreisende, der ein kleiner, furchtsamer Mann war, jedoch eine schöne Stimme besaß, gab einige Lieder zum besten. Im Speisezimmer stand ein Klavier, und der alte Priester begleitete ihn darauf. Zu guter Letzt stimmte die ganze Gesellschaft die Hymne an *»Partant pour la Syrie«*. Mitten in einer Strophe wurde an die Tür gedonnert. Sie ließen sich davon nicht beeindrucken, sie sangen weiter und schieden dann voller Zuversicht für die Nacht. Am nächsten Tag hielten die deutschen Truppen Einzug in Saarburg, in einem Sturm der Begeisterung und des Triumphs, und am Nachmittag wurden die Flüchtlinge im Hotel, mit Ausnahme von Madame Bellot, die immer noch im Bett lag, verhaftet und zum Verhör vorgeführt.

Zu seiner großen Überraschung erfuhr Frederick, daß er, zusammen mit dem alten Priester, der Spionage beschuldigt wurde und daß ihre langen Gespräche und sein Manuskript und seine Notizen das Beweismaterial für diese Beschuldigung bildeten. Der Polizeidirektor bestand darauf, daß die von ihm angeführte Bibelstelle Jesaja 53,9: »Um unsrer Übertretung willen« sich auf Stunde, Datum und Monat des deutschen Aufmarsches bezog. Frederick sagte sich, daß er auch schon früher viele merkwürdige Auslegungen des Propheten Jesaja gehört hatte, und versuchte deshalb geduldig, den Beamten zur Vernunft zu bringen. Er mußte aber entdekken, daß dieser Herr von der Begeisterung der Stunde besessen war und allen Argumenten unzugänglich. Der alte Priester wollte oder konnte nicht sprechen.

Im Verlauf des Tages wurde Frederick allmählich klar, daß er allen Ernstes noch vor Einbruch der Nacht erschossen werden könnte. Der Gedanke daran ließ ihn tief erbeben. »Jetzt werde ich erfahren«, dachte er, »ob es ein Leben nach dem Tode gibt.« Es fiel ihm ein, daß der Priester es ebenso schnell erfahren würde wie er. Diese Vorstellung fiel ihm schwer; der alte Mann hatte sich als solch verstockter Doktrinär erwiesen. Doch bei Sonnenuntergang war der Beamte des Falles überdrüssig geworden und ließ die beiden Beschuldigten einer Gruppe von Offizieren überstellen, die in einer großen Villa außerhalb der Stadt Quartier bezogen hatten, deren Besitzer aus Angst vor der französischen Invasion geflohen waren. Hier fanden sie den Rest der Gesellschaft aus dem Hotel vor.

Die Atmosphäre in der Villa war gänzlich anders als bei der Polizei. Die drei deutschen Offiziere hatten es für bequem befunden, in der Ungezwungenheit des Salons zu speisen, der luxuriös mit scharlachrotem Brokat, mit schweren Vorhängen und großen Gemälden an den Wänden ausgestattet war.

Das Dessert und der Wein standen noch auf dem Tisch vor ihnen. Ihre Gesichter waren vom Wein gerötet, doch mehr noch vom Triumph, denn sie hatten vor einer Stunde die Meldung von dem Gefecht bei Weißenburg erhalten, und das Telegramm lag noch bei ihren Gläsern.

Einer von den dreien war ein strammer, grauhaariger Mann mit einem hageren Gesicht, der andere schien der Tonangebende oder das verwöhnte Kind zu sein. Man ließ ihm beim Kreuzverhör der Gefangenen freie Hand, denn er sprach besser Französisch als die beiden anderen und amüsierte sie durch seine überschäumende Vitalität. Er war sehr jung, ein Hüne von Gestalt und geradezu strahlend blond, von einer Fülle oder Schwere, die ihm das Aussehen eines jungen Gottes verlieh. Er begegnete den Leuten aus dem Hotel mit lachender Überraschung und Geringschätzung und schien weder Gott noch den Teufel zu fürchten – und noch viel weniger irgendeinen Franzosen –, bis sein Blick auf Madame Héloïse fiel. Von diesem Augenblick an wurde der Fall zu einem Kräftemessen zwischen ihm und ihr.

Soviel konnte Frederick sehen. Doch diese Art Krieg war ihm unbekannt; und obwohl sie nach einem ersten Blick den Mann kein zweites Mal mehr ansah, wogegen seine hellen, hervorstehenden Augen nicht einen Moment lang von ihrem Gesicht oder ihrer Gestalt wichen, hätte er nicht entscheiden können, ob in Wirklichkeit der Angriff bei ihm lag oder bei ihr.

Die beiden glichen einander und hätten Bruder und Schwester sein können. Sie fürchteten sich offensichtlich voreinander. Als das Verhör voranschritt, schwitzte der Deutsche vor Angst, und sie erbleichte, doch nichts hätte die beiden auseinanderhalten können. Frederick war sicher, daß beide einander hier zum ersten Mal begegneten; dennoch war es eine alte Fehde, die im Salon der Villa ausgetragen werden sollte. War dies, fragte er sich, ein Kampf zwischen nationalen Erbfeinden, oder mußte er weiter zurückgehen, und tiefer hinab, um dessen Ursprung zu entdecken?

Der junge Deutsche begann mit der Feststellung, daß er es jetzt kaum mehr der Mühe wert finde, nach Paris weiterzuziehen. Er fragte sie, wie sie in ihre gegenwärtige Gesellschaft geraten sei, und ob sie ihre Genossen für gefährlicher halte als sich selbst? Sie antwortete ihm kurz angebunden, mit erhobenem Kinn. Frederick war sich bewußt, daß sein eigenes Schicksal und das seiner Gefährten jetzt in ihrer Hand lag. Er dachte, daß kein menschliches Wesen, und am allerwenigsten dieser junge Krieger, sich lange ihre Miene und ihren Ton gefallen lassen würde, und doch pries er in seinem Herzen die prächtige Zurschaustellung von Impertinenz, die sie ihm bot. Es war unvermeidlich, daß der Deutsche schließlich dicht an sie herantreten mußte; als er ihr fragend ein Papier vorhielt, sprach er ihr direkt ins Gesicht. Da zog sie, mit einer eleganten Bewegung, den umfänglichen Saum ihres Kleides zurück, damit er nicht in Berührung mit ihm komme.

Er brach mitten im Satz ab und rang nach Luft. »Ich habe, Madame«, sagte er sehr langsam, »nicht die Absicht, Ihr Kleid zu berühren. Ich mache Ihnen vielmehr einen Vorschlag. Ich werde für Sie und Ihre Freunde den Passierschein nach Luxemburg ausstellen, den Sie von mir wünschen. Sie können in einer halben Stunde kommen und ihn abholen. Aber Sie werden ohne dieses Kleid kommen müssen, das Sie, zu Recht, mit solcher Mühe vor meiner Berührung zu schützen suchen. Sie werden, sage ich Ihnen, um Ihren Passierschein zu holen, im Gewande der Göttin Venus kommen müssen. Dies ist«, fügte er nach einem Moment atemlosen Schweigens hinzu, »auf jeden Fall ein schönes Angebot, Madame.« Bei seinen eigenen Worten stieg ihm plötzlich dunkle Röte ins Gesicht.

Frederick stand einen Moment lang das Herz still, vor Abscheu und Entsetzen, und vor Trauer. Diese Forderung war eine Verzerrung seiner eigenen schönen Phantasien um Héloïse. Die Lästerung machte aus der Welt eine Stätte ekelerregender Gemeinheit und aus ihm einen Komplizen.

Was Héloïse selbst anging, so verwandelte die Beleidigung sie, als sei sie von ihr in Brand gesteckt worden. Sie wandte sich dem Beleidiger voll zu, und nie hatte Frederick sie so sprühend von Leben und Arroganz gesehen; sie schien ihrem Widersacher geradezu ins Gesicht lachen zu wollen. Der Schmutz der Welt, dachte er mit tiefer, entzückter Dankbarkeit, berührte sie nicht: sie stand hoch darüber. Nur für einen Moment hob sich ihre Hand zum Kragen ihrer Mantille, als müsse sie sich, erstickend unter der Woge ihrer Verachtung, von ihm befreien. Doch schon im nächsten Moment stand sie wieder reglos da; ihre Hand sank herab und mit ihr das Blut aus ihren Wangen; sie wurde sehr bleich. Sie wandte sich ihren Mitgefangenen zu und ließ langsam ihren Blick über deren weiße, entsetzte Gesichter gleiten.

Die beiden älteren Offiziere regten sich in ihren Sesseln. Der junge Mann schwenkte sein Papier in ihre Richtung. »Hier!« rief er. »Um unsrer Übertretung willen! Um der Sünden meines Volkes willen sind wir geschlagen worden! Mit Kapitel und Vers dabei! Meine Herren, wir haben hier eine ganze Bande von Spionen vor uns, und sie« – er wies mit zitterndem Finger auf Héloïse – »steht an ihrer Spitze. Weshalb mußte sie ausgerechnet hierher kommen? Hätte sie uns nicht in Frieden lassen können?«

Er redete sie wieder an; er konnte einfach nicht von ihr lassen. »Sind Sie sicher, daß Sie mich verstanden haben?« schrie er. »Nein, ich bin nicht sicher«, sagte sie. »Die französische Sprache eignet sich schlecht zu einem Vorschlag wie dem Ihren. Würden Sie ihn bitte auf deutsch wiederholen?« Dies zu tun, fiel ihm schwer; aber er tat es dennoch. Héloïse nahm ihren Hut ab, so daß ihr goldenes Haar im Lampenlicht leuchtete. Bis das Verhör zu Ende war, hielt sie den Hut in ihren Händen hinter ihrer schlanken Taille, was sie aussehen ließ, als wären ihr die Hände auf den Rücken gefesselt.

»Weshalb fragen Sie mich?« sagte sie. »Fragen Sie doch die, die bei mir sind. Es sind arme Menschen, die schwer arbeiten und Mühsal gewohnt sind. Hier ist ein französischer Priester«, fuhr sie sehr langsam fort, »der Tröster vieler armer Seelen; hier sind zwei französische barmherzige Schwestern, die Kranke und Sterbende gepflegt haben. Die beiden anderen haben Kinder in Frankreich, denen es ohne ihre Eltern schlecht ergehen wird. Ihre Rettung ist, für jeden einzelnen von ihnen, wichtiger als die meine. Lassen Sie sie selbst entscheiden, ob sie ihre Rettung um Ihren Preis erkaufen wollen. Sie werden von ihnen Ihre Antwort bekommen, auf französisch.«

Der alte Priester tat einen Schritt vorwärts. Im Hotel hatte er lange Reden von sich gegeben, hier aber sagte er nicht ein einziges Wort. Er streckte nur seinen rechten Arm in die Höhe und schwenkte ihn hin und her. Die eine der alten Nonnen warf sich mit dem Rücken gegen die Wand, als stehe sie schon vor dem Erschießungskommando. Sie streckte beide Arme hoch und rief: »Nein!« Die andere Nonne brach in heftiges Schluchzen aus, ihre Beine versagten den Dienst, sie sank auf die Knie und wiederholte: »Nein, nein, nein!«

Es war der Handlungsreisende, der eine Rede hielt. Er tat einen großen Schritt auf den jungen Offizier zu, schaute zu dessen Höhe hinauf und sagte: »Sie glauben, daß wir uns vor Ihnen fürchten? Ja, das tun wir. Wir fürchten uns davor, jemals so auszusehen, wie Sie es tun.« Frederick sagte nichts; er sah dem Offizier ins Gesicht und konnte sich eines leisen Lächelns nicht erwehren.

Der Deutsche starrte auf den Handlungsreisenden hinab und dann über dessen Kopf hinweg zu Héloïse hinüber. Er schrie: »Dann fort mit euch! Es muß ein Ende haben. Fort mit euch allen!« Er rief zwei Soldaten aus dem Nebenzimmer herbei. »Führt diese Leute hinunter« befahl er, »in den Hof.

Die Befehle folgen!« Und noch einmal schrie er die Gefangenen an: »Jetzt bekommt ihr, was ihr wollt. Laßt mich in Frieden. Laßt mich um alles in der Welt in Frieden!« Der letzte Eindruck, den Frederick aus dem Raum mitnahm, war sein Gesichtsausdruck, als Héloïse an ihm vorüberschritt und ihn dabei ansah. Die ganze Gesellschaft wurde die Treppe hinuntergetrieben und aus dem Haus hinaus.

Als sie in den Hof kamen, war die Nacht klar und die Sterne begannen sich am Firmament zu zeigen. Entlang der einen Seite des Hofes zog sich eine niedrige Mauer hin, die den Garten der Villa umgab; von der anderen Seite trieb Stallgeruch her. Einer nach dem anderen gingen die müden Flüchtlinge, über ihr Schicksal im Ungewissen, zu dieser Mauer hin und suchten sich einen Platz an ihr. Héloïse, die barhäuptig auf dem Hofe stand, blickte zum Himmel hinauf; nach einer Weile sagte sie zu Frederick: »Dort fiel eben eine Sternschnuppe. Sie hätten sich etwas wünschen können.«

Als sie eine halbe Stunde lang auf dem Hof verbracht hatten, kamen drei Soldaten aus dem Haus; einer von ihnen trug eine Laterne. Ein anderer, der einen höheren Rang zu haben schien, musterte die Gefangenen, ging zu dem alten Priester hin und übergab ihm ein Dokument. »Hier ist Ihr Passierschein nach Luxemburg«, sagte er. »Er gilt für Sie alle. Die Züge sind überfüllt; Sie werden sich in der Stadt einen Wagen besorgen müssen. Sie machen sich besser sofort auf den Weg.«

Sobald er ausgesprochen hatte, trat der dritte Soldat vor und wandte sich an Héloïse, und sie sahen überrascht, daß er ein großes Bukett mit Rosen in der Hand hielt, das vorhin auf dem Tisch im Salon gelegen hatte. Er salutierte. »Herr Oberst«, sagte er, »bitten Madame, diese Blumen anzunehmen. Mit seiner Hochachtung. Für eine Heldin.« Héloïse nahm das Bukett von ihm entgegen, als sehe sie weder ihn noch die Blumen.

Es gelang ihnen, im Hotel Wagen zu besorgen. Während

sie auf deren Ankunft warten mußten, nahmen sie ein hastiges, karges Mahl ein, aus Brot und Wein bestehend, denn keiner von ihnen hatte seit dem Morgen etwas gegessen. Es war keine Wiederholung ihres kühnen Abendmahles von gestern; es schien keine Verbindung damit zu haben. Inzwischen war ihr Leben auf eine andere Ebene gehoben worden. Sie hielten einander bei den Händen, jeder von ihnen verdankte sein Leben jedem der anderen.

Héloïse war immer noch der Mittelpunkt ihrer Gemeinschaft, aber auf eine neue Weise: ein Wesen, das ihnen allen unendlich teuer war. Ihr Stolz, ihr Triumph war auch der ihre, da sie bereit gewesen waren, für sie zu sterben. Sie war immer noch sehr bleich; sie sah wie ein Kind unter den alten Leuten aus und lachte über das, was sie zu ihr sagten. Da sie darauf bestand, alle ihre Koffer und Kisten mit sich zu nehmen – diese offensichtlich als Teile ihrer Person betrachtend, die nicht in den Händen des Feindes zurückbleiben durften –, und da Frederick sie aufladen mußte, so kam es, daß er und sie zusammen, hinter den anderen her und in einem kleinen Fiaker, zur Grenze fuhren.

Frederick behielt diese Fahrt sein Leben lang in allen Einzelheiten in Erinnerung, bis hin zu den Kurven der Straße. Der Mond stand am Himmel, und die Himmelsstrecke zwischen ihm und dem niedrigen Horizont war wie mit Goldstaub bestreut. Als Tau fiel, zog Héloïse ihren Schal über den Kopf; in seinen dunklen Falten sah sie wie ein Mädchen vom Lande aus, und zugleich saß sie in Erhabenheit neben ihm, wie eine Muse. Er hatte früher in Büchern von Helden und Heldinnen gelesen; das Abenteuer, das er erlebt hatte, und die junge Frau neben ihm waren wie die Bücher, und zugleich war sie so sanft und köstlich lebendig wie kein Buch auf der Welt. Ihr stilles, triumphierendes Glück war ihm so süß wie der Duft des reifen Kornfeldes, durch das sie fuhren. Auf einmal nahm sie seine Hand.

Es war früher Morgen, als sie die Grenze passierten und

den kleinen Bahnhof von Wasserbillig erreichten, wo sie den Rest ihrer Gesellschaft vorfanden. Während sie auf den Zug warteten, der sie nach Frankreich bringen sollte, und ihre Gesichter endlich wieder gen Paris gewandt waren, wuchsen, fühlte Frederick, seine französischen Freunde zu einer Familie zusammen, der er nicht mehr angehörte. Als der Zug schließlich einfuhr, schienen sie sein Vorhandensein fast nicht mehr wahrzunehmen.

Doch im letzten Augenblick schenkte ihm Héloïse einen langen, tiefen, zärtlichen Blick. Durch das Fenster ihres Abteils sah sie ihn an. Dann war sie jählings fort.

Frederick stand auf dem Bahnsteig und sah den Zug in einer trüben Morgenlandschaft verschwinden. Er fühlte, daß vor einem großen Ereignis in seinem Leben der Vorhang gefallen war. Sein Herz tat weh, von Glück wie von Leid. Der jüngst in ihm geborene Künstler, Venustis Freund, empfing das Abenteuer in demutsvollem, entzücktem Geiste, und *»Domine, non sum dignus«* war seine Antwort darauf. Doch als er dann wieder ganz allein war, erwachte erneut der Suchende und der Fragende in ihm, sein altes Ich aus den Universitätstagen in England lechzte nach mehr und forderte, aufgeklärt zu werden, zu wissen und zu verstehen. In dieser Erscheinung des heldischen Charakters gab es etwas, das unverstanden geblieben war, einen unerforschten, einen verschleierten Bezirk.

Es mußte wohl, überlegte er, dieses Moment der nicht abgeschlossenen Untersuchung und der nicht gewonnenen Einsicht sein, was ihn jetzt dazu brachte, mit einem fast erstickenden Gefühl des Verlustes oder der Beraubung auf dem Bahnhof von Wasserbillig zu stehen, als sei ihm ein Becher von den Lippen genommen worden, bevor sein Durst gestillt war.

Dem wahrhaft Suchenden indes wird manchmal von der Hand des Schicksals zu seinem Ziel verholfen. So geschah es auch Frederick bei seiner Erforschung des heldischen Charakters. Er mußte nur eine Weile warten.

In England kehrte er zu seinen Büchern zurück. Er beendete seine Abhandlung über die Versöhnungslehre und schrieb dann später ein zweites Buch. Mit der Zeit ging er vom Gebiet der Religionsphilosophie in das der allgemeinen Religionsgeschichte über. Er nahm unter den Literaten und Gelehrten seiner Generation eine geachtete Stellung ein und war mit einem Mädchen verlobt, das er gekannt hatte, seit sie beide Kinder waren, als er, fünf oder sechs Jahre nach seinem Abenteuer in Saarburg, nach Paris reisen mußte, um die Vorlesungsreihe eines großen französischen Historikers zu hören.

Er suchte dort einen Jugendfreund auf, den Bruder des jungen Mannes, der ihm seinerzeit in Berlin als erster vom Krieg erzählt hatte. Dieser junge Mann hieß Arthur und war noch in der gleichen Stellung an der Gesandtschaft wie damals. Arthur befand sich in der Verlegenheit, nicht zu wissen, wie er einen Religionsforscher in Paris unterhalten sollte. Er lud Frederick zum Essen in ein erlesenes Restaurant ein und fragte ihn, während sie speisten, wie ihm Paris gefalle und was er hier schon alles gesehen habe. Frederick antwortete, daß er eine Vielzahl schöner Dinge gesehen habe und in den Museen des Louvre und des Luxembourg gewesen sei. Sie unterhielten sich eine Zeitlang über klassische und moderne Kunst. Da rief Arthur plötzlich aus: »Wenn du gern schöne Dinge ansiehst, dann weiß ich, was wir heute abend tun werden! Wir gehen und sehen uns Héloïse an.« »Héloïse?« sagte Frederick. »Kein Wort weiter!« sagte Arthur. »Das kann man nicht beschreiben, das muß man sehen!«

Er führte Frederick in ein kleines, geschmackvolles und exquisites Varieté. »Wir kommen gerade zur rechten Zeit«, sagte er. Dann lachte er und fügte hinzu: »Obwohl du sie eigentlich unterm Kaiserreich hättest sehen sollen! Manche Leute behaupten, sie sei so dumm wie eine Gans, aber wenn man ihre Beine sieht, dann kann man das einfach nicht glauben. *La jambe, c'est la femme!* Man erzählt sich auch, daß ihr Privatleben durchaus ehrbar sei. Ich weiß es nicht.«

Die Darbietung, die sie zu sehen bekamen, trug den Titel »*Dianas Rache*« und ahmte den klassischen Stil nach, war aber in ihren Details elegant modern. Eine große Anzahl schöner junger Tänzerinnen tanzte und posierte als Nymphen im Walde und waren alle sehr spärlich bekleidet. Doch den Höhepunkt der gesamten Vorstellung bildete der Auftritt der Göttin Diana, die überhaupt nichts anhatte.

Als sie, ihren goldenen Bogen spannend, hervortrat, ging ein Ton wie ein langer Seufzer durch das Haus. Die Schönheit ihres Körpers kam selbst für diejenigen, die sie schon früher gesehen hatten, überraschend und entzückte sie; sie trauten ihren eigenen Augen kaum.

Arthur betrachtete sie durch sein Opernglas, dann reichte er es großmütig Frederick. Er bemerkte aber, daß Frederick keinen Gebrauch davon machte, und einen Moment später, daß er sehr still geworden war. Er fragte sich, ob sein Freund schockiert sei. »*C'est une chose incroyable*«, sagte er, »*que la beauté de cette femme!* Was sagst du dazu?«

»Ja«, sagte Frederick. »Aber ich kenne sie. Ich habe sie schon einmal gesehen.« »Aber nicht in diesem Stück?« sagte Arthur. »Nein. Nicht in diesem«, sagte Frederick. Nach einem Weilchen fügte er hinzu: »Vielleicht erinnert sie sich an mich. Ich werde ihr meine Karte hinaufschicken.« Arthur lächelte. Der Page, der Fredericks Karte nach oben gebracht hatte, kam mit einem Briefchen für ihn zurück. »Ist der von ihr?« fragte Arthur. »Ja«, sagte Frederick. »Sie erinnert sich an mich. Sie wird zu uns kommen, wenn die Vorstellung zu Ende ist.« »Héloïse?« rief Arthur aus. »Weiß Gott, ihr englischen Professoren der Religionsphilosophie! Wann bist du ihr begegnet? War es, während du über die Geheimnisse des ägyptischen Adonis schriebst?« »Nein, ich schrieb damals über ein anderes Thema«, sagte Frederick. Arthur bestellte einen Tisch, Champagner und ein großes Bukett Rosen.

Héloïse betrat den Saal, und alle Gesichter wandten sich ihr zu, wie ein Beet mit Sonnenblumen sich der Sonne zuwendet. Sie war in Schwarz, mit langer Schleppe und langen Handschuhen, Straußenfedern und Perlen. »All das Schwarz«, seufzte das Haus im Herzen, »um all das Weiß zu bedecken!«

Ihre Büste war vielleicht etwas voller geworden und ihr Gesicht etwas schmaler als vor sechs Jahren, aber immer noch bewegte sie sich in der Art einer der großen Feliden und hatte in Haltung und Miene jene Kurzangebundenheit oder Ungeduld, die Frederick damals bezaubert hatte. Frederick erhob sich, um sie zu begrüßen, und Arthur, der befürchtet hatte, sein Freund werde vor dem eleganten Publikum des Theaters eine linkische Figur machen, war betroffen von seiner Würde und, als Frederick und Héloïse einander ansahen, von dem vollkommen identischen Ausdruck tiefen glücklichen Ernstes auf ihren beiden Gesichtern. Sie machten ihm den Eindruck, als hätten sie sich zur Begrüßung gerne geküßt, würden aber von etwas anderem als der Anwesenheit von Menschen um sie herum davor zurückgehalten. Sie blieben stehen, als hätten sie die menschliche Fähigkeit des sich Setzens vergessen.

Héloïse strahlte Frederick an. »Ich bin so glücklich, daß Sie mich besuchen«, sagte sie, seine Hand in der ihren haltend. Frederick konnte zunächst keine Worte finden; schließlich stellte er eine törichte Frage. »Ist von den anderen jemand hiergewesen, um Sie zu besuchen?« »Nein«, sagte Héloïse, »nein, keiner von ihnen.« Hier gelang es Arthur, sie zum Sitzen zu bewegen, einander gegenüber an seinem Tisch. »Wissen Sie«, sagte Héloïse, »daß der arme alte Vater Lamarque gestorben ist?« »Nein!« sagte Frederick. »Ich habe mit keinem von ihnen mehr Verbindung gehabt.« »Ja, er ist tot«, sagte Héloïse. »Als er damals nach Paris kam, bat er darum, zur Armee geschickt zu werden. Er verrichtete Wunder dort; er war ein Held! Doch später wurde er dann verwundet, hier in Paris, von den Versailler Soldaten. Als ich davon hörte, lief ich sogleich ins Lazarett, doch leider Gottes ich kam zu spät.«

Um die Schweigsamkeit seines Landsmannes wettzumachen, schenkte Arthur mit einem Kompliment an Héloïse den Champagner ein.

»Ach, es waren gute Menschen!« rief sie, ihr Glas erhebend. »Was für eine herrliche Zeit das war! Auch die beiden alten Schwestern, wie gut sie waren! Und so waren sie alle.«

»Aber sehr tapfer waren sie nicht gerade«, fügte sie hinzu, als sie ihr Glas wieder auf den Tisch stellte. »An jenem Abend in der Villa waren sie alle in Todesangst. Sie sahen schon in die Mündungen der deutschen Gewehre. Und, gütiger Gott, sie schwebten damals auch wirklich in Gefahr – in einer schlimmeren, als ihnen je bewußt wurde.«

»Wie meinen Sie das?« fragte Frederick.

»O ja, in einer schlimmeren Gefahr«, sagte Héloïse. »Denn sie würden mich zu dem gezwungen haben, was der Deutsche verlangte. Sie würden mich dazu gezwungen haben, um ihr Leben zu retten, wenn er sie zuerst und direkt gefragt hätte oder wenn sie sich selbst überlassen gewesen wären. Und hinterher wären sie nie mehr darüber hinweggekommen. Sie würden es ihr Leben lang bereut und sich für große Sünder gehalten haben. Sie waren nicht die Leute für solch ein Geschäft, sie, die in ihrem ganzen Leben noch nichts Böses getan hatten. Darum war es ja so schlimm für sie, daß ihnen solche Angst eingejagt wurde. Ich sage Ihnen, mein Freund, für diese Menschen wäre es besser gewesen, erschossen zu werden, als mit einem schlechten Gewissen weiterzuleben. Sie waren daran nicht gewohnt, verstehen Sie; sie hätten nicht gewußt, wie man mit einem schlechten Gewissen weiterlebt.«

»Woher wissen Sie das alles?« fragte Frederick.

»Oh, ich kenne diese Art von Menschen gut«, sagte Héloïse. »Ich bin selbst unter armen, ehrlichen Leuten aufgewachsen. Meine Großmutter hatte eine Schwester, die Nonne war, und es war ein alter armer Priester, wie Vater Lamarque, der mir das Lesen beibrachte.«

Frederick stützte den Ellbogen auf den Tisch und das Kinn

in die Hand; er saß da und sah sie an. »Dann galt also Ihr Triumph hinterher«, sagte er sehr langsam, »in Wirklichkeit uns? Weil wir uns so gut betragen hatten?« »Sie betrugen sich doch gut, nicht wahr?« sagte sie mit einem Lächeln zu ihm. »Dann waren Sie also eine noch größere Heldin«, sagte Frederick, ebenfalls lächelnd, »als ich damals erkannte.« »Mein teurer Freund!« sagte sie.

Er fragte sie: »Glaubten Sie denn in diesem Augenblick, daß Sie wirklich erschossen werden könnten?« »Ja«, sagte sie. »Er hätte mich durchaus erschießen lassen können, und euch alle mit mir. Das hätte gut seine Art zu lieben sein können. Und dennoch«, fügte sie nachdenklich hinzu, »war er ehrlich, ein ehrlicher junger Mann. Er konnte mit ganzem Herzen etwas begehren. Nicht viele Männer haben das in sich.«

Sie trank ihr Glas aus, ließ es sich erneut füllen und sah Frederick an. »Sie«, sagte Héloïse, »Sie waren nicht wie die anderen. Wenn Sie und ich dort allein gewesen wären, dann wäre alles anders gewesen. Vor Ihnen hätte ich mein Leben ganz natürlich retten können, so, wie er es wollte, und Sie hätten hinterher nicht mehr daran gedacht. Ich erkannte das damals. Und als wir zusammen zur Grenze fuhren, und Sie kein Wort sprachen, da wußte ich es auch, in jenem Fiaker. Das gefiel mir an Ihnen, und ich weiß nicht, wo Sie das gelernt haben, denn schließlich sind Sie ja ein Engländer.« Frederick überdachte ihre Worte. »Ja«, sagte er langsam, »wenn Sie es selber vorgeschlagen hätten, aus eigenem, freiem Willen heraus.« Héloïse lachte darüber.

»Aber wissen Sie«, rief sie plötzlich, »was ein Glück war – für Sie und mich und für uns alle? Daß damals keine Frauen bei uns waren! Eine Frau hätte mich dazu gebracht, im Handumdrehen, und wenn es mir noch so sehr zu Herzen gegangen wäre. Und was wäre, in diesem Falle, aus unserer ganzen Größe geworden?« »Aber es waren doch Frauen unter uns«, sagte Frederick. »Da waren die beiden Nonnen.«

»Nein, die zählen nicht«, sagte Héloïse. »Eine Nonne ist in diesem Sinne keine Frau. Nein, ich meine eine verheiratete Frau, oder eine alte Jungfer, eine ehrbare Frau. Wenn Madame Bellot nicht Bauchschmerzen vor Angst gehabt hätte, dann würde sie im Nu alles von mir heruntergehabt haben, das kann ich Ihnen versprechen. Sie hätte ich niemals überreden können.«

Héloïse wurde nachdenklich, ihre Augen waren auf Fredericks Gesicht gerichtet, und nach einer Weile sagte sie: »Was für ein Mann Sie geworden sind! Ich glaube, Sie sind gewachsen. Sie waren damals fast noch ein Junge. Wir waren beide um so viel jünger.« »Heute abend«, sagte er, »kommt es mir nicht vor, als sei es so lange her.« »Aber es ist dennoch eine lange Zeit«, sagte sie, »nur hat es für Sie nichts zu bedeuten. Sie sind ein Mann, ein Schriftsteller, nicht wahr? Ihr Weg führt aufwärts. Sie werden noch viele Bücher schreiben, das fühle ich. Erinnern Sie sich noch daran, wie Sie mir, als wir in Saarburg einen Spaziergang machten, von den Büchern eines Juden in Amsterdam erzählten? Er hatte einen hübschen Namen, wie eine Frau. Er gefiel mir so gut, daß ich ihn fast statt dem Namen genommen hätte, den ich jetzt trage; auch den hat ein Gelehrter für mich ausgesucht. Ich glaube, daß nur sehr gelehrte Leute ihn gekannt hätten. Wie lautete er noch gleich?« »Spinoza«, sagte Frederick. »Ja«, sagte Héloïse, »Spinoza. Er schliff Diamanten. Es war sehr interessant. Nein, für Sie ist die Zeit ohne Belang. Man ist glücklich, seine Freunde wiederzusehen«, sagte sie, »und doch muß man gerade dann erkennen, wie die Zeit verfliegt. Wir sind es, die es spüren, die Frauen. Uns nimmt die Zeit so viel. Und am Ende: alles.« Sie sah zu Frederick auf, und keines der Gesichter, das die großen Meister malen, hatte ihm je solch eine Vision von Leben und Welt geschenkt. »Wie wünsche ich mir, mein teurer Freund«, sagte sie, »Sie hätten mich damals gesehen!«

Die Geschichte des Schiffsjungen

Die Bark *Charlotte* war auf der Fahrt von Marseille nach Athen, in grauem Wetter, auf hoher See, nach drei Tagen Sturm. Ein kleiner Schiffsjunge, Simon mit Namen, stand auf dem nassen, schwankenden Deck, hielt sich an einer Wante fest und sah zu den treibenden Wolken hinauf und zur oberen Bramsegelrah des Großmastes.

Ein Vogel, der auf dem Mast Zuflucht gesucht, hatte sich am Fall mit den Füßen in losem Takelgarn verfangen und mühte sich, hoch dort droben, frei zu werden. Der Junge auf dem Deck konnte sehen, wie er mit den Flügeln schlug und den Kopf hin und her warf.

Durch seine eigenen Erfahrungen im Leben war er zu der Überzeugung gelangt, daß in dieser Welt jeder für sich selber sorgen muß und keine Hilfe von anderen zu erwarten hat. Aber der stumme Kampf auf Leben und Tod hielt ihn mehr als eine Stunde lang gebannt. Er fragte sich, was für eine Art Vogel das wohl war. In den letzten Tagen hatten vielerlei Vögel im Takelwerk der Bark gerastet: Schwalben, Wachteln und ein Paar Wanderfalken; er glaubte, daß der Vogel dort droben auch ein Wanderfalke war. Es fiel ihm ein, wie er einmal vor vielen Jahren, in seinem Heimatlande und nahe seinem Elternhaus, einen Wanderfalken ganz aus der Nähe gesehen hatte. Er saß auf einem Stein und flog dann senkrecht von ihm auf. Vielleicht war dies derselbe Vogel. Er dachte: »Dieser Vogel ist wie ich. Damals war er dort, und jetzt ist er hier.«

Bei diesem Gedanken erwachte ein Gefühl der Kameradschaft in ihm, ein Empfinden gemeinsamen Unglücks; er stand da und schaute zu dem Vogel hinauf, und das Herz schlug ihm im Halse. Keiner von den anderen Matrosen war in der Nähe und hätte ihn auslachen können; er begann zu überlegen, wie er am besten die Wanten hinaufklettern könnte, um den Falken zu befreien. Er strich sich die Haare aus der Stirn und krempelte die Ärmel hoch, warf einen langen Blick auf das Deck ringsum und kletterte hinauf. In der schwankenden Takelage mußte er etliche Male innehalten und einen festen Halt suchen.

Als er den Topp des Mastes erreicht hatte, stellte er fest, daß es wirklich ein Wanderfalke war. Als sein Kopf mit dem des Falken auf gleicher Höhe war, gab der Vogel seinen Kampf auf und starrte ihn aus einem Paar zorniger, verzweifelter gelber Augen an. Er mußte ihn mit der einen Hand festhalten, während er sein Messer herausholte und das Tau durchschnitt. Es wurde ihm bang, als er hinuntersah, doch zugleich fühlte er, daß er von niemandem heraufkommandiert worden war, sondern aus freien Stücken hier war, und dieses Bewußtsein flößte ihm ein stolzes, stetigendes Gefühl ein, als wären das Meer und der Himmel, das Schiff, der Vogel und er selber alle eins. Kaum hatte er den Falken befreit, hackte ihn dieser in den Daumen, daß Blut floß und er ihn fast losgelassen hätte. Er wurde wütend auf ihn und versetzte ihm einen Schlag auf den Kopf, dann steckte er ihn in seine Jacke und kletterte wieder hinunter.

Als er das Deck erreichte, standen dort der Maat und der Koch und starrten in die Höhe; sie brüllten ihm zu und wollten wissen, was er auf dem Mast zu schaffen gehabt hätte. Er war so erschöpft, daß ihm Tränen in den Augen standen. Er holte den Falken heraus und zeigte ihn den beiden, und der Vogel hielt ganz still in seinen Händen. Sie lachten und gingen ihres Weges. Simon setzte den Vogel aufs Deck, trat ein paar Schritte zurück und beobachtete ihn.

Nach einer Weile überlegte er, daß er vielleicht nicht die Kraft hatte, von dem glitschigen Deck aufzufliegen, also fing er ihn wieder ein, trug ihn zu einer Rolle Segeltuch und setzte ihn darauf. Nach kurzer Zeit begann der Vogel sein Gefieder zu versorgen, tat zwei oder drei scharfe Rucke vorwärts und flog dann plötzlich davon. Der Junge konnte seinen Flug über die Wellentäler des grauen Meeres hinweg eine Zeitlang verfolgen. Er dachte: »Dort fliegt mein Falke!«

Als die *Charlotte* heimkam, heuerte Simon auf einem anderen Schiff an, und zwei Jahre später war er Leichtmatrose auf dem Schoner *Hebe*, der vor Bodø lag, hoch droben an der norwegischen Küste, um Heringe aufzukaufen.

Bei den großen Heringsmärkten von Bodø kamen Schiffe aus aller Herren Länder zusammen; hier lagen schwedische, finnische und russische Boote, ein wahrer Wald von Masten, und an Land herrschte ein lebhaftes,wildes Treiben, mit einem Gewirr von Sprachen und gewaltigen Kämpfen. Am Ufer waren Buden aufgeschlagen, und die Lappen, kleine, gelbe Menschen, lautlos in ihren Bewegungen, mit wachsamen Augen, die Simon hier zum ersten Mal sah, kamen herbei, um perlenbestickte Lederwaren zu verkaufen. Es war April, Himmel und Meer waren so hell, daß es schwer fiel, bei ihrem Anblick die Augen offenzuhalten – Salz, unendlich weit und erfüllt von Vogelschreien, als wetze jemand unaufhörlich unsichtbare Messer, allseits und hoch am Himmel.

Simon staunte über die Helligkeit dieser Aprilabende. Geographie war ihm unbekannt, und so schrieb er das Licht nicht dem hohen nördlichen Breitengrad zu, sondern nahm es als ein Zeichen ungewohnter Güte im All, als eine große Gunst. Simon war sein Leben lang klein für sein Alter gewesen, doch im vergangenen Winter war er aufgeschossen und hatte starke Glieder bekommen. Dieses Glück, empfand er, mußte derselben Quelle entspringen wie die Köstlichkeit des Wetters: einem neuen Wohlwollen in der Welt. Er hatte solcher Ermutigung dringend bedurft, denn er war von Natur aus schüchtern; jetzt wünschte er sich nichts mehr. Der Rest, fühlte er, war seine eigene Sache. In diesem Gefühl schritt er gemessen und stolz einher.

Eines Abends hatte er Landurlaub und ging am Strand zu der Bude eines kleinen russischen Händlers, eines Juden, der goldene Uhren verkaufte. Alle Seeleute wußten, daß seine Uhren aus schlechtem Metall gemacht waren und nicht gingen, aber sie kauften sie dennoch und trugen sie stolz spazieren. Simon betrachtete diese Uhren lange, kaufte aber keine. Der alte Jude hatte allerlei Waren in seinem Kram, darunter auch eine Kiste Orangen. Simon hatte auf seinen Fahrten schon Orangen gekostet; er kaufte eine und nahm sie mit sich. Er wollte auf einen Hügel steigen, von dem aus er das Meer sehen konnte, und sie dort aussaugen.

Als er auf dem Weg dorthin an die letzten Häuser des Ortes kam, erblickte er ein kleines Mädchen in einem blauen Kleid, das auf der anderen Seite eines Zaunes stand und ihn ansah. Sie mochte dreizehn oder vierzehn Jahre alt sein, schmal wie ein Aal, aber mit einem runden, hellen, sommersprossigen Gesicht und einem Paar langer Zöpfe. Die beiden sahen einander an.

»Nach wem hältst du denn Ausschau?« fragte Simon, um etwas zu sagen. In dem Gesicht des Mädchens brach ein entzücktes, hochmütiges Lächeln hervor. »Natürlich nach dem Mann, den ich heiraten werde!« sagte es. Etwas in seinem Aussehen machte den Jungen zuversichtlich und froh; er lächelte es an. »Vielleicht werd' ich das sein«, sagte er. »Ha, ha!« sagte das Mädchen, »der ist ein paar Jahre älter als du, das kann ich dir sagen.« »Warum denn«, sagte Simon, »du bist ja selbst noch nicht erwachsen.« Das Mädchen schüttelte feierlich den Kopf. »Nein«, sagte es, »aber wenn ich erwachsen bin, werde ich überaus schön sein und braune Schuhe mit Absätzen tragen und einen Hut.« »Möchtest du eine Orange?« fragte Simon, der ihm keines der Dinge geben konnte, die es genannt hatte. Es sah die Orange an und dann ihn. »Sie schmecken sehr gut«, sagte er. »Warum ißt du sie dann nicht selber?« fragte es. »Ach, ich habe schon so viele gegessen«, sagte er, »als ich in Athen war. Hier habe ich eine Mark dafür bezahlen müssen.« »Wie heißt du?« fragte es. »Ich heiße Simon«, sagte er. »Und wie heißt du?« »Nora«, sagte das Mädchen. »Was willst du denn für deine Orange, Simon?«

Als er seinen Namen aus ihrem Munde hörte, wurde Simon kühn. »Willst du mir einen Kuß für die Orange geben?« fragte er. Nora sah ihn ernsthaft an. »Ja«, sagte sie, »es macht mir nichts aus, dir einen Kuß zu geben.« Ihm wurde so warm, als wäre er gerannt. Als sie nach der Orange langte, ergriff er ihre Hand. In diesem Augenblick rief jemand im Haus nach ihr. »Das ist mein Vater«, sagte sie und versuchte, ihm die Orange zurückzugeben, aber er wollte sie nicht nehmen. »Dann komm morgen wieder«, sagte sie rasch, »dann werde ich dir einen Kuß geben.« Mit diesen Worten schlüpfte sie davon. Er stand da und sah ihr nach, und ein wenig später ging er zurück zu seinem Schiff.

Simon macht für gewöhnlich keine Zukunftspläne, und wußte jetzt nicht, ob er zu ihr zurückgehen würde oder nicht.

Am nächsten Abend mußte er an Bord bleiben, da die anderen Matrosen an Land gingen, aber das machte ihm nichts aus. Er hatte vor, mit dem Schiffshund Balthasar auf Deck zu sitzen und auf seiner Ziehharmonika zu üben, die er sich vor einiger Zeit gekauft hatte. Der blasse Abend hüllte ihn ein, der Himmel war schwach rosenrot, das Meer lag still; es sah aus wie Milch mit Wasser verdünnt, nur im Kielwasser der zum Land fahrenden Boote zerteilte es sich zu Streifen in leuchtendem Indigo. Simon saß und spielte; nach einer Weile begann seine eigene Musik so stark zu ihm zu sprechen, daß er abbrach, aufstand und emporschaute. Da sah er, daß der volle Mond hoch am Himmel stand.

Der Himmel war so licht, daß der Mond eigentlich überflüssig wirkte; es war, als sei er nur zu seinem Vergnügen heraufgekommen. Er war rund, still und hochmütig. Bei seinem Anblick wußte Simon, daß er an Land mußte, was es auch koste. Aber er wußte nicht, wie er hinüberkommen sollte, da die anderen das Beiboot mitgenommen hatten. Er stand lange auf Deck, die verlassene kleine Gestalt eines Schiffsjungen auf seinem Schiff, bis er eine Jolle erblickte, die von einem Schiff weiter draußen herankam, und sie anrief. Es waren russische Matrosen von einem Schiff namens *Anna*, die an Land gingen. Nachdem er sich ihnen verständlich gemacht hatte, nahmen sie ihn mit; erst verlangten sie Geld von ihm für die Überfahrt, dann gaben sie es ihm lachend wieder zurück. Er dachte: »Diese Leute glauben bestimmt, daß ich zu den Mädchen in die Stadt will.« Und dann fühlte er mit einigem Stolz, daß sie recht, zur gleichen Zeit aber unendlich unrecht hatten und von nichts auch nur eine Ahnung.

Als sie an Land kamen, luden sie ihn ein, mit ihnen einzukehren und zu trinken, und er wollte nicht ablehnen, weil sie ihm geholfen hatten. Einer von den Russen war ein Riese, so groß wie ein Bär; er erzählte Simon, daß sein Name Ivan sei. Er war im Nu betrunken und fiel dann mit einer Bärenzärtlichkeit über den Jungen her, tätschelte ihn mit seiner Pranke, lächelte und lachte ihm ins Gesicht, machte ihm eine goldene Uhrkette zum Geschenk und küßte ihn auf beide Wangen. Hierbei fiel Simon ein, daß er Nora ja auch ein Geschenk geben mußte, wenn sie sich wiedersahen, und sowie er sich von den Russen losmachen konnte, begab er sich zu einer Bude, die er kannte, und kaufte ein kleines blaues Seidentuch, das die gleiche Farbe wie ihre Augen hatte.

Es war Samstagabend, und in den Gassen drängten sich die Menschen; sie kamen in langen Ketten daher, viele von ihnen singend, alle drauf aus, an diesem Abend etwas zu erleben. Simon, inmitten dieses bunten, lärmenden Treibens unterm Vollmond, war es schwindlig im Kopf nach seinem Ausrükken vom Schiff und von den starken Getränken. Er stopfte das Tuch in seine Tasche; es war Seide, etwas, das er noch nie berührt hatte, ein Geschenk für sein Mädchen.

Er konnte sich nicht mehr auf den Weg zu Noras Haus besinnen, verlief sich und kam an seinen Ausgangspunkt zurück. Da packte ihn eine Todesangst, daß er zu spät kommen könnte, und er fing an zu rennen. In einem schmalen Durchlaß zwischen zwei Holzhütten prallte er gegen einen großen Mann und sah, daß es wieder Ivan war. Der Russe schloß seine Arme um ihn und hielt ihn fest. »Gut! Gut!« frohlockte er, »habe ich dich endlich wieder, mein kleines Hühnchen. Überall hab ich nach dir gesucht, und der arme Ivan hat schon geweint, weil er seinen Freund verloren hat.« »Laß mich los, Ivan!« rief Simon. »Oho!«, sagte Ivan, »ich geh jetzt mit dir und kauf dir, was du willst. Mein Herz und mein Geld sind dein, ganz dein; ich bin auch einmal siebzehn gewesen, ein kleines Gotteslamm, und heute nacht will ich es wieder sein.« »Laß mich los!« rief Simon, »ich bin in Eile.« Ivan hielt ihn so fest, daß es wehtat, und tätschelte ihn mit der anderen Hand. »Ich fühle es, ich fühle es«, sagte er. »Hab nur Vertrauen zu mir, mein kleiner Freund. Nichts soll uns beide mehr trennen. Horch, da kommen schon die anderen; wir wollen eine Nacht miteinander erleben, daß du noch dran denken wirst, wenn du ein alter Großpapa bist.«

Plötzlich preßte er den Jungen an sich, wie ein Bär, der ein Schaf davonträgt. Das widerwärtige Gefühl männlicher Körperwärme und die Leibesmasse eines Mannes so eng an ihm, machten den schmalen Jungen wild. Er dachte an Nora, die ihn erwartete, wie ein schlankes Schiff in der diesigen Luft, und an sich, hier in der heißen Umarmung eines haarigen Tieres. Er schlug Ivan mit all seiner Kraft. »Ich bring dich um, Ivan«, schrie er, »wenn du mich nicht gehen läßt!« »Oh, später wirst du mir dankbar sein«, sagte Ivan und fing zu singen an. Simon tastete in der Tasche nach seinem Messer und klappte es auf. Da er nicht ausholen konnte, trieb er die Klinge, wild vor Wut, unter dem Arm des gewaltigen Mannes bis zum Schaft hinein. Im nächsten Augenblick spürte er das Blut herausquellen und ihm in den Ärmel laufen. Ivans Gesang brach ab, er ließ den Jungen los und gab zwei lange tiefe Grunzer von sich. Dann brach er in die Knie. »Armer Ivan, armer Ivan«, ächzte er. Dann fiel er vornüber aufs Gesicht. In diesem Augenblick hörte Simon die anderen Matrosen, lauthals singend, in der Seitenstraße näherkommen.

Er blieb einen Augenblick lang stehen, wischte sein Messer ab und sah zu, wie das Blut sich unter dem großen Körper hervor zu einer dunklen Lache ausbreitete. Dann rannte er los. Als er einen Moment anhielt, um sich für eine Richtung zu entscheiden, hörte er die Matrosen hinter ihm über ihrem toten Kameraden aufschreien. Er dachte: »Ich muß zum Meer hinunter, wo ich meine Hand abwaschen kann.« Doch dann lief er in die entgegengesetzte Richtung. Kurz darauf fand er sich auf dem Weg wieder, den er tags zuvor gegangen war, und er kam ihm so vertraut vor, als wäre er ihn schon viele hundertmal in seinem Leben gegangen.

Er verlangsamte seinen Lauf, um sich umzuschauen, und sah plötzlich Nora auf der anderen Seite des Zaunes stehen; sie war ihm ganz nahe, als er sie da im Mondlicht erblickte. Zitternd und atemlos sank er auf die Knie. Eine Weile lang konnte er nicht sprechen. Das kleine Mädchen blickte auf ihn hernieder. »Guten Abend, Simon«, sagte sie mit ihrer leisen, spröden Stimme. »Ich habe lang auf dich gewartet«, und nach einer Pause fügte sie hinzu: »Ich habe deine Orange gegessen.«

»Oh, Nora!« rief der Junge. »Ich habe einen Mann getötet.« Sie starrte ihn an, rührte sich aber nicht. »Warum hast du einen Mann getötet?« fragte sie dann. »Um herzukommen«, sagte Simon. »Weil er versucht hat, mich aufzuhalten. Aber er war mein Freund.« Langsam kam er wieder auf die Füße. »Er liebte mich!« rief er und brach bei diesen Worten in Tränen aus. »Ja«, sagte sie langsam und nachdenklich. »Ja, weil du rechtzeitig hier sein mußtest.« »Kannst du mich verstecken?« fragte er. »Denn sie sind hinter mir her.« »Nein«, sagte Nora, »ich kann dich nicht verstecken. Mein Vater ist der Pfarrer hier in Bodø, und er würde dich ihnen bestimmt ausliefern, wenn er wüßte, daß du einen Mann getötet hast.« »Dann«, sagte Simon, »gib mir etwas, woran ich meine Hände abwischen kann.« »Was ist denn mit deinen Händen?« fragte sie und tat einen kleinen Schritt vorwärts. Er streckte ihr seine Hände hin. »Ist das dein eigenes Blut?« fragte sie. »Nein«, sagte Simon, »es ist seines.« Sie trat den gleichen Schritt wieder zurück. »Haßt du mich jetzt?« fragte er. »Nein, ich hasse dich nicht«, sagte sie. »Aber leg' jetzt deine Hände auf den Rücken.«

Als er das tat, kam sie dicht an ihn heran, durch den Zaun von ihm getrennt, und schlang ihre Arme um seinen Hals. Sie preßte ihren jungen Leib an seinen und küßte ihn zärtlich. Er fühlte ihr Gesicht, kühl wie das Mondlicht, an seinem, und als sie ihn losließ, war ihm schwindlig, und er wußte nicht, ob der Kuß eine Sekunde oder eine Stunde gedauert hatte. Nora richtete sich auf, stand mit weit offenen Augen da. »Nun«, sagte sie langsam und stolz, »verspreche ich dir, daß ich niemals einen anderen heiraten werde, solange ich lebe.« Der Junge blieb mit den Händen auf dem Rücken stehen, als hätte Nora sie dort festgebunden. »Und nun«, sagte sie, »mußt du laufen, denn sie kommen schon.« Sie sahen einander an. »Vergiß Nora nicht«, sagte sie. Er wandte sich um und rannte.

Er sprang über einen Zaun, und erst als er drunten zwischen den Häusern war, verlangsamte er seinen Schritt. Er hatte keine Ahnung, wohin er gehen sollte. Als er an einem Haus vorüberkam, aus dem Musik und Lärm erschollen, trat er zögernd durch die Tür. Der Raum war voll von Menschen, die lustig tanzten. Eine Lampe hing von der Decke und schien auf sie herab; die Luft war stickig und braun von dem Staub, der vom Boden aufgewirbelt wurde. Es waren auch einige

Frauen im Raum, aber viele von den Männern tanzten miteinander und stampften ernst oder lachend auf den Boden. Gleich nachdem Simon eingetreten war, zog sich die Menge an die Wände zurück, um Platz zu machen für zwei Matrosen, die einen Tanz aus ihrer Heimat zeigen wollten.

Simon dachte: »Gleich werden die Männer von dem russischen Schiff hereinkommen, um den Mörder ihres Kameraden zu suchen, und an meinen Händen werden sie erkennen, daß ich es getan habe.“ Diese fünf Minuten, während derer er an der Wand des Tanzsaales inmitten der fröhlichen, schwitzenden Tänzer stand, waren von großer Bedeutung für den Jungen. Ihm selber kam es vor, als würde er in dieser Zeitspanne erwachsen und so wie andere Menschen. Er haderte nicht mit dem Schicksal, und er klagte nicht. Hier war er, er hatte einen Mann getötet und hatte ein Mädchen geküßt. Er verlangte nicht mehr vom Leben, und auch das Leben verlangte nun nicht mehr von ihm. Er war Simon, ein Mann wie die Männer um ihn herum, und mußte sterben, wie alle Männer sterben mußten.

Es wurde ihm erst wieder bewußt, was außerhalb seiner selbst vorging, als er sah, daß eine Frau hereingekommen war und mitten auf der leeren Tanzfläche stand und um sich schaute. Es war eine kleine, breite alte Frau in der Tracht der Lappen, und sie behauptete ihren Platz mit solcher Majestät und Grimmigkeit, als gehöre das ganze Haus ihr. Es war offensichtlich, daß die meisten der Anwesenden sie kannten und sich ein wenig vor ihr fürchteten, wenn auch einige lachten; das Getöse im Tanzsaal verstummte, als sie zu sprechen begann.

»Wo ist mein Sohn?« fragte sie mit einer hohen, schrillen Stimme, die der eines Vogels glich. Gleich darauf fiel ihr Auge auf Simon, und sie steuerte durch die Menge hindurch, die sich vor ihr öffnete, auf ihn zu, streckte ihre alte, dürre dunkle Hand aus und nahm ihn beim Ellenbogen. »Komm jetzt mit mir nach Hause«, sagte sie. »Du brauchst heute nacht nicht hier zu tanzen. Du wirst vielleicht noch bald genug hoch droben tanzen müssen.«

Simon wich zurück, denn er dachte, sie sei betrunken. Doch als sie ihm voll ins Gesicht sah mit ihren gelben Augen, kam es ihm vor, als sei er ihr schon einmal begegnet und als täte er gut daran, auf sie zu hören. Die alte Frau zog ihn mit sich, quer über die ganze Tanzfläche, und er folgte ihr ohne ein Wort. »Bleu' deinen Jungen nicht gar zu arg durch, Sunniva!« rief einer der Männer im Raum ihr zu. »Er hat nichts angestellt, er wollte bloß beim Tanzen zusehen.«

Im gleichen Augenblick, da sie aus der Tür kamen, wurde es auf der Straße laut, ein Haufen Leute kam herbeigerannt, und einer von ihnen stieß, wie er ins Haus hineinwollte, gegen Simon; er schaute ihn und die alte Frau an und lief dann hinein.

Wie die beiden die Gasse entlanggingen, lüpfte die alte Frau ihren Rock und schob seinen Saum in Simons Hand. »Wisch deine Hand an meinem Rock ab«, sagte sie. Sie waren noch nicht weit gegangen, als sie an ein kleines Holzhaus kamen und stehenblieben; die Tür war so niedrig, daß sie sich bücken mußten, um hineinzugelangen. Als die Lappin vor Simon hineinging, immer noch seinen Arm festhaltend, schaute der Junge für einen Moment zum Himmel hinauf. Die Nacht war neblig geworden; ein weiter Ring umgab den Mond.

Die Stube der alten Frau war eng und dunkel, sie hatte nur ein einziges, kleines Fenster; eine Lampe stand auf dem Boden und warf einen trüben Schein. Der Raum quoll über von Rentierhäuten und Wolfsfellen und von den Rentiergehörnen, aus denen die Lappen ihre geschnitzten Knöpfe und Messergriffe herzustellen pflegten, und die Luft herinnen war stinkend und erstickend. Kaum waren sie über die Schwelle, drehte die Frau sich zu Simon herum, nahm ihn beim Kopf und scheitelte mit ihren gekrümmten Fingern sein Haar in der Mitte und kämmte es nach Lappenart auf beiden Seiten herunter. Sie klatschte ihm eine Lappenkappe auf den Kopf und trat einen Schritt zurück, um ihn zu betrachten. »Jetzt setz dich auf meinen Schemel hier«, sagte sie. »Hol aber erst dein Messer heraus.« Sie war in Stimme und Gehabe so gebieterisch, daß dem Jungen nichts anderes übrigblieb, als zu tun, was sie ihm sagte; er setzte sich auf den Schemel und konnte seine Augen nicht von ihrem Gesicht wenden, das flach und braun war und aussah, als sei in seinem Netz feiner Fältchen Schmutz verschmiert worden. Als er da hockte, hörte er draußen viele Leute näherkommen und vor dem Haus stehenbleiben; dann klopfte jemand an die Tür, wartete einen Augenblick und klopfte wieder. Die alte Frau stand und lauschte, mäuschenstill.

»Nein«, sagte der Junge und stand auf. »Das taugt nichts, denn ich bin es, hinter dem sie her sind. Es ist besser für dich, wenn du mich zu ihnen hinausgehen läßt.« »Gib mir dein Messer«, sagte sie. Als er es ihr gegeben hatte, stach sie es sich geschwind in den Daumen, so daß Blut herausspritzte, das sie über ihren Rock tropfen ließ. »Kommt schon herein!« rief sie dann.

Die Tür ging auf, und zwei von den russischen Seeleuten traten zögernd näher und blieben im Eingang stehen; hinter ihnen waren noch mehr Leute zu sehen. »Ist hier jemand hereingekommen?« fragten sie. »Wir sind hinter einem Mann her, der unseren Maat erstochen hat, aber er ist uns entwischt. Hast du hier herum jemanden gesehen oder gehört?« Die alte Lappin drehte sich zu den beiden herum, und ihre Augen glänzten wie Gold im Licht der Lampe. »Habe ich jemanden gesehen oder gehört?« krächzte sie. »Ich habe euch Zeter und Mordio schreien hören über die ganze Stadt hinweg. Ihr habt mir und meinem armen blöden Jungen hier einen solchen Schrecken eingejagt, daß ich mich in den Daumen geschnitten habe, wie ich mir die Felldecke da, an der ich nähe, zurechtschneiden wollte. Der Junge ist zu erschrocken, um mir zu helfen, und die Decke ist auch verdorben. Ihr werdet mir dafür bezahlen müssen! Wenn ihr hinter einem Mörder her seid, dann kommt nur herein und sucht mir das Haus durch – ich werde euch schon wieder erkennen, wenn ich euch das nächste Mal begegne!« Sie war so außer sich vor Wut, daß sie anfing, auf der Stelle zu tanzen, und mit dem Kopf ruckte wie ein zorniger Raubvogel.

Der Russe kam herein, besah die Stube, sie und ihre Hand und ihren Rock, die blutbefleckt waren. »Leg bloß keinen Fluch auf uns, Sunniva«, sagte er ängstlich. »Wir wissen, daß du allerhand Sachen machen kannst, wenn du willst. Hier ist eine Mark für das Blut, das du vergossen hast.« Sie streckte ihre Hand aus, und er legte ein Geldstück hinein. Sie spuckte darauf. »Dann geht, und es soll kein böses Blut zwischen uns sein«, sagte Sunniva und schloß die Tür hinter ihnen. Sie steckte ihren Daumen in den Mund und kicherte vor sich hin.

Der Junge erhob sich von seinem Schemel, stellte sich vor sie hin und starrte ihr ins Gesicht. Es war ihm, als schwanke er hoch in der Luft und hätte nur einen winzigen Halt. »Weshalb hast du mir geholfen?« fragte er sie. »Weißt du das nicht?« antwortete sie. »Hast du mich denn immer noch nicht erkannt? Aber an den Wanderfalken wirst du dich erinnern, der sich im Takelwerk eures Schiffes verfangen hat, der *Charlotte*, als sie im Mittelmeer kreuzte. An jenem Tage bist du die Wanten zur Bramsegelrah des Hauptmastes hinaufgeklettert, um ihn loszumachen, in steifer Brise und bei hoher See. Jener Falke war ich. Wir Lappen fliegen oft auf diese Weise aus, um die Welt zu sehen. Als ich dir zum erstenmal begegnete, war ich unterwegs nach Afrika, um meine kleine Schwester und ihre Kinder zu besuchen. Auch sie ist eine Falkin, wenn es ihr beliebt. Damals lebte sie in Takaunga, in einem alten verfallenen Turm, den man dort drunten ein Minarett nennt.« Sie wickelte einen Zipfel ihres Rockes um ihren Daumen und biß darauf. »Wir vergessen nichts«, sagte sie. »Ich hackte dich in den Daumen, als du mich packtest; es ist nur recht und billig, daß ich mir heute nacht um deinetwillen in den Daumen gestochen habe.«

Sie trat dicht an ihn hin und rieb mit zwei ihrer braunen, krallenähnlichen Finger sanft über seine Stirn. »So bist du also ein Junge«, sagte sie, »der eher einen Mann tötet, als daß er zu spät zum Stelldichein mit seiner Liebsten kommt! Wir halten zusammen, wir Frauen dieser Erde. Ich werde jetzt deine Stirn zeichnen, damit die Mädchen es erkennen, wenn sie dich anschauen, und sie werden dich lieben darum.« Sie spielte mit dem Haar des Jungen und wand eine Strähne davon um ihren Finger.

»Nun hör mir gut zu, mein kleiner Vogel«, sagte sie. »Meines Urenkels Schwager liegt gerade mit seinem Boot unten am Landungsplatz; er muß eine Ladung Häute zu einem dänischen Schiff hinausfahren. Er wird dich rechtzeitig zu deinem Schiff zurückbringen, bevor dein Maat kommt. Die *Hebe* lichtet morgen früh die Anker, so ist es doch? Wenn du an Bord bist, dann gib ihm meine Kappe mit.« Sie hob sein Messer auf, wischte es an ihrem Rock ab und gab es ihm dann. »Da hast du dein Messer«, sagte sie. »Du wirst es in keinen Mann mehr stecken; du wirst es nicht nötig haben, denn von nun an wirst du die Meere befahren als ein redlicher Seemann. Wir haben auch so schon Sorgen genug mit unseren Söhnen.«

Der verstörte Junge fing an, Dankesworte zu stammeln. »Warte«, sagte sie, »ich will dir erst noch eine Tasse Kaffee machen, das wird dich wieder zur Besinnung bringen, solang ich deine Jacke wasche.« Sie ging und setzte einen alten Kupferkessel aufs Feuer. Nach einer Weile reichte sie ihm einen heißen, starken schwarzen Trank in einer Tasse ohne Henkel. »Nun hast du mit Sunniva getrunken«, sagte sie; »du hast ein wenig Weisheit hinuntergetrunken, so daß in Zukunft nicht alle deine Gedanken wie Regentropfen ins salzige Meer fallen werden.«

Als er ausgetrunken und die Tasse abgesetzt hatte, führte sie ihn zur Tür und öffnete sie für ihn. Er sah mit Überraschung, daß es fast Morgen war. Das Haus lag so hoch, daß der Junge von der Tür aus das Meer sehen konnte und den milchigen Nebel darüber. Er gab ihr die Hand, um Lebewohl zu sagen.

Sie starrte ihm in die Augen. »Wir vergessen nicht!« sagte sie. »Und du, du hast mich dort, hoch droben am Mast auf den Kopf geschlagen. Jetzt werde ich dir diesen Schlag zurückgeben.« Und damit schlug sie ihn aufs Ohr, so fest sie nur konnte, daß ihm schwarz vor Augen wurde. »Jetzt sind wir quitt«, sagte sie, gab ihm einen tiefen, schadenfrohen, funkelnden Blick und einen kleinen Stoß über die Schwelle hinüber und nickte ihm zu.

Auf diese Weise kam der Schiffsjunge auf sein Schiff zurück, das am nächsten Morgen auslief, und lebte lange genug, um diese Geschichte erzählen zu können.

Die Perlen

Vor ungefähr achtzig Jahren heiratete ein junger Gardeoffizier, der jüngste Sohn einer Familie aus altem Landadel, in Kopenhagen die Tochter eines reichen Wollhändlers, dessen Vater noch Hausierer gewesen und aus Jütland in die Stadt gekommen war. In jenen Tagen war eine solche Ehe etwas Ungewöhnliches. Sie wurde viel beredet, und es entstand ein Lied darüber, das auf der Straße gesungen wurde.

Die Braut war zwanzig Jahre alt und eine Schönheit, ein hochgewachsenes Mädchen mit schwarzem Haar und frischem Teint, in Wuchs und Haltung sozusagen aus bestem Holze gemacht. Sie hatte zwei alte unverheiratete Tanten, Schwestern ihres Hausierer-Großvaters, die von dem wachsenden Reichtum der Familie gezwungen worden waren, ein Leben voll harter Arbeit und großer Sparsamkeit aufzugeben und statt dessen im Salon zu sitzen und Staat zu machen. Als der älteren von ihnen Gerüchte von der Verlobung ihrer Nichte zu Ohren kamen, stattete sie ihr sogleich einen Besuch ab und erzählte ihr im Verlauf der Konversation eine Geschichte.

»Als ich ein Kind war, mein Liebes«, sagte sie, »verlobte sich der junge Baron Rosenkrantz mit eines reichen Goldschmieds Tochter. Hast du schon einmal etwas Derartiges gehört? Deine Urgroßmutter kannte sie. Der Bräutigam hatte eine Zwillingsschwester, die Hofdame war. Sie fuhr zum Haus des Goldschmieds, um sich die Braut anzusehen. Als sie wieder fort war, sagte das Mädchen zu ihrem Liebsten: ›Deine Schwester hat über mein Kleid gelacht, und weil ich, als sie Französisch sprach, nicht antworten konnte. Sie hat ein hartes Herz, das hab ich gleich gesehen. Wenn wir beide glücklich miteinander werden sollen, darfst du sie niemals wiedersehen, ich könnte das einfach nicht ertragen.‹ Der junge Mann versprach, um sie zu besänftigen, daß er seine Schwester niemals wiedersehen werde. Bald darauf, an einem Sonntag, nahm er das Mädchen zum Essen mit zu seiner Mutter. Als er sie hinterher nach Hause brachte, sagte sie zu ihm: ›Deine Mutter hatte Tränen in den Augen, wenn sie mich ansah. Sie hat für dich eine andere Frau erhofft. Wenn du mich liebst, mußt du mit deiner Mutter brechen.‹ Auch dieses Mal versprach der verliebte junge Mann zu tun, was sie wünschte, obgleich ihn das hart ankam, denn seine Mutter war Witwe und er war ihr einziger Sohn. Noch in derselben Woche schickte er seinen Kammerdiener mit einem Blumenbukett zu seiner Braut. Am nächsten Tag sagte sie zu ihm: ›Ich kann das Gesicht deines Dieners nicht ertragen, wenn er mich ansieht. Du mußt ihn zum Ersten entlassen.‹ ›Mademoiselle‹, sagte da der Baron Rosenkrantz, ›ich kann nicht mit einer Frau verheiratet sein, die sich vom Gesicht meines Dieners affizieren läßt. Hier ist Ihr Ring. Leben Sie wohl.‹«

Während die alte Tante sprach, hielt sie ihre kleinen glitzernden Augen auf das Gesicht ihrer Nichte geheftet. Sie war von energischer Natur und hatte sich schon vor langem dazu entschlossen, für andere zu leben, und sie hatte sich als das Gewissen der Familie etabliert. In Wirklichkeit jedoch war sie, ohne Hoffnungen oder Ängste für die eigene Person, ein höchst rühriger alter moralischer Parasit, der die gesamte Sippe, und vor allem deren jüngere Angehörige, plagte. Jensine, die Braut, war ein blutvoller junger Mensch und ein lohnendes Opfer für einen Parasiten. Überdies hatten das junge und das alte Mädchen viele Eigenschaften gemeinsam. Die Nichte goß nun den Kaffee mit unbewegtem Gesicht ein, doch dahinter wütete sie und gelobte sich: »Das wird Tante Maren heimgezahlt werden!« Dennoch ging ihr, wie das oft der Fall war, die Belehrung der Tante zu Herzen, und sie sann darüber nach.

Nach der Hochzeit, in der Kathedrale von Kopenhagen an einem schönen Junitag, brach das frisch vermählte Paar zu seiner Hochzeitsreise nach Norwegen auf. Sie fuhren mit dem Schiff in den hohen Norden hinauf, bis nach Hardanger. Zu jener Zeit war eine Reise nach Norwegen ein abenteuerliches Unternehmen, und Jensines Freundinnen fragten sie, warum sie nicht nach Paris reisten, sie jedoch freute sich darauf, ihre Ehe in der Wildnis zu beginnen und mit ihrem Mann allein zu sein. Sie brauchte, dachte sie, und wünschte keine weiteren neuen Eindrücke oder Erlebnisse. Und in ihrem Herzen fügte sie hinzu: Gott helfe mir.

Der Kopenhagener Klatsch wollte wissen, der Bräutigam habe des Geldes, die Braut des Namens wegen geheiratet, doch beides war falsch. Es war eine Liebesheirat und die Flitterwochen waren, äußerlich betrachtet, ein Idyll. Jensine hätte niemals einen Mann geheiratet, den sie nicht liebte; sie hielt den Gott der Liebe hoch in Ehren und hatte schon seit einigen Jahren täglich ein Stoßgebet zu ihm gesandt: »Weshalb säumest Du denn?« Doch jetzt dachte sie bisweilen, er habe ihr Gebet mit Grollen erfüllt und ihre Bücher hätten sie über die wahre Natur der Liebe nur unzureichend unterrichtet.

Die Landschaft Norwegens, in der sie nun das Wesen der Leidenschaft zum ersten Mal erfuhr, trug zu deren überwältigendem Eindruck noch bei. Das Land war zu dieser Jahreszeit am schönsten. Der Himmel war blau, die Vogelkirsche blühte überall und erfüllte die Luft mit bittersüßem Duft, und die Nächte waren so hell, daß man um Mitternacht lesen konnte. Jensine, in einer Krinoline und mit dem Bergstock in der Hand, kletterte viele steile Pfade hinan, am Arm ihres Mannes – oder allein, denn sie war kräftig und leichtfüßig. Sie stand auf den Gipfeln, von ihren Gewändern umflattert, und staunte und staunte. Sie hatte ihr seitheriges Leben in Dänemark verbracht, bis auf ein Jahr in einem Pensionat in Lübeck, und ihr Begriff von der Erde war stets gewesen, daß sie sich horizontal, flach oder wellig vor ihren Füßen ausbreitete. Doch hier in diesen Bergen schien sich seltsamerweise alles vertikal zu erheben, einem großen Tiere gleich, das sich auf seine Hinterbeine aufrichtet – und man weiß nicht, ob es spielen oder einen zermalmen will. Sie befand sich in höheren Regionen als je zuvor, und die Luft stieg ihr zu Kopf wie Wein. Auch erblickte sie, wohin sie schaute, überall fließende Wasser, von den himmelhohen Bergen in die Seen strömend, in silbernen Gerinnseln oder in donnernden Fällen, regenbogengeschmückt. Es war, als weine oder lache die Natur laut.

Zuerst war das alles so neu für sie, daß sie fühlte, wie ihre alten Vorstellungen von der Welt in alle Himmelsrichtungen verweht wurden, wie ihre Röcke und ihr Schal. Doch bald zogen sich diese neuen Eindrücke zu einem Gefühl heftigsten Erschreckens zusammen, zu einem Grauen, wie sie es noch nie empfunden hatte.

Sie war in einer Atmosphäre der Vorsicht und Bedachtsamkeit aufgewachsen. Ihr Vater war ein redlicher Handelsmann, der sich gleichermaßen davor fürchtete, sein Geld zu verlieren, wie seine Kunden zu übervorteilen. Zuweilen hatte ihn dieses doppelte Risiko in Melancholie gestürzt. Ihre Mutter war eine gottesfürchtige junge Frau gewesen, Mitglied einer pietistischen Sekte; ihre beiden alten Tanten waren Menschen mit strengen moralischen Prinzipien, die stets das Urteil der Welt im Auge hatten. Daheim war sich Jensine manchmal als ein Wagegeist vorgekommen und hatte sich nach Abenteuer gesehnt. Doch hier, in dieser wild romantischen Landschaft, überrascht und überwältigt von wilden, unbekannten und starken Mächten in ihrem eigenen Herzen, da sah sie sich nach Beistand um. Doch wo sollte sie den finden? Ihr junger Ehemann, der sie hierher gebracht hatte, und mit dem sie jetzt ganz allein war, konnte ihr nicht helfen. Im Gegenteil, er war die Ursache des Aufruhrs in ihr, und zudem war er, in ihren Augen, in höchstem Maße den Gefahren der äußeren Welt ausgesetzt. Denn schon sehr bald nach der Eheschließung mußte Jensine erkennen – was sie vielleicht seit ihrer ersten Begegnung schon ahnte –, daß er ein Mensch ohne alle Furcht war, ja, ihrer sogar unfähig.

Sie hatte in Büchern von Helden gelesen und hatte sie von ganzem Herzen bewundert. Alexander jedoch war nicht wie die Helden in ihren Büchern. Er bot den Gefahren dieser Welt nicht die Stirn und bezwang sie nicht, er nahm vielmehr ihr Vorhandensein gar nicht wahr. Für ihn waren diese Berge ein Spielplatz und alle Erscheinungen des Lebens, die Liebe eingeschlossen, seine Spielgefährten. »In hundert Jahren, Liebste«, sagte er zu ihr, »ist ja doch alles vorbei.« Sie konnte sich nicht vorstellen, wie es ihm gelungen war, bis zu diesem Tage am Leben zu bleiben, doch dann sagte sie sich, daß sein Leben in jeder Hinsicht anders verlaufen war als das ihre. Jetzt empfand sie, entsetzt, daß sie hier, inmitten einer Welt unerahnter Höhen und Tiefen, in die Hände eines Menschen gegeben war, dem vollkommen unbekannt war, daß es ein Gesetz der Schwerkraft gab. Unter diesen Umständen verstärkten sich in ihr zwei verschiedenartige Gefühle für ihn: Eine heftige moralische Empörtheit, als habe er sie vorsätzlich betrogen, und eine innige Zärtlichkeit, wie sie diese für ein ausgesetztes, hilfloses Kind empfunden hätte. Diese beiden leidenschaftlichen Gefühle waren die stärksten, derer ihre Natur fähig war; sie brachen sich Bahn und entwickelten sich zu einer Art Besessenheit. Das Märchen vom Jungen, der in die Welt geschickt wird, um das Fürchten zu lernen, fiel ihr ein, und es schien ihr, als müsse sie, um ihrer selbst wie um seinetwillen, in Notwehr, und um ihn zu schützen und zu retten, ihren Mann das Fürchten lehren.

Er ahnte nicht, was in ihr vorging. Er liebte sie, und er bewunderte und achtete sie hoch. Sie war unschuldig und rein; sie entstammte einer Familie, die fähig war, aus eigener Kraft ein Vermögen zu schaffen; sie konnte Deutsch und Französisch sprechen und war in Geschichte und Geographie beschlagen. Für alle diese Fähigkeiten hegte er eine geradezu religiöse Verehrung. Er war auf Überraschungen in ihrem Wesen gefaßt, denn sie kannten einander kaum, und vor ihrer Hochzeit waren sie nicht öfters als drei oder vier Mal in einem Zimmer allein zusammengewesen. Im übrigen bildete er sich nicht ein, von Frauen etwas zu verstehen, er hielt vielmehr ihre Unberechenbarkeit für einen Bestandteil ihres Zaubers. Die Stimmungen und Launen seiner jungen Frau bekräftigten nur die Gewißheit, mit der sie ihn bei ihrer ersten Begegnung beseelt hatte: Sie war, was er im Leben brauchte. Er wollte aber ihre Freundschaft gewinnen und wurde sich dabei bewußt, daß er in seinem Leben noch keinen einzigen richtigen Freund gehabt hatte. Er berichtete ihr nichts von vergangenen Liebesaffären – er hätte auch nicht über sie sprechen können, selbst wenn er es gewollt hätte –, erzählte jedoch ansonsten so viel über sich selbst und sein Leben, wie ihm erinnerlich war. Eines Tages schilderte er ihr, wie er in Baden-Baden gespielt, seinen letzten Heller gesetzt und doch noch gewonnen hatte. Er merkte nicht, daß sie, an seiner Seite, dachte: »Er ist ja ein Dieb – oder wenn nicht das, so doch ein Hehler, und der Hehler ist so schlimm wie der Stehler!« Bei anderen Gelegenheiten machte er sich über die Schulden lustig, die er gehabt hatte, und über die Mühen, die er hatte dranwenden müssen, um seinem Schneider aus dem Weg zu gehen. Solche Rede klang in Jensines Ohren geradezu gottlos. Denn ihr waren Schulden ein Greuel, und daß er, umringt von ihnen, ohne Angst hatte weiterleben können, vertrauend darauf, daß das Schicksal für ihn bezahlen werde, schien ihr wider die Natur. Doch, dachte sie, war sie es ja selbst gewesen, das reiche Mädchen, das er geheiratet hatte, die zur rechten Zeit des Weges gekommen war, das willige Werkzeug des Schicksals, die sein Vertrauen gerechtfertigt hatte, selbst in den Augen seines Schneiders. Er erzählte ihr von dem Duell, das er mit einem deutschen Offizier ausgetragen hatte, und zeigte ihr die Narbe davon. Wenn er sie nach einer solchen Geschichte in seine Arme schloß, auf dem hohen Gipfel eines Berges, wo alle Himmel sie sehen konnten, dann rief sie in ihrem Herzen: »Ist's möglich, so gehe dieser Kelch von mir!«

Als Jensine sich daran machte, ihrem Mann das Fürchten zu lehren, hatte sie die Geschichte ihrer Tante Maren im Sinn, und sie schwor sich, daß sie niemals um Gnade flehen würde, daß vielmehr er dies tun müsse. Da die Beziehung zwischen ihr und ihm das Wichtigste in ihrem Leben war, lag es nahe, daß sie ihn als erstes mit der Möglichkeit zu schrecken suchte, er könne sie verlieren. Sie war ein einfaches Mädchen und griff zu einfachen Mitteln.

Von nun an war sie bei ihren Bergwanderungen noch verwegener als er. Sie stellte sich an den Rand des Abgrundes, stützte sich auf ihren Parasol und fragte ihn, wie tief es wohl bis zum Grunde sei. Sie balancierte über schmale, morsche Brücken, hoch über schäumenden Bächen und plauderte derweil munter mit ihm. Sie ruderte während eines Gewitters in einem kleinen Boot auf den See hinaus. Nachts durchlebte sie im Traum die Gefahren des Tages noch einmal und erwachte dann mit einem Schrei, so daß er sie in seine Arme nahm, um sie zu beruhigen. Doch ihre Kühnheit brachte ihr nichts. Ihr Mann war überrascht und entzückt von der Verwandlung des sanften Mädchens in eine Walküre. Er schrieb es dem Einfluß des Ehelebens zu und war nicht wenig stolz darauf. Sie selbst fragte sich schließlich, ob sie bei ihren Heldentaten nicht ebensosehr von seinem Stolz und seinem Lob angetrieben wurde, wie von ihrem Entschluß, ihn zu bezwingen. Da war sie zornig über sich selbst und über alle Frauen, und sie bemitleidete ihn und alle Männer.

Manchmal ging Alexander zum Angeln. Dies bot Jensine willkommene Gelegenheit, allein zu sein und ihre Gedanken zu sammeln. Die junge Frau wanderte dann allein umher, in einem Schottenkleid, eine kleine Gestalt inmitten der Hügel. Ein- oder zweimal dachte sie auf diesen Wanderungen an ihren Vater, und die Erinnerung an seine ängstliche Fürsorge um sie füllte ihre Augen mit Tränen. Doch schickte sie ihn wieder fort; sie mußte mit diesen Dingen, die ihm unbekannt waren, allein fertig werden.

Eines Tages, als sie auf einem Steine saß und rastete, kam ein Trüpplein Kinder, die Ziegen hüteten, zögernd näher und starrte sie an. Sie rief sie herbei und schenkte ihnen Süßigkeiten aus ihrem Ridikül. Jensine hatte ihre Puppen vergöttert und hatte sich, so weit ein sittsames junges Mädchen jener Zeit dies wagen konnte, nach eigenen Kindern gesehnt. Jetzt dachte sie in jäher Angst: »Niemals werde ich Kinder bekommen! Solange ich mich derart gegen ihn wehren muß, werden wir nie ein Kind bekommen.« Der Gedanke peinigte sie so sehr, daß sie aufstand und weiterging.

Auf einem anderen ihrer einsamen Gänge kam ihr ein junger Mann aus dem Kontor ihres Vaters in den Sinn, der sie geliebt hatte. Er hieß Peter Skov. Er war ein vielversprechender junger Geschäftsmann, und sie hatte ihn zeitlebens gekannt. Sie rief sich jetzt ins Gedächtnis, wie er, als sie die Masern gehabt hatte, täglich an ihrem Bett gesessen und ihr vorgelesen hatte, und wie er sie begleitet hatte, wenn sie Schlittschuh lief, und wie besorgt er gewesen war, sie könne sich erkälten oder stürzen oder auf dem Eis einbrechen. Von dort, wo sie stand, konnte sie in der Ferne die kleine Gestalt ihres Mannes sehen. »Ja«, dachte sie, »dies ist das beste, was ich tun kann. Wenn ich zurück nach Kopenhagen komme, dann soll, bei meiner Ehre, die immer noch mir gehört« – obwohl sie hinsichtlich dieses Punktes ihre Zweifel hatte –, »Peter Skov mein Liebhaber werden!«

An ihrem Hochzeitstag hatte Alexander seiner Braut eine Perlenkette geschenkt. Sie hatte seiner Großmutter gehört, die aus Deutschland stammte und eine Schönheit und ein *bel esprit* gewesen war. Sie hatte ihm diese Kette hinterlassen, damit er sie dereinst seiner Frau schenke. Alexander hatte ihr viel von seiner Großmutter erzählt. Er habe sich, sagte er, ursprünglich in sie, Jensine verliebt, weil sie ihn ein wenig an seine Grandmama erinnerte. Er bat sie, die Perlen jeden Tag zu tragen. Jensine hatte noch nie eine Perlenkette besessen, und sie war stolz auf die ihre. In jüngster Zeit, da sie so oft des Trostes bedurfte, war es ihr zur Gewohnheit geworden, die Perlenkette um den Finger zu wickeln und mit den Lippen daran zu ziehen. »Wenn du das noch lange tust«, sagte Alexander eines Tages, »wirst du sie noch zerreißen.« Sie sah ihn an. Es war das erste Mal, seit sie ihn kannte, daß er ein Unglück voraussah. »Er hat seine Großmutter geliebt«, dachte sie, »oder muß man erst tot sein, um in den Augen dieses Mannes etwas zu gelten?« Von da an dachte sie oft an die alte Frau. Auch sie war aus ihrer eigenen Welt gekommen und war in der Familie ihres Mannes und in dessen Freundeskreis eine Fremde gewesen. Es war ihr gelungen, dieses Perlenhalsband von Alexanders Großvater zu bekommen und dadurch über Generationen hinweg in Erinnerung zu bleiben. Waren diese Perlen, fragte Jensine sich, ein Zeichen des Sieges oder der Unterwerfung? Allmählich sah sie in Grandmama ihre beste Freundin in der Familie. Sie hätte ihr gern wie eine Enkeltochter einen Besuch abgestattet und sich von ihr in ihren eigenen Nöten raten lassen.

Die Flitterwochen neigten sich ihrem Ende zu, und jener seltsame Krieg, dessen Bestehen nur einer der streitenden Parteien bewußt war, hatte keine Entscheidung gefunden. Beide waren traurig darüber, abreisen zu müssen. Erst jetzt erkannte Jensine die Schönheit der Landschaft rings um sie herum völlig, denn letztlich hatte sie diese doch zu ihrer Verbündeten gemacht. Hier oben, überlegte sie, waren die Gefahren der Welt augenfällig, stets gegenwärtig. In Kopenhagen sah das Leben zwar sicher aus, mochte sich aber als noch schrecklicher erweisen. Sie dachte an ihr hübsches

Heim, das sie dort erwartete, mit seinen Spitzenvorhängen, Kronleuchtern aus Kristall und vollen Linnenschränken. Sie hatte nicht die geringste Ahnung, wie sich das Leben darin gestalten würde.

Am Tage vor ihrer Abreise hielten sie sich in einem kleinen Dorfe auf, von dem aus der Anlegeplatz des Küstendampfers in einer sechsstündigen Fahrt in der Kutsche zu erreichen war. Sie waren schon vor dem Frühstück draußen gewesen. Als sich Jensine jetzt an den Tisch setzte und ihr Hutband löste, blieb die Perlenkette an ihrem Armreif hängen, und die Perlen sprangen auf dem Fußboden überallhin, als sei sie in einen Tränenregen ausgebrochen. Alexander ließ sich auf Hände und Knie nieder und legte ihr eine um die andere, wie er sie aufhob, in den Schoß.

Sie saß in einer Art gelinder Panik da. Sie hatte das einzige auf der Welt zerbrochen, vor dessen Zerbrechen sie Angst gehabt hatte. Was bedeutete dieses Omen für sie? »Weißt du, wie viele es waren?« fragte sie ihn. »Ja«, sagte er vom Boden aus. »Grandpapa schenkte Grandmama die Kette zu ihrer goldenen Hochzeit, je eine Perle für jedes ihrer fünfzig gemeinsamen Jahre. Und hernach fügte er jedes Jahr, an ihrem Geburtstag, eine hinzu. Es sind zweiundfünfzig. Das ist leicht zu merken; es ist die Anzahl der Karten in einem Kartenspiel.« Endlich hatten sie alle wieder beisammen und wickelten sie in sein seidenes Taschentuch ein. »Jetzt kann ich die Kette nicht mehr anlegen, bis ich nach Kopenhagen komme«, sagte sie.

In diesem Augenblick kam ihre Wirtin mit dem Kaffee herein. Sie bemerkte das Unheil und bot ihnen sogleich Hilfe an. Der Schuhmacher hier im Dorf, sagte sie, könne die Perlen wieder für sie aufziehen. Vor zwei Jahren seien ein englischer Lord und seine Lady mit einer Gesellschaft in den Bergen gewesen, und als der jungen Lady die Perlenkette aufgegangen sei, genauso wie ihre, habe er sie zu ihrer vollkommenen Zufriedenheit wieder aufgezogen. Er sei ein ehrlicher alter

Mann, wenn auch sehr arm und ein Krüppel. Als junger Mann habe er sich während eines Schneesturms in den Bergen verirrt und sei erst zwei Tage später gefunden worden, und dann habe man ihm beide Füße abnehmen müssen. Jensine sagte, sie wolle ihre Perlen zu dem Schuhmacher bringen, und die Wirtin zeigte ihr den Weg zu seinem Haus.

Sie ging allein hinunter, während ihr Mann vollends ihre Koffer packte, und traf den Schuhmacher in seiner winzigen dunklen Werkstatt an. Er war ein kleiner, dünner, alter Mann in einem Lederschurz, mit einem scheuen, verschmitzten Lächeln in seinem Gesicht, das von langem Leiden gezeichnet war. Sie zählte ihm die Perlen vor und vertraute sie feierlich seinen Händen an. Er betrachtete sie und versprach dann, am nächsten Mittag die Kette fertig zu haben. Nachdem sie mit ihm einig geworden war, blieb sie auf ihrem Stühlchen sitzen, die Hände im Schoß. Um etwas zu sagen, fragte sie ihn nach dem Namen der englischen Lady, der ebenfalls die Perlenkette gerissen war, aber er konnte sich nicht daran erinnern.

Sie sah sich in dem Raum um. Er war armselig und kahl, ein paar religiöse Bilder waren an die Wand genagelt. Auf seltsame Weise war ihr, als habe sie hier heimgefunden. Ein redlicher Mann, vom Schicksal schwer geprüft, hatte in diesem kleinen Raum seine langen Jahre verbracht. Es war ein Ort, wo Menschen arbeiteten und Müh' und Plagen geduldig trugen, in Sorge um ihr täglich Brot. Sie war ihren Schulbüchern noch so nahe, daß sie sich an alles, was in ihnen stand, erinnern konnte, und sie begann darüber nachzudenken, was sie über Tiefseefische gelesen hatte, die sich so daran gewöhnt haben, das Gewicht von vielen tausend Faden Wasser zu ertragen, daß sie, wenn sie an die Oberfläche gebracht werden, bersten. War sie auch, fragte sie sich, solch ein Tiefseefisch, der sich nur unter dem Druck des Daseins daheim fühlte? Und ihr Vater, ihr Großvater und dessen Vorfahren, waren sie vom selben Schlag gewesen? Was würde so eine Tiefseefischin wohl tun, dachte sie weiter, wenn sie mit einem jener Lachse verheiratet wäre, die sie hier in den Wasserfällen hatte springen sehen? Oder mit einem fliegenden Fisch? Sie verabschiedete sich von dem alten Schuhmacher und ging wieder.

Auf dem Heimweg erblickte sie, vor sich auf dem Wege, einen kleinen beleibten Mann mit schwarzem Hut und Rock, der flott dahinschritt. Sie erinnerte sich daran, daß sie ihn schon zuvor gesehen hatte; sie glaubte sogar, daß er im selben Haus wie sie wohnte. Am Wege stand eine Bank, von der aus man eine herrliche Aussicht hatte. Der Mann in Schwarz setzte sich darauf, und Jensine, deren letzter Tag in den Bergen es war, ließ sich am anderen Ende der Bank nieder. Der Fremde lüftete leicht seinen Hut vor ihr. Sie hatte ihn für einen älteren Mann gehalten, doch jetzt sah sie, daß er nicht viel über dreißig sein konnte. Er hatte ein tatkräftiges Gesicht und klare, durchdringende Augen. Nach einer Weile sprach er sie an, mit einem kleinen Lächeln. »Ich habe Sie aus der Werkstatt des Schuhmachers kommen sehen«, sagte er. »Haben Sie etwa in den Bergen Ihre Sohle verloren?« »Nein, ich habe ihm einige Perlen gebracht«, sagte Jensine. »Sie haben ihm Perlen gebracht?« sagte der Fremde belustigt. »Ich gehe zu ihm, um Perlen von ihm zu holen.« Sie fragte sich, ob er ein wenig wunderlich sei. »Dieser alte Mann«, sagte er, »hat in seiner Hütte einen großen Hort unserer alten Volksschätze – Perlen, wenn Sie belieben –, die ich gegenwärtig zusammentrage. Sollten Sie hinter Märchen her sein, so gibt es in ganz Norwegen niemanden, der Ihnen eine bessere Auswahl bieten könnte als unser Schuhmacher. Er träumte einst davon zu studieren und ein Dichter zu werden – wußten Sie das? –, doch wurde er schwer vom Schicksal geschlagen und mußte das Handwerk des Schuhmachers ergreifen.«

Nach einer Pause sagte er: »Man hat mir erzählt, daß Sie und Ihr Mann aus Dänemark kommen, auf Ihrer Hochzeitsreise. Das ist etwas Ungewöhnliches; diese Berge sind hoch und gefährlich. Wer von Ihnen beiden war es, der hierher kommen wollte? Waren Sie es?« »Ja«, sagte sie. »Ja«, sagte der Fremde. »Das dachte ich mir. Daß er der Vogel sei, der aufwärts steigt, und Sie die Brise, die ihn trägt. Kennen Sie diese Stelle? Sagt sie Ihnen irgend etwas?« »Ja«, sagte sie, einigermaßen verwirrt. »Aufwärts«, sagte er und lehnte sich zurück, schweigend, die Hände auf seinen Spazierstock gelegt. Nach einer Weile fuhr er fort: »Die Gipfel! Wer weiß? Wir beide bedauern den Schuhmacher um seines Unglücks willen, daß er seine Träume, ein Dichter zu sein, Ruhm und Ehren zu erfahren, hat aufgeben müssen. Wissen wir denn, ob ihm nicht großes Glück widerfahren ist? Größe, Beifall der Massen! Man sollte, meine junge Dame, vielleicht besser darauf verzichten. Vielleicht kann man für sie im Handel und Wandel dieser Welt nicht einmal ein Schuhmacherschild dafür erwerben oder die Kunst des Besohlens. Vielleicht tut man gut daran, sie zum Einkaufspreis wieder loszuschlagen. Was denken Sie darüber, Madame?« »Ich denke, Sie haben recht«, sagte sie langsam. Er warf ihr aus einem Paar eisblauer Augen einen scharfen Blick zu.

»Wahrhaftig«, sagte er. »So lautet denn Ihr Rat an diesem schönen Sommertag: Schuster, bleib bei deinem Leisten? Sie meinen also, man täte besser daran, Pillen und Tränke für die kranke Menschheit herzustellen und für das liebe Vieh?« Er lachte vor sich hin. »Das ist ein köstlicher Scherz. In hundert Jahren wird in einem Buch geschrieben stehen: Eine kleine Dame aus Dänemark gab ihm den Rat, bei seinem Leisten zu bleiben. Leider befolgte er ihn nicht. Leben Sie wohl, Madame, leben Sie wohl.« Mit diesen Worten erhob er sich und ging davon. Sie sah seine schwarze Gestalt in dem hügeligen Lande kleiner werden. Die Wirtin war herausgekommen, um zu hören, ob sie den Schuhmacher gefunden habe. Jensine schaute dem Fremden nach. »Wer ist jener Herr dort?« fragte sie. Die Frau beschattete ihre Augen mit der Hand. »Oh, der«, sagte sie. »Das ist ein studierter Mann, ein berühmter Mann, er ist hier, um alte Geschichten und Lieder zu sammeln. Er war einmal ein Apotheker. Aber dann hat er ein Theater in Bergen gehabt und auch Schauspiele dafür geschrieben. Er heißt *Herr* Ibsen.«

Am nächsten Morgen kam vom Anlegeplatz die Nachricht, daß der Dampfer früher als vorgesehen eintreffe, und sie mußten in Eile aufbrechen. Die Wirtin schickte ihr Söhnchen zum Schuhmacher, um Jensines Perlen zu holen. Als die Reisenden schon in der Kutsche saßen, brachte er sie, in ein Blatt aus einem Buch eingewickelt, mit Pechdraht verschnürt. Jensine packte sie aus und wollte sie schon zählen, besann sich dann aber eines anderen und legte statt dessen die Kette um ihren Hals. »Solltest du sie nicht besser nachzählen?« fragte Alexander sie. Sie warf ihm einen großen Blick zu. »Nein«, sagte sie. Während der Fahrt war sie schweigsam. Seine Worte klangen ihr in den Ohren: »Solltest du sie nicht besser nachzählen?« Sie saß an seiner Seite und triumphierte. Jetzt wußte sie, wie sich ein Triumphator fühlte.

Alexander und Jensine kehrten zu einer Jahreszeit nach Kopenhagen zurück, da die meisten Leute die Stadt verlassen hatten und es nur ein bescheidenes gesellschaftliches Leben gab. Aber sie bekam viel Besuch von den Frauen seiner jungen Offizierskameraden, und die jungen Leute gingen an den Sommerabenden zusammen in den Tivoli von Kopenhagen. Jensine wurde von allen sehr bewundert.

Ihr Haus lag an einem der alten Kanäle der Stadt und schaute auf das Thorwaldsen-Museum. Manchmal stand sie am Fenster, blickte auf die Boote und dachte an Hardanger. Seit damals hatte sie ihre Perlen nicht abgenommen und nicht nachgezählt. Sie war sicher, daß mindestens eine Perle fehlte. Das Gewicht an ihrem Hals kam ihr verändert vor. Was es wohl war, dachte sie, was sie für den Sieg über ihren Mann geopfert hatte? Ein Jahr, oder zwei Jahre ihres gemeinsamen Lebens, vor ihrer goldenen Hochzeit? Diese goldene Hochzeit schien in weiter Ferne zu liegen und doch war jedes einzelne Jahr kostbar: wie sollte sie auch nur auf ein einziges von ihnen verzichten?

In den letzten Wochen dieses Sommers begann man von den Möglichkeiten eines Krieges zu reden. Die Schleswig-Holsteinische Frage war akut geworden. Eine Königlich-Dänische Proklamation hatte im März alle deutschen Ansprüche auf Schleswig zurückgewiesen. Jetzt im Juli forderte eine deutsche Note, unter Androhung der Ausschließung aus dem Bunde, die Rücknahme der Proklamation.

Jensine war eine glühende Patriotin und dem König treu ergeben, der dem Volke seine freie Verfassung geschenkt hatte. Die Gerüchte versetzten sie in höchste Erregung. Sie hielt die jungen Offiziere, Alexanders Freunde, die munter und prahlerisch über die Bedrohung des Landes redeten, für verantwortungslos. Wenn sie die Krise ernsthaft erörtern wollte, mußte sie zu ihren eigenen Leuten gehen. Mit ihrem Manne konnte sie überhaupt nicht darüber reden, in ihrem Herzen wußte sie jedoch, daß er von Dänemarks Unbesiegbarkeit ebenso fest überzeugt war wie von seiner eigenen Unsterblichkeit.

Sie las die Zeitungen vom ersten bis zum letzten Buchstaben. Eines Tages stieß sie in der *Berlingske Tidende* auf folgende Worte: »Die Lage der Nation ist ernst. Aber wir vertrauen auf unsere gerechte Sache, und wir sind ohne Furcht.«

Es war vielleicht der Ausdruck »ohne Furcht«, der sie nun dazu brachte, ihren Mut zusammenzunehmen. Sie setzte sich in ihren Sessel am Fenster, nahm die Perlenkette ab und legte sie in ihren Schoß. Einen Augenblick lang saß sie da, die Hände darüber gefaltet, wie im Gebet. Dann zählte sie die Perlen. Es waren dreiundfünfzig. Sie traute ihren eigenen Augen nicht und zählte sie ein zweites Mal; kein Irrtum war möglich, es waren dreiundfünfzig Perlen, und die in der Mitte war die größte.

Jensine saß lange in ihrem Sessel, benommen und schwindlig. Ihre Mutter, das wußte sie, hatte an den Teufel geglaubt. In diesem Augenblick tat die Tochter das gleiche. Sie wäre nicht überrascht gewesen, hinter dem Sofa hervor ein Gelächter zu hören. Hatten sich denn, dachte sie, alle Mächte des Universums hier vereint, um ein armes Mädchen zu narren?

Als sie ihre Sinne wieder zusammen hatte, fiel ihr ein, daß der alte Goldschmied der Familie die Schließe der Kette repariert hatte, bevor ihr Mann sie ihr geschenkt hatte. Er mußte also die Perlen kennen und ihr sagen können, wie sich die Sache verhielt. Sie war jedoch derart verschreckt, daß sie nicht wagte, selbst zu ihm hinzugehen, und erst ein paar Tage später Peter Skov, der ihr einen Besuch abstattete, darum bat, die Kette zu ihm zu bringen.

Peter kam zurück und berichtete ihr, daß der Goldschmied seine Brille aufgesetzt habe, um die Perlen zu prüfen und dann, voller Erstaunen, erklärt habe, daß es jetzt ja eine Perle mehr als beim letzten Mal sei. »Ja, Alexander hat sie mir geschenkt«, unterbrach ihn Jensine, tief errötend ob ihrer Lüge. Peter dachte, was auch der Goldschmied gedacht hatte, daß es ja für einen Leutnant eine billige Großzügigkeit sei, der reichen Erbin, die er geheiratet hatte, ein kostbares Geschenk zu machen. Aber er wiederholte ihr getreulich die Worte des alten Mannes. »Herr Alexander«, hatte er festgestellt, »erweist sich als trefflicher Perlenkenner. Ich stehe nicht an zu erklären, daß diese eine Perle soviel wert ist wie alle anderen zusammen.« Jensine, entsetzt, aber lächelnd, dankte Peter; er aber ging traurig von ihr, denn er meinte, er habe sie belästigt oder erschreckt.

Sie hatte sich schon einige Zeit lang nicht wohl gefühlt, und als Kopenhagen im September eine Periode schwülen und drückenden Wetters erlebte, machte sie das blaß und schlaflos. Ihr Vater und ihre beiden alten Tanten sorgten sich sehr um sie und versuchten sie zu überreden, doch für eine Weile in die Villa am Strandvej zu kommen, draußen vor der Stadt. Sie wollte aber ihr Heim und ihren Mann nicht verlassen, und außerdem dachte sie, sie würde nicht wieder gesunden, bevor sie nicht dem Geheimnis der Perlen auf den Grund gekommen war. Nach einer Woche entschloß sie sich, dem Schuhmacher in Odda zu schreiben. Wenn er, wie *Herr* Ibsen gesagt hatte, früher studiert und gedichtet hatte, würde er lesen können und ihren Brief beantworten. Es kam ihr so vor, als habe sie in ihrer gegenwärtigen Lage keinen Freund auf der Welt als diesen verkrüppelten alten Mann. Sie wünschte sich, in seine Werkstatt zurückgehen zu können, zu den kahlen Wänden und dem dreibeinigen Hocker. Nachts träumte sie, dort zu sein. Er hatte sie freundlich angelächelt; er kannte viele Märchen. Gewiß konnte er sie trösten. Nur einen Augenblick lang erzitterte sie bei dem Gedanken, daß er tot sein könnte und daß sie dann niemals die Wahrheit erfahren würde.

In den folgenden Wochen verfinsterte sich der Schatten des Krieges. Ihr Vater war tief besorgt über die Anzeichen des Krieges und König Fredericks Krankheit. Angesichts dieser neuen Gegebenheiten fing der alte Handelsmann an, stolz darauf zu werden, daß er seine Tochter mit einem Soldaten verheiratet hatte – was ihm früher nicht in den Sinn gekommen wäre. Er und ihre alten Tanten erwiesen Alexander und Jensine große Achtung.

Eines Tages fragte Jensine, halb gegen ihren Willen, Alexander geradeheraus, ob er glaube, daß es Krieg gebe. »Ja«, erwiderte er spornstreichs und zuversichtlich, »es wird Krieg geben. Er ist unvermeidlich.« Als Fortsetzung pfiff er ein paar Takte aus einem Soldatenlied. Der Ausdruck ihres Gesichtes ließ ihn verstummen. »Hast du Angst davor?« fragte er. Sie hielt es für hoffnungslos, ja, für ungehörig, ihm ihre Gefühle hinsichtlich des Krieges zu erklären. »Hast du Angst um mich?« fragte er sie wieder. Sie wandte den Kopf ab. »Die Witwe eines Helden zu sein«, sagte er, »das wäre für dich genau die richtige Rolle, mein Schatz.« Ihre Augen füllten sich mit Tränen, ebensosehr vor Zorn wie vor Schmerz.

Alexander kam zu ihr und faßte ihre Hand. »Wenn ich falle«, sagte er, »wird es mir ein Trost sein, daran zu denken, daß ich dich so oft geküßt habe, wie du mich ließest.« Er tat es jetzt noch einmal und fügte dann hinzu: »Wird dir das ein Trost sein?« Jensine war ein ehrliches Mädchen. Wenn sie gefragt wurde, versuchte sie, die wahrheitsgemäße Antwort zu finden. Jetzt dachte sie: »Würde es mir ein Trost sein?« Aber sie konnte in ihrem Herzen die Antwort darauf nicht finden.

All dies beschäftigte Jensine so sehr, daß sie den Schuhmacher halb vergessen hatte, und als sie eines Morgens seinen Brief auf dem Frühstückstisch fand, hielt sie ihn zunächst für einen der Bettelbriefe, von denen sie viele bekam. Doch im nächsten Augenblick erbleichte sie. Ihr Mann, der ihr gegenübersaß, fragte sie, was ihr denn sei. Sie gab ihm keine Antwort, sondern erhob sich, ging in ihr kleines Damenzimmer und öffnete den Brief beim Kamin. Die Buchstaben, sorgfältig hingemalt, brachten ihr das Gesicht des alten Mannes so deutlich zurück, als habe er ihr sein Porträt geschickt.

»Liebe junge Dame aus Dänemark«, lautete der Brief, »ja, ich habe die Perle Deiner Halskette hinzugefügt. Ich wollte Dir eine kleine Überraschung bereiten. Du machtest solches Aufhebens um Deine Perlen, wie Du sie zu mir brachtest, als fürchtetest Du, ich würde Dir eine davon stehlen. Alte Leute müssen sich, genau wie junge, hin und wieder einen kleinen Spaß erlauben. Wenn ich Dich aber erschreckt habe, so bitte ich Dich hiermit um Vergebung. Diese Perle bekam ich vor zwei Jahren, als ich die Perlen der englischen Lady aufzog. Ich vergaß, sie einzufügen und fand sie erst hinterher wieder. Sie ist zwei Jahre lang bei mir gewesen, aber ich habe keine Verwendung für sie. Es ist besser, wenn sie bei einer jungen Dame ist. Ich sehe Dich noch auf meinem Stuhl sitzen, so jung und schön. Ich wünsche Dir gutes Glück und daß Dir an dem Tag, da Du diesen Brief erhältst, etwas Angenehmes widerfahren möge. Und mögest Du die Perle lange tragen, mit demütigem Herzen, festem Vertrauen in Gott den Herrn und einem freundlichen Gedenken an mich, der ich alt bin, hier oben zu Odda. Leb wohl.

Dein Freund Peiter Viken.«

Jensine hatte, während sie den Brief las, beide Ellbogen auf den Kaminsims gestützt, um Halt zu haben. Als sie nun aufblickte, begegnete sie im Spiegel darüber den ernsten Augen ihres Abbildes. Sie blickten streng; als wollten sie sagen: »In Wirklichkeit bist du ein Dieb, oder wenn nicht das, ein Hehler, und der Hehler ist so schlimm wie der Stehler.« Lange Zeit stand sie wie festgenagelt. Endlich dachte sie: »Es ist alles vorbei. Jetzt weiß ich, daß ich diese Menschen niemals bezwingen werde, die weder Angst noch Vorsicht kennen. Es ist wie in der Bibel: Ich werde sie in die Ferse stechen, sie aber werden mir den Kopf zertreten. Und was Alexander angeht, so hätte er die englische Lady heiraten sollen.«

Zu ihrer tiefen Verwunderung entdeckte sie, daß es ihr nichts ausmachte. Alexander war eine sehr kleine Figur im Hintergrund des Lebens geworden; was er tat oder dachte, hatte nicht die mindeste Bedeutung. Daß sie selbst zum Narren gehalten worden, war ohne Bedeutung. »In hundert Jahren«, dachte sie, »ist ja doch alles vorbei.«

Was war dann von Bedeutung? Sie versuchte an den Krieg zu denken, erkannte aber, daß auch der Krieg bedeutungslos war. Sie fühlte sich seltsam schwindlig, als sinke das Zimmer unter ihr hinweg, aber es war nicht unangenehm. »Gibt es denn«, dachte sie, »gar nichts Wichtiges mehr unter dem wandernden Mond?« Beim Gedanken an den wandernden Mond öffneten sich die Augen des Spiegelbildes weit: Die beiden jungen Frauen sahen einander lange und tief an. Etwas, entschied sie, gab es, das von großer Bedeutung war; jetzt war es in die Welt gekommen und noch in hundert Jahren würde es in ihr sein: die Perlen. Sie sah, wie in hundert Jahren ein junger Mann sie seiner jungen Frau schenkte und ihr die Geschichte von Jensine und den Perlen erzählte, gerade so, wie Alexander sie ihr geschenkt und ihr von seiner Großmutter erzählt hatte.

Der Gedanke an diese beiden jungen Menschen, hundert Jahre von ihr entfernt, erfüllte sie mit solcher Zärtlichkeit, daß ihr Tränen in die Augen traten, und machte sie so glücklich, als seien jene beiden alte Freunde, die sie endlich wiedergefunden hätte. »Nicht um Gnade flehen?« dachte sie. »Weshalb denn nicht? Doch, ich werde um Gnade schreien, so laut ich nur kann! Ich kann mich nicht einmal mehr auf den Grund besinnen, warum ich nicht darum bitten wollte.«

Die winzige Figur Alexanders, am Fenster im anderen Zimmer, sagte zu ihr: »Dort kommt die ältere deiner Tanten mit einem großen Blumenstrauß die Straße herauf.«

Langsam, langsam löste Jensine ihre Augen vom Spiegel und kehrte in die Welt der Gegenwart zurück. Sie trat ans Fenster. »Ja«, sagte sie, »sie kommen von der Bella Vista.« So hieß die Villa ihres Vaters. Von ihrem Fenster aus sahen Mann und Frau auf die Straße hinab.

Die unbezwingbaren Sklavenhalter

»*Ce pauvre Jean*«, sagte ein alter russischer General mit gefärbtem Bart an einem Sommerabend des Jahres 1875 im Salon eines Hotels zu Baden-Baden. »Der arme Jean. Das ist wirklich ein vortrefflicher Bursche, ganz entschieden eine höchst vortreffliche Person. Sie kennen Jean doch, den Kellner an meinem Tisch, den ältesten Kellner hier im Hotel? Nun, ich werde Ihnen erzählen, was für ein prächtiger Kerl das ist. Ich pflege jeden Morgen zu meinem Kaffee eine Nektarine zu essen – eine Nektarine wohlgemerkt, keinen Pfirsich und keine Aprikose für mich –, aber sie muß wirklich gut sein, reif, doch nicht überreif. Heute morgen nun trat Jean an meinen Tisch und sprach mich an. Er war weiß im Gesicht, das versichere ich Ihnen; der Mann war leichenblaß. Ich dachte, er sei schwer krank. ›Euer Exzellenz‹, sagte er, ›es ist furchtbar!‹ und dann konnte er gar nichts mehr sagen. ›Was ist furchtbar, mein Freund?‹ frage ich. ›Ist ein Krieg ausgebrochen in Europa?‹ ›Nein‹, sagte er, ›aber es ist furchtbar; etwas Schreckliches ist geschehen. Euer Exzellenz, heute gibt es keine Nektarinen!‹ Und bei diesen Worten laufen ihm wahrhaftig zwei große Tränen die Wangen hinab. Ja, er ist ein prächtiger Bursche.«

Die Person, an die der General sich wandte, war ein junger Däne namens Axel Leth, ein gut aussehender und gut angezogener junger Mann, der selbst nicht viel redete und aus diesem Grunde von den Kurgästen, die sich mitzuteilen wünschten, gern zum Zuhörer erkoren wurde.

Als der General seine Geschichte beendet hatte, kam eine alte englische Dame herein und schloß sich den beiden an. Ihr zuliebe wiederholte der Russe die Geschichte von Jean und der Nektarine. Die Engländerin hörte mit dem Ausdruck des Spottes und der Geringschätzung zu, mit dem sie um diese Tageszeit alle Mitteilungen entgegennahm.

»*A qui le dîtes-vous?*« fragte sie. »Jean? Ich kenne ihn schon viel länger als Sie. Vor neun Jahren hat er sich mit dem Tranchiermesser in den Daumen geschnitten, als er mir ein Hühnchen servierte, und ich habe ihn eigenhändig verbunden. Er wehrte sich heftig dagegen. Er war wirklich entrüstet und fand es ungehörig, daß ich mich um ihn bemühte. Ich glaube wahrhaftig, der Narr hätte es vorgezogen, seinen Daumen zu verlieren. Seither geht er natürlich durchs Feuer für mich, ja, er würde sogar sein Leben für mich geben.«

Sie wartete nicht auf eine Antwort des Generals, sondern wandte sich dem jungen Leth zu und schenkte ihm ein kleines Lächeln, um zu betonen, wie gleichgültig ihr der Russe war. »Ich habe doch gestern versprochen«, sagte sie, »Ihnen Näheres über die Parade in München zu berichten.« Axel, der von seiner Großmutter erzogen worden war und beigebracht bekommen hatte, älteren Damen stets Aufmerksamkeit zu schenken, setzte eine erwartungsvolle Miene auf.

»Für mich«, sagte die alte Dame, »war es ein besonders bewegendes Erlebnis. Denn ich verstehe König Ludwig! Der Schwanen-Eremit! Ein französischer Dichter hat ihn folgendermaßen angeredet: ›*Seul roi de ce siècle, salut!*‹ Das drückt meine eigenen Gefühle ganz genau aus. Für mich ist seine Weltabgeschiedenheit auf Neuschwanstein exquisit und majestätisch – sublim, mit einem Wort. In München kann er nicht leben. Er erträgt es nicht, die von der Masse verdorbene Luft zu atmen oder deren abscheulichen Geruch auszuhalten. Es ist ihm unmöglich, sich der Kunst in Gegenwart des

Profanen zu erfreuen, darum werden die Aufführungen im Residenztheater häufig für ihn ganz allein befohlen. Er ist ein vollkommener Aristokrat: in den Ritterorden der Verteidiger der Unbefleckten Empfängnis der Heiligen Jungfrau, dessen Großmeister er ist, kann kein Anwärter aufgenommen werden, der nicht seine vierundsechzig Wappenfelder nachweisen kann. Doch auf Neuschwanstein, hoch über der gemeinen Welt, dort ist der König glücklich. In jener reinen Luft der Berge und in jener Stille, da wandert, träumt und meditiert er. Dort fühlt er sich Gott nahe.«

»Er ist nicht sehr populär, habe ich gehört«, warf der General ein.

»Von wem haben Sie das gehört?« erwiderte die Engländerin verächtlich. »Gewiß von niemandem, der in München gewesen ist. Die tiefe Bewegung der Menge, die darauf wartete, ihren König zu sehen, war ergreifend für mich. Nur wenige von ihnen hatten ihn schon einmal gesehen; er zeigt sich ja so selten. Als er dann erschien, auf einem weißen Pferd, brach ein Sturm der Begeisterung los. Es war, als ob ihm die Herzen entgegenströmten, wie in einer einzigen Woge. Tränen rannen über die derben, wettergebräunten Gesichter dieser Handwerker und Arbeiter; Kinder wurden von harten, schmutzigen Händen in die Höhe gehoben, damit sein Blick auf sie fiel; rauhe Stimmen vereinigten sich zu dem gewaltigen Ruf: ›Lang lebe der König!‹ Ein unvergeßlicher Tag.«

Der General sagte nichts, und Axel, der ihm einen Blick zuwarf, sah, wie sich sein Gesichtsausdruck veränderte. Er starrte überrascht und entzückt zur Tür hinüber. Aus seiner Miene schloß der junge Mann, daß eine unbekannte, schöne Frau hereingekommen war. Die Augen der Dame aus England gingen in dieselbe Richtung, auch ihr altes Gesicht wandelte sich sogleich. Axel wandte sich um. Zwei Frauen, die er hier noch nie gesehen hatte, offensichtlich eine junge Dame der besten Gesellschaft mit ihrer *dame de compagnie* oder Gouvernante, hatten den Raum betreten.

Die erste, die sogleich die Aufmerksamkeit aller Anwesenden auf sich zog, war eine blutjunge Schönheit von solcher Frische, daß einem war, als wehe mit ihr in diesen dicht möblierten, samtverhangenen Salon eine Brise vom Meer oder ein Sommerregen herein, und Axel fiel die Bemerkung eines Kritikers über eine junge deutsche Schauspielerin ein: »Sie betritt die Bühne und bringt eine wilde Landschaft mit sich.« Das Erstaunen und die Bewunderung, die ihre Schönheit erregte, wurde aber schon im nächsten Augenblick von einem leichten Lächeln der Verwunderung oder des Spottes begleitet, denn ihre schlanke, kräftige, schwellende Gestalt steckte in Kleidern, die um zwei oder drei Jahre zu jugendlich für sie waren: in einem kurzen Schulmädchenrock, und die Haare fielen ihr offen über den Rücken. Die Kleider verliehen ihr eine wunderliche Ähnlichkeit mit einer Puppe und erweckten in den Betrachtern das Gefühl drolliger Rührung, mit dem man eine große, schöne Puppe ansieht.

Das Mädchen war an sich eher groß als klein und glich einer hochstieligen Rose. Sie sah so aus, als sei sie in dem Moment, da ihr Schöpfer sie zur Betrachtung emporhielt, durch seine mächtige Hand geglitten und dabei in allen ihren jungen Formen sanft nach oben geschoben worden. Die schlanken Waden ihrer schönen Beine – in weißen Strümpfen und hübschen Schuhchen – waren hoch angesetzt, ebenso die noch unentwickelte Fülle der Hüften, wogegen Knie und Schenkel, die sich bei ihrem raschen Schritt durch die Volants ihres Kleides abzeichneten, schmal und gerade waren. Ihr junger Busen prangte fast in gleicher Höhe mit den Achselhöhlen, hoch über der schlanken Taille. Ihr milchweißer Hals war lang und rund, seltsam würdevoll und statuenhaft an einem solch jungen Wesen. Ihr Haar schien sich gegen das Gesetz der Schwerkraft zu sträuben. Hinter dem Band hervor, das es aus der Stirn hielt, strömte es fast waagrecht aus. Dieses reiche Haar war von einer seltenen Farbe, einem blassen Korallenrot, ganz ohne Gelb, wie man es in Meermuscheln findet. Das helle, glatte, rosige Gesicht des Mädchens wies keine einzige Lüge auf, kein Gran Puder oder Schminke, und kein einziges Fältchen. Die Augen, umrandet vom dünnen schwarzen Strich der Wimpern, waren ohne eine Falte oder Linie in das Gesicht eingesetzt, wie zwei Stücke dunkelblaues Glas. Ihre Backenknochen saßen ein wenig hoch, auch die Nase hatte einen kleinen Schwung nach oben. Doch der bei weitem eindrucksvollste Zug in diesem Gesicht war der Mund: ein üppiger, trotziger, flammender Mund, wie eine rote Rose. Sah man ihn an, so konnte man meinen, die ganze ranke, stolze Gestalt sei nur dazu erschaffen, um diesen frischen, anmaßenden Mund durch die Welt zu tragen.

Sie war mit akkurater Niedlichkeit angezogen, in einem weißen Musselinkleid mit einer rosa Schleife. Um den Hals trug sie ein schwarzes Samtband, sonst keinerlei Schmuck. Sie kam raschen Schrittes herein, ihr Gang war herausfordernd und geringschätzig zugleich, sprühend vor Leben, als gäbe sie sich, und zwar mit all ihrer Kraft, der Welt hin und entzöge sich ihr zugleich. Axel, dem Träumer, kam ein Gedicht in den Sinn, das er erst jüngst gelesen hatte:

D'un air placide et triomphant,
Tu passes ton chemin, majestueuse enfant.

Die Dame, die dem Mädchen auf dem Fuße folgte, war eine respekteinflößende Person in schwarzer Seide, mit einer dünnen goldenen Uhrkette über der flachen Brust und einer blauen Brille. Sie war streng in all ihren Linien, der Inbegriff einer Gouvernante oder Anstandsdame. Doch besaß sie einen eigenen Reiz, eine katzenhafte Geschmeidigkeit der Bewegung und eine ruhige, ernste Bestimmtheit. Die beiden bildeten ein höchst malerisches Gespann, und wie um diese Zusammengehörigkeit noch zu betonen, zeigte das streng zurückgekämmte Haar der älteren Frau einen schwachen Abglanz des Rots in der Lockenpracht des Mädchens. Es sah aus, als hätte der Künstler noch einen Rest dieser Farbe auf seiner Palette entdeckt und es nicht über sich gebracht, eine solch herrliche Mischung zu vergeuden.

»*Nom d'un chien!*« sagte der General zu Axel.

Nach dem Abendessen kam er wieder zu ihm und seine alten Wangen glühten wie zwei Rosen, verjüngt durch den beschleunigten Kreislauf seiner Phantasie.

»Ich kann Ihnen«, sagte er, »einige Fakten über unsere Schönheit berichten.« Hierauf nannte er ihren Namen, der, wie er erläuterte, einer sehr alten Familie angehörte, und fügte eine ganze Reihe von Einzelheiten über deren Geschichte und verwandtschaftliche Beziehungen hinzu. Der Vorname des Mädchens war Marie, aber ihre Gouvernante sagte Mizzi zu ihr. Mizzis Vater, glaubte er zu wissen, war ein berühmter Spieler gewesen. Er hatte, war ihm erzählt worden, kürzlich zum zweitenmal geheiratet. »Das braucht einem nicht gesagt zu werden«, fuhr der General fort, »das Kind ist ja unübersehbar das Opfer einer eifersüchtigen Stiefmutter – in dem Alter, in dem die Bosheit der Weiber unweigerlich durchschlägt und ihren ganzen Organismus vergiftet –, die es nur nicht wagt, ihr Rattengift zu geben und sie statt dessen fortgeschickt hat, mit diesem weiblichen Jesuiten als Gefängnisaufseher. Was meinen Sie, mein Freund, ob sie ihr wohl die Rute gibt? Es ist eine Todsünde wie auch ein Witz, dieses junge Weib wie ein Kind anzuziehen! Sie könnte vor jeder anderen Frau in diesem Saal eine Tiara tragen. Welch ein Gang! Und welch köstliche Unschuld! Und dabei ist sie wirklich wütend auf uns alle und möchte ihr Mütchen an uns kühlen. Ich wünschte, ich wäre so jung wie Sie.«

Im Salon war musiziert worden; eine Dame hatte gesungen und ein älterer deutscher Herr hatte eine Fuge von Bach gespielt. Doch als die Uhr auf dem Kaminsims zehn schlug, warf die Gouvernante dem Mädchen einen Blick zu und richtete ein paar leise, ehrerbietige Worte an sie. Mizzi erhob sich, wie ein Soldat beim Appell. Auf dem Weg zur Tür ließ sie ihr kleines Taschentuch fallen. Zwei junge Männer, der eine im Abendanzug, der andere in Uniform, stürzten sich darauf. Mizzi jedoch gönnte ihnen nicht einmal einen Blick. Es war ihre Begleiterin, die es beflissen von ihnen entgegennahm und ihnen mit einer förmlichen kleinen Verbeugung dankte, bevor sie dem Mädchen die Tür aufhielt, sie vorangehen ließ und verschwand.

Spät am Abend trat Axel auf die Hotelterrasse hinaus, rauchte eine Zigarre und schaute auf die Lichter der Stadt und dann zu den Sternen hinauf. Das pflegte er öfter zu tun.

Die lebhafte Unterhaltung im Salon klang ihm noch in den Ohren, und er dachte, wie die menschliche Rede doch etwas Zentrifugales an sich hat, stets auf der Flucht ist vor dem, was dem Sprechenden wirklich im Sinn liegt. Er kannte die Kurgäste nur aus ihren Gesprächen; folglich kannte er sie überhaupt nicht, und ebensowenig kannten sie ihn. Hotelgäste hatten ihm erzählt, der General sei verdächtigt worden, seine Gattin vergiftet zu haben. Darüber würde er natürlich nicht sprechen. Doch wenn er allein war, in seinem Bett und in seinen Träumen: War der General dann aufrichtig, ein ehrlicher Mörder? Er versuchte, sich seine Bekannten der Reihe nach – den General, die alte Engländerin – vorzustellen, wie sie schliefen, was sie zu dieser Stunde vermutlich taten. Die Vorstellung machte ihn melancholisch, und er wandte seine Gedanken wieder von ihnen ab.

Er richtete sie auf das junge Mädchen, das er heute zum ersten Mal gesehen hatte. Auch sie schlief wohl, rosig in ihrem Schlaf, frisch wie ihr Linnen, die Augenlider fest geschlossen und das rote Haar über ihr Kissen gebreitet, ernst, wie ein Kind schlafend, für das der Schlaf eine Aufgabe ist, eine gewissenhafte Beschäftigung. Er dachte lange an sie und fühlte, daß er das tun dürfte, ohne sie zu beleidigen; es war nicht anders, als wenn ein Gärtner zur Nacht durch seinen Rosengarten geht. Sie war jetzt frei aufzubrechen, wohin sie wollte, und er fragte sich, wovon sie wohl träumte.

»Könnte ich mich in sie verlieben?« fragte er sich. Er hatte schon einmal geliebt; in gewisser Weise hatte ihn das sogar nach Baden-Baden gebracht, und er war so jung, daß er glaubte, nie wieder lieben zu können. Aber er wünschte sich, daß er ihr Bruder wäre oder ein alter Freund, der das Recht besäße, ihr zu helfen, sollte sie ihn um Hilfe bitten. Er war niedergedrückt gewesen und hatte sich seiner selbst geschämt, daß er krank war und einen Heilort aufsuchen mußte. In der Nachtluft auf der Terrasse schien es ihm nun, als gäbe es noch Hoffnung und Kraft auf der Welt. Es war, als schliefe in dem Hotel hinter ihm eine gute Freundin, und wenn sie erwachte, würden sie beide ein Herz und eine Seele sein.

»Und dann«, dachte er traurig, »werden wir wohl voneinander scheiden und jedes seines Weges gehen, ohne je miteinander gesprochen zu haben. So ist das Leben.«

Binnen weniger Tage umschwärmten die Bienen und Schmetterlinge des Badeortes die neuerblühte, duftende Rose und die dünne schwarze Stange, an der sie festgebunden war. Die Schwierigkeit der Annäherung und etwas Ergreifendes in Mizzis Wesen forderten die Kühnheit und Ritterlichkeit der Verehrer heraus. Jeder fühlte sich wie Sankt Georg angesichts des Drachens und der gefangenen Prinzessin. Die Situation hätte unendliche Pikanterie versprochen, wenn es möglich gewesen wäre, die Prinzessin auf die Seite ihrer Paladine zu locken und zusammen mit ihr dem Drachen ein Schnippchen zu schlagen. Es stellte sich indes heraus, daß sie ihrer Anstandsdame unerschütterlich gehorsam war und daß ihr hinter Fräulein Rabes Rücken kein Blick und kein Lächeln entlockt werden konnte. Die distinguierte Gestalt der Gouvernante nahm geradezu dämonische Züge an. Welch magische Macht besaß sie, daß sie einen lebensvollen jungen Menschen so völlig in Unterwürfigkeit hielt?

Die alte Engländerin schlug einen klügeren Kurs ein und pflegte huldvollen Umgang mit der Gouvernante. Ihre Strategie brachte ein überraschendes Ergebnis. Sie war tief beeindruckt von Fräulein Rabes Takt, Talenten und vorbildlichen Grundsätzen und verkündete aller Welt, dies sei eine Gouvernante, wie es sie unter Tausenden nur einmal gebe. Sie wurde für ihre Mühe gebührend belohnt, denn zwei oder drei Tage lang war sie im Kurpark die wichtigste Person, da sie jetzt ihre Bekannten Mizzi vorstellen konnte. In dieser Position entfaltete sie die hohe Kunst einer klassischen *Entremetteuse* der Gesellschaft, und sah sich für jede zugeteilte Gunst durch Komplimente und Aufmerksamkeiten entgolten. Um ihrer alten Freundschaft willen war Axel der erste junge Mann, den sie lächelnd dem Mädchen vorstellte.

Axel, mit einiger Verwunderung und leiser Selbstironie, verliebte sich in Mizzi. Es war eine Variante der Liebe, die ihm neu war: mehr betrachtend als begehrend. Es freute ihn sogar, sie von Bewunderern umgeben zu sehen, da einem hübschen Mädchen nichts so gut steht wie Anbetung, und obwohl sie die Huldigung der *jeunesse dorée* des Kurortes mit soviel Natürlichkeit und Würde entgegennahm – so als hielte sie deren Wetteifern um ihre Gunst für das normale Verhalten von jungen Männern im Umgang mit einem Mädchen –, erlaubte sie ihrer Lebenslust lediglich, in diesem ihrem wahren Element ein wenig anzuschwellen. Auch Axels Gefühlen wohnte ein phantastisches Element inne; träumerisch stellte er das Mädchen oft vor den Hintergrund eines Buches oder eines Liedes oder eines heimatlich vertrauten Ortes in Dänemark.

Eine Eigenschaft an ihr entzückte ihn ganz besonders: daß sie so leicht und tief errötete, aus Gründen, die ihm unzugänglich waren, deren Geheimnis nur sie kannte. Nie war es ein kühnes Kompliment oder ein feuriger Blick, auch nicht ein Drücken ihrer schlanken Finger am Ende eines Walzers, was ihr Erröten hervorrief. Sie blickte ihren Anbetern vielmehr gelassen ins Auge, selbst wenn diese rot wurden und zu stottern begannen. Doch manchmal, wenn sie allein dasaß und der Musik im Park lauschte, oder wenn ein alter Herr im Hotel sie mit einem politischen Vortrag unterhielt, stieg eine langsame, mächtige Flamme in ihr Gesicht und breitete sich auf ihm aus, von den Schultern bis zu den Haarwurzeln, und ließen sie erglühen und brennen – als stünde sie unter einem blutroten Kirchenfenster –, bis das Feuer langsam wieder zurücksank und erlosch. Es war schon in sich ein schönes und seltenes Schauspiel. Für Axel jedoch war es viel mehr: Symbol und Mysterium, eine Offenbarung ihres Wesens, ein stummes Geständnis, beredter als jede Erklärung. Welche Mächte in ihrer Natur mochten es sein, die das einfache und starke Geschöpf so beargwöhnte oder fürchtete, daß schon beim Gedanken daran sein Blut in Wallung geriet?

Seine Phantasie entzündete sich an dem Erröten des Mädchens. Er stellte sie sich glücklich, verwöhnt vor, in der Harmonie eines eigenen Heimes, und fragte sich, ob sie wohl auch dort so erröten würde. Wenn sie über ihrer Stickerei am Fenster saß oder auf einem Spaziergang mit ihrem Gatten stehenblieb, um eine schöne Aussicht zu genießen – würde sie auch da jäh erröten wie ein Morgenhimmel? Er dachte: »Welch göttlicheren, stolzeren, edleren, ehrlicheren Gunstbeweis könnte ein frisch vermählter Gatte von seiner jungen Frau empfangen als dieses stumme, ungewollte Aufwallen ihres Blutes?« Aber es war auch gefährlich. Für einen alten Ehemann mußte es alarmierend sein; einem eitlen oder schwachen Manne konnte es Verderben künden. Er war sich dieser Gefahr wohl bewußt, da er sich selbst, bevor er ihr begegnet war, schwach und wertlos gefühlt hatte. Und was, wenn nach fünf oder zehn Jahren gemeinsamen Lebens, ein Ehemann seine Frau dabei ertappte, wie sie so tief und stumm über ihren Gedanken errötete? Welch ein Warnsignal, dachte er, für die gesamte Mannesnatur – im Namen einer höheren Macht als der des Königs!

Zuweilen glaubte er, daß sein Mädchen über besonders konventionelle Bemerkungen in der Konversation erröte, wie wenn sie sich der Heuchelei und Verlogenheit ihrer Umgebung schäme. Darüber frohlockte er, denn auch er hatte gelitten unter der Falschheit seiner Welt. Dann dachte er: »Dieses Mädchen, das so köstlich frisch wie ein Pfirsich ist, besitzt einen unerbittlichen Respekt vor der Wahrheit; sie ist entsetzt über unsere leichtfertige Lebensführung« – und sehnte sich, ihr die Empfindungen mitzuteilen, die sein Herz bedrängten.

All dies waren angenehme Betrachtungen. Doch gab es in Verbindung mit Mizzi auch andere Gedanken, die ihm das Herz schwer machten. Wenn er nämlich in seiner Phantasie das Mädchen durch die Wälder seiner Heimat und die Räume seines Elternhauses zu Langeland gehen ließ, dann tauchte plötzlich die Gestalt des Fräulein Rabe auf und weigerte sich, das Bild zu verlassen. Mit den Befürchtungen, die jene dunkle Gestalt in ihm weckten, war schwerer fertig zu werden als mit der Schimäre seiner Tagträume, da sie praktischer und handgreiflicher Natur waren. Es mochte ihm gelingen, sann er, den Drachen zu erschlagen und mit Mizzi davonzureiten. Das wäre ein ritterliches und ruhmreiches Abenteuer – genau das, wovon seine Rivalen alle träumten. Doch er war ein kluger junger Mann und blickte tiefer als sie. Wenn er von dannen ritt, konnte er dann sicher sein, daß er nicht Fräulein Rabe auf dem Sattelknopf sitzen hatte?

Er war ein guter Beobachter; nicht ohne Belustigung hatte er herausgefunden, daß dieses hübsche Mädchen keinen Tag ihres Lebens zugebracht hatte – und wohl unfähig war, es auch nur einen Tag lang auszuhalten –, ohne daß ihr Bedienung auf dem Fuße gefolgt wäre. Nie hatte sie eine Tür selbst aufgemacht, einen Stuhl unterm Tisch hervorgezogen oder ihr Taschentuch aufgehoben, wenn es ihr entfallen war, oder ihren Hut allein aufgesetzt. Ihre absurden Kinderkleider waren, wie ihre ganze schmucke Person, von jemand anderem aufs beste besorgt und in Ordnung gehalten. Als eines Tages ihre Schleife aufging, wollte sie diese zunächst selber binden, dann errötete sie und blieb regungslos stehen, bis Fräulein Rabe herbeigeeilt kam und die Schleife für sie band. Wahrscheinlich, überlegte er, mußte sie wie eine Puppe an- und ausgezogen werden. Ihre Hilflosigkeit glich der eines Menschen ohne Hände. Ihre ganze Existenz war auf die ständige, wachsame, unermüdliche Arbeit von Sklaven gegründet. Fräulein Rabe war das stumme und allgegenwärtige Symbol dieses Systems; darum fürchtete er sie.

Axel war ein wohlhabender junger Mann, Erbe eines schönen Besitzes in Dänemark und in seinem Heimatland eine gute Partie. Doch nach dem Maßstab der Welt, in der er sich hier bewegte, war er nicht reich. Er kam zu der traurigen Einsicht, daß er seiner Gattin die Sklaven, die für sie eine Lebensnotwendigkeit waren, nicht geben konnte. Er grübelte darüber nach, ob sie ihre völlige Freiheit für deren Verlust entschädigen könnte, ob seine Liebe und Fürsorge deren Dienste wettmachen könnten. Oder würde sie auch noch in seinem Hause, sozusagen in seinen Armen, nach Fräulein Rabe verlangen? Welch fataler Gedanke! Überdies mißtraute er der Sklaverei an sich und verdammte sie. Sie wirkte süß, belustigend und rührend zugleich, wenn sie sich, wie in Mizzis Person, in jemandem verkörperte, der ansonsten bereit war, sein Schicksal in die eigenen Hände zu nehmen. Doch dem Grunde nach war dies seiner Vorstellung von einem menschenwürdigen Dasein entgegengesetzt.

Viele seiner Rivalen konnten ihr den Lebensstil bieten, in dem sie aufgewachsen war. Unter ihnen befand sich ein neapolitanischer Prinz und ein fabelhaft reicher junger Holländer, der, wie man sich erzählte, riesige Plantagen in Ostindien besaß. Letzterer war ihm sogar sympathisch, und er dachte, daß dieser besser aussehe als er selbst. Manchmal hatte er den Eindruck, daß auch Mizzi das fand.

Er war ein gewissenhafter junger Mann; in schlaflosen Stunden erwog er alle diese Dinge. Wenn Mizzi nur, dachte er, während er den Kopf auf dem Kissen hin und her warf, auch nur ein einziges Mal ihren Handschuh aufheben würde oder einen der Blumensträuße, die er ihr brachte, eigenhändig ordnen und ins Wasser stellen würde! Aber sie legte sie immer nur anmutsvoll auf einen Tisch, und Fräulein Rabe stellte sie ins Wasser.

An einem Samstagabend wurde im Hotel ein Ball gegeben; eine Kapelle spielte Walzer von Strauß. Axel tanzte mit Mizzi. Sie sah wie eine Blume aus, und er sagte ihr das. Sie sprachen auch über die Sterne, und er sagte ihr, daß es Gelehrte gebe, die meinten, sie seien von Lebewesen bewohnt, wie die Erde. Als sie dann wieder tanzen wollten, kamen sie, vor Beginn des nächsten Tanzes, neben den alten General zu stehen. Er schaute interessiert einem vorübertanzenden Paar zu.

»Da sehen Sie, meine jungen Freunde«, sagte der General, »was für ein seltsames Tier der Mensch doch ist, und wie für ihn die Hälfte stets mehr als das Ganze ist. Hier haben wir nun« – und er nannte die Namen des Paares. »Sie sind seit vierzehn Tagen miteinander verheiratet; die Hochzeit stand in allen Zeitungen. Sie sind Romeo und Julia! Ihre Familien liegen seit undenklichen Zeiten im Streit miteinander und bekämpften diese Verbindung erbittert. Sie verbringen jetzt ihre Flitterwochen auf einem Schloß im Schwarzwald, fünfzehn Meilen von hier. Endlich sind sie allein, endlich frei, sich der Erfüllung ihrer Liebe hinzugeben. Und was tun sie? Sie fahren fünfzehn Meilen weit, um hier miteinander zu tanzen, weil die Kapelle bekannt und das Parkett gut ist und sie beide berühmte Walzertänzer sind. Manche Leute behaupten, Tanzen sei der Vorgeschmack des Liebesspiels oder der Ersatz dafür. Ich aber sage Ihnen, daß man es mit dem gleichem

Recht als seine Essenz bezeichnen kann. Die Hälfte ist mehr als das Ganze. Doch gilt das freilich«, fügte der General stolz hinzu, »nur für den Aristokraten. Der Bourgeois mag aus Eitelkeit herkommen. Und ein junger Bauer und seine Frau würden nach dem ersten Walzer den Ballsaal mit dem Heuboden vertauschen.«

Hier tanzten Axel und Mizzi davon. Da Axel an diesem Abend alles wunderbar vorkam, fand er auch die kleine Predigt des Generals bezaubernd. Er malte sich aus, wie er und Mizzi ihre Flitterwochen im Schwarzwald verbringen und zum Tanzen ins Hotel kommen würden, weil die Hälfte mehr als das Ganze ist. Mitten in ihrem Walzer wurde er gewahr, daß Mizzi ihn ansah, oder vielmehr, da bei Mizzi nicht die Augen am meisten besagten, ihr Gesicht und ihr Mund ihm voll zugewandt waren. Ihr Gesicht war ganz Leben, ganz Entschlossenheit, eine einzige Herausforderung. Doch als der Tanz zu Ende war und er sie zu ihrem Platz neben der alten englischen Dame am anderen Ende des Ballsaals zurückführte, da sagte sie ihm mit leiser und sanfter Stimme, daß sie und Fräulein Rabe am Donnerstag aus Baden-Baden abreisen würden. Die Nachricht schleuderte Axel vom Gipfel des Glücks herab; für einen Augenblick verfinsterte sich der strahlende Ballsaal um ihn herum. Dann fiel ihm ein, daß ihm noch drei Tage blieben.

Eine Wegstunde vom Kurort entfernt, inmitten der Hügel und Tannenwälder, stand ein Pavillon aus Holz, in romantischem Stil, wie ein Wachturm anzusehen, der oben einen Söller trug. Die Treppe, die zum Dach hinaufführte, war so morsch, daß sich niemand hinaufwagte, Axel jedoch hatte sich eines Tages im Vorüberkommen gedacht, daß man von dort oben eine schöne Aussicht haben müßte. Nach diesem Ort ließ er sich nun am Sonntag in einer Droschke hinausfahren, um in der Einsamkeit seine Gedanken zu sammeln. Der Nachmittag war so ruhevoll, so golden, daß er sich gleichsam in ein Gemälde hineinversetzt fühlte, in ein klassisches italienisches Bild, das zu seiner Stimmung paßte. Der frische Harzgeruch der Tannen verstärkte noch die Illusion. Als er die Droschke zurückgeschickt hatte und zur Spitze des Türmchens hinaufgestiegen war, enttäuschte ihn die Aussicht; die Bäume waren so hoch heraufgewachsen, daß sie den Ausblick verdeckten. Doch als er aufschaute, sah er den blauen Sommerhimmel, den leichte weiße Wölkchen streiften. Auf der Plattform standen ein Tisch und ein paar Stühle, von Sonne und Regen stark mitgenommen. Es war wie im Traum, so hoch oben zu sitzen und die Welt unendlich weit weg von sich zu wissen. Als er über die Balustrade schaute, sah er unter sich ein Reh anmutig aus dem Walde treten, den Weg überqueren und im hohen Farn auf der anderen Seite verschwinden. Auf dem grünen Rasen unter ihm stand eine ländliche Bank. Er nahm seinen Hut ab.

Er hatte eine Zeitlang in tiefe Gedanken versunken dagesessen, hin und wieder seinen Bleistift genommen und ein paar Worte niedergeschrieben, da hörte er vom Waldweg her Stimmen, die langsam näher kamen. Zwei Frauen sprachen miteinander; doch das Gespräch brach ab, als die eine von ihnen kläglich zu schluchzen begann, wie ein Kind, das sich verlaufen hat, wie Gretel im dunklen Walde und in der Hexe Gewalt. Aus diesem Jammersturm drangen ein paar tränenerstickte Worte an sein Ohr. Es war Mizzis Stimme. Er sprang auf. Er wollte ihr zu Hilfe eilen und hätte sich, wenn nötig, von der Plattform gestürzt, wenn er nicht im nächsten Augenblick einen quengelnden Klageton in ihrem Schluchzen wahrgenommen hätte, wie er ihn von Mizzi nie im Leben erwartet hätte, dem eines Kindes gleich, das getröstet und gestreichelt werden will. Eine Sekunde lang bebte er in einem Sturm der Eifersucht; dann fragte er sich, ob Mizzi sich vielleicht hier, in der Waldeinsamkeit, einer Freundin aus dem Hotel anvertraute. Er hätte sich gern davongemacht, aber dazu war es zu spät, jetzt, da er sie hatte weinen hören. Vielleicht, dachte er, gehen sie weiter. Doch sie blieben stehen, und er nahm an, daß sie sich auf der Bank unter ihm niederließen. Es war eine seltsame, hochdramatische Inszenierung. Er saß ihnen zu Häupten wie ein Raubvogel, der über einem Taubenpaar lauert. Es blieb ihm nichts übrig, als sie zu belauschen.

»Aber wenn du ihn liebst, süße, süße kleine Schwester«, sagte die eine, »dann ist das doch kein Unglück. Er liebt dich ja auch. Sie alle lieben dich und finden dich entzückend.«

Es war Fräulein Rabes Stimme. Doch klang ihre Stimme jetzt ganz anders, um viele Jahre jünger als sonst, klangvoller und freier. Sie kam der Sprecherin aus dem Herzen. Zugleich klang sie erschöpft.

Nach einem längeren Schweigen antwortete Mizzi. Diese lange Pause wiederholte sich die ganze Unterhaltung hindurch vor jeder ihrer Äußerungen. »Nein«, sagte sie, und auch ihre Stimme war verändert, klang frei und von Herzen kommend; und sie war, wie die der älteren Frauen, müde und matt. »Ich liebe ihn nicht. Einen Gimpel, einen Düpierten liebt man nicht. Wie kann man die Leute lieben, die man zum Narren hält? Ich halte sie alle miteinander zum Narren, Lotti. Ich liebe keinen von ihnen. Nein, nicht einen einzigen!«

»Vergiß aber nicht, Engel«, sagte Fräulein Rabe, die hier draußen im Walde Lotti zu heißen schien, »wie unglücklich du wärest, wenn sie dich nicht liebten.«

Pause. Dann sagte Mizzi: »Ja, sie bewundern mich. Weil sie glauben, ich wäre wie sie – geborgen, reich, an alle guten Dinge des Lebens gewöhnt. Ja, er betet mich an, er denkt, ich sei wie eine Blume, so hold und schön und rein. Er glaubt, daß ich nichts weiß von der Welt. Wenn er wüßte, wieviel ich von ihr weiß, würde er mich dann auch noch lieben? Nein, er gewiß nicht.«

»Er wird es nie wissen«, sagte Lotti.

»Nein, natürlich nicht«, sagte Mizzi. »Der Narr.« Nach einer Pause fuhr sie fort: »Aber wenn er es wüßte? Wenn man ihm sagte, daß ich auf den Markt gegangen bin, um Kohl zu kaufen und ihn in einem Korb nach Hause getragen habe? Wenn man ihm sagte, daß ich die Hühner füttere und den Hühnerstall saubermache? Wenn er wüßte, daß ich Wäsche aufhänge!«

Axel verließ sich darauf, daß die beiden jetzt, wo sie saßen, nicht nach oben schauen würden. Er spähte über die Balustrade. Sie saßen mit dem Rücken zu ihm und hielten einander zärtlich umschlungen. Mizzi hatte ihren Kopf auf Lottis Schulter gelegt; ihr Hut lag auf der Bank, und ihr herrliches Haar floß über den schmalen Rücken der anderen.

»Du hast hier wenigstens das eine oder andere Vergnügen«, sagte Lotti. »Gestern nacht hast du getanzt. Ich wünschte, ich hätte auch tanzen können.«

»Ja«, sagte Mizzi hochmütig und hämisch. »Hast du es nicht bald satt, Fräulein Rabe zu sein?«

»Und dann meine Kleider!« brach es aus Mizzi heraus, in einer Stimme, die ganz heiser vor Verzweiflung war. »Ich bin zu groß für sie. Nächstes Jahr werden sie völlig unmöglich sein. Wo kann ich mich dann noch zeigen? Ich werde in den Erdboden versinken müssen, wenn ich dann keine Mantilla habe, keinen Hut mit Straußenfeder, kein Kleid mit einer Schleppe wie andere Frauen. Sie sind alle miteinander so schrecklich romantisch!« rief sie voller Verachtung. »Sie glauben, ich hätte ein Perlenkollier, schöne Ohrringe und Armbänder, und meine Stiefmutter enthielte mir das alles nur aus Bosheit vor. Wenn sie nur wüßten, daß ich nichts habe, kein einziges Stück!« Sie brach in Tränen aus.

»Dafür wirst du selbst dann nächstes Jahr schöner sein«, sagte Lotti.

»Wie ich dich hasse!« sagte Mizzi. »Wie ich dich verachte, wenn du mir so gut zuredest wie einem kleinen Kind. Genausogut könntest du sagen, daß ich ganz ohne Kleider schöner aussehen würde.«

»Aber Mizzi«, sagte Lotti.

»Ja«, sagte Mizzi, »ich weiß schon. So etwas Schreckliches

sagt man nicht. Aber das kannst du mir ruhig auch noch vorwerfen. Ich wollte, ich wäre tot.«

Sie schluchzte, als bräche ihr das Herz. Lotti streichelte sie und sagte: »Wein doch nicht.« Aber es hatte keine Wirkung auf Mizzi. Schließlich sagte sie: »Laß uns zusammen sterben, Lotti. Die Welt ist zu grausam. Irgendwo wird es besser sein, etwas besser. Denk doch daran, wie groß das Universum ist, mit all den Sternen darin. Die Gelehrten glauben, daß es auf ihnen Menschen gibt, genau wie auf der Erde. Ich fühle, daß es dort ein bißchen besser sein wird.« Nach einer langen Pause sagte sie: »Daß Papa auch das ganze Geld im Casino verspielen mußte!«

»Papa hatte einen Ruf zu verlieren«, sagte Lotti.

»Ja«, sagte Mizzi, mit schwacher Stimme. »Armer Papa.«

Wieder saßen sie lange Zeit stumm da. Dann sprach Lotti, mit einem Beben in der Stimme, als ob sie sich selbst der unerhörten Kühnheit ihrer Äußerung bewußt wäre: »Vielleicht«, sagte sie, »würde Axel Leth, wenn er alles wüßte, dich dennoch lieben.«

Dieses Mal kam Mizzis Antwort, in einer leisen, harten Stimme, unverzüglich. »Das könnte ich nicht ertragen«, sagte sie. »Lieber würde ich sterben!«

Ein paar Minuten später sagte sie: »Komm, laß uns jetzt gehen. Es könnte jemand kommen und sehen, daß wir uns nicht einmal von einer Droschke haben herbringen lassen können.«

»Ich sage dann eben, der Arzt habe dir lange Spaziergänge verordnet«, sagte Lotti.

Indessen erhoben sie sich bald darauf und gingen auf dem Waldweg davon.

Als er sie, eng umschlungen, zwischen den grünen Tannen hatte entschwinden sehen, legte Axel die Arme auf den Tisch und den Kopf auf die Arme. Später wußte er nicht mehr, ob er, in seinen eigenen Armen, gelacht oder geweint hatte.

In dieser Stellung verharrte er fast eine Stunde lang. Dann

richtete er sich auf, stützte den Ellbogen auf den Tisch und das Kinn in die Hand und überdachte die Lage.

Er hatte Gespür für alles Künstlerische. Die zwei tragischen Schwestern im Walde, ihre roten Locken von der Sonne entflammt, waren noch in ihren Verzerrungen so harmonisch gewesen, daß er sie als klassische Gruppe sah – zwei jungfräuliche Laokoone, jede von den Armen der anderen umschlossen und von den tödlichen Windungen des Schlangenleibes. Niemals wieder würde er sie getrennt sehen. Mizzi mochte ihr ungehaltenes und erschrecktes junges Angesicht für einen Augenblick ihm zuwenden, ihre Umarmung jedoch, ihr Busen gehörte Lotti. Die Vorstellung, eine der beiden in Liebe zu umfangen, war so absurd, so obszön, wie die, einen siamesischen Zwilling zu lieben. Die Schlangenringe hielten die beiden zusammen. Sein letzter Gedanke, bevor er sich erhob, war dieser: daß es gut war, etwas, wofür man der Vorsehung dankbar sein mußte, daß er es gewesen war und keiner von den anderen jungen Männern des Kurorts, der das Gespräch im Walde belauscht hatte. Jene hätten die Laokoon-Schwestern vielleicht als ein Paar Abenteurerinnen abgetan, die ins Hotel gekommen waren, um einen reichen Mann einzufangen. Nichts konnte den Absichten der beiden ferner liegen. Sie waren nach Baden-Baden gekommen, wie Zugvögel je nach Jahreszeit ihre Lande aufsuchen, denn im Sommer war man in Baden-Baden oder an einem ähnlichen Ort. Wenn nicht hier, so hätten sie sich jetzt an einem anderen Badeort aufgehalten. Und überall wären, da sie ja nun einmal sein mußten, ihre Lage und ihre Nöte dieselben gewesen. Langsamen Schrittes ging er davon, reifer, als er gekommen war.

Am Abend herrschte im Hotel großer Jammer über Mizzis bevorstehende Abreise. Ein junger Offizier machte ihr, wie Axel glaubte, spät am Abend einen Heiratsantrag. Die alte Dame aus England befragte Fräulein Rabe nach ihrer Reiseroute. Sie würden, erklärte die Gouvernante, über Stuttgart heimfahren. Dem jungen Holländer fiel hierauf ein, daß auch er nach Stuttgart fahren müsse, ob er die Ehre habe, die Damen bis dorthin begleiten zu dürfen? Der italienische Prinz, der sich in Lamentationen verloren hatte, rief sogleich, er habe in Stuttgart ebenfalls dringliche Geschäfte, ob er an der Ehre teilhaben dürfe? Fräulein Rabe und Mizzi wechselten hierauf einen kurzen Blick, dann nahmen sie an. Im übrigen war Mizzi an diesem Abend strahlender denn je, ihre Wangen leuchteten, als fühle sie sich auf der Woge allgemeinen Wehs emporgetragen. Sie sah älter aus. Im Verlauf des Abends fand Axel zwei- oder dreimal ihre Augen auf sein Gesicht gerichtet, aber sie sprachen nicht miteinander.

Am nächsten Morgen ging Axel in die Stadt und kaufte einen großen Strauß Rosen für Mizzi. Auf die Karte schrieb er Goethes Zeilen:

Die Sterne, die begehrt man nicht,
Man freut sich ihrer Pracht.

Zuerst hatte er mehr schreiben wollen, um seinen Abschiedsschmerz auszudrücken. Doch dann ließ er es sein, denn Lügen waren ihm zuwider. Am Nachmittag, als alle Gäste des Hotels bei einem Abschiedspicknick für Mizzi in den Bergen waren, hinterließ er die Nachricht, er sei dringend für eine Woche nach Frankfurt gerufen worden, und nahm den Zug nach Stuttgart.

Er war schon früher in Stuttgart gewesen, auf der Fahrt nach Italien. In seinem damaligen Hotel ließ er sich die Adresse einer Schneiderfirma in der Stadt geben und bestellte dort den langen Mantel und die übrige Livre eines Herrschaftsdieners, alles am nächsten Tag zu liefern. Er kaufte auch einen hohen Hut und ließ eine kleine Kokarde an ihm anbringen. Mizzis Familienfarben kannte er von einem Pfänderspiel.

Bei seinem ersten Besuch in der Stadt hatte ihn ein dort lebender Freund mit ins Theater genommen und ihn sogar hinter den Kulissen eingeführt. Er suchte jetzt den Kostümier des Theaters auf und vertraute ihm an, daß es sich um eine Wette von großer Wichtigkeit handele: er müsse die Rolle eines älteren, vertrauenswürdigen Familiendieners spielen. Der alte Bühnenkünstler war Feuer und Flamme für dieses Vorhaben, und unterbrach die Erklärungen seines Klienten mit einer ganzen Reihe genialer Vorschläge. Er umkreiste ihn sogleich, um sein Gesicht und seine Gestalt von allen Seiten zu studieren.

Am Donnerstagmorgen, als Axel seine Livree beim Schneider abgeholt hatte, fand er im Theater seine Maske bereits glänzend ausgedacht und vorbereitet. Die Frau des Italieners, von diesem offensichtlich eingeweiht, ging ihrem Manne bei den letzten Feinheiten zur Hand. Axels Haare wurden grau gefärbt, auf seinen Wangen zwei schmale Koteletten angebracht; sein Gesicht erhielt eine zarte Bräunung und ein paar Falten wurden aufgemalt, die Augenbrauen nachgezogen. Es wurde ein Meisterwerk, von dem am Ende die beiden Künstler selbst vor Stolz ganz hingerissen waren. Als er, auf ihr Geheiß hin, in den langen Spiegel schaute, spürte er einen leichten Stich im Herzen, so fremd war ihm die Gestalt darin. Hier stand, in Hut und Handschuhen, ein ehrwürdiger, vertrauter, sich seines Wertes wohl bewußter alter Diener.

Er kehrte ins Hotel zurück, wobei er sich Mühe gab, gemessenen Schrittes zu gehen. Er übte seine Rolle in den Straßen von Stuttgart und sammelte Erfahrungen. Er fand heraus, daß er vor dem Hotelportier und dem Droschkenkutscher viel unsicherer war als vor den Herrschaften. Im Hotel bestellte er Zimmer und Diner mit Blumenschmuck auf dem Tisch, für zwei Damen. Noch vor Mittag war er wieder in Baden-Baden.

Wenn er, später in seinem Leben, sein Abenteuer bedachte, war er stets überrascht davon, wie gelassen und sicher er zu Werke gegangen war. Es war ein grauer Tag; ein leichter Regen fiel, als weinte in Baden-Baden selbst die Natur über

Mizzis Abreise. Niemand schien die Echtheit des alten Dieners auch nur im geringsten anzuzweifeln. Im Hotel stellte er sich dem Portier bescheiden als Franz, Mizzis Diener, vor, und bat ihn, seiner Herrschaft auszurichten, daß Franz eingetroffen sei und in der Halle auf ihre Befehle warte.

Ein Hotelpage brachte die Nachricht nach oben, und kaum eine Minute darauf kam Mizzi selbst die Treppe herunter, in einem grauen Staubmantel und einem kindlichen, unterm Kinn festgebundenen kleinen Strohhut, so daß sie am Fuß der Treppe, wo er mit dem Hut in der Hand stand, einander begegnen mußten. Sie kam raschen Schrittes herunter, leichtfüßig, aber etwas beunruhigt, mit weit geöffneten Augen. Bei seinem Anblick erstarrte sie, als würde sie eines Gespenstes ansichtig. Er spürte, wie sie ihn von Kopf bis Fuß in sich aufnahm; sie bemerkte das Reiseplaid über seinem Arm und die Kokarde an seinem Hut. Ihr Gesicht färbte sich und wurde totenblaß: sogar ihr Mund erlosch, so daß er schon dachte, sie falle. Doch mit einem Ruck gab sie sich wieder Haltung, kam die beiden letzten Stufen herab und stand ihm von Angesicht zu Angesicht gegenüber. In diesem Moment kamen zwei Damen, die im Hotel wohnten, von draußen hereingehastet, stellten ihre kleinen Schirme ab und schüttelten, sich über den Regen beklagend, ihre umfangreichen Röcke zurecht. Sie liefen mit zärtlichem Ach und Weh auf Mizzi zu und riefen: »Sie wollen uns also wirklich heute schon verlassen, liebes Kind?« Sie warfen einen flüchtigen Blick auf Axels Gestalt und fragten: »Ist das Ihr Diener?« »Ja«, sagte Mizzi, blaß und mit bebenden Lippen. »Sie haben ihn herkommen lassen, damit er Sie auf der Reise begleitet?« fragte die eine Dame. »Das ist vernünftig. Als Frau allein zu reisen, ist nicht so angenehm.« Hier erblickte Axel über Mizzis Kopf, auf der obersten Stufe der Treppe, Fräulein Rabe. »Er sieht so vertrauenswürdig aus«, sagte die Dame. »Wie heißt er denn?« »Franz«, sagte Mizzi.

Halb Baden-Baden kam, um Mizzi zu verabschieden. Ihre

Droschke quoll über von Blumen. Axel folgte mit dem Gepäck in einer zweiten Droschke. Er hatte schon im voraus die Billets der Damen gelöst und Plätze für sie reserviert, und jetzt half er ihnen beim Einsteigen in den Zug. Ein kleines Mädchen aus dem Hotel, das sich mit Mizzi angefreundet hatte, brach in Tränen aus und überreichte ihr eine große, wunderschöne Rose. Mizzi beugte sich hinab, um das Kind zu küssen, wobei ihr das Haar übers Gesicht fiel, und befestigte dann die Rose an ihrem Busen. Vom Wagenfenster seines Abteils aus sah Axel die weißen Taschentücher winken, wie der Zug aus dem Bahnhof von Baden-Baden glitt.

Den ganzen Tag über sprach und bewegte er sich gelassen, wie ein Mensch, der sich als Werkzeug des Schicksals weiß. Selbst die nahende Trennung von Mizzi, die er wie einen körperlichen Schmerz spürte, schien ihn seltsam zu stärken und an seine Absicht zu binden. Er unterhielt sich ein wenig mit seinen Mitreisenden und war einer jungen Frau mit einem Säugling und zwei schweren Körben behilflich. Ein Arbeiter gab ihm seine Zeitung und hielt ihm einen feurigen politischen Vortrag.

Zweimal sah ihn Mizzi an. Als der Zug auf einer kleinen Station hielt, stieg sie aus und ging mit einem ihrer Baden-Badener Kavaliere, der seinen Regenschirm über sie hielt, ein wenig auf und ab. Der andere blieb bei Fräulein Rabe, die sich nicht in den Regen wagte, bei der Coupétür stehen. An der Perronsperre verkauften ein paar Kinder Obst. Mizzis Begleiter lief zu ihnen hinüber, seinen Schirm geschwind Axel reichend. Da standen sie nun, eng beieinander und sozusagen allein. Mizzi hielt ihre Augen fest auf ihn gerichtet und sagte durch sie, was sie von ihm dachte. Er duckte sich förmlich unter diesem Blick. Sie hätte ihm am liebsten, dachte er, ins Gesicht geschlagen. Ja, sie hätte ihn wohl umbringen mögen, wenn sie damit durchgekommen wäre, denn sie war rasend vor Wut und kannte weder Angst noch Skrupel. Aber sie ward davon zurückgehalten, ihre Stimme zu erheben oder ihn auch nur länger als ein oder zwei Sekunden anzusehen, zurückgehalten von einem geheiligten Symbol, das mächtiger war als sie: von der Kokarde in ihren eigenen Farben an seinem Hut. Als Fräulein Rabe sie rief, ließ sie ihn mit dem Regenschirm die ganze Länge des Perrons an ihrer Seite gehen.

Während dieses Ganges von vielleicht hundert Schritten formte sich die Beziehung zwischen Axel und Mizzi und wurde fest. Als sie stehenblieben, hatte sie ihr gültiges und unabänderbares Gepräge gewonnen. Die Gestalt Axel Leth war verschwunden, Franz der Diener war an seine Stelle getreten.

Den Schirm in der Hand haltend erkannte und verstand Axel – in Ehrerbietung, denn er war in Livree –, daß des Sklavenhalters Abhängigkeit vom Sklaven stark wie der Tod und grausam wie das Grab ist. Der Sklave hält seines Herrn Leben in der Hand, wie er dessen Schirm hält. Ein Axel Leth, den sie liebte, mochte Mizzi betrügen; es würde sie erzürnen, es mochte sie traurig machen, doch in ihrem Zorn wie in ihrer Trauer blieb sie derselbe Mensch. Dagegen beruhte auf der Treue ihres Dieners Franz und auf seiner Ergebenheit, Zustimmung und Hilfe ihre gesamte Existenz. Sein Treuebruch würde die Grundfesten ihres Lebens zerstören. Wenn sie nicht, in jedem Augenblick, gewiß sein konnte, daß Franz bereit war, für sie zu sterben, konnte sie nicht leben. Wenn sie, fuhr er in seinen Gedanken fort, in ihrem eigenen Hause von einem Geliebten behelligt wurde, wenn ein eifersüchtiger Anbeter ihr eine Szene machte, dann brauchte sie nur nach Franz zu klingeln und ihn zu bitten, den Gast hinauszubegleiten, und der verzweifelte Liebhaber, der einem Vater oder einem Ehemann die Stirn geboten hätte, würde sich Franzens Macht unterwerfen und ihm ohne Widerwort folgen.

Als er wieder in seinem Abteil saß, dachte Axel: »Wenn sich jetzt ein Zugunglück ereignet, gilt ihr erster Gedanke mir.«

In Stuttgart waren die Damen ganz in die Hut ihres alten Dieners gegeben. Er geleitete sie zum Hotel, und der Portier erkannte ihn sogleich wieder und überreichte ihm die Zimmerschlüssel.

Doch nun, da das Einvernehmen zwischen den dreien hergestellt und bestätigt war, erriet Axel auch den unmittelbaren Grund für das Erschrecken der Schwestern und ihre Angst vor ihm. Sie bangten, er würde ihnen bis ans Ende ihrer Reise folgen und sie sozusagen zur Strecke bringen wollen. Ihr eigener Plan war wohl, sich am nächsten Morgen in aller Frühe, bevor noch irgend jemand an Abreise dachte, davonzumachen, und jetzt zitterten sie wie zwei Vögel in der Schlinge, da sie ihre Freiheit, unbemerkt zu verschwinden, bedroht sahen. Nichts hatte ihm ferner gelegen, und es grämte ihn, daß sie so schlecht von ihm dachten. Deshalb fragte er, nachdem er sich vergewissert hatte, daß ihr Gepäck heraufgebracht worden und alles in Ordnung war, Fräulein Rabe ehrerbietig, ob sie noch Befehle für ihn habe, da er anderenfalls die Heimreise noch heute abend antreten würde, um die Damen bei ihrer Ankunft empfangen zu können. Er sah die tiefe Erleichterung in ihrem Gesicht, als sie ihn entließ. Mizzi hatte ihm in diesem Augenblick den Rücken zugewandt, doch spürte er, daß auch sie heftig bewegt war; dennoch wandte sie sich weder um noch sagte sie ein Wort.

Kurz darauf stand er unten in der Halle, allein – und von diesem Abend an war für ihn die Halle eines Hotels stets dessen Zentrum, der Ort, an dem sich die Dinge ereignen. Seine Aufgabe war vollbracht, nun konnte er gehen. Doch damit, dachte er, konnte doch noch nicht alles aus und vorbei sein; es mußte noch etwas kommen, ein Wort oder ein Blick. Er mußte sie noch einmal sehen, wenn sie zum Souper herunterkam. Als die Gäste den Speisesaal zu füllen begannen, warf er einen Blick durch die offene Tür und stellte mit Befriedigung fest, daß auf ihrem Tisch Blumen standen. Die beiden Herren aus Baden-Baden hatten sich auch in der Halle eingefunden; sie speisten im selben Raum wie die Damen, hatten es aber nicht gewagt, darum zu bitten, ihnen an ihrem Tisch Gesellschaft leisten zu dürfen. Sie warteten darauf, die beiden wenigstens hineinbegleiten zu dürfen. Endlich kamen die beiden Schwestern die Treppe herunter und Axel fand, daß sie, ungeachtet ihrer Sorgen und Nöte, seltsam glücklich, ergreifend glücklich aussahen, in Einklang mit dem Leben. In bester Stimmung betraten sie den Saal. Jetzt hatte er sie also noch einmal gesehen und konnte hinaus in den Regen gehen.

Er öffnete eben die Eingangstür, als Mizzis leise, klare Stimme ihn zurückrief. »Franz«, sagte sie. Sie war aus dem Speisesaal gekommen und stand mitten in der Halle. Alle Wirrsal war von ihr abgefallen. Trotz ihrer Kleider wirkte sie völlig erwachsen, ganz eine Dame großen Stils, einer Märtyrerin gleich. »Hier ist der Brief, Franz«, sagte sie und reichte ihm einen Umschlag. Wie er ihn nahm, berührten sich ihre Finger. Er hatte ihre Hand oft geküßt und hatte Mizzi beim Walzer in seinen Armen gehalten, doch keine jener Berührungen war so bedeutungsvoll gewesen wie dieser kurze, flüchtige Kontakt.

Axel ging vom Hotel direkt ins Theater, wo seine Kleider aufbewahrt wurden. Der alte Kostümier war nicht da, aber seine Frau half ihm mit geschickter Hand beim Waschen und Umziehen, wobei sie sich diskret danach erkundigte, ob er seine Wette gewonnen habe. Ja, sagte er, er habe sie gewonnen. Als die peinliche Prozedur überstanden war, drehte sie ihn zu dem Spiegel hin. Hier stand nun wieder Axel Leth, so, wie er wirklich war, keinem Menschen wichtig, und Franz der Diener war für immer entschwunden. Wohin sollte Axel Leth gehen? Er konnte überallhin gehen! Er fuhr aber nach Frankfurt, aus einem vagen Respekt vor der Wahrheit.

Als er Franzens Kleider zusammenpacken ließ, nahm er den Umschlag an sich. Auch dieser Brief gehörte Franz, und er hatte eigentlich kein Recht, ihn zu öffnen, es mochte aber sein, daß er, durch Franz, eine Botschaft für Axel Leth enthielt. Eine Rose lag darin, ein wenig welk, aber immer noch feucht und weich, die Rose, die das Kind auf dem Bahnhof von Baden-Baden Mizzi geschenkt hatte.

Als Axel nach Baden-Baden zurückkam, trauerte man dort immer noch ein wenig um Mizzi, doch diese Melancholie würde durch die Ankunft neuer Gäste bald verscheucht werden. Axel entschied, daß seine Kur zu Ende sei, und bestimmte den Tag seiner Heimreise nach Dänemark. Die alte Dame aus England war die treueste unter Mizzis Freunden und nahm ihn zweimal auf eine Spazierfahrt mit, um über sie zu reden. Sie war überzeugt, daß er Mizzi einen Heiratsantrag gemacht habe und abgewiesen worden sei, und fand nun Vergnügen daran, das Messer in seiner Wunde herumzudrehen. Sie pries das Mädchen als die Knospe, die sich zur großen Dame entfaltet, als ein jungfräuliches Geschöpf, das gemäß den hohen Prinzipien der alten Welt erzogen worden und unbefleckt von allem Niedrigen geblieben sei, eine Rose, ein junger Schwan. Man konnte beim gegenwärtigen Stand des politischen Lebens und dem rebellischen Geist der Jugend nicht sicher sein, ob es in hundert Jahren überhaupt noch solche wahren Prinzessinen auf der Welt geben werde – wert und würdig, von den Männern angebetet zu werden, und was sollte dann aus dem Mann werden, aus diesem armen, wankelmütigen Wesen? Und was für eine Haut! Und was für schöne Beine!

In der Einsamkeit der Hotelterrasse weinte Axel einmal über die Leere der Welt. Doch sonst wahrte er seine verzichtende, schicksalsergebene Gemütsverfassung.

Am zweiten Tag nach seiner Rückkehr wanderte er zu einem kleinen Wasserfall in den Bergen hinauf. Es war ein grauer Tag nach einer verregneten Woche, die Waldwege waren aufgeweicht, das Brausen des Wassers war wie ein Lied, eine Elegie, die Stimme der stillen, nassen Wälder, und der Geruch des Wassers war fast überwältigend frisch. Er setzte sich auf einen Stein und dachte an Mizzi.

Was würde wohl aus den beiden Schwestern werden, dachte er, die sich selbst so treu waren, daß sie das Leben zur Lüge machten, aus diesen Verfechterinnen eines Ideals, stets auf der Flucht vor der rohen Realität, aus den großen, sanften Damen, die unfähig waren, ohne Sklaven zu leben? Denn kein Sklave, dachte er, konnte verzweifelter nach seiner Befreiung ächzen und lechzen als diese beiden nach ihrem Sklaven ächzten und lechzten; und niemals könnte die Freiheit für Sklaven so wesentlich eine Voraussetzung des Daseins, der Atem und das Herzblut des Lebens sein, als ihre Sklaven es für sie waren.

Nächstes Jahr würden die Rollen wahrscheinlich vertauscht werden; Lotti würde die Sklavenhalterin sein und Mizzi die Sklavin. Lotti mochte dann als vornehme kranke Dame auftreten, im Rollstuhl, da dieser Part ohne die Juwelen und Straußenfedern gespielt werden konnte, deren Mangel Mizzi im Walde beklagt hatte. Und Mizzi würde die Begleiterin sein, willfährig in der nüchternen Tracht einer Krankenschwester, geduldig die Launen ihrer Herrin ertragend. Der Gedanke war tröstlich, daß sie auch dann im Wald eins in des anderen Armen weinen und einander küssen mochten wie Schwestern.

Sein Blick weilte auf dem Wasserfall. Der klare Strom, einer leuchtenden Säule gleich zwischen dem Moos und den Steinen, behielt seine edle Gestalt unverändert durch alle Stunden des Tages und der Nacht bei. In seiner Mitte, wo das fallende Wasser auf einen Felsen prallte, war eine kleine, hervorspringende Kaskade. Auch sie stand unwandelbar, wie ein frischer Sprung im Marmor des Kataraktes. Wenn er in zehn Jahren wieder käme, fände er den Wasserfall unverändert vor, in gleicher Gestalt, wie ein harmonisches und unsterbliches Kunstwerk. Und doch waren es, von Sekunde zu Sekunde, neue Wasserteilchen, die über die Klippe schleuderten, in den Abgrund stürzten und verschwanden. Es war Sturz, Wirbel, nicht endende Katastrophe.

Gibt es im menschlichen Leben, dachte er, ähnliche Erscheinungen? Gibt es eine entsprechende paradoxe Form des Daseins, ein gleichgewichtetes, klassisches, statisches Enteilen und Fliehen? In der Musik existiert sie, dort wird sie Fuge genannt:

D'un air placide et triomphant,
Tu passes ton chemin, majestueuse enfant.

Das träumende Kind

In der ersten Hälfte des vorigen Jahrhunderts lebte auf Seeland in Dänemark ein Geschlecht von Häuslern und Fischern, die nach ihrem Heimatort die Plejelts hießen und denen es anscheinend nicht gelingen wollte, auf einen grünen Zweig zu kommen. Früher hatten sie hier und dort ein Stückchen Land besessen, auch Fischerboote, doch was sie besessen, hatten sie wieder verloren, und ihre neuen Unternehmungen schlugen fehl. Es gelang ihnen knapp, sich aus den Gefängnissen von Dänemark herauszuhalten, sie gaben sich aber ungeniert allen jenen Sünden und Schwächen hin – Landstreicherei, Trunk, Spiel, uneheliche Kinder und Selbstmord –, denen der Mensch frönen kann, ohne das Gesetz zu brechen. Der alte Bezirksrichter sagte über sie: »Diese Plejelts sind keine schlechten Leute; ich habe da viele, die weit schlimmer sind. Sie sind hübsch, gesund, liebenswert, in ihrer Art sogar begabt. Doch irgendwie werden sie mit dem Leben einfach nicht fertig. Und wenn sie sich nicht bald zusammenreißen, dann weiß ich nicht, was aus ihnen werden soll, außer, daß die Ratten sie fressen werden.«

Das Merkwürdige war nun – gerade so, als hätten die Plejelts diese trübe Prophezeiung gehört und seien von ihr gründlich erschreckt worden –, daß sie sich in den folgenden Jahren tatsächlich zusammenzureißen schienen. Einer von ihnen heiratete in eine angesehene Bauernfamilie ein, ein anderer hatte eine Glückssträhne im Heringsfang, ein dritter wurde vom neuen Pfarrer des Kirchspiels bekehrt und erlangte das Amt eines Glöckners. Nur ein Sproß der Sippe, ein Mädchen, entging seinem Schicksal nicht, sondern schien im Gegenteil die gesamte Last von Schuld und Unglück ihres Stammes auf ihr junges Haupt zu versammeln. Im Verlauf ihres kurzen, tragischen Lebens wurde sie vom Land in die Stadt Kopenhagen verschlagen, und hier starb sie, ehe sie noch zwanzig war, in bitterem Elend und ließ einen kleinen Sohn zurück. Der Vater des Kindes, der ansonsten mit dieser Geschichte nichts zu tun hat, hatte ihr hundert Reichstaler gegeben. Diese Summe, mitsamt dem Kinde, gab die sterbende Mutter in die Hände einer alten Waschfrau, die auf einem Auge blind war und Madame Mahler hieß, in deren Haus sie gewohnt hatte. Sie bat Madame Mahler, für ihr Kind zu sorgen, so lange das Geld reiche, dem Geiste der Sippe Plejelt getreu sich mit einer Galgenfrist begnügend.

Beim Anblick des Geldes färbten sich die Wangen von Madame Mahler rot; noch nie hatte sie hundert Reichstaler auf einem Haufen gesehen. Als sie das Kind ansah, seufzte sie tief; dann lud sie sich diese neue Bürde auf die Schultern, zu den anderen Lasten hin, die das Leben dort schon abgeladen hatte.

Der kleine Junge, dessen Name Jens war, erwachte auf diese Weise zum ersten Bewußtsein der Welt und des Lebens in den Elendsvierteln von Kopenhagen, in einem Hinterhof, der dunkel wie ein Brunnen war, in einem Labyrinth aus Dreck, Verfall und Gestank. Langsam erwachte er auch zum Bewußtsein seiner selbst und seiner ungewöhnlichen Stellung in der Welt. Im Hinterhof gab es noch mehr Kinder, eine ganze Menge davon; sie waren alle bleich und schmutzig wie er selber. Sie aber schienen allesamt jemandem zu gehören; sie hatten einen Vater und eine Mutter; jedem von ihnen war eine Anzahl anderer zerlumpter und plärrender Kinder zugesellt, die sie Brüder und Schwestern nannten und die bei den Raufereien auf dem Hof ihre Partei ergriffen: Sie waren offensichtlich Teile eines Ganzen. Er begann über die besondere Einstellung der Welt ihm gegenüber nachzugrübeln und über den Grund dafür. Etwas darin entsprach einer Ahnung in seinem eigenen Herzen: daß er in Wirklichkeit nicht hierher gehöre, sondern irgendwo andershin. Nachts hatte er chaotische, regenbogenfarbige Träume; tagsüber verweilten seine Gedanken bei ihnen; zuweilen mußte er über sie lachen, so vor sich hin, es klang wie das Klingeln eines Glöckchens, so daß Madame Mahler ihren Kopf schüttelte und zu der Ansicht kam, er sei in dem seinen nicht ganz richtig.

In Madame Mahlers Haus kam regelmäßig eine Besucherin, eine Jugendfreundin von ihr, eine alte verwachsene Näherin mit einem flachen, braunen Gesicht und einer schwarzen Perücke. Man nannte sie Mamsell Ane. In ihren jungen Tagen hatte sie in vielen vornehmen Häusern genäht. Sie trug eine rote Schleife am Hals und hatte allerlei kokettes, altjüngferliches Getue und Gehabe an sich. Doch in ihrem eingefallenen Busen lebte eine große Seele, die sie befähigte, ihr gegenwärtiges Elend geringzuschätzen, kraft der Erinnerung jenes Glanzes, den ihre Augen in der Vergangenheit geschaut. Madame Mahler war eine Frau mit wenig Phantasie; nur widerstrebend lieh sie ihr Ohr den imposanten, endlosen Monologen ihrer Freundin. Nach einiger Zeit wandte sich Mamsell Ane, Teilnahme suchend, an den kleinen Jens. Angesichts der gebannten Aufmerksamkeit des Kindes geriet ihre Phantasie in Schwung; sie schilderte ihm, und ließ in preisender Rede vor ihm die Herrlichkeit von Seide, Samt und Brokat erstehen, von hohen Sälen und Marmortreppen. Die Dame des Hauses wurde für einen Ball geschmückt, im Lichte unzähliger Kerzen; ihr Gemahl erschien, um sie abzuholen, mit einem Stern auf der Brust, während drunten auf der Straße die zweispännige Equipage wartete. Da gab es große Hochzeiten in der Kathedrale und ebensolche Leichenbegängnisse, bei denen die Damen alle mit schwarz angetan waren, wie prächtige Trauersäulen. Die Kinder nannten ihre

Eltern Papa und Mama; sie hatten Puppen und Schaukelpferde zum Spielen, sprechende Papageien in vergoldeten Käfigen und Hündchen, die man gelehrt hatte, auf den Hinterpfoten zu gehen. Ihre Mütter küßten sie, gaben ihnen Zuckerwerk und hübsche Kosenamen. Sogar im Winter waren die warmen Zimmer hinter den Seidenvorhängen erfüllt mit dem Duft von Blumen, die Heliotrop und Oleander hießen, und die Kronleuchter, die von der Decke herabhingen, sahen auch aus wie leuchtende Blüten und Blätter aus Glas.

Die Vorstellung dieser majestätischen, strahlenden Welt verschmolz in der Seele des kleinen Jens mit der seiner eigenen unerklärlichen Verlassenheit im Leben zu einem großen Traum, zu einer Phantasie. Er war so einsam im Hause von Madame Mahler, weil eines der Häuser in Mamsell Anes Erzählungen sein wirkliches Zuhause war. In den langen Tagen, da Madame Mahler an ihrem Waschtrog stand oder die Wäsche in der Stadt austrug, hegte er das Bild jenes Hauses und der Menschen, die in ihm lebten und die ihn so innig liebten, und es wurde ihm wie ein Spielzeug. Mamsell Ane entging ihrerseits die Wirkung ihrer Erzählungen auf das Kind nicht, sie erkannte, daß sie endlich die ideale Zuhörerschaft gefunden hatte und wurde von dieser Entdeckung noch mehr befeuert. Die Beziehung zwischen den beiden entwickelte sich zu einer Art Liebesverhältnis; was ihr Glück, ja, ihre Existenz anging, so waren sie voneinander abhängig geworden.

Nun war Mamsell Ane eine Umstürzlerin, aus eigenem Antrieb und aus einer ursprünglichen, flammend seherischen Einsicht ihres stolzen, jungfräulichen Herzens heraus, denn sie hatte all ihre Tage unter zahmen und gedankenlosen Leuten gelebt. Sinn und Ziel des Daseins waren für sie Größe, Schönheit und Eleganz. Nicht um ihr Leben hätte sie diese von der Erde mögen verschwinden sehen. Aber sie empfand es als einen grausamen und skandalösen Zustand, daß so viele Männer und Frauen leben und sterben mußten ohne diese höchsten menschlichen Werte – ja, ohne auch nur das geringste von ihnen zu wissen –, daß sie arm, verwachsen und unelegant sein mußten. Jeden Tag schaute sie aus nach jenem Tag der Gerechtigkeit, da sich das Blatt wenden mußte und die Erniedrigten und Beleidigten in ihr Himmelreich der Pracht und der Anmut eingehen würden. Indes gab sie sich alle Mühe, der Seele des Kindes nichts von ihrer eigenen Bitterkeit oder ihrem Rebellengeist einzuflößen. Denn wie die Vertraulichkeit zwischen ihnen wuchs, jauchzte sie in ihrem Herzen dem kleinen Jens mehr und mehr als dem rechtmäßigen Erben all jener Herrlichkeit zu, um die sie selbst vergeblich gebetet hatte. Er brauchte nicht darum zu kämpfen; alles war von Rechts wegen sein und mußte ihm von allein zufallen. Vielleicht merkte die begeisterte und erfahrene alte Jungfer auch, daß der Junge nicht die geringste Veranlagung zu Neid oder Haß besaß. In ihren langen, glückseligen Zusammenkünften nahm er die Welt der Mamsell Ane – allerdings ohne etwas davon zu besitzen – heiter und ohne Arg an, ganz in der Art der glücklichen Kinder, die in ihr geboren waren.

Es gab eine kurze Zeit in seinem Leben, in der Jens die anderen Kinder des Hinterhofs zu Mitwissern seines Glückes machte. Er sei, erzählte er ihnen, keineswegs der Schwachkopf, der von Madame Mahler gerade noch geduldet wurde; er sei im Gegenteil der Günstling des Glücks. Er habe einen Papa und eine Mama und ein eigenes prächtiges Haus, mit den und den Dingen darin, eine Kutsche und Pferde im Stall. Er sei verwöhnt und bekomme alles, was er nur wolle. Verwunderlicherweise lachten ihn die Kinder nicht aus oder verfolgten ihn hinterher mit Spott. Sie schienen ihm fast zu glauben. Nur konnten sie seine Phantastereien nicht begreifen oder ihnen folgen; sie hatten nur geringes Interesse daran, und nach einer Weile schenkten sie ihnen gar keine Beachtung mehr. So gab Jens es wieder auf, die Welt an dem Geheimnis seines Glückes teilhaben zu lassen.

Doch hatten einige der Fragen, die ihm von den Kindern

gestellt worden waren, die Gedanken des Jungen in Bewegung gesetzt, so daß er Mamsell Ane fragte – denn die Vertrautheit zwischen ihnen war inzwischen vollkommen –, wie es denn eigentlich gekommen sei, daß er die Verbindung mit seinem wahren Daheim verloren habe und in Madame Mahlers Haus gekommen sei? Mamsell Ane fiel es schwer, ihm zu antworten; sie konnte sich die Tatsache selbst nicht erklären. Es mußte, dachte sie, ein Teil des verwirrten und verderbten Zustandes der Welt im allgemeinen sein. Als sie die Sache überdacht hatte, gewährte sie ihm feierlich, in der Art einer Sibylle, eine Erklärung. Es sei, sagte sie, keineswegs unerhört, weder im Leben noch in Büchern, daß ein Kind, besonders ein Kind aus reichen und vornehmen Verhältnissen und von seinen Eltern aufs innigste geliebt, auf rätselhafte Weise verschwinde und verlorengehe. Hier brach sie ab, denn selbst ihrem unerschrockenen und vielgeprüften Herzen schien dieses Thema zu tragisch zu sein, um weiter ausgemalt zu werden. Jens nahm die Erklärung in dem Geiste auf, in dem sie gegeben wurde, und sah sich von diesem Augenblick an als die beklagenswerte, aber nicht ungewöhnliche Schicksalserscheinung: das verschwundene und verlorengegangene Kind.

Doch als Jens sechs Jahre alt war, starb die alte Mamsell Ane und hinterließ ihm ihre geringe irdische Habe: einen dünngescheuerten silbernen Fingerhut, eine schöne Schere und einen schwarzen Schemel mit Rosen bemalt. Jens hielt diese Dinge hoch in Ehren und betrachtete sie feierlich alle Tage. Just um diese Zeit sah Madame Mahler das Ende ihrer hundert Reichstaler herannahen. Es hatte sie gekränkt, daß sich ihre alte Freundin nur noch mit dem Kinde beschäftigt hatte, und so beschloß sie, sich zu revanchieren. Es war an der Zeit, dachte sie, daß ihr der Junge in der Wäscherei zur Hand ging. Sein Leben gehörte also fortan nicht mehr ihm, und der Fingerhut, die Schere und der Schemel, die in Madame Mahlers Zimmer verblieben, waren jetzt die einzigen handgreiflichen Überbleibsel oder Beweisstücke der Herrlichkeit, die er und Mamsell Ane gekannt und geteilt hatten.

Zur selben Zeit, da sich diese Begebenheiten in der Adelgade zutrugen, lebten in einem stattlichen Haus in der Bredgade junge Eheleute, die Jakob und Emilie Vandamm hießen. Sie waren Cousin und Cousine, denn sie war das einzige Kind eines der großen Reeder von Kopenhagen und er der Schwestersohn dieses Handelsherrn –, so daß also die junge Herrin, wäre nicht ihr Geschlecht im Wege gewesen, einmal das Oberhaupt der Firma geworden wäre. Der alte Reeder, der Witwer war, bewohnte zusammen mit seiner ebenfalls verwitweten Schwester die beiden vornehmeren unteren Etagen des Hauses. Die Familie hielt eng zusammen, und die jungen Leute waren von Kindheit an für einander bestimmt gewesen.

Jakob war ein sehr großer junger Mann mit einem klaren Kopf und einem verträglichen Temperament. Er hatte viele Freunde, aber keiner von ihnen konnte die Tatsache bestreiten, daß er schon im frühen Alter von dreißig dick wurde. Emilie war keine regelmäßige Schönheit, aber sie besaß eine äußerst anmutige und elegante Figur und die schlankeste Taille von ganz Kopenhagen; sie war weich und geschmeidig in ihrem Gang und in allen ihren Bewegungen, mit einer leisen Stimme und einem zurückhaltenden, vornehmen Benehmen. Was ihren Charakter betraf, so war sie die echte Tochter einer langen Reihe tüchtiger und redlicher Kaufherren: aufrecht, klug, wahr und ein wenig pharisäerhaft. Sie widmete der Armenarbeit viel Zeit und unterschied hierin peinlich zwischen würdigen und unwürdigen Bittstellern. Sie führte ein großes und gastfreies Haus, hielt sich aber streng an ihre eigenen Kreise. Ihr alter Onkel, der auf seinen Reisen die ganze Welt gesehen hatte und ein Bewunderer des schönen Geschlechts war, neckte sie an der sonntäglichen Familientafel. Es liege, sagte er, die köstlichste Pikanterie in dem Kontrast zwischen der Biegsamkeit ihres Leibes und der Starrheit ihres Charakters.

Es hatte eine Zeit gegeben, da, den Augen der Welt verborgen, beides in Einklang gewesen war. Als Emilie achtzehn Jahre zählte und Jakob auf einem seiner Schiffe nach China fuhr, verliebte sie sich in einen jungen Marineoffizier, dessen Name Charlie Dreyer war, und der sich, drei Jahre zuvor, als er erst einundzwanzig war, im Krieg von 1849 ausgezeichnet hatte und dekoriert worden war. Emilie war damals noch nicht offiziell mit ihrem Cousin verlobt. Auch glaubte sie nicht, daß es Jakob das Herz brechen würde, wenn sie ihn verließe und einen anderen Mann heiratete. Dennoch wurde sie von seltsamer plötzlicher Angst befallen; die Stärke ihrer eigenen Gefühle erschreckte sie. Wenn sie in der Stille darüber nachdachte, hielt sie es für unter ihrer Würde, so gänzlich von einem anderen Menschen abhängig zu sein. Doch wenn sie Charlie dann wiedersah, vergaß sie ihre Befürchtungen und vermochte nur noch darüber zu staunen, daß das Leben soviel Süßigkeit barg. Ihre beste Freundin, Charlotte Tutein, sagte zu ihr, als die beiden Mädchen sich nach einem Ball auskleideten: »Charlie Dreyer macht allen hübschen Mädchen von Kopenhagen den Hof, aber er denkt nicht daran, eine von ihnen zu heiraten. Ich glaube, er ist ein Don Juan.« Emilie lächelte in den Spiegel hinein. Ihr Herz schmolz beim Gedanken daran, daß Charlie, verkannt von aller Welt, nur von ihr so gekannt wurde, wie er wirklich war: ehrenhaft, beständig und treu wie Gold.

Charlies Schiff sollte nach Westindien auslaufen. Am Abend vor seiner Abreise kam er zum Landhaus ihres Vaters in der Nähe von Kopenhagen heraus, um sich zu verabschieden, und traf Emilie allein an. Die beiden jungen Leute ergingen sich im Garten; er war mondbeglänzt. Emilie brach eine weiße Rose, feucht vom Tau, und schenkte sie ihm. Als sie auf der Straße vor dem Eingangstor Abschied nahmen, ergriff er ihre Hände, zog sie an seine Brust und flehte sie in einem flammenden Liebesgeflüster an, da es ja niemand sähe, wenn er mit ihr zurückgehe, solle sie ihn die Nacht bei sich verbringen lassen, bis er des Morgens in die weite Ferne müßte.

Kindern späterer Generationen ist es wohl unmöglich, das Entsetzen und den Abscheu zu verstehen oder nachzuempfinden, den die Vorstellung und allein schon das Wort »Verführung« in einem Mädchen jener vergangenen Zeit erwecken mußte. Sie hätte nicht tödlicher erschreckt und empört sein können, hätte sie entdeckt, daß er ihr den Hals abschneiden wollte.

Er mußte sich wiederholen, bevor sie ihn begriff, und als sie es tat, schien ihr der Boden unter den Füßen wegzusinken. Sie fühlte nur noch, daß der erste und einzige Mann, dem sie vertraute und den sie liebte, willens war, die schlimmste Sünde, Unglück und Schande über sie zu bringen, daß er sie aufforderte, das Andenken ihrer Mutter und alle Mädchen in der Welt zu verraten. Ihre eigenen Gefühle für ihn machten sie zur Mitschuldigen des Verbrechens, und sie erkannte, daß sie verloren war. Charlie fühlte, wie sie wankte, und legte seine Arme um sie. Mit einem erstickten, gepeinigten Schrei riß sie sich aus ihnen los, floh, und stieß mit all ihrer Kraft das schwere Eisentor zu; sie verriegelte es vor ihm wie vor einem wütenden Löwen. Doch auf welcher Seite des Gitters befand sich der Löwe? Ihre Kraft versagte; sie hing an den Gitterstäben, indes auf der anderen Seite der verzweifelte, elende Liebhaber sich gegen sie drückte, durch sie hindurch nach ihren Händen, ihren Kleidern tastete und sie bestürmte, doch zu öffnen. Sie aber schauderte zurück und flüchtete ins Haus, in ihr Zimmer, nur um dort Verzweiflung in ihrem eigenen Herzen zu finden und eine trostlose Leere in der ganzen Welt.

Sechs Monate später kehrte Jakob aus China heim, und ihre Verlobung wurde im Kreise der Familie festlich begangen. Einen Monat darauf erfuhr sie, daß Charlie auf St. Thomas am Fieber gestorben war. Nach keine zwanzig Jahre alt, war sie verheiratet und Herrin eines eigenen schönen Heimes.

Viele junge Mädchen heirateten auf die gleiche Weise – *par dépit* –, verleugneten dann, um ihre Selbstachtung zu retten, ihre erste Liebe, und machten die Unübertrefflichkeit ihres Gatten zum Inbegriff ihrer Ehre, so daß sie unfähig wurden, zwischen Wahrheit und Unwahrheit zu unterscheiden, ihre moralische Persönlichkeit verloren und im Leben standen, ohne Wurzeln in der Wirklichkeit. Vor diesem Schicksal wurde Emilie bewahrt durch das Eingreifen sozusagen der alten Vandamms, ihrer Vorfahren, und durch den Instinkt und das Prinzip solider Kaufmannschaft, die sie dem Blut ihrer Tochter vererbt hatten. Die unerschütterlichen und resoluten alten Handelsherren hatten nicht mit der Wimper gezuckt, wenn sie ihre Bilanz aufmachten; in schweren Zeiten hatten sie Bankrott und Ruin unnachgiebig ins Auge geblickt; sie waren die treuen, unbestechlichen Diener des Tatsächlichen. So machte nun auch Emilie ihre Gewinn- und Verlustrechnung auf. Sie hatte Charlie geliebt; er war ihrer Liebe unwürdig gewesen; und nie wieder würde sie auf diese Weise lieben. Sie hatte am Rande eines Abgrunds gestanden und nur durch die Gnade Gottes war sie in diesem Augenblick kein gefallenes Mädchen, eine Verstoßene aus ihres Vaters Haus geworden. Der Mann, den sie geheiratet hatte, war gutherzig und ein tüchtiger Geschäftsmann; er war auch dick, kindisch, anders als sie. Sie hatte vom Leben ein Heim nach ihrem Geschmack bekommen und eine sichere, harmonische Stellung in ihrer Familie und in der Gesellschaft von Kopenhagen; sie war dankbar für beides und wollte sie um keinen Preis aufs Spiel setzen. Sie klammerte sich in dieser Krise ihres Lebens mit aller Kraft ihres jungen Herzens an ein Glaubensbekenntnis fanatischer Aufrichtigkeit und Wahrhaftigkeit. Die alten Vandamms hätten ihr Beifall gezollt, vielleicht aber auch ihren Kodex für zu streng gehalten; sie selbst waren ein Risiko eingegangen, wenn es nötig war, und die Erfahrung sagte ihnen, daß es in der Welt des Handels eine gefährliche Sache ist, die Gefahr zu scheuen.

Was Jakob anging, so war er in seine Frau verliebt und

schätzte sie höher als Gold und Edelstein. Für ihn war, wie für die anderen jungen Männer aus dem streng moralischen Kopenhagener Bürgertum, das erste Liebeserlebnis von äußerst grober Art gewesen. Er hatte sich jedoch die Frische seines Herzens und sein Verlangen nach Ordnung und Sauberkeit im Leben bewahrt, indem er an einem Ideal reineren Frauentums festhielt, das er an erster Stelle in seiner jungen Cousine verkörpert sah, die er heiraten würde, dem unschuldigen blonden Mädchen aus dem Blute seiner eigenen Mutter und erzogen wie sie. Er trug ihr Bild in seinem Inneren mit sich nach Hamburg und Amsterdam, und jener Wesenszug in ihm, den seine Frau kindisch nannte, ließ es ihn ausschmükken wie eine Puppe oder ein Heiligenbild; im fernen China gewann es einen höchst ätherischen und romantischen Glanz, und er pflegte sich die eine oder andere ihrer Redensarten vorzusagen, sich ihre leise, sanfte Stimme ins Gedächtnis zu rufen. Nun war er glücklich, wieder daheim in Dänemark zu sein, verheiratet und in seinem eigenen Heim, und zu entdekken, daß seine junge Frau so vollkommen war, wie sein Bild von ihr es gewesen war. Zuweilen empfand er eine vage Sehnsucht nach ein wenig Schwäche in ihr oder nach einem gelegentlichen Appell an seine Kraft, die ihn ja sonst, wie die Dinge lagen, nur wie eine plumpe Figur neben ihrer zarten Gestalt stehen ließ. Er gab ihr alles, was sie sich wünschte, und überließ ihr, aus seinem Stolz auf ihre Überlegenheit heraus, alle Entscheidungen in ihrem gemeinsamen Heim und in ihrem täglichen und gesellschaftlichen Leben. Nur in ihrer Wohltätigkeitsarbeit kam es vor, daß Mann und Frau nicht eines Sinnes waren, und daß Emilie ihm eine kleine Lektion über seine Gutgläubigkeit hielt. »Was für ein kurioser Mensch du doch bist, Jakob«, sagte sie. »Du glaubst einfach alles, was diese Leute dir erzählen – nicht etwa, weil du nicht anders könntest, sondern weil du ihnen in Wirklichkeit glauben möchtest.« »Willst du ihnen denn nicht glauben?« fragte er sie. »Ich kann nicht begreifen«, erwiderte sie,

»wie man überhaupt glauben oder nicht glauben wollen kann. Ich will die Wahrheit herausfinden. Wenn etwas erst einmal nicht wahr ist« fügte sie hinzu, »kümmert es mich wenig, was es sonst noch sein mag.«

Kurze Zeit nach seiner Hochzeit erhielt Jakob eines Tages einen Brief von einer abgewiesenen Bittstellerin, einem ehemaligen Dienstmädchen im Hause seines Schwiegervaters, die ihm mitteilte, daß seine Frau, während er in China gewesen sei, ein Verhältnis mit Charlie Dreyer gehabt habe. Er wußte, daß es eine Lüge war, zerriß den Brief und dachte nicht mehr daran.

Sie hatten keine Kinder. Dies war für Emilie ein schwerer Kummer; sie hatte das Gefühl, daß sie ihre Pflicht nicht erfülle. Als sie fünf Jahre lang verheiratet waren, machte Jakob, geplagt von seiner Mutter ständigem Drängen und an die Zukunft der Firma denkend, seiner Frau den Vorschlag, daß sie ein Kind adoptieren sollten, um die Zukunft des Hauses zu sichern. Emilie wies den Gedanken sogleich und mit großer Energie und Empörung von sich; er hatte für sie ganz den Anschein eines Possenspiels, und sie wollte ihres Vaters Firma nicht mit einem Ersatzerben verunehrt sehen. Jakob hielt ihr das Geschlecht des Kaisers Antoninus vor, erzielte jedoch nur geringe Wirkung damit.

Doch als er sechs Monate später seinen Plan wieder zur Sprache brachte, entdeckte sie, zu ihrer eigenen Überraschung, daß sie ihn nicht mehr als abstoßend empfand. Unbewußt mußte sie ihn sich zu Herzen genommen haben, und er hatte dort Wurzeln geschlagen, denn nun kam er ihr ganz vertraut vor. Sie hörte ihrem Gatten zu, schaute ihn an und war ihm wohlgesonnen. »Wenn es das ist, wonach er Verlangen getragen hat«, dachte sie, »darf ich mich ihm nicht widersetzen.« Doch in ihrem Herzen wußte sie klar und kalt, und mit einer Bangigkeit vor ihrer eigenen Kälte, was die wirkliche Ursache ihrer Nachgiebigkeit war: die tiefe Erkenntnis, daß sie, wenn ein Kind adoptiert worden war, der

Verpflichtung enthoben wäre, der Firma einen Erben zu gebären, ihrem Vater ein Enkelkind, ihrem Gatten ein Kind.

Im Grunde war es eine ihrer kleinen Unstimmigkeiten hinsichtlich der würdigen und unwürdigen Almosenempfänger, die dem jungen Paar aus der Bredgade die Erlebnisse beschieden, die in dieser Geschichte erzählt werden. Den Sommer über lebten sie in dem Landhaus von Emilies Vater am Strandvej, und Jakob fuhr in einer kleinen Gig zwischen Stadt und Villa hin und her. Eines Tages entschloß er sich, aus der Abwesenheit seiner Frau Nutzen zu ziehen und einen fraglos unwürdigen Bittsteller zu besuchen, den alten Kapitän eines seiner Schiffe. Er schlug den Weg durch die Altstadt ein, wo es schwierig war, eine Kutsche hindurchzulenken und wo diese einen solch außerordentlichen Anblick bot, daß die Leute aus ihren Kellern kamen, um sie anzugaffen. In der engen Adelgade fuchtelte ein Betrunkener mit den Armen vor dem Pferd herum; es scheute und warf einen kleinen Buben um und dessen schweren, hoch mit Wäsche beladenen Schubkarren. Karren und Wäsche landeten leider in der Gosse. Sofort sammelte sich eine Menschenmenge, legte aber weder Empörung noch Mitgefühl an den Tag. Jakob hieß seinen Stallburschen den kleinen Jungen zu sich auf den Sitz heben. Das Kind war mit Blut und Schmutz verschmiert, aber weder ernstlich verletzt, noch im Geringsten erschreckt. Es schien den Unfall als ein alltägliches Vorkommnis aufzufassen, oder als wäre er einem anderen zugestoßen. »Warum bist du mir denn nicht aus dem Weg gegangen, du kleiner Idiot?« fragte Jakob ihn. »Weil ich mir das Pferd ansehen wollte«, sagte das Kind und fügte hinzu: »Von hier oben kann ich es jetzt gut sehen.«

Jakob erfragte die Wohnung des Jungen von einem der Zuschauer, gab ihm Geld, damit er den Schubkarren hinbrächte und kutschierte das Kind selber nach Hause. Der Schmutz in Madame Mahlers Haus und deren einäugige, plumpe Fühllosigkeit berührten ihn unangenehm, obwohl er schon früher in den Häusern der Armen gewesen war. Was ihn aber hier betroffen machte, war der seltsame Widerspruch zwischen dem Hinterhof und dem Kinde, das dort lebte. Es war, als ob Madame Mahler, ohne etwas davon zu ahnen, ein kleines, edles, wildes Tier oder einen Puck bei sich beherberge und umherstoße. Auf der Fahrt zum Landhaus dachte Jakob, daß ihn das Kind an seine Frau erinnert hatte; es hatte etwas Zurückhaltendes an sich, gewissermaßen etwas Selbstloses, hinter dem man große, geschlossene Kraft und Ausdauer ahnte.

Er erwähnte an diesem Abend den Vorfall nicht, kehrte aber bald zu Madame Mahlers Haus zurück, um über den Jungen Erkundigungen einzuziehen, und nach einiger Zeit erzählte er das Abenteuer seiner Frau und schlug ihr vor, einigermaßen verlegen und halb im Scherz, das hübsche, verlorene Kind als ihr eigenes anzunehmen.

Halb im Scherz ging sie auf seinen Gedanken ein. Es wäre besser, dachte sie, als ein Kind anzunehmen, dessen Eltern sie kannte. Nach diesem Tag kam sie zuweilen von selbst auf die Sache zu sprechen, wenn sie sonst nichts fand, worüber sie mit ihm hätte reden können. Sie zogen den Anwalt der Familie zu Rate und schickten ihren alten Hausarzt hin, um das Kind untersuchen zu lassen. Jakob war überrascht und dankbar, daß seine Frau so willig auf seinen Wunsch einging. Sie hörte mit gütiger Teilnahme zu, wenn er seine Pläne entwickelte, und brachte zuweilen sogar eigene Ansichten über Kindererziehung vor.

In letzter Zeit hatte Jakob seine häusliche Atmosphäre als fast zu vollkommen empfunden und hatte in der Stadt ein Liebesabenteuer angesponnen. Jetzt wurde er dessen überdrüssig und beendete es. Er kaufte Emilie Geschenke und überließ es ihr, die Bedingungen für die Adoption des Kindes festzulegen. Er könne, sagte sie, den Jungen auf den ersten Oktober ins Haus bringen, wenn sie vom Land in die Stadt gezogen seien, sie werde sich aber ihre endgültige Entscheidung in der Angelegenheit bis April vorbehalten, wenn er sechs Monate lang bei ihnen gewesen sei. Wenn sie bis dahin zu der Ansicht gekommen sei, das Kind eigne sich nicht für ihren Plan, werde sie es in die Obhut einer braven guten Familie im Dienste der Firma geben. Bis April würden sie dementsprechend also nur Onkel und Tante Vandamm für den Jungen sein.

Mit ihren Angehörigen sprachen sie nicht über das Vorhaben, und dieser Umstand betonte das neue Gefühl kameradschaftlicher Verbundenheit zwischen ihnen. Wie so ganz anders, sagte sich Emilie, würde sich die Sache verhalten haben, wenn sie auf herkömmliche Frauenart ein Kind erwartet hätte. Es hatte wirklich etwas Ordentliches und Anständiges an sich, die natürlichen Dinge in die eigene Hand zu nehmen. »Und«, flüsterte es in ihr, während ihr Blick den Spiegel hinunterglitt, »man verdirbt sich nicht die Figur.«

Was Madame Mahler anging, so wurde die Sache, als die Zeit kam, sich mit ihr zu einigen, schnell abgemacht. Sie vermochte es nicht, sich den Wünschen sozial Höhergestellter zu widersetzen; sie berechnete auch vage den Wert ihrer zukünftigen Verbindung mit einem Hause, in dem Berge von Wäsche anfallen mußten. Nur die Bereitwilligkeit, mit der ihr Jakob ihre seitherigen Auslagen für das Kind erstattete, hinterließ in ihrem Herzen ein lebenslängliches Bedauern, daß sie nicht mehr verlangt hatte.

Im letzten Augenblick stellte Emilie eine weitere Bedingung. Sie wollte das Kind allein abholen. Es sei wichtig, daß die Beziehung zwischen dem Jungen und ihr von Anfang an richtig hergestellt werde, und sie traute Jakob nicht zu, sich hierbei angemessen zu verhalten. So kam es, als alles für die Aufnahme des Kindes in das Haus an der Bredgade bereit war, daß Emilie allein zur Adelgade fuhr, um das Kind in Besitz zu nehmen, erleichtert in ihrem Gewissen der Firma und ihrem Gatten gegenüber, aber schon vorderhand der ganzen Affäre ein wenig überdrüssig.

Auf der Gasse vor Madame Mahlers Haus wartete schon eine ganze Schar ungekämmter Kinder gespannt auf die Ankunft der Kutsche. Sie starrten sie an, wendeten aber ihre Augen ab, wenn Emilie sie anblickte. Ihr Herz sank, als sie ihre weiten Röcke raffte und sich durch die Menge einen Weg bahnte und über den Hinterhof ging. Würde ihr Junge auch so aussehen? Wie Jakob hatte sie schon viele Male die Quartiere der Armen besucht. Es war ein trauriger Anblick, aber es konnte eben nicht anders sein. »Es werden allezeit Arme sein im Lande.« Heute jedoch, da ein Kind aus dieser Welt in ihr eigenes Heim eintreten sollte, fühlte sie sich zum ersten Mal persönlich mit der Not und dem Elend der Welt verbunden. Sie wurde ergriffen von einem erneuten tiefen Ekel und Abscheu, und im nächsten Augenblick von einem erneuten, tieferen Mitleid. In dieser zwiespältigen Stimmung trat sie in Madame Mahlers Stube.

Madame Mahler hatte den kleinen Jens gewaschen und seine Haare mit Wasser gestriegelt. Sie hatte ihn auch, einige Tage zuvor, in großer Eile über die Lage und seinen bevorstehenden Aufstieg im Leben in Kenntnis gesetzt. Doch da sie eine phantasielose Frau war und zudem der Meinung, daß das Kind nicht richtig bei Verstand sei, hatte sie es sich einfach damit gemacht. Das Kind hatte die Neuigkeit schweigend entgegengenommen; es fragte lediglich, wie seine Eltern ihn gefunden hätten. »Ach, sie sind dem Geruch nachgegangen«, sagte Madame Mahler.

Jens hatte die Nachricht den anderen Kindern des Hauses mitgeteilt. Sein Papa und seine Mama, erzählte er ihnen, kämen am folgenden Tag in der Kutsche, um ihn heimzuholen. Es kostete ihn einiges Nachdenken, weshalb nun dieses Ereignis großes Aufsehen erregte in derselben Hinterhofwelt, die seine Visionen davon so gleichgültig aufgenommen hatte. Für ihn waren die beiden dasselbe.

Er hatte sich auf Mamsell Anes Schemel ans Fenster gestellt, um die Ankunft seiner Mutter sehen zu können. Da stand er noch, als Emilie hereintrat, und Madame Mahler machte vergebens eine Gebärde, um ihn herunterzuscheuchen. Das erste, was Emilie an dem Kinde auffiel, war, daß es seinen Blick nicht von dem ihren abwandte, sondern ihr voll in die Augen schaute. Bei ihrem Anblick ging ein großes, entzücktes Leuchten über sein Gesicht. Einen Moment lang sahen die beiden einander an.

Das Kind schien darauf zu warten, daß sie ihn anredete, doch als sie stumm, unentschlossen stehenblieb, sprach er. »Mama«, sagte er, »ich bin froh, daß du mich gefunden hast. Ich hab so lange auf dich gewartet, so lange.«

Emilie warf einen Blick auf Madame Mahler. War diese Szene einstudiert worden, um ihr Herz zu rühren? Doch der vollkommene Mangel an Verständnis auf dem Gesicht der alten Frau schloß diese Möglichkeit aus, und sie wandte sich wieder dem Kinde zu.

Madame Mahler war eine große, schwere Frau. Emilie, in ihrer Krinoline und ihrer auf dem Boden schleppenden Mantille, nahm ebenfalls ein Gutteil des Zimmers ein. Das Kind war bei weitem die kleinste Gestalt im Raum, doch in diesem Augenblick beherrschte es ihn, als hätte es darüber zu gebieten. Es stand kerzengerade auf seinem Schemel, mit dem gleichen Strahlen in Gesicht und Haltung. »Nun darf ich wieder heim, mit dir«, sagte er.

Emilie erkannte ahnend und staunend, daß für das Kind die eigentliche Bedeutung dieses Augenblickes nicht in seinem eigenen Glück lag, sondern in der maßlosen Seligkeit und der Erfüllung, die er ihr schenkte. Ein eigentümlicher Gedanke, den sie sich selbst nicht hätte erklären können, ging ihr daraufhin durch den Kopf. Sie dachte: »Dieses Kind ist so einsam im Leben wie ich.« Ernst trat sie auf ihn zu und sagte ein paar freundliche Worte zu ihm. Der kleine Junge streckte seine Hand aus und berührte sacht die langen seidigen Lokken, die ihr über die Schultern fielen. »Ich habe dich gleich erkannt«, sagte er stolz. »Du bist meine Mama, die mich verwöhnt. Ich würde dich unter allen anderen Damen herausfinden, an deinem langen, schönen Haar.« Er ließ seine Finger zart ihre Schulter und ihren Arm hinabgleiten und tastete über ihre behandschuhte Hand. »Du hast heute drei Ringe an«, sagte er. »Ja«, sagte Emilie mit ihrer leisen Stimme. Ein kurzes, triumphierendes Lächeln brach auf seinem Gesicht aus. »Und jetzt küßt du mich, Mama«, sagte er und wurde ganz blaß. Emilie konnte nicht wissen, daß seine Erregung daher rührte, daß er noch nie geküßt worden war. Gehorsam, von sich selbst überrascht, beugte sie sich zu ihm nieder und küßte ihn.

Jens' Abschied von Madame Mahler fiel zuerst etwas förmlich aus – für zwei Menschen, die einander so lange kannten. Denn sie sah in ihm schon ein neues Wesen, reicher Leute Kind, und faßte nur zögernd seine Hand, mit steifer Miene. Aber Emilie hieß den Jungen, ehe er fortging, Madame Mahler zu danken, daß sie bis heute für ihn gesorgt habe, und er tat es mit großem Freimut und mit Würde. Da erröteten die ledrigen und gefurchten Wangen der alten Frau noch einmal tief, gleich denen eines jungen Mädchens, wie beim Anblick des Geldes bei ihrer ersten Begegnung. Es war ihr so selten im Leben gedankt worden. Auf der Straße blieb er stehen. »Sieh dir nur meine großen, dicken Pferde an!« rief er. Emilie saß im Wagen, einigermaßen verwirrt. Was brachte sie da mit sich heim aus Madame Mahlers Haus?

In ihrer Wohnung, als sie das Kind die Treppen hinauf und von Zimmer zu Zimmer führte, wuchs ihre Verwirrung noch. Selten hatte sie sich ihrer selbst so unsicher gefühlt. Überall brach das Kind in das gleiche Entzücken des Wiedererkennens aus. Zuweilen nannte und suchte er auch Dinge, an die sie sich kaum aus ihrer eigenen Kindheit erinnern konnte, oder solche, von denen sie noch nie gehört hatte. Ihr Hündchen, das sie aus ihrem Elternhause mitgebracht hatte, kläffte den Jungen an. Sie hob es auf, erschreckt, es könnte ihn beißen. »Nein, Mama!« rief er. »Es will mich doch nicht beißen, es kennt mich ja gut.« Noch vor einigen Stunden – ja, dachte sie, bis zu dem Augenblick, da sie in Madame Mahlers Stube das Kind geküßt hatte – würde sie ihn gescholten haben: »Pfui, du schwindelst ja.« Nun sagte sie nichts, und im nächsten Augenblick sah sich das Kind im Zimmer um und fragte sie: »Ist der Papagei tot?« »Nein«, antwortete sie, verwundert, »er ist nicht tot; er ist im anderen Zimmer.«

Sie merkte, daß ihr gleichermaßen davor bangte, mit dem Jungen allein zu sein, wie davor, eine dritte Person dabei zu haben. Sie schickte das Kindermädchen hinaus. Um die Zeit, da Jakob heimzukommen pflegte, horchte sie ängstlich auf seine Schritte im Treppenhaus. »Auf wen wartest du?« fragte Jens sie. Sie wußte nicht recht, wie sie Jakob dem Kinde gegenüber nennen sollte. »Auf meinen Gatten«, erwiderte sie verlegen. Jakob fand bei seinem Eintreten Mutter und Kind gemeinsam in ein Bilderbuch vertieft. Der kleine Junge starrte ihn an. »Du bist also der, der mein Papa ist!« rief er aus, »ich dachte es mir schon die ganze Zeit. Aber ganz sicher konnte ich mir ja nicht sein. Du bist also nicht dem Geruch nachgegangen! Ich glaube, es war das Pferd, das sich an mich erinnert hat.« Jakob sah seine Frau an; sie sah in ihr Buch. Er erwartete keine Vernunft von einem Kind, und bald spielte er mit dem Jungen und tollte mit ihm herum. Mitten in einem Spiel stemmte Jens seine Hände gegen Jakobs Brust. »Du hast deinen Stern nicht an«, sagte er. Gleich darauf ging Emilie aus dem Zimmer. Sie dachte: »Ich habe dies auf mich genommen, um meines Mannes Wunsch zu erfüllen, aber es scheint, als müßte ich die Bürde allein tragen.«

Jens ergriff von dem Haus in der Bredgade Besitz und unterwarf es sich, weder durch Macht noch durch Gewalt, sondern kraft jener betörenden und unwiderstehlichen Eigenschaft, die vielleicht das Betörendste und Unwiderstehlichste auf der Welt ist: der des Träumers, dessen Träume wahr werden. Das alte Haus verliebte sich ein bißchen in ihn. Solches ist stets das Los der Träumer, sofern sie es mit

Menschen zu tun haben, die überhaupt für die Magie der Träume empfänglich sind. Der berühmteste von ihnen, Rachels Sohn, mußte darum, wie alle Welt weiß, schwere Heimsuchungen erleiden und wurde sogar in den Kerker geworfen. Abgesehen von seiner Größe, hatte Jens keine Ähnlichkeit mit den klassischen Porträts des Cupido; und doch war es offensichtlich, daß der Reeder und seine Frau, ohne es zu wissen, einen kleinen Amor zu sich genommen hatten. Er verlieh dem Haus Flügel und war im Bunde mit den süßen und erbarmungslosen Mächten der Natur, und seine Beziehung zu jedem einzelnen Mitglied des Haushaltes entwickelte sich zu einer Art von ätherischem Liebesverhältnis. Kraft dieses selben Magnetismus' hatte Jakob den Jungen bei ihrer ersten Begegnung als Erben der Firma auserkoren und fürchtete Emilie sich davor, allein mit ihm zu sein. Der alte Schiffseigner und die Dienerschaft entgingen ihrem Schicksal ebensowenig – so wie einst Potiphar, der Kriegsoberste des Pharao. Ehe sie noch wußten, wie ihnen geschah, hatten sie alles, was sie besaßen, in seine Hände gelegt.

Eine Wirkung dieser Zaubermacht war diese: daß die Menschen dazu gebracht wurden, sich selbst mit den Augen des Träumers zu sehen, und gezwungen wurden, einem Ideal nachzuleben, und daß sie in ihrer höheren Existenz von ihm abhängig wurden. Während der Zeit, da Jens im Hause lebte, verwandelte es sich von Grund auf und wurde anders als die übrigen Häuser in der Stadt. Es wurde zum Olymp, zur Wohnstatt der Gottheiten.

Das Kind faßte den gleichen gebieterischen, lachenden Stolz an dem alten Reeder, der die Wasser der Welt regierte, wie an Jakobs solider, beschützender Güte und Emilies seidenumhüllter Anmut. Die alte Haushälterin, die sich stets über ihr schweres Lebenslos beklagt hatte, verwandelte sich nun in eine allgewaltige, wohlwollende Hüterin menschlichen Gedeihens, in eine Ceres mit Häubchen und Schürze. Und der Kutscher wurde eine monumentale Gestalt, himmelhoch über die Menge aufragend und in seiner Person die Kraft der beiden Braunen vereinend, und trabte auf acht wohlbeschlagenen, klingenden Hufen die Bredgade hinab. Erst nachdem Jens ins Bett gebracht worden war, wenn er, regungslos und stumm, den Kopf im Kissen vergraben, neue Traumgefilde erkundete, nahm das Haus wieder das Aussehen eines vernünftigen, soliden Kopenhagener Patrizierhauses an.

Jens war sich seiner Macht nicht bewußt. Da seine neue Familie ihn weder schalt noch Fehler an ihm fand, fiel es ihm nie auf, daß sie alle auf ihn schauten. Er gab keinem der Hausbewohner den Vorzug; er hatte ihnen allen in seiner Welt ihren Platz zugewiesen und in diesen mußten sie sich nun fügen. Ihre Beziehungen untereinander waren der Gegenstand seiner scharfen, subtilen Beobachtung. Eine Erscheinung seines täglichen Lebens hörte nicht auf, ihn zu unterhalten und zu vergnügen: daß Jakob, so groß, breitschultrig und dick er war, sich gegen seine zarte Frau so zuvorkommend und unterwürfig betrug. In der Welt, in der er bisher gelebt hatte, war Masse von ausschlaggebender Bedeutung. Wenn Emilie später auf diese Zeit zurückblickte, schien es ihr, als habe das Kind oft bewußt eine Situation herbeigeführt, in der diese Tatsache offenbar werden mußte, und habe dann gewissermaßen vor Triumph und Entzücken in die Hände geklatscht, als wäre der glückliche Stand der Dinge durch sein persönliches Geschick zuwege gebracht worden. In anderen Fällen jedoch versagte sein Sinn für Proportionen. Emilie hatte in ihrem Boudoir ein Aquarium mit Goldfischen stehen, vor dem Jens viele Stunden verbrachte, still und stumm wie die Fische, und seinen Bemerkungen über sie entnahm sie, daß sie ihm riesig vorkamen – ein prächtiger Fang, könnte man sie erwischen, und sogar eine Gefahr für das Hündchen, sollte es in das Bassin fallen. Er bat Emilie, bei Nacht die Vorhänge bei diesem Fenster offen zu lassen, damit die Fische, wenn die Menschen schliefen, den Mond betrachten könnten.

In Jakobs Beziehung zu dem Kinde gab es einen Zug von unglücklicher Liebe oder zumindest von Schicksalsironie, und es war auch nicht das erste Mal, daß er die gleiche bittersüße Erfahrung machen mußte. Denn seit er ein kleiner Junge war, hatte ihn stets danach verlangt, jene zu beschützen, die schwächer waren als er, und allen zerbrechlichen und zarten Geschöpfen in seiner Umgebung zu helfen und sie aufzurichten. Ja, Zerbrechlichkeit und Hilflosigkeit erfüllten ihn mit einer Zuneigung und einem Entzücken, die an Abgötterei grenzten. Doch lag in seiner Natur eine Unbeständigkeit, wie sie bei Kindern alter, reicher Familien oft anzutreffen ist, die zu leicht alles bekommen, was sie wünschen, bis sie schließlich nach dem Unmöglichen verlangen. Auch hatte er eine Schwäche für Schneid; Tapferkeit begeisterte ihn, wo immer sie ihm begegnete, und gegen den klammernden und zagenden Menschentyp, und besonders, wenn es sich um Frauen handelte, empfand er einen gelinden Abscheu und einen Widerwillen. Er mochte davon träumen, seine Frau zu beschützen und zu führen, doch zugleich bildete das leichte, kühle, nachsichtige Lächeln, mit dem sie jeden derartigen Versuch von seiner Seite aufnahm, für ihn einen der bezauberndsten Züge ihrer Persönlichkeit. Er befand sich sozusagen in der traurigen und widersinnigen Lage des jungen Liebhabers, der leidenschaftlich die Jungfräulichkeit anbetet. Nun mußte er erfahren, daß es gleichermaßen außer Frage stand, Jens zu beschützen. Das Kind wies seinen Schutz nicht etwa zurück oder belächelte ihn, wie Emilie es tat; es schien sogar dankbar dafür zu sein, aber es faßte ihn als Teil eines Spieles oder eines Spaßes auf. Wenn sie etwa einen Spaziergang machten und Jakob im Glauben, das Kind müsse müde sein, es auf seine Schultern hob, meinte Jens, der große Mann wolle Pferd oder Elefant spielen, so wie er selbst Reiter oder Mahout spielen wollte.

Emilie dachte traurig, daß sie der einzige Mensch im Hause war, der das Kind nicht liebte. Sie fühlte sich in seiner Gegenwart unsicher, selbst wenn sie bedingungslos als die schöne, vollkommene Mutter anerkannt wurde, und wenn sie sich daran erinnerte, wie sie, noch vor kurzem, den Plan gehegt hatte, den Jungen in ihrem Geiste zu erziehen, und sich zu diesem Zwecke sogar Notizen, die Erziehung betreffend, gemacht hatte, kam sie sich lächerlich vor. Um ihren Mangel an Muttergefühlen wettzumachen, nahm sie Jens auf ihre Gänge und Ausfahrten mit, in die Anlagen und in den Zoo, bürstete selbst sein dichtes Haar und ließ ihn schmuck wie eine Puppe kleiden. Sie waren immer zusammen. Sie wurde zuweilen belustigt von seinem seltsamen, anmutigen, gemessenen Entzücken an allem, was sie ihm zeigte, und im nächsten Augenblick erkannte sie, wie in Madame Mahlers Stube, daß er, wie freigebig sie ihm gegenüber auch sein mochte, doch immer der Gebende sein würde. Ihre Schwägerinnen und ihre jungen verheirateten Freundinnen, feine Damen der besten Kopenhagener Gesellschaft mit eigenen Kindern, wunderten sich darüber, wie sehr sie in dem Findelkind aufging – und dann geschah es, wenn sie einen Augenblick nicht auf der Hut waren, daß ihnen selbst ein feiner Pfeil in den Atlasbusen drang und sie untereinander über Emilies hübschen Knaben zu reden begannen, im Tone zärtlicher Neckerei, ähnlich dem, in welchem sie über Cupido gesprochen hätten. Sie baten Emilie, ihn zum Spielen zu ihren eigenen Kindern mitzubringen. Sie lehnte dies ab, es vor sich selbst damit rechtfertigend, daß sie erst seiner Manieren gewiß sein müsse. Zu Neujahr, dachte sie, würde sie selbst eine Kindergesellschaft geben.

Jens war im Oktober zu den Vandamms gekommen, als die Bäume golden und rot in den Anlagen standen. Dann trieb der Anflug von Frost in der Luft die Menschen ins Haus, und sie begannen, an Weihnachten zu denken. Jens schien alles über den Weihnachtsbaum zu wissen, die Gans mit den

Bratäpfeln und den feierlich-freudigen Kirchgang am Weihnachtsmorgen. Aber es kam auch vor, daß er diese Festlichkeiten mit solchen anderer Jahreszeiten verwechselte und beschrieb, wie sie sich nun alle bald maskieren und vermummen müßten, wie Kinder es zur Fasnacht tun. Es war, als stellten sich, vom Mittelpunkt seiner glückseligen Spielwelt aus, deren einzelne Bestandteile weniger deutlich dar, als von außen her gesehen.

Und als die Tage dann kürzer wurden und Schnee in Kopenhagens Straßen fiel, kam eine Verwandlung über das Kind. Es war nicht etwa herabgestimmt, aber merkwürdig gesammelt und still, als verlagere es den Schwerpunkt seines Wesens und ziehe seine Schwingen ein. Jens konnte halbe Tage am Fenster stehen, so in Gedanken versunken, daß er es nicht immer hörte, wenn man ihn rief, erfüllt von einem Wissen, das seine Umgebung nicht teilen konnte.

Denn in diesen ersten Wintermonaten wurde es offenbar, daß er in keiner Weise ein Mensch war, der durch das, was die Welt Glück nennt, auf die Dauer gestillt werden konnte. Das Innerste seines Wesens war Sehnsucht. Die warmen Räume mit den Seidenvorhängen, die Süßigkeiten, seine Spielsachen und neuen Kleider, die Freundlichkeit und Fürsorge seines Papas und seiner Mama, sie waren allesamt von größter Wichtigkeit, denn sie bewiesen die Wirklichkeit seiner Visionen; sie waren unendlich wertvoll als Verkörperungen seiner Träume. Aber in sich selbst waren sie fast bedeutungslos für ihn, und sie hatten keine Macht, ihn zu halten. Er war weder ein Epikureer noch ein Kämpfer. Er war ein Poet.

Emilie versuchte ihn dazu zu bringen, ihr zu sagen, was ihn bewegte, drang aber nicht zu ihm vor. Dann vertraute er sich ihr eines Tages aus eigenen Stücken an.

»Weißt du, Mama«, sagte er, »daß in meinem Haus die Stiegen so finster und voller Löcher waren, daß man sich hinauftasten mußte und es das beste war, auf allen vieren zu krabbeln? Da gab es ein Fenster, das der Wind zerschlagen hatte, und darunter, auf dem Treppenabsatz, lag ein Haufen Schnee so groß wie ich.« »Aber das ist doch nicht mehr dein Haus, Jens«, sagte Emilie. »Dies hier ist dein Haus.« Das Kind sah sich im Zimmer um. »Ja«, sagte es, »dies ist mein schönes Haus. Aber ich habe noch ein anderes Haus, das gruselfinster und schmutzig ist. Du kennst es, du bist schon dort gewesen. Wenn die Wäsche aufgehängt war, mußte man sich auf dem großen Dachboden hindurchschlängeln, oder die riesigen, nassen, kalten Laken erwischten einen, als ob sie lebendig wären.« »Du wirst nie mehr in jenes Haus zurückkehren«, sagte sie. Das Kind warf ihr einen großen, schweren Blick zu und sagte nach einer Weile: »Nein.«

Aber er kehrte zurück. Sie konnte ihn, durch ihren Widerwillen und Abscheu gegen das Haus, davon abhalten, darüber zu sprechen, so wie die Kinder dort durch ihre Gleichgültigkeit ihn hinsichtlich seines Glückshauses zum Schweigen gebracht hatten. Doch wenn sie ihn stumm und nachdenklich am Fenster antraf oder bei seinen Spielsachen, dann wußte sie, daß er in Gedanken dorthin zurückgekehrt war. Und hin und wieder, wenn sie zusammen gespielt hatten, und ihre Vertrautheit wohlbefestigt schien, kam er darauf zu sprechen. »In derselben Straße wie mein Haus«, sagte er eines Abends, als sie zusammen auf dem Sofa vor dem Kamin saßen, »war ein altes Logierhaus, wo die Leute, die viel Geld hatten, in Betten schlafen konnten, und die anderen mußten im Stehen schlafen, mit einem Seil unter den Armen. Eines Nachts ging es in Flammen auf und brannte ganz nieder. Da kamen die, die im Bett lagen, kaum in ihre Hosen, die anderen aber, die im Stehen geschlafen hatten, herrje, waren die gut dran! sie waren im draußen Nu. Es gab einen Mann, der hat ein Lied davon gemacht, weißt du.«

Es gibt junge Bäume, die, wenn man sie verpflanzt, kranke und krumme Wurzeln treiben, aber nie mit dem Erdreich verwachsen. Sie mögen eine Überfülle von Blättern und Blüten austreiben, aber sie müssen bald sterben. So ging es auch mit Jens. Er hatte seine Zweiglein in die Höhe und nach den Seiten ausgesandt, hatte sich's wohl sein lassen bei Chamäleonsspeise in Sonne und Licht, hatte Luft, mit Verheißung getränkt, getrunken und hatte über alledem vergessen, Wurzeln zu schlagen. Nun kam die Zeit, gemäß dem Naturgesetz, da die leuchtende, üppige Blüte welken mußte, verdorren und sterben. Vielleicht, wenn seine Phantasie auf frische Weiden geführt worden wäre, daß er daraus eine Zeitlang neue Nahrung gezogen und sein Ende hinausgezögert hätte. Verschiedentlich hatte Jakob ihm, um ihn zu unterhalten, von China erzählt. Die wunderliche, fremdländische Welt schlug den Knaben in Bann. Er verweilte in größter Erregung bei den Bildern bezopfter Chinesen, Drachen und Fischer mit Pelikanen, und bei den abenteuerlichen Namen Hongkong und Jangtsekiang. Doch die Erwachsenen erkannten die Bedeutung seiner neuen Phantasieexpedition nicht, und so sank, aus Nahrungsmangel, der zarte, frische Schößling bald wieder herab.

Kurze Zeit nach der Kindergesellschaft, früh im neuen Jahr, wurde das Kind blaß und ließ den Kopf hängen. Der alte Doktor kam und gab ihm Arznei, die aber nicht half. Es war ein stiller, unaufhaltsamer Verfall; die Pflanze verwelkte.

Als Jens ins Bett gebracht wurde, und, sozusagen in vollen Ehren, die Welt der Wirklichkeit aus seinem Griff entließ, brach seine Phantasie los und riß ihn mit sich fort wie die Segel eines kleinen Bootes, aus dem der Ballast über Bord geworfen wird. Den ganzen Tag über saßen nun Menschen um ihn herum, die ernsthaft allem zuhörten, was er sagte, ohne ihn zu unterbrechen oder ihm zu widersprechen. Dieser glückliche Zustand entzückte ihn. Des Träumers Krankenbett wurde zum Thron.

Emilie saß Tag und Nacht an seinem Bett, gepeinigt von einem Gefühl der Ohnmacht, das sie in der Nacht zuweilen dazu brachte, die Hände zu ringen. Ihr ganzes Leben lang hatte sie danach getrachtet, Gut und Böse zu scheiden, Recht und Unrecht, Glück und Unglück. Aber hier war sie nun, dachte sie bestürzt, in den Händen eines Wesens, das viel kleiner und schwächer war als sie, für das dies alles eins war, das Licht und Finsternis, Lust und Leid im gleichen Geiste tapferer, ergebener Zustimmung und Kameradschaft willkommen hieß. Diese Tatsache, sagte sie sich, machte alle Notwendigkeit ihres Tröstens und ihres Helfens am Krankenlager ihres Kindes überflüssig; oft schien es ihre eigene Existenz auszulöschen.

Nun war Jens innerhalb der Poetenzunft ein Humorist, ein komischer Fabulierer. In allen Erscheinungen des Lebens war es das schrullige, das burleske Moment, das ihn anzog und inspirierte. Der bleichen, ernsten jungen Frau kamen seine Phantasien in einem Sterbezimmer frevelhaft vor, doch schließlich war es sein Sterbezimmer.

»Oh, wie viele Ratten es da gab, Mama«, sagte er, »so furchtbar viele Ratten. Sie waren überall im Haus. Man wollte sich ein Stückchen Speck vom Wandbrett holen – schwupp! schon sprang dich eine Ratte an. Nachts sind sie mir übers Gesicht gelaufen. Leg mal dein Gesicht an meines, und ich werde dir zeigen, wie sich das anfühlte.« »Hier gibt es keine Ratten, Liebling«, sagte Emilie. »Nein, hier gibt es keine«, sagte er. »Wenn ich nicht mehr krank bin, werde ich zurückgehen und dir eine holen. Die Ratten mögen die Menschen mehr, als die Menschen sie mögen. Denn sie finden, daß wir gut sind und schön schmecken. Da war ein alter Schauspieler, der wohnte in der Dachkammer. Er hat Komödie gespielt, als er jung war, und ist in fremde Länder gereist. Jetzt gab er den kleinen Mädchen Geld, damit sie ihn küßten, aber sie wollten ihn nicht küssen, weil sie sagten, seine Nase gefalle ihnen nicht. Es war auch wirklich eine komische Nase – ganz zusammengeschnurrt. Und wenn sie ihn nicht küssen wollten, weinte er und rang die Hände. Doch dann wurde er krank und starb, und niemand merkte etwas davon. Doch als sie schließlich zu ihm hineingingen, Mama, da hatten die Ratten ihm doch die Nase abgefressen! Sonst nichts, nur die Nase! Die Menschen aber wollen keine Ratten essen, auch wenn sie sehr hungrig sind. Da war ein dicker Junge im Keller, der fing Ratten auf allerlei merkwürdige Arten und kochte sie. Die alte Madame Mahler aber sagte, daß sie ihn verachte darum, und die Kinder riefen ihn Ratz-Matz.«

Dann wieder sprach er von ihrem eigenen Haus. »Mein Großpapa«, sagte er, »hat Hühneraugen, die schlimmsten Hühneraugen in ganz Kopenhagen. Wenn sie ihn besonders plagen, seufzt er und stöhnt. Er sagt: ›Im Chinesischen Meer wird es Stürme geben. Es ist eine verdammte Sache; meine Schiffe gehen zu Grund.‹ Und weißt du, Mama, ich glaube, die Matrosen sagen dann zueinander: ›Da kommt ein starker Sturm daher; es ist eine verdammte Sache; unser Schiff geht zu Grund. Jetzt wird's Zeit, daß der alte Großpapa in der Bredgade geht und sich die Hühneraugen schneiden läßt.‹«

Erst in den letzten Tagen seines Lebens sprach er von Mamsell Ane. Sie war gewissermaßen seine Muse gewesen, der einzige Mensch, der Kenntnis von der einen wie von der anderen seiner Welten gehabt hatte. Beim Gedanken an sie veränderte sich sein Tonfall; er sprach in getragener, feierlicher Weise, wie über eine Urgewalt, die jedermann bekannt sein muß. Wenn Emilie seinen Phantasien Aufmerksamkeit geschenkt hätte, wären ihr wohl viele Dinge klargeworden. Aber sie sagte: »Nein, Jens, ich kenne sie nicht.« »Oh, Mama, sie kennt dich gut!« Er sagte: »Sie hat dein Hochzeitskleid genäht, ganz aus weißem Atlas. Es war eine langwierige Arbeit – die vielen Anproben! Und mein Papa«, fuhr das Kind fort und lachte, »er ist in dein Zimmer hereingekommen, und weißt du noch, was er sagte? Er sagte: ›Meine weiße Rose.‹« Plötzlich fiel ihm die Schere ein, die ihm Mamsell Ane hinterlassen hatte, und er wollte sie bei sich haben, und dies war das einzige Mal, daß Emilie ihn je ungeduldig oder quengelig sah.

Zum ersten Mal in drei Wochen verließ sie das Haus und begab sich zu Madame Mahler, um nach der Schere zu fragen. Unterwegs nahm die mächtige, geheimnisvolle Gestalt der Mamsell Ane das Aussehen einer Parze an, der Atropos, mit der Schere in der Hand, bereit, den Lebensfaden abzuschneiden. Doch Madame Mahler hatte in der Zwischenzeit die Schere einem Schneider in ihrer Bekanntschaft verhökert, und sie leugnete schlichtweg sowohl ihre Existenz als auch die der Mamsell Ane.

Am letzten Morgen, den Jens erlebte, hob Emilie ihr Hündchen, das sein treuer Spielgefährte gewesen war, auf sein Bett. Da schien dessen kleines dunkles Gesicht und runzliger Körper ihn an seine Freundin zu erinnern. »Da ist sie ja!« rief er.

Emilies Schwiegermutter und der alte Reeder waren tägliche Besucher im Krankenzimmer. Die ganze Familie Vandamm umstand weinend das Bett, als am Ende, wie ein Bächlein, das in den Ozean fällt, Jens sich in das grenzenlose, ewige Einssein aller Träume ergab und von ihm aufgenommen wurde.

Er starb gegen Ende März, wenige Tage vor dem Datum, das Emilie für ihre Entscheidung festgesetzt hatte, ob er sich für die Aufnahme in das Haus Vandamm eigne. Ihr Vater bestimmte plötzlich, daß er in der Familiengruft beigesetzt werden sollte – gegen Sitte und Brauch, da er nie rechtmäßig in die Familie aufgenommen worden war. So wurde er hinter einem schweren schmiedeeisernen Gitter zur letzten Ruhe gebettet, in dem vornehmsten Grabe, das je ein Plejelt erhalten hatte.

In den folgenden Tagen schien das Haus in der Bredgade, und seine Bewohner mit ihm, zu schrumpfen und dahinzuschwinden. Den Menschen war ein wenig schwindlig, wie nach einem Fall, und sie waren ergriffen von einem traurigen Gefühl mangelnden Selbstvertrauens. In den ersten Wochen nach Jens' Begräbnis kam ihnen das Leben merkwürdig schal vor, als eine traurige Angelegenheit, allen Sinnes entleert. Die

Vandamms waren es nicht gewohnt, unglücklich zu sein, und waren nicht auf das Gefühl des Verlustes vorbereitet, in dem der Tod des Kindes sie nun zurückließ. Jakob kam es so vor, als hätte er einen Freund zu Grabe getragen, der zuletzt doch noch lachend auf seine Stärke vertraut hätte. Nun hatte niemand mehr Verwendung dafür, und er kam sich wie eine Mißgeburt vor, wie die ausgestopfte Hülle eines Kolosses. Doch bei alledem bemächtigte sich nach einer Weile, wie das stets nach dem Hinscheiden eines Idealisten der Fall zu sein pflegt, der Überlebenden ein gewisses Gefühl der Erleichterung.

Emilie war die einzige im Hause Vandamm, die sich ihr Format und ihren Sinn für das rechte Maß bewahrte. Man könnte sogar sagen, daß sie es war, die das Haus, als es von seinem Platz in den Wolken herabstürzte, auffing und stützte. Es hatte sie affektiert gedünkt, in Trauerkleidern zu gehen um eines Kindes willen, das nicht ihres gewesen war, und während sie die Bälle und Gesellschaften der Kopenhagener Saison absagte, ging sie ihren häuslichen Aufgaben nach, ruhig wie zuvor. Ihr Vater und ihre Schwiegermutter, die sich in ihrem Alltag traurig und verloren fühlten, suchten bei ihr Gleichgewicht und, da sie die jüngste unter ihnen war und ihnen in mancherlei Hinsicht wie das Kind vorkam, das von ihnen gegangen war, übertrugen sie auf sie die Zärtlichkeit und Fürsorge, die früher dem Jungen gegolten hatten und von denen sie jetzt nur wünschten, daß sie ihm noch mehr davon gegeben hätten. Sie war blaß von ihren langen Nachtwachen am Krankenbett; so berieten die Alten untereinander und auch mit ihrem Manne, Mittel und Wege, wie man sie aufheitern und zerstreuen könnte.

Doch nach einiger Zeit machte ihre Stummheit Jakob betroffen und bang. Zunächst schien es, als fände sie es, abgesehen von ihren Anweisungen im Haushalt, überflüssig zu sprechen, und später dann, als ob sie den Gebrauch der Sprache vergessen oder verloren hätte. Seine schüchternen

Versuche, sie aufzumuntern, schienen sie derart zu überraschen und zu verwirren, daß es ihm an Mut mangelte, sie fortzusetzen.

Ein paar Monate nach Jens' Tod unternahm Jakob mit seiner Frau eine Kutschfahrt auf der Straße, die den Sund entlang von Kopenhagen nach Helsingør führt. Es war ein lieblicher, warmer und frischer Maitag. Als sie nach Charlottenland kamen, schlug er ihr vor, einen Spaziergang durch den Wald zu machen und sich dann vom Wagen auf der anderen Seite abholen zu lassen. So stiegen sie am Tor aus, und eine Weile folgten ihre Augen der Kutsche, wie sie auf der Straße davonrollte.

Sie kamen in den Wald, in eine grüne Welt. Die Buchen hatten schon vor drei Wochen ausgeschlagen, die erste, geheimnisvolle Durchleuchtetheit der frühen Maizeit war vorbei. Das Blattwerk war aber noch so jung, daß das Grün der Waldwelt im Schatten um so heller war. Später dann, nach Mittsommer, würde der Wald im Schatten fast schwarz sein, und leuchtend grün in der Sonne. Nun war, wo die Strahlen der Sonne durch die Baumkronen einfielen, der Boden farblos, trüb, wie mit Sonnenstaub bestreut. Doch wo der Wald im Schatten lag, glühte und leuchtete er wie grünes Glas und Geschmeide. Die Anemonen waren verblüht; das junge zarte Gras stand schon hoch. Und im Herzen des Waldes blühte der Waldmeister; der Flor seiner winzigen, weißen Sternenblüten schien die knorrigen Wurzeln der alten grauen Buchen zu umwogen wie die Oberfläche eines milchigen Sees, einen Fuß über dem Grund. In der Nacht hatte es geregnet; auf dem schmalen Waldweg waren die tiefen Radspuren von den Karren der Holzmacher noch naß. Hier und da leuchtete am Wegesrand die graue Nebelkugel eines verblühten Löwenzahns in der Sonne auf; die Blume des Feldes war zu Besuch in den Wald gekommen.

Sie gingen langsam dahin. Als sie ein Stück weit in den Wald hineingekommen waren, hörten sie plötzlich den Kukkuck rufen, ganz in der Nähe. Sie hielten inne und lauschten, dann gingen sie wieder weiter. Emilie ließ den Arm ihres Mannes los, um vom Wege die Schale eines kleinen, blaßblauen Vogeleies aufzuheben, das entzweigebrochen war; sie versuchte, es zusammenzufügen und behielt es auf ihrer offenen Hand. Jakob begann, ihr von einer Reise nach Deutschland zu erzählen, die er mit ihr vorhatte, und von den Orten, die sie sich ansehen wollten. Sie hörte fügsam zu und schwieg.

Sie hatten das Ende des Waldes erreicht. Vom Tor aus hatten sie einen weiten Blick über das offene Land. Nach dem grünen Waldesdüster schien die Welt hier draußen unglaublich hell, wie gebleicht vom mittäglichen Sonnendunst. Nach einer Weile jedoch wurden die Farben der Felder, Wiesen und verstreuten Baumgruppen dem Auge deutlich, eine nach der anderen. Am Himmel stand ein schwaches Blau, und entlang dem Horizont quollen zarte, weiße Haufenwolken herauf. Der junge grüne Roggen setzte eben Ähren an; wo der Finger des Windes ihn berührte, lief er in langen, weichen Wellen über die Erde hin. Die kleinen strohgedeckten Bauernhäuser lagen wie kalkweiße, kantige Inseln im hügeligen Land; um sie herum erhoben die Fliederhecken ihr hellgrünes Blattwerk, und, an ihrer Spitze, Büschel blasser Blüten. Sie hörten fern von der Straße her das Rollen einer Kutsche und über ihren Köpfen das unermüdliche Singen unzähliger Lerchen.

Am Waldrand lag ein sturmgefällter Baum. Emilie sagte: »Laß uns hier ein wenig rasten.«

Sie löste die Bänder ihres Hutes und legte ihn in ihren Schoß. Nach einer Weile sagte sie: »Da ist etwas, das ich dir gerne sagen möchte«, und machte eine lange Pause. Während des ganzen Gespräches im Walde verhielt sie sich auf dieselbe Weise – ein langes Schweigen vor jedem Satz einschiebend, nicht eigentlich so, als ob sie ihre Gedanken sammeln müsse, sondern als ob sie das Sprechen an sich mühevoll oder unzulänglich fände.

Sie sagte: »Der Junge war mein eigenes Kind.« »Wovon redest du?« fragte Jakob sie. »Von Jens«, sagte sie, »er war mein Kind. Erinnerst du dich, daß du mir, nachdem du ihn das erste Mal gesehen hattest, erzähltest, er sei mir ähnlich? Er war mir wirklich ähnlich; er war mein Sohn.« Nun hätte Jakob erschrecken und glauben können, sie habe den Verstand verloren. Doch in jüngster Zeit waren die Dinge oft in unerwarteter Weise an ihn herangetreten; er war auf das Widersinnige vorbereitet. So saß er ruhig auf dem Baumstamm und betrachtete die jungen Buchenschößlinge in der Erde vor ihm. »Liebstes«, sagte er, »Liebstes, du weißt nicht, was du sagst.«

Sie schwieg eine Weile, als sei von seinem Einwand ihr Gedankengang unterbrochen worden. »Es ist für andere schwer zu verstehen, ich weiß«, sagte sie schließlich geduldig. »Wenn Jens noch hier wäre, hätte er es dir vielleicht verständlich machen können, besser als ich. Aber versuche wenigstens«, fuhr sie fort, »mich zu verstehen. Ich habe mir gedacht, du müßtest davon wissen. Und wenn ich nicht mit dir darüber sprechen kann, dann kann ich mit niemandem sprechen.« Sie sagte dies in derart tiefer Besorgnis, als drohe ihr wirklich völlige Sprachlosigkeit. Es fiel ihm ein, wie in den vergangenen Wochen ihr Schweigen schwer auf ihm gelastet und wie er versucht hatte, sie zum Sprechen zu bringen, über irgend etwas. »Nein, mein Liebstes«, sagte er, »sprich nur, ich werde dich nicht unterbrechen.« Sanft, als wäre sie dankbar für sein Versprechen, begann sie:

»Er war mein Kind – und das Charlie Dreyers. Du bist Charlie einmal in Papas Haus begegnet. Doch war es in der Zeit, als du in China warst, daß er mein Geliebter wurde.« Bei diesen Worten fiel Jakob der anonyme Brief ein, den er einst erhalten hatte. Als er sich seines damaligen entrüsteten Zurückweisens der Verleumdung erinnerte und der Sorgfalt, mit der er diese von ihr ferngehalten hatte, kam es ihm merkwürdig vor, daß er sie nun fünf Jahre später aus ihrem eigenen Munde wiederholt hörte.

»Als er mich bat«, sagte Emilie, »befand ich mich für einen Augenblick in großer Gefahr. Denn ich hatte noch nie mit einem Mann über diese Sache gesprochen. Nur mit Tante Malvina und mit meiner alten Gouvernante. Und Frauen sind, aus irgendeinem Grunde, den ich nicht kenne, der Meinung, daß solch ein Verlangen etwas Gemeines und Selbstsüchtiges bei einem Manne und eine Beleidigung für die Frau sei. Warum erlaubt ihr uns eigentlich, daß wir das von euch denken? Du, der du ein Mann bist, mußt doch wissen, daß er mich aus seiner Liebe und aus seinem großen Herzen heraus bat, ja, aus Seelenadel. Er hatte mehr Leben in sich, als er selbst brauchte. Er wollte mir diesen Überfluß schenken. Es war das helle Leben; ja, es war Ewigkeit, was er mir schenken wollte. Und ich, die ich so schlecht aufgekärt worden war, wie leicht hätte ich ihn abweisen können. Noch heute, wenn ich daran denke, fürchte ich mich davor wie vor dem Tod. Doch habe ich gar keinen Grund dazu, denn ich bin ganz gewiß, wenn ich mich wieder in jenem Augenblick befände, dann würde ich mich wieder so verhalten, wie ich es damals tat. Und ich ward errettet aus großer Gefahr. Ich schickte ihn nicht fort. Ich ließ ihn mit mir zurückgehen, durch den Garten – wir standen drunten am Gartentor –, und ließ ihn bei mir bleiben die Nacht, bis er des Morgens in die weite Ferne mußte.«

Wieder machte sie eine lange Pause und fuhr dann fort: »Doch durch die Unsicherheit und die Angst vor den Menschen, die ich im Herzen trug, mußten ich und das Kind viel durchmachen. Wenn ich ein armes Mädchen gewesen wäre, mit hundert Reichstalern nur und sonst nichts auf der Welt, wäre es besser gewesen, denn dann wären wir beieinander geblieben. Ja, wir haben viel durchgemacht.«

»Als ich Jens wiederfand und er heimkam mit mir«, nahm sie nach einem Schweigen ihren Bericht wieder auf, »liebte ich ihn nicht. Ihr alle liebtet ihn, nur ich selbst tat es nicht. Es war Charlie, den ich liebte. Und doch war ich mehr bei Jens als einer von euch. Er hat mir viele Dinge erzählt, die keiner von euch hörte. Ich sah wohl, daß wir keinen zweiten solchen finden konnten wie ihn, daß es keinen gab, der so weise war.« Sie wußte nicht, daß sie die Heilige Schrift zitierte, so wenig, wie das dem alten Reeder bewußt gewesen war, als er anordnete, daß Jens begraben würde in dem Acker seiner Väter und in der Höhle, die darin gemacht war – dies war ein charakteristisches kleines Kunststück, das dem Zauber des toten Kindes zuzuschreiben war. »Ich habe viel von ihm gelernt. Er war immer ehrlich, wie Charlie. Er war so ehrlich, daß ich mich meiner schämen mußte. Manchmal meinte ich, es sei unrecht von mir, daß ich ihn lehrte, dich Papa zu nennen.«

»In der Zeit, als er krank war«, sagte sie, »war das einzige, woran ich dachte, dies: Wenn er stirbt, kann ich endlich um Charlie Trauer tragen.« Sie hielt ihren Hut hoch, sah ihn an und ließ ihn wieder sinken. »Und dann«, sagte sie, »brachte ich es schließlich doch nicht fertig.« Sie machte eine Pause. »Aber wenn ich Jens davon erzählt hätte, es hätte ihm Vergnügen bereitet; es hätte ihn zum Lachen gebracht. Er hätte zu mir gesagt, ich solle imposante schwarze Gewänder und lange Schleier kaufen.«

Es war ein Glück, dachte Jakob, daß er ihr versprochen hatte, sie nicht zu unterbrechen. Denn hätte sie jetzt verlangt, daß er redete, er hätte nicht ein Wort zu sagen gewußt. Als sie nun an diesen Punkt ihrer Geschichte gekommen war, saß sie eine solch lange Zeit schweigend da, daß er einen Augenblick lang glaubte, sie sei am Ende angekommen, und darauf befiel ihn ein würgendes Gefühl, als müßte ihm jedes Wort im Halse steckenbleiben.

»Ich dachte«, begann sie unvermittelt wieder, »daß ich für das alles würde leiden müssen, schrecklich sogar. Aber nein, es war nicht so. Es gibt eine Gnade in der Welt, größer als wir sie uns vorstellen können. Die Welt ist nicht die harte, strenge

Stätte, wie es uns gelehrt wird. Sie ist nicht einmal gerecht. Es wird einem alles vergeben. Die schönen Dinge in der Welt kann man nicht erniedrigen oder beleidigen; sie sind viel zu stark. Du hättest Jens nicht erniedrigen oder beleidigen können; niemand hätte es gekonnt. Und jetzt, nachdem er gestorben ist«, sagte sie, »verstehe ich alles.«

Wieder saß sie regungslos da, in anmutsvoller Ruhe auf dem Baumstamm. Zum ersten Male während ihres Gespräches schaute sie sich um; ihr Blick glitt langsam, beinahe zärtlich, über die Waldlandschaft.

»Es ist schwierig«, sagte sie, »zu erklären, wie einem zumute ist, wenn man die Dinge versteht. Es fiel mir noch nie leicht, Worte zu finden, ich bin nicht wie Jens. Doch seit letztem März, seit der Frühling begann, ist es mir immer so vorgekommen, als wüßte ich gut, warum die Dinge geschehen, warum, zum Beispiel, alles hier so blüht, Und warum die Vögel zurückgekommen sind. Die Freigebigkeit der Welt; und auch Papas und deine Güte! Wie wir heute durch den Wald gingen, war mir, als hätte ich nun mein Augenlicht wiedergefunden und meinen Geruchssinn, wie ich sie als kleines Mädchen hatte. Alle Dinge hier erzählen mir, ganz von allein, was sie bedeuten.« Sie hielt inne, ihren Blick auf ihn richtend. »Sie bedeuten Charlie«, sagte sie. Nach einer langen Pause fügte sie hinzu: »Und ich, ich bin Emilie. Auch das ist unveränderlich.«

Sie machte eine Bewegung, als wolle sie ihre Handschuhe anziehen, die in ihrem Hut lagen, doch dann legte sie diese wieder zurück und saß still wie zuvor.

»Jetzt habe ich dir alles erzählt«, sagte sie. »Jetzt mußt du entscheiden, was wir tun sollen.«

»Papa wird es nie erfahren«, sagte sie sanft und nachdenklich. »Keiner von ihnen wird es je erfahren. Nur du. Ich habe mir gedacht, wenn du mich ließest, könnten du und ich, wenn wir von Jens sprechen –« sie machte eine kleine Pause, und Jakob dachte: »Bis heute hat sie noch kein einziges Mal von ihm gesprochen« – »auch von diesen Dingen sprechen.«

»Nur in einem«, sagte sie langsam, »bin ich klüger als du. Ich weiß, daß es besser wäre, viel besser, und leichter für dich wie für mich, wenn du mir glaubtest.«

Jakob war gewohnt, eine Situation rasch einzuschätzen und dann dementsprechend seine Entscheidungen zu fällen. Er wartete einen Augenblick, nachdem sie zu Ende gesprochen hatte, um auch jetzt so zu verfahren.

»Ja, mein Liebes«, sagte er, »das ist wahr.«

Alkmene

Meines Vaters Gut lag in einer einsamen Gegend Jütlands, und ich war sein einziges Kind. Nach dem Tode meiner Mutter mochte er mich nicht in ein Internat schicken, sondern stellte, als ich sieben Jahre alt war, einen Hauslehrer für mich an.

Der Name meines Lehrers war Jens Jespersen; er war Kandidat der Theologie und, wie ich glaube, der rechtschaffenste Mensch, den ich in meinem Leben gekannt habe. Er war selber der Sohn eines armen Dorfpfarrers; er hatte schwer arbeiten müssen, um auf die Universität von Kopenhagen gehen zu können, und dort hatten die Professoren große Dinge von ihm erwartet. Doch in den Jahren seines Studiums nahm er Schaden an seiner Gesundheit, und aus diesem Grunde hatte er, fünf Jahre zuvor, die Stadt verlassen und war Hauslehrer auf dem Lande geworden.

Unter seiner Leitung fand ich williger Zugang zur Welt der Bücher, als ich je für möglich gehalten hätte, und war sowohl im Unterricht als auch im Umgang mit unseren Waldhütern und Stallknechten guter Dinge. Und so glückte es mir denn, bescheidene Kenntnisse in der Mathematik und in den Klassikern wie auch in Pferdezucht und Waidwerk zu erwerben.

Zwei Jahre später suchte mein Vater einen Kurort auf, nahm mich mit auf die Reise und ließ mich unterwegs in einem Internat in Holstein zurück; doch nach der gleichen Spanne Zeit holte er mich wieder heim. Während meiner

Abwesenheit war unser alter, dem Trunk ergebener Pfarrer gestorben, und mein Vater hatte mit der Pfründe meinen früheren Lehrer bedacht. Dieser hatte sich mittlerweile im Pfarrhaus eingerichtet und hatte das Mädchen geheiratet, mit dem er fünf Jahre lang verlobt gewesen war. Von nun an ritt ich jeden Tag zum Pfarrhaus hinunter und setzte meinen Unterricht bei ihm fort. Manchmal blieb ich dort auch über Nacht.

Das Pfarrhaus war alt und baufällig, und seine Bewohner waren arm, denn die Pfründe gab nicht viel her, und mein alter Lehrer mußte aus seiner Studentenzeit her noch schwere Schulden abtragen. Dennoch war es ein Haus voller Freude, denn der Pfarrer war glücklich verheiratet. Seine Frau hieß Gertrud. Sie war zwölf Jahre jünger als ihr Mann und zwölf Jahre älter als ich, so daß sie zuweilen die Altersgenossin des Geistlichen und zuweilen die des Schuljungen zu sein schien. Sie war eine große junge Frau, die von der Gemeinde nicht für hübsch gehalten wurde, denn sie hatte ein breites Gesicht und war im Sommer mit Sommersproßen gesprenkelt wie ein Truthahnei. Aber sie hatte schöne, klare Augen – so daß ich, wenn ich im Homer von dem freudigblickenden Mägdlein Chryseïs las, an sie denken mußte – und reiches rötliches Haar. Ich erinnere mich noch daran, wie mir zum ersten Mal bewußt wurde, wie gern ich sie hatte. An einem Sommerabend waren Kinder und junge Leute aus der Nachbarschaft im Pfarrhaus zusammengekommen und spielten im ganzen Haus Verstekken. Ich hatte mich auf dem Dachboden in einer kleinen Rumpelkammer versteckt. Plötzlich kam die Pfarrersfrau hereingestürmt und drückte sich, ohne mich zu bemerken, hinter die Tür gegen die Wand. Sie stand da, ganz außer Atem von ihrem Lauf die Treppe herauf, und legte den Finger auf die Lippen. Gleich darauf muß ihr ein besseres Versteck eingefallen sein; sie huschte aus der Kammer und war fort. Ich fand das sehr hübsch an ihr, daß sie sich so anmutig und vergnügt verhielt, als sie glaubte, ganz allein zu sein.

Eines Sommers bekam unser Pfarrhaus vornehmen Besuch von einem Freund des Pfarrers aus seiner Studienzeit, obschon älter als dieser, der jetzt Professor an der Königlichen Oper oder beim Ballett in Kopenhagen war; ich erinnere mich nicht mehr, wo. Er stattete auch dem Herrenhaus einen Besuch ab, spielte auf unserem alten Klavier und nahm meinen Vater ganz von sich ein, wie ihm das bei allen Menschen gelang. Einmal waren er und ich allein in einem Zimmer des Pfarrhauses; er stand in der offenen Tür zum Garten und betrachtete die Frau des Pfarrers, die unter den Bäumen Äpfel auflas. »Es ist wahrhaftig ein köstlicher Scherz«, sagte er, mehr zu sich selbst als zu mir, »daß die guten Leute der Pfarrei Hover meinen, dieser jungen Frau fehle es an Schönheit. Es ist wahr, daß ihr Kopf nicht durchmodelliert ist. Aber lebte sie in der großen Welt, wo die Damen freizügiger damit sind, ihre Reize zu zeigen, dann würde sie vom einen Geschlecht angebetet und vom anderen beneidet. Denn eine solche leibhaftige, lebende Venus ist mir in meinem ganzen Leben noch nicht zu Gesicht gekommen. Weiß Gott, sie überstrahlt sogar Henriette Hendels-Schultz in ihren ›Morgenszenen‹! Ob sie dann«, fuhr er fort, »unserem frommen Pastor auch noch solch ein Muster von einem Eheweib sein würde? Frauen mit einem unscheinbaren Gesicht und einem göttlichen Körper muß Tugend zuweilen seltsam paradox vorkommen.« Das mag vor den Ohren eines jungen Knaben vielleicht eine frivole Rede gewesen sein; ich erinnere mich indes nicht, daß seine Worte irgendeinen solchen Eindruck auf mich gemacht hätten. Sie schienen mir nur zu erklären, weshalb ich mich in Gertruds Gesellschaft so wohl fühlte.

Doch im Laufe des nächsten Jahres wurde des Pfarrers glückliches Heim von einer schwarzen und schrecklichen Wolke überschattet. Die sanfte junge Hausfrau erschien nämlich von Zeit zu Zeit totenblaß und mit rotgeweinten Augen, versteinert geradezu, und schrak vor ihrem Manne zurück, als fürchte oder hasse sie ihn. Der Anblick erschreckte und bekümmerte mich. Ich fand, daß der Pfarrer ihr in ihrer Not nur ungenügendes Mitgefühl erweise, und die Situation kam mir rätselhaft und leidvoll zugleich vor.

Eines Tages nahm der Pfarrer in seiner Studierstube ein Kapitel der Genesis mit mir durch. Als er an den Vers kam, in dem Rachel zu Jakob sagt: »Schaffe mir Kinder, wo nicht, so sterbe ich«, legte er das Buch hin und sagte: »Rachel war ein gutes Weib, aber sie hatte mit ihrem Manne oder mit dem Herrn nur geringe Geduld. Du wirst in diesem Hause gesehen haben, Vilhelm, wie hart das Los der Kinderlosigkeit eine Frau ankommt. Mein Herz blutet um meines Weibes willen, und doch fürchte ich, daß es mir sowohl an christlichem Mitleiden mangelt wie auch an Kenntnis der Natur des Weibes. Denn sie ist ein besserer Christ, als ich es bin, und dennoch stürmt und wütet sie gegen den Herrn an und weigert sich, ihr Herz Seinem Willen zu beugen. Ich glaube nicht, daß ich jemals fähig wäre, mich so heftig und hartnäckig über ein Unglück zu grämen, an dem ich gänzlich ohne Schuld bin. Obwohl«, fügte er nach einem Augenblick ernst, mit gefalteten Händen, hinzu, »Gott allein das weiß. Der Mann muß weise sein, der von sich sagen kann: Dieser Tat könnte ich nunmehr fähig sein.« Diese Worte prägten sich mir ein, und ihr Sinn ging mir später, in einer traurigen und blutigen Stunde, auf.

Wieder nach einer Weile sagte er, mit einem leisen Lächeln: »Der gute Mann Jakob war im Lande Israel allerdings in der Lage, seinem Weibe beweisen zu können, daß die Schuld nicht bei ihm lag.«

Solchermaßen erhielt ich Aufschluß über Gertruds Leiden. Dennoch blieb mir der Stand der Dinge einigermaßen rätselhaft, da ich nicht zu begreifen vermochte, wie irgend jemand sich so glühend Kinder wünschen konnte, daß ihr Ausbleiben ihn auf den Tod grämte.

In jenen Tagen kam die Post nur zweimal im Monat, und ein Brief war ein seltenes Ereignis. Eines Tages im Oktober erhielt der Pfarrer einen Brief aus Kopenhagen. Er drehte und wendete ihn, unterrichtete mich, daß er von seinem Freund dem Professor komme, und staunte, was dieser wohl zu schreiben habe. Nachdem er den Brief aber zweimal durchgelesen hatte, sagte er: »Ich will dir den Nachmittag freigeben, denn dies hier gibt mir soviel zu bedenken, daß ich einen schlechten Lehrer abgäbe.« Ein paar Tage darauf begab es sich, daß wir zusammen im Stall draußen waren, um nach einer kranken Kuh zu sehen, denn der Pfarrer sagte immer, daß ich mit Tieren eine gute Hand hätte, wogegen er nur wenig von ihnen verstand. Als wir die Kuh verarztet hatten, blieb er nachdenklich stehen, und in dem dämmerigen Stall sagte er mir dann, was ihn beschäftigte. »Ich denke, Vilhelm«, sagte er, »deine Mutter muß eine verständige Frau gewesen sein, denn du besitzest einen hellen Kopf, und den hast du nicht vom Gutsherrn geerbt. Ich werde dir jetzt erzählen, wovon ich noch mit keiner Menschenseele gesprochen habe. In der Schrift heißt es, daß Weisheit zuweilen durch den Mund der Kinder spreche.«

Der Professor, sagte er, schrieb ihm, daß ihm durch ein seltsames Abenteuer ein kleines Mädchen von sechs Jahren überantwortet worden sei, so völlig allein und tragisch ins Leben gestellt, daß sie fürwahr nach der Heldin in Shakespeares Tragödie Perdita heißen könnte. Die Herkunft dieses Kindes dürfe er niemals enthüllen. Es sei, schrieb er, kein Wunder, daß der Anblick eines heimatlosen und verlassenen Kindes in ihm das Bild des glücklichen Heimes seines Freundes wachrufe, in dem nichts fehle als ein Kind. Doch wolle er jetzt in keiner Weise den Pfarrer dazu überreden, das Mädchen anzunehmen; unter den besonderen Umständen wäre dies sogar unziemlich. Er stelle nur fest, daß, sollte irgendein

Christenmensch sich ihrer erbarmen und sie an Kindesstatt annehmen, so würde aus der Verwandtschaft oder Bekanntschaft des Kindes sich niemals jemand einmischen. »Und noch etwas muß ich, meinem Pflichtgefühle folgend, hinzusetzen«, schloß er seinen Brief, »wenn niemand gefunden werden kann, der sich dieses Kindes annimmt, so wird sein Schicksal, der Natur der Sache gemäß, höchst ungewiß und gefährdet sein, und ich kenne wahrlich keine Menschenseele, auf die vollkommener und ergreifender das Wort zuträfe vom Brand, der aus dem Feuer gerissen werden muß.« Er nannte den Namen des Kindes; er lautete Alkmene.

Ich hörte mir das alles an und sagte dann, daß es wie eine Geschichte aus einem Buch klinge. »Ja«, sagte der Pfarrer. »Und sehr wahrscheinlich ist es das auch. Denn mein alter Freund ist ein Mann mit wenig Skrupeln. Eine dieser tanzenden und singenden Mamsellen von Kopenhagen mag ihn um Hilfe gebeten haben, sich ein ungelegenes Kind vom Halse zu schaffen – und flugs erfindet, fabuliert, ja vergießt er Tränen, um seinem einfältigen Freunde, dem Dorfpfarrer, einen Streich zu spielen. Alkmene«, fuhr er fort, »ob das wohl wirklich der Name des Kindes ist? Als ich ein grüner Student war und davon träumte, ein Dichter zu werden, schrieb ich ein Epos, das ›Alkmene‹ hieß, und er weiß davon, denn ich las es ihm vor.« Ich zitierte die *Ilias* und sagte: »Auch nicht Alkmene aus Theben –« »– die zur Welt mir brachte einen Sohn, den starken Herakles«, vollendete der Pfarrer den Vers für mich. »Ja. Er will mich zurück zum Olymp rufen.«

»Vilhelm«, sagte er nach einer Weile, »ich werde dir jetzt etwas erzählen, das ich, glaube ich, keinem Erwachsenen anvertrauen könnte. Es ist absurd und wird dich lachen machen, doch für mich ist es einst todernst gewesen. Ich habe den Leuten gesagt, daß ich Kopenhagen meiner Gesundheit wegen verlassen hätte. Aber es war nicht nur deswegen. Ich ging, weil ich dort in Versuchung gefallen war, ja, in Sünde. Es war kein Laster oder eine menschliche Schwäche, sondern jener ernstere Hochmut, durch den die Engel stürzten. Ich arbeitete zu viel in Kopenhagen und hatte wenig zu essen und keine natürlichen Zerstreuungen. Ich saß über meinen Büchern und sprach monatelang mit keiner Menschenseele. Und darob kam es soweit mit mir, daß ich felsenfest glaubte, vom Herrn für große Dinge auserwählt worden zu sein; ja, ich glaubte, daß alles auf Erden vom Herrn im Hinblick auf meine Seele und mein Schicksal gelenkt werde. Als der alte wahnsinnige König starb, dachte ich: ›Was will mir der Herr damit bedeuten?‹ Und als später der Kaiser Napoleon vor Moskau von den Russen geschlagen wurde, da sagte ich zu mir: ›Nun ist dieser Mann abgetan, der die Augen der Welt von jenen großen Dingen abgelenkt hätte, die der Herr durch mich vollbringen will.‹ Es war nur gut, daß mir mein Zustand klar wurde, bevor es zu spät war. Ich sah, mit Grauen, daß ich am Abgrund des Wahnsinns stand und daß ich mich um jeden Preis retten mußte, selbst um den Preis meiner Studien. Als ich dann wieder hier auf dem Lande unter guten, einfachen Menschen zu leben kam, gewann mein Gemüt sein Gleichgewicht zurück. Und später rückte mich dann mein Weib zurecht. Doch selbst hier, Vilhelm, selbst hier, ist die alte Versuchung wieder an mich herangetreten. Wenn ich am Sterbebett eines meiner Pfarrkinder gesessen und mir seine Beichte angehört habe – und manchmal bekommt man entsetzliche Dinge von diesen Bauern zu hören –, und wenn ich mich eigentlich ausschließlich mit der Seele des armen Sünders hätte beschäftigen sollen, da habe ich dagesessen und gegrübelt: Weshalb legt mir der Herr diese Dinge in den Weg? Will er meinen Glauben versuchen, indem er ihm die Mächte der Finsternis gegenüberstellt?

Mein alter Freund hat nun das meiste davon vor langer Zeit erraten. Einst faßte er ein Interesse an mir und glaubte an meine Gaben; er war enttäuscht, als ich aus Kopenhagen flüchtete. Ist sein Brief jetzt nicht eine kleine Rache an mir, ein Scherz auf meine Kosten? Er bringt mir die große Stadt zurück und die ganze Atmosphäre des Theaters, die mir einst viel bedeutete. In dem Namen Alkmene klingt ein Echo der Welt der Griechen an, mit ihren Göttern und Nymphen, und meines alten Ehrgeizes, ein Dichter zu sein. In diesen letzten Tagen habe ich gegrübelt, wie einst in meiner Dachkammer droben: Was tut der Herr mir an? Meint er, mein Leben sei zu leicht gewesen und ich bedürfe der Versuchung? Ja, ich bin jenem jungen, wilden, zerrissenen Studenten wieder begegnet, der vor zehn Jahren in den Straßen von Kopenhagen umherirrte. Und die ganze Zeit über weiß ich wohl, daß ich mich mit anderen Dingen befassen sollte als mit dem Gedanken an meines Weibes Glück. Und vielleicht zuvörderst und zumeist mit dem Schicksal dieses armen Kindes Alkmene.«

Ich erinnere mich nicht, auf die Rede des Pfarrers etwas erwidert zu haben. Während er sprach, dachte ich, daß ich selbst oft in der von ihm beschriebenen Weise räsonnierte. Aber während es bei ihm unvernünftig war, war es bei mir legitim, da ich der Sohn des Gutsherren war, und zumindest hier auf Nørholm wurden die Dinge für mich und zu meinem Wohle getan. In jener Nacht träumte ich von dem Kind Alkmene. Sie kam mir in einem Kornfeld entgegen, und das große A in ihrem Namen leuchtete wie Silber.

Vierzehn Tage darauf fiel mir die Frau des Pfarrers um den Hals und sagte mir, daß sie und ihr Mann beschlossen hätten, ein kleines Mädchen aus Kopenhagen als eigenes Kind anzunehmen – so überglücklich, als habe sie mir anvertraut, sie trüge ein Kind unterm Herzen. Von dem Geheimnis um die Herkunft des Kindes erwähnte sie nichts. Später ließ sie einige Freunde und Bekannte wissen, das Kind sei von ihrer Base, der Witwe eines Offiziers, und ich glaube, daß es eine solche Person auch wirklich gab.

Es dauerte einige Zeit, bis eine Reisegelegenheit für das Kind gefunden werden konnte. Der Pfarrer sprach von diesen Monaten scherzend als von seines Weibes Schwangerschaft. Sie war sehr glücklich und liebreich mit uns allen, jedoch des öfteren seltsam bewegt. Wann immer sie und ich allein waren, sprach sie von dem Kinde und malte aus, wie dieses wie ein Schwesterchen für mich sein werde. »Und wie, Vilhelm«, flüsterte sie, »würde es dir wohl gefallen, dir eines Tages ein kleines Frauchen aus dem Pfarrhaus von Hover zu holen?« Die Vorstellung war mir lächerlich, und hätte es sich um ihr eigenes Kind gehandelt, wäre Gertrud niemals auf einen solchen Gedanken gekommen. Nachdem Alkmene dann im Hause war, erwähnte sie es jedoch nie wieder, denn von da an, glaube ich, konnte sie den Gedanken nicht mehr ertragen, daß das Kind sie jemals verlasse, und sei es, um des Königs Sohn zu heiraten.

Schließlich sollte, spät im Dezember, das Kind aus Kopenhagen in Vejle eintreffen, und der Pfarrer fuhr hin, um es abzuholen. Ich war an diesem Tag ins Pfarrhaus gekommen, um ein paar Bücher zu holen. Während ich dort war, kam Wind auf, und ein solch wilder Schneesturm brach los, daß ich nicht heimritt, sondern über Nacht blieb, wo ich war. Von Zeit zu Zeit gingen die Pfarrersfrau und ich hinaus, um nach dem Wetter zu sehen. Die Luft war dick von Schnee; er lief über die Erde hin wie Rauch und lag so hoch auf den steinernen Treppenstufen, daß man die Tür kaum öffnen konnte. Es war das erste Mal, daß Gertrud und ich je allein im Hause waren. Sie fing an, mir von ihrer Kindheit zu erzählen. Ihr Vater, sagte sie, sei ein großer Viehhändler im Westen drüben gewesen, der schwer gearbeitet habe und erfolgreich gewesen sei, bis er, im Staatsbankrott von 1813, sein Geld verloren habe. Als man ihm sagte, daß seine gesamten Ersparnisse nur noch fünfzig Reichstaler wert waren, brach des Viehhändlers Herz; von da an war er in Schwermut versunken. Seine Frau verlegte sich dann, um die Familie zu retten, auf die Schafzucht, und Gertrud, das älteste von neun Kindern und damals elf Jahre alt, wurde ihre rechte Hand dabei. Es war ein schweres Leben. »Aber was kann es«, sagte Gertrud, »auf unserer Erde besseres geben als die schwere, ehrliche Arbeit, die Gott uns hienieden aufgetragen hat? Wir dürfen am Willen des Herrn nicht zweifeln.« Gertruds Herz war immer noch bei den Schafen. Sie geriet in Eifer und bemühte sich, mir ihr Wissen mitzuteilen, und so erfuhr ich manches über das Lammen und Scheren der Schafe, während wir an diesem Abend des Schneesturms warteten.

Kurz nach Mitternacht hörten wir Schlittenglocken und liefen, um unseren Reisenden die Tür zu öffnen, die tief verschneit aus dem Schlitten taumelten. Sie waren seit ihrer Abfahrt von Vejle sieben Mal in Schneewehen steckengeblieben. Der Pfarrer trug das Kind herein und stellte es beim Ofen auf den Boden. Es war in einen großen Mantel eingehüllt. Als er dem Mädchen die Kappe abnahm, stieg ihr helles, kurzes Haar wie eine Flamme über ihrem Kopf empor, und die Worte des Professors fielen mir ein vom Brand, der aus dem Feuer gerissen werden muß. Ich mußte auch denken, daß mein guter Pfarrersmann und seine Frau niemals miteinander ein Kind von solch seltener, edler, überwältigender Schönheit hätten erschaffen können. Das kleine Gesicht mit den grandios geschwungenen Augenbrauen war weiß wie Marmor vor Kälte und Erschöpfung. Gertrud kniete vor sie hin, nahm die Hände des Mädchens in ihre eigenen, um sie zu wärmen, und tätschelte ihre Wangen. Sie errötete wie eine Rose, erschauerte und lächelte. »Hast du's im Schlitten kalt gehabt, mein armes Lämmlein?« fragte sie. Das bleiche Kind kam weder näher noch wich es zurück; es stand kerzengerade da und nahm das Zimmer in sich auf und die Menschen darin, mit weit offenen, ernsten, hellen Augen. »Und wie heißest du denn, mein herziges Hühnchen?« fuhr Gertrud fort. »Alkmene«, sagte das Kind.

Nachdem Gertrud ihr eine Tasse heiße Milch zu trinken gegeben hatte, trug sie Alkmene in ihren Armen ins Schlafzimmer. Durch die Tür hindurch hörten wir sie mit dem Kinde girren und gurren und ein- oder zweimal des kleinen Mädchens leise, klare Stimme. Nach einer Weile kam Gertrud und blieb unter der Tür stehen, sie konnte nicht sprechen, denn sie weinte. »Ach Jens«, sagte sie schließlich zu ihrem Manne, »sie hat nicht einmal ein Hemd an.« Dann schloß sie die Tür wieder. Der Pfarrer wärmte auf dem Ofen eine Kanne Kaffee mit Rum. »Der alte Fuchs«, sagte er zu mir und lachte. »Er liest in den Herzen der Frauen wie in einem Buch. Es ist nur zu gut möglich, daß er dem Kind eigenhändig das Hemd ausgezogen hat, um das Herz meines armen Weibes zu rühren.«

An diesem Weihnachten schenkte mir mein Vater, da ich jetzt vierzehn war, ein Gewehr. Ich war nun jeden Tag draußen auf der Jagd, den Spuren des Wildes im Schnee folgend, und außer während meiner Lektionen sah ich nicht viel von den Menschen im Pfarrhaus. Doch wann immer Gertrud meiner habhaft werden konnte, erzählte sie mir von Alkmene. Sie nannten das Kind zuerst Alkmene, doch für Gertrud hatte dieser Name einen ausländischen Klang, weshalb sie ihn zu Mene verkürzten, und unter diesem Namen wurde das Kind aus dem Pfarrhaus in der Nachbarschaft bekannt. Ich entsinne mich noch, daß in jenem Sommer im Pfarrhaus ein Pfarrerkollegium stattfand, bei dem einem alten Pastor aus Randers dieser Name zu Ohren kam, worauf er ausrief: »Mene, mene, tekel, üpharsin!« Aber weder dem Pfarrer noch seiner Frau gefiel dieser Scherz.

Für Gertrud war das Kind ein Wunder von Anfang an; es schlug sie in Bann mit allem, was es tat. Das erste, was sie mir über Alkmene erzählte, war, daß sie gänzlich ohne Furcht zu sein schien. Weder der Bulle noch der Ganter schreckten sie; von allen Tieren auf dem Hofe liebte sie gerade diese beiden am meisten. Sie kletterte die Leiter bis zum First der Scheune hinauf, als man deren Dach nach dem Schneesturm neu deckte. Gertrud war beunruhigt über diesen Charakterzug des Kindes. Zusammen mit dem fehlenden Unterrock setzte es ihre Phantasie in Bewegung; sie stellte sich vor, das kleine Mädchen sei früher derart verloren gewesen, daß es nichts in der Welt mehr zu verlieren gehabt hätte. Vielleicht stieß sie damit sogar auf die Wahrheit. Also machte sie es zu ihrer ersten Mutterpflicht, ihr Kind, wie im Märchen, das Fürchten zu lehren. Als nächstes vertraute sie mir an, daß Mene den Unterschied zwischen Wahrheit und Unwahrheit nicht zu kennen scheine. Sie erfand nicht etwa Geschichten um ihres eigenen Vorteiles willen, sondern für sie sahen die Dinge anders aus, als sie es für andere Leute taten, oft in höchst überraschender Weise. Wenn Gertrud mit dem Kinde allein gewesen wäre, würde ihr das wohl wenig ausgemacht haben, denn sie besaß die Liebe des Bauern für Fabeln und Mären, aber sie wußte, daß ihr Mann diese Dinge anders beurteilte und mit Geduld und Beharrlichkeit danach trachtete, des Kindes Fehler zu korrigieren. Alkmene war auch höchst extravagant; sie gab kaum acht auf ihre Sachen und verlor oft oder verschenkte gar, was Gertrud mit großer Mühe für sie erworben hatte. Dies schreckte und schmerzte Gertrud; sie nahm es sich sehr zu Herzen, und zu Zeiten wußte sie sich nicht anders zu helfen, als das Kind für verrückt zu halten. Doch beeindruckte sie an diesem Benehmen auch wieder etwas; sie hatte gesehen, oder davon gehört, daß sich Leute von Welt auf solche Weise verhielten.

Als ich im Frühjahr wieder häufiger ins Pfarrhaus kam, fand ich ein Idyll vor, wie man es in Büchern beschrieben findet. Ich glaube, daß dieses Jahr und das folgende für meine Freundin Gertrud die glücklichsten ihres Lebens waren. Das Kind nannte den Pfarrer und seine Frau Vater und Mutter, und nach einer Weile schien die Zeit vor seiner Ankunft bei ihnen vergessen zu haben und zu glauben, es gehöre ins Pfarrhaus. Gertrud ließ das Kind nicht aus den Augen, und auch Mene, obwohl sie stets eine Abneigung dagegen hatte, gestreichelt oder gekost zu werden, umspielte ihre Mutter so anmutig wie ein Rehkitz die Ricke. Als wäre sie vom Professor persönlich geschult worden, legte sie eine von Herzen kommende Bewunderung für Gertruds Schönheit an den

Tag. Sie sprach oft darüber, und sie reihte Glasperlen zu Halsketten für sie auf und wand im Sommer hundert Blumenkränze in ihr schönes Haar. Gertrud war noch nie um ihres Aussehens willen bewundert worden; auch wird der gute Pastor wohl kaum je einen einfallsreichen Liebhaber abgegeben haben. Diese gewissenhafte und graziöse Huldigung war etwas ganz Neues für sie, und obgleich sie vor uns darüber lachte, sah ich, daß es sie entzückte und bezauberte. Der Pfarrer brachte Mene Lesen und Schreiben bei, denn sie beherrschte keine dieser Errungenschaften. Er fand, daß sie über eine rasche Auffassungsgabe verfügte, und so bildeten die drei in jeder Weise eine glückliche Familie.

Obwohl ich zu Anfang über all das Aufhebens lachte, das um ein kleines Mädchen aus Kopenhagen gemacht wurde, begab es sich nach und nach, daß Alkmene und ich ein Gutteil unserer Zeit zusammen verbrachten. Es begann damit, daß sie die Erlaubnis erbat, mich begleiten zu dürfen, wenn ich zum Jagen oder Fischen ging. Sie besaß solch flinke Augen und Bewegungen, daß es war, als habe man einen klugen kleinen Hund bei sich. Hierbei entdeckte ich, daß sich das furchtlose Mädchen angesichts des Todes ängstigte. Als ich das erste Mal einen toten Vogel aufhob, noch warm in meinen Händen, wurde ihr schlecht vor Entsetzen und Ekel. Aber sie fing Schlangen mit der bloßen Hand und trug sie umher. Und sie hatte eine große Liebe für alle wilden Vögel und lernte alles, was es über ihre Nester und Eier zu wissen gibt. Dann war es lustig, sie im Sommer die Ringeltaube und den Kuckuck im Walde nachahmen und ihnen antworten zu hören.

So wurden wir auf eine Art und Weise Freunde, wie es, glaube ich, zwischen einem großen Jungen und einem kleinen Mädchen ungewöhnlich ist. Wir waren in der Tat wie Bruder und Schwester, so wie sich die Pfarrersfrau das für uns gewünscht hatte, und doch nicht ganz so, denke ich, wie sie es gewollt hatte. Als Gertrud von dem Kinde als meiner zukünftigen Frau sprach, hatte ich den Gedanken für lachhaft gehalten. Selbst mit vierzehn wußte ich genügend von der Welt, um zu erkennen, daß eine Pfarrerstochter keine Partie für mich war. Später dann, als sie so hübsch wurde, hätte man annehmen können, daß ich davon träumte, das schöne Mädchen aus dem Pfarrhaus zu verführen. Aber das lag mir ebenso fern wie der Gedanke an eine Heirat. Unsere Freundschaft war stets keusch, und ich kann mich nicht besinnen, daß ich je auch nur ihre Hand gehalten hätte. Zuweilen stritten wir arg, wie das Freunde oder Brüder und Schwestern tun, obwohl keines von uns mit seinen Leuten zu Hause stritt, und einmal warf sie sogar im Zorn einen Stein nach mir. Das Hauptmerkmal unserer Beziehung jedoch war ein tiefes, stummes Einvernehmen, von dem die anderen nichts ahnten. Es schien uns beiden bewußt zu sein, daß wir, in einer Welt, die anders war als wir, einander ähnlich waren. Später habe ich mir das dadurch zu erklären versucht, daß wir, unter den Menschen unserer Umgebung, die beiden einzigen Menschen aus edlem Blute waren, und daß ihres vielleicht, und sogar bei weitem, das edlere war. Daher gehörte unsere Kameradschaft auch vor allem den Wäldern und Feldern zu; sie setzte aus oder verbarg sich, wenn wir wieder im Hause waren.

Es war ein merkwürdiger Zug in unserer Freundschaft, daß ich so oft von Alkmene träumte, selbst wenn ich am Tage nicht ein einziges Mal an sie gedacht hatte. In meinen Träumen verschwand sie häufig, und ich konnte sie nicht wiederfinden. Man könnte vermuten, daß mir diese Träume schließlich die Angst eingeflößt hätten, sie in der Wirklichkeit zu verlieren. Aber dem war nicht so; im Gegenteil und zu meinem eigenen Unglück: Sie überzeugten mich, daß sie, selbst wenn sie für immer verloren zu sein schien, doch gewißlich zurückkommen würde, sobald der Tag anbrach.

Sowohl als Kind wie als Mädchen war Mene wunderbar leicht in allen Bewegungen. Wenn sie nur den Arm hob, um ihr Haar zu glätten, so mußte man starren und staunen, so gefällig und makellos sah es aus. Und wenn sie im Walde hüpfte, mußte ich an ein Reh denken oder an einen Fisch, der im Bache springt. Später habe ich in den großen Theatern manche berühmte Tänzerin gesehen, doch was Schönheit und Einklang der Bewegung angeht, so reichte für mein Empfinden keine von ihnen an das Mädchen im Pfarrhaus heran. Ich sah dies von Anfang an, aber ich glaube nicht, daß die anderen es je bemerkten; für Gertrud war es lediglich Teil der allgemeinen Herrlichkeit des Kindes. Nur mein Vater äußerte sich dazu. Nun war im Pfarrhaus das Tanzen streng verboten. Überdies hing für Gertrud die Kunst des Tanzens mit dem Theater zusammen und mit den frühen Jahren des Kindes, auf die sie sehr eifersüchtig war, so daß sie nicht daran denken und nichts davon hören wollte. Alkmene durfte also niemals tanzen. Doch lehrte der Pfarrer sie viele andere Dinge. Eine Zeitlang ließ er sich es sogar angelegen sein, sie in Griechisch zu unterrichten, das sie sich, wie er mir sagte, ganz außergewöhnlich schnell aneignete. Sie konnte ganze Abschnitte aus den griechischen Komödien und Tragödien auswendig hersagen.

In den nächsten Jahren versuchte Alkmene zwei Mal, aus dem Pfarrhaus fortzulaufen. Das erste Mal, an einem Tag im März, als der Schnee gerade von der Erde verschwunden war, ging sie geradenwegs über die Felder gen Süden und war über zwölf Meilen weit gekommen, ehe des Pfarrers Kuhhirt, der in diese Richtung auf die Suche geschickt worden war, sie einholte und nach Hause brachte. Gertrud hatte geglaubt, das Kind sei ertrunken; ihr Jammer war erbärmlich gewesen. Sie drückte das Kind an ihr Herz, starrte es an und fragte es eins ums andere Mal, warum es ihnen dies Herzeleid angetan habe. Am nächsten Tag, als sie sich mit dem Kind allein glaubte, hörte ich sie Mene wieder befragen: »Weshalb bist du fortgelaufen? Weshalb hast du uns verlassen wollen?« Und immer noch bekam sie keine Antwort.

Zwei Jahre später, als sie elf war, lief das Mädchen wieder

fort, und dieses Mal jagte sie ihren Eltern einen noch größeren Schrecken ein. Denn eine Zigeunerbande war im Dorf gewesen; ihre Karawane war die Nacht zuvor aufgebrochen und hatte den Weg über das Ried westlich von meines Vaters Land eingeschlagen, und es war klar, daß Mene ihnen nachgelaufen war. Diese Leute hatten einen schlechten Ruf im ganzen Land; man glaubte, daß sie im Jahr zuvor einen Hausierer getötet hatten. Dieses Mal war ich es, der ausritt und das Mädchen heimbrachte. Ich hatte zu jener Zeit meine Studien beim Pfarrer beendet. Ich war auch auf Reisen gewesen, kam aber immer noch häufig ins Pfarrhaus herunter.

Es war ein heißer Tag im Hochsommer; die Luft zitterte und über dem Ried standen große Spiegelungen. Zweimal glaubte ich, das Mädchen in der weiten Landschaft vor mir zu sehen, aber dann war es nur ein Torfstapel. Endlich erblickte ich in der Ferne ihre kleine Gestalt. Sie ging geschwind dahin; nach einer Weile begann sie zu rennen. Ich auf meinem Pferde mußte darüber lachen, da ich mir gewiß war, daß sie mir nicht entkommen konnte. Doch hatte der Anblick auch etwas Trauriges an sich. Als ich sie eingeholt hatte, hielt ich sie nicht an, sondern ritt eine Weile neben ihr her. Sie hetzte und hastete weiter. Sie war barhäuptig, kreideweiß im Gesicht und schweißüberströmt. Sie konnte mit dem Pferd nicht Schritt halten. Als ein Birkhahn vor ihr aus dem Heidekraut hochscheuchte und mit Gepolter aufflog, strauchelte sie und stand stockstill. Sie dauerte mich. Ich dachte, sie werde zu weinen anfangen. »Gib mir dein Pferd, Vilhelm«, sagte sie, »dann kann ich sie immer noch einholen.« »Nein«, sagte ich, »du mußt zurückkommen. Aber ich werde dich reiten lassen und selbst zu Fuß gehen.« Nicht ein Wort sagte sie. So hob ich sie in den Sattel.

Es war ein stiller Tag. Ich fing zu singen an, und nach einer kleinen Weile fiel Alkmene mit ihrer klaren Stimme ein. Wir sangen viele Lieder und endlich ein altes Volkslied von einer Mutter, die ihr totes Kind beklagt. Ich sagte: »Du erschreckst deine Leute, du Dummkopf, wenn du davonläufst.« Sie sagte: »Weshalb wollen sie mich nicht gehen lassen?« Ich sang noch einen Vers und sagte dann: »Die Menschen sind verschieden. Sieh dir nur meinen Vater an; nichts, was ich tue, ist ihm recht, und stets bin ich ihm im Wege. Deine Leute dagegen lieben dich und halten dich für das reine Wunder, wenn du nur bei ihnen bleiben wolltest.« Alkmene war hierauf lange Zeit stumm; dann fragte sie: »Und was ist mit den Kindern, Vilhelm, die nicht geliebt werden wollen?«

Wir kamen spät zurück. Der Sommermond stieg herauf, obwohl der Himmel noch hell war. Als wir meines Vaters Land erreichten, kamen wir durch ein Gerstenfeld. Das Korn wuchs auf dem sandigen Boden nur spärlich, doch über das ganze Feld hin blühten gelbe Wucherblumen in solcher Fülle, daß sie den Mond widerzuspiegeln schienen wie ein See.

Gertrud hatte, bevor ich losritt, ihrem Manne das Versprechen abgenommen, daß er dieses Mal das Kind schlage, aber das war alles vergessen, als sie es wiederhatten. Doch die Mutter, noch ganz weiß vor Angst, konnte sich nicht beruhigen. Sie sagte: »Du liebst diese bösen Menschen mehr als uns, du wolltest lieber bei ihnen sein als bei deinem Vater und mir. Weißt du denn nicht, daß sie dich getötet und gegessen hätten?« Alkmene sah sie an, ihre hellen Augen weit aufgerissen. »Hätten sie mich gegessen?« fragte sie. Gertrud glaubte, Alkmene würde sich über sie lustig machen. »O du hartherziges Kind!« rief sie.

Als die Zeit nahte, da Mene konfirmiert werden sollte, erhoben sich für die Leute im Pfarrhaus zwei Probleme. Zuerst fiel dem Pfarrer ein, daß er nie den Taufschein des Kindes gesehen hatte und nicht sicher sein konnte, ob es überhaupt getauft worden war. Er schrieb an den Professor, mußte aber auf die Antwort warten, denn der alte Herr hatte Kopenhagen verlassen und ein hohes Amt an einem deutschen Hofe angetreten. Als endlich der Brief kam, versicherte der Professor lediglich auf sein Ehrenwort, daß das Kind getauft sei. Der Pfarrer wußte jetzt nicht, ob er das Kind ohne weitere Umstände konfirmieren oder es erst zu Hause in aller Stille taufen sollte, um sicher zu gehen. Seine Frau sagte mir, daß ihm dieses Dilemma viele schlaflose Nächte bereite. Er sagte zu mir: »Manche Theologen sehen in der Taufe nur ein Symbol. Gott sei uns allen gnädig, Symbole sind gewaltige Dinge. Ich selbst habe vielleicht große Symbole zu leicht genommen.« Von da ab gab er dem Mädchen keinen Griechischunterricht mehr. Am Ende folgte er jedoch dem Rat seiner Frau und konfirmierte Mene zusammen mit den anderen Kindern der Gemeinde.

Doch im Konfirmandenunterricht kam Mene mit anderen Mädchen zusammen und hörte, was die sich erzählten. Und hier nun waren ihr, wie der Pfarrer und seine Frau glaubten, Gerüchte zu Ohren gekommen, wonach sie nicht deren Tochter sei; Alkmene selbst sagte nichts davon; jemand anderes hatte das Gerede der Mädchen mit angehört. Der Pfarrer bedachte die Sache reiflich, und eines Tages teilte er seiner Frau in meiner Gegenwart mit – dies geschah wohl, weil er Angst davor hatte, dieses Thema anzuschneiden, wenn er mit ihr allein war –, daß er vorhabe, mit dem Mädchen ganz offen zu sein und ihm die Wahrheit zu sagen. Gertrud fuhr sogleich auf ihn los. Ich hatte sie seit der Zeit, da Mene noch nicht im Hause war, nicht mehr so harsch mit ihm umgehen sehen. Es war, als habe sie vergessen, daß sie in Wirklichkeit gar nicht die Mutter des Kindes war, und werfe ihm nun vor, er wolle ihr vorsätzlich das eigene Kind entreißen. »Nein«, sagte der Pfarrer, »aber ich muß meine Hand im Namen des Herrn auf das Haupt des Kindes legen. Was nun, wenn es in diesem Augenblick in seinem Herzen weiß, daß ich es betrüge?« Gertrud erhob sich. »Willst du mir sie denn vollends fortnehmen?« rief sie. »Hast du denn nicht bemerkt, daß sie mich jetzt schon fürchtet und haßt? Wenn sie erst erfährt, daß ich nicht ihre Mutter bin, werde ich gar kein Mittel mehr haben, sie zu halten; sie wird mich dann völlig verachten und mir den Rücken kehren!« Der Pfarrer saß unter ihrer Anklage sprachlos da. Doch glaube ich, daß wir beide, während sie sprach, erkannten, daß sie recht hatte. Im Laufe dieser beiden letzten Jahre hatte Alkmene sich ihrer Mutter gegenüber verändert und verhärtet; zuweilen zeigte sie ihr ein merkwürdiges Mißtrauen, Empörung und Feindseligkeit. Schließlich sagte der Pfarrer: »Liebe Frau, es wäre vielleicht besser gewesen, wenn wir diese Bürde nie auf uns genommen, sondern friedlich hier in unserem Pfarrhaus gesessen hätten, ein alterndes, kinderloses Paar.« Gertrud starrte ihn ganz bestürzt an. »Aber wir haben nun einmal die Hand an den Pflug gelegt«, fuhr er fort. »Wir müssen das Werk zu Ende führen, so gut wir können.« Gertrud fing zu weinen an. »Tu, was du für das Beste hältst«, sagte sie und ging aus dem Zimmer.

Doch als ich heimgehen wollte, lag sie auf der Lauer. Sie nahm meine Hand, sah mir in die Augen und sagte: »Vilhelm, du bist der Freund meines Kindes. Wirst du mir einen Gefallen tun? Laß sie nicht aus den Augen, guter Vilhelm. Wenn ihr Vater mit ihr gesprochen hat, dann gib darauf acht, wie es auf das arme Kind wirkt und berichte mir, was sie dir darüber sagt. Denn Gott helfe mir, zu mir wird sie nichts sagen.« Es kam mir traurig und bewegend vor, daß Gertrud mich auf diese Weise um Hilfe bat, denn seither hatte sie immer behauptet, daß außer ihr niemand ihre Tochter kennen oder verstehen würde. Ich versprach also, zu tun, worum sie mich bat.

Abermals zwei Wochen später sagte sie zu mir: »Gott ist barmherzig, Vilhelm, oder Jens ist ein weiser Mann. Denn höre nur, seit er mit dem Kind gesprochen hat, ist sie wie umgewandelt. Sie ist zu mir zurückgekehrt und hängt so innig an mir wie damals, als sie ein kleines Mädchen war. Ich fühle mich ganz verjüngt dadurch. Heute habe ich zufällig in den Spiegel geschaut. Lach ruhig, aber es war das Gesicht einer jungen Frau, das ich dort sah. Ich weiß nicht, warum, aber ich fühle nun, daß diese gute und freundliche Übereinstimmung zwischen uns dauern wird, so lange wir leben.« Sie vergaß hierüber ganz, mich über die Angelegenheit zu befragen, wie sie es angekündigt hatte. »Aber ist es nicht merkwürdig«, fügte sie nach einer Weile hinzu, »daß sie nach ihren wirklichen Eltern keine einzige Frage gestellt hat? Sie weiß ja nicht, daß wir ihr nicht hätten antworten können.«

Mir gegenüber erwähnte Alkmene ihre Aufklärung mit keinem Wort. Ich vermute aber, daß der Pfarrer im Verlauf ihrer Unterredung den Namen des Professors erwähnte, denn eines Tages fragte sie mich, ob ich ihn kenne. Ich sagte ihr, daß ich ihn gesehen hätte. »Ich würde ihn«, sagte sie, »eines Tages auch gern einmal sehen.«

Gertrud klagte bei mir darüber, daß Mene mit ihren Kleidern nachlässig umgehe und auf ihr Sonntagskleid, das sie ihr selbst genäht habe, nicht besser achte als auf ihre abgetragenen Werktagskleidchen. Eines Tages jedoch hörte das Mädchen unsere alte Haushälterin über die schönen Gewänder meiner Mutter reden, die alle in einer großen Truhe auf dem Dachboden weggeschlossen waren, da mein Vater sie weder sehen noch von irgend jemand anderen getragen wissen wollte. Da ließ sie mir keine Ruhe, bis ich eines Tages, als mein Vater aus dem Hause war, die Truhe für sie aufbrach und die Kleider hervorholte. Sie breitete sie eins ums andere aus und saß lange in ihren Anblick versunken da; schließlich bat sie mich, ihr eines zu geben. Es war ein Kleid aus dicker grüner Seide mit einem gelben Muster. Wenn ich es heute sehe, kommt es mir wie eine blühende Linde vor. Ich lachte sie aus und fragte sie, ob sie es anziehen und darin zur Kirche gehen wolle. »Nein«, sagte sie, aber sie werde es eines Tages tragen.

Wenig später, an einem Abend im Juni, hatte Gertrud frisches Brot gebacken, und Alkmene erbat die Erlaubnis von ihr, mit mir gehen zu dürfen – denn ich war gerade auf Sommervakanz zu Hause – und der alten Madame Ravn, der

Witwe unseres verstorbenen Pfarrers, die auf der anderen Seite des Dorfes wohnte, etwas davon zu bringen. Doch als wir dann auf der Straße waren, sagte sie mir, daß sie nicht vorhabe, zu Madame Ravn zu gehen; sie wolle vielmehr ihr Seidenkleid anziehen, und dann würden wir einen Gang durch den Wald und über die Felder machen. Sie bewahrte das Kleid in einer Hütte in der Nähe auf, bei einer Frau, die früher im Pfarrhaus gearbeitet hatte, aber weggeschickt worden war, weil sie trank. Sie ging hinein und kam bald wieder heraus, in ihrem grünen und gelben Kleid. Sie hatte weder ihr Haar gekämmt noch ihre Hände gewaschen, doch glaube ich nicht, daß ich jemals einen Menschen gesehen habe, der so königlich und unbefangen aussah wie sie.

Wir gingen im Walde, und sie sagte nicht viel. Das Kleid war ihr ein wenig zu lang und sie ließ es auf dem Boden schleifen. Ich erzählte ihr von meinem neuen Pferd, das ich eben gekauft, und von einem Streit, den ich mit meinem Vater gehabt hatte. Wenn uns dort Menschen begegnet wären, sie hätten darüber gestaunt und gelacht, auf einem Waldweg ein so prächtig gekleidetes Mädchen anzutreffen. Es schien aber nur natürlich, daß sie dort so ging. Der Wald war frisch. Wo die Strahlen der niedrig stehenden Sonne einfielen, leuchtete das Blattwerk golden und grün, wie ihr Gewand, und beim Gehen machte die Seide ein leise zirpendes Geräusch, wie ein schläfriger Vogel im Baum. Es begegnete uns auf dem Waldweg ein Fuchs, aber keine Menschenseele.

Als die Sonne gerade über dem Horizont stand, kamen wir aufs freie Feld hinaus. Vor uns erhob sich ein ansehnlicher Hügel. Wir stiegen ihn hinauf und hatten von der Höhe aus einen großartigen Blick nach allen Seiten: über Heide und goldene Felder hin und deren Herrlichkeit. Alkmene stand reglos da und schaute auf alles. Ihr Antlitz war so licht und strahlend wie die Luft. Nach einer Weile tat sie einen tiefen Freudenseufzer, und ich stellte Betrachtungen darüber an, was für alberne Wesen Mädchen doch sind, die es glücklich macht, auf einem Hügel zu stehen in einem seidenen Kleid. Später setzten wir uns und aßen das Brot, das Gertrud der alten Witwe zugedacht hatte. Es war noch ofenwarm. Immer seitdem, wenn ich frisches Brot schmecke, werde ich an jenen Abend und den Hügel erinnert.

Als wir ins Pfarrhaus zurückkamen, nachdem Alkmene sich in der Hütte wieder umgezogen hatte, trafen wir Gertrud, die Brille auf der Nase, beim Licht einer Talgkerze an, vor ihr ein ganzer Berg von Menes weißen Strümpfen, die gestopft werden mußten. Sie hatte schon eine ganze Menge fertig, aber, dachte ich, wenn sie mit allen zu Ende kommen wolle, dann mußte sie bis tief in die Nacht hinein sitzen bleiben. Sie lächelte uns zu und wollte, daß wir ihr von Madame Ravn berichteten. Alkmene stand hinter ihr und schaute sie und die Strümpfe an, und es kam mir vor, als werde sie sehr bleich. »Ich will dir beim Strümpfestopfen helfen, Mutter«, sagte sie. »Nein, Häschen«, sagte Gertrud und schneuzte die Kerze. »Du hast einen weiten Weg hinter dir und gehörst ins Bett.«

Im Herbst selbigen Jahres geschah mir etwas, das für mein weiteres Leben einige Bedeutung haben sollte. Ein Mädchen im Dorf, Sidsel mit Namen, die Tochter jener Frau übrigens, aus deren Hütte Alkmene ihr Seidenkleid geholt hatte, bekam ein Kind, das starb, und gab mich als den Vater an. Ich glaubte ihr nicht, denn sie war nicht gerade ein Muster an Tugend. Doch die Leute redeten darüber. Mein Vater sagte zu mir: »Das Kind ist tot und Sidsel wird den Jagdhüter heiraten. Du aber wirst nicht mehr den Narren in deinem eigenen Dorfe spielen, während du darauf wartest, bis die Kleine aus dem Pfarrhaus groß genug für dich ist. Du gehst jetzt zu deinem Onkel nach Rugaard in Djursland hinauf, und zwar auf ein halbes Jahr. Seine Tochter ist zwei Jahre älter als du und wird eines Tages ein reiches Mädchen sein. In jedem Falle kannst du dort etwas über die Landwirtschaft lernen; es ist höchste Zeit, daß du davon etwas in deinen Kopf hineinbekommst.« Dieser letzte Teil der Predigt war ungerecht, denn bisher hatte mich mein Vater immer nur ausgelacht und einen Bauern geheißen, wenn ich auch nur das geringste Interesse an der Landwirtschaft auf dem Gute zeigte, die damals im Argen lag.

Es machte mir nichts aus wegzugehen, aber ich sorgte mich, was wohl die Menschen im Pfarrhaus von mir dachten. Der Pfarrer würde wohl bitter enttäuscht sein von mir, denn sein Leben lang hatte er gegen die Unzucht unter seinen Pfarrkindern gepredigt, und da ich solch lange Zeit sein Schüler gewesen war, hatte er in mir allmählich sein Meisterwerk gesehen. Gertrud würde mir wohl vergeben, denn sie war ein Mädchen vom Lande und ländliche Sitten gewohnt, aber sie würde sich Mene gegenüber Mühe geben, die Sache zu vertuschen, und mochte auch versuchen, das Mädchen von mir fernzuhalten.

Eines Nachmittags, als mein Vater nach Vejle gefahren war, befand ich mich in der Bibliothek und suchte einige Bücher heraus, da ging die Tür auf und Alkmene stand im Eingang. Unsere Bibliothek liegt nach Norden; sie hatte die Sonne im Rücken, und ihr Haar leuchtete wie eine Flamme. Sie fragte mich: »Ist es wahr, was sie über dich und Sidsel erzählen?« Ich war überrascht, sie hier zu sehen, da sie noch nie allein ins Gutshaus gekommen war. Aber sie fragte so eindringlich, daß ich antworten mußte. »Ja«, sagte ich. Sie rief: »Wie konntest du es wagen, Vilhelm!« Nun hatte ich eigenartigerweise schon seit einiger Zeit einen Groll gegen das Mädchen gehegt, als sei sie an dem, was mir widerfuhr, schuld. Als sie nun anfing, in genau den gleichen Worten wie die Erwachsenen mit mir zu reden, bat ich sie, schweren Herzens, mich allein zu lassen. Aber sie hörte gar nicht auf mich; sie trat in den Raum, ihr Gesicht ganz entflammt vor Erregung. »Wie konntest du es wagen?« rief sie noch einmal. Da erinnerte ich mich, daß man bei ihr für gewöhnlich das, was sie sagte, wortwörtlich nehmen konnte. Ich begriff, daß sie mir eine Frage stellte, um etwas erklärt zu bekommen, so wie sie das oft tat. Ich mußte lachen. »Vielleicht«, sagte ich, »gehört nicht so viel Mut dazu, wie einem Mädchen scheinen will.« Sie sah mich an, feierlich und stolz. »Du wirst jetzt in die Hölle kommen, nicht wahr?« sagte sie. »Alle schicken sie mich dorthin«, sagte ich. »Mein Vater hat mich aus dem Haus gewiesen; deine Leute werden nicht mehr mit mir reden. Du und ich, Alkmene, sollten Freunde bleiben für die kurze Zeit, die uns noch bleibt.« »Hat dein Vater dich verstoßen?« fragte sie. »Hast du jetzt kein Zuhause mehr? Dann will ich mit dir gehen. Wir können zusammen über die Landstraßen ziehen. Und dann«, fügte sie hinzu, und holte tief Atem, »werde ich dafür sorgen, daß wir nicht zu betteln brauchen. Ich werde tanzen lernen!« »Nein«, sagte ich, »ich gehe zu meinem Onkel nach Rugaard.« Hierauf erbleichte sie. »Du gehst zu deinem Onkel?« sagte sie. »Ich dachte, sie hätten dich in die weite Welt hinausgejagt. Ich dachte, noch nie hätte jemand etwas so Böses getan wie du es getan hast.« Mir wurde immer wohler während des Gesprächs. »Meine Güte«, sagte ich, »nachdem du so viel über die griechischen Götter liest, müßtest du doch wissen, daß dergleichen Dinge schon früher auf der Welt vorgekommen sind.« »Nein«, sagte sie, »sie lassen mich diese Bücher nicht mehr lesen. Sie lassen mich gar nichts mehr wissen. Was soll ich nur anfangen?« In diesem Moment erkannte ich klar, daß sie und ich zueinander gehörten, und ich war nahe daran, sie zu fragen: »Willst du auf mich warten, bis ich zurückkomme, Alkmene? Dann soll uns niemand mehr trennen.« Aber dann dachte ich daran, wie jung sie war, und der Augenblick dünkte mich schlecht gewählt. Sie stand vor mir und rang die Hände. »Wirst du mir«, fragte sie, »schreiben? Nein«, unterbrach sie sich selbst, »nur in Büchern kommt es vor, daß Leute je einen Brief bekommen. Aber wenn du wieder etwas Schreckliches tust, wirst du mir dann davon schreiben?« »Ich komme in einem halben Jahr zurück«, sagte ich. »Vergiß mich nicht,

Alkmene.« »Nein«, sagte sie, »ich kann dich nicht vergessen. Du bist mein einziger Freund. Vergiß Alkmene nicht, Vilhelm.« Damit war sie fort, so plötzlich, wie sie gekommen war. Ein paar Tage darauf fuhr ich nach Rugaard.

Von meinem Leben in Rugaard werde ich nichts schreiben, da dies eine Geschichte über Alkmene ist. In Djursland liegen die Güter dicht beieinander. Ich lernte viele junge Leute in meinem Alter kennen und dachte nicht oft an Menschen oder Dinge daheim. Aber auch hier träumte ich von Alkmene.

Als ich drei Monate lang in Rugaard gewesen war, bekam ich einen Brief von meinem Vater, worin er über seine Gicht klagte und mich um meine Rückkehr bat. Ich schenkte dem nicht viel Beachtung, bis ich einen zweiten Brief von der gleichen Art bekam; nun fuhr ich nach Hause.

Die erste Frage, die mir mein Vater stellte, war, ob ich in Rugaard meine Cousine verführt hätte. Er schien erfreut zu sein, als ich ihm sagte: »Nein«, und rieb sich die Hände. »In unserem alten Distrikt geht einiges vor sich«, sagte er; »im Pfarrhaus hat sich mancherlei verändert.« Ich fragte ihn, was er damit meine, und er antwortete: »Du gehst besser selbst hinunter und erkundigst dich danach. Diese Leute sind doch immer solche Freunde von dir gewesen.« Am nächsten Tag ging ich zum Pfarrhaus hinunter.

Der Pfarrer war allein im Haus; seine Frau und seine Tochter machten einen Krankenbesuch. Er war verändert, wie mein Vater gesagt hatte. Er war ernst, ganz mit seinen eigenen Gedanken beschäftigt, und ich dachte bei mir, so müsse er in jenen jungen Tagen ausgesehen haben, von denen er mir erzählt hatte. Er hatte die traurige Geschichte mit Sidsel völlig vergessen und begrüßte mich freundlich. Nachdem wir einige Zeit von anderen Dingen gesprochen hatten, sagte er: »Du sollst erfahren, Vilhelm, was uns hier geschehen ist, in deinem alten Pfarrhaus«, und hob dann an, mir die Ereignisse zu schildern.

Der alte Professor, sein Freund, hatte ihm geschrieben,

kurz nach meiner Abreise, um ihm mitzuteilen, daß seine adoptierte Tochter – auf welche Weise konnte oder wollte er, wie gewöhnlich, nicht sagen – zu einer Erbschaft gekommen sei, just so, als habe sie, schrieb er, die Wunderhöhle in unseres unsterblichen Oehlenschlägers »Aladdin« betreten. Aus Loyalität, schrieb er weiter – der Professor hatte es immer sehr mit der Loyalität –, gegen die erste Abmachung zwischen ihnen, wolle er keine Überredung versuchen, sondern die Entscheidung ganz seinem Freunde überlassen, ob dieser in Vertretung des Mädchens das Vermögen annehme oder ausschlage.

Der Pfarrer sagte, daß er die Frage reiflich bedacht habe, bevor er seine Entscheidung traf. »Und es ist ein mißlich Ding«, bemerkte er, »daß in allem, was unser Kind betrifft, mein Weib und ich anscheinend nie einer Meinung sein können. Gertrud wollte das Geld nicht annehmen. Wenn es sich nun um eine geringere Summe gehandelt hätte, ist es möglich, daß die Rollen vertauscht gewesen wären; sie wäre dann wohl glücklich darüber gewesen, das Mädchen für ihr Leben versorgt zu wissen, während ich vorgezogen hätte, es zu lassen, wie es war, in unseren gewohnten Lebensumständen, die Tochter eines Dorfpfarrers. Wie die Dinge nun stehen, ängstigt die Höhe der Erbschaft mein armes Weib.« Der Pfarrer nannte mir hierauf die Summe ganz genau; es waren über dreihunderttausend Reichstaler. »Gertrud meint natürlich, solch ein Haufen Gold könne nur dämonischen Ursprungs sein. Aber auch für mich ist es ein ander Ding geworden.«

Er saß einige Zeit in Gedanken da. »Ich habe niemals«, sagte er, »Geld heftig begehrt. In den Träumen meiner Jugend ist es nicht einmal vorgekommen. Andere Dinge habe ich ersehnt und darum gebetet, doch Gold besaß keine Lockung für mich. In diesem Falle nimmt es jedoch einen anderen Aspekt an; es wird ein Symbol. Ich habe es gesehen«, fuhr er fort. »Ich ging nach Kopenhagen, und dort, in der Bank, wurde mir das Gold gezeigt. Ich berührte es. Es schlummert dort, der Hand harrend, die es in Wirklichkeit verwandelt. Wieviel Gutes kann man nicht damit tun in dieser Welt, mit einem solchen Vermögen? Glaube mir, Vilhelm«, sagte er, »ich verkenne die Macht des Mammons nicht. Als ich es berührte, fühlte ich die Gefahr, die im Golde liegt. Aber wenn es denn hier eine Kraftprobe zwischen Gott und Mammon gilt, sollte ich mich dann weigern, der Streiter meines Herrn zu sein?«

Ich fragte den Pfarrer, ob Alkmene von ihrem Glück wisse. Ja, antwortete er, es sei ihr gesagt worden. Sie sei ja noch ein Kind; es habe ihr weiters keinen Eindruck gemacht; nach ihrem Verhalten zu schließen, hätte man meinen können, sie habe schon ihr Leben lang davon gewußt. Das Werk war also um so heiliger für ihn, da er es um eines Kindes willen unternahm. Er sei sich von Anfang an dessen gewiß gewesen, fügte er hinzu, daß durch Alkmene eine große Aufgabe auf ihn kommen werde. »Und wenn ich tot bin«, sagte er, »werde ich in ihren guten Werken weiterleben, denn es ist große Kraft in diesem Mädchen, Vilhelm.«

Seine Rede gab mir viel zu denken. Insgeheim mußte ich darüber lachen. Ich dachte, daß ich Alkmene wahrscheinlich besser kannte, als ihr Vater es tat.

Mein Vater fragte mich, als ich nach Hause kam, eifrig über meinen Besuch aus, und ich erzählte ihm das meiste von dem, was der Pfarrer mir berichtet hatte. »Du hast doch«, fragte er, »um das Mädchen angehalten?« »Nein«, sagte ich. »Du bist ein Narr«, sagte mein Vater. »Ein solches Vermögen wiegt das Dunkel ihrer Herkunft auf; ja, es wirft in gewisser Weise sogar ein neues Licht darauf. Du kannst ihr gut deinen Namen dafür geben.« Als ich ihm keine Antwort gab, begann er die Vorzüge des Mädchens aufzuzählen, wie ein Pferdehändler, der ein Pferd anpreist, und ich war überrascht, wie gut er sie beobachtet haben mußte, während ich immer geglaubt hatte, er verschwende keinen Gedanken an das Kind aus dem Pfarrhaus. Schließlich sagte ich ihm unverbrämt, obwohl ich mich nur selten freimütig gegen ihn äußerte, daß ich es für höchst unelegant und abgeschmackt halte, hinzugehen und um Alkmene anzuhalten, nachdem ich von ihrer Erbschaft erfahren hätte, wenn ich zuvor ihrer Familie nie einen Hinweis darauf gegeben hätte, daß ich sie heiraten wolle. Mein Vater wiederholte, daß ich ein Narr sei, und geriet im weiteren Verlauf unserer Unterhaltung sehr in Hitze. Schließlich erklärte er, daß, wenn ich Blödian genug sei, mein Glück auszuschlagen, er selbst um die Hand des Mädchens anhalten werde.

Ich schäme mich, berichten zu müssen, daß er das wirklich tat, und zwar auf die törichtste Weise. Er ließ den Vierspänner, der selten benutzt wurde, anschirren und fuhr ins Pfarrhaus hinunter, um dort Alkmenes Hand zu erbitten. Wie diese Unterredung verlief, weiß ich nicht. Ich bezweifle, ob es meinem Vater überhaupt gelang, dem Pfarrer und seiner Frau den Sinn seines Besuches klarzumachen. Doch selbst nach seinem Fehlschlag fuhr mein Vater fort, von den Verbesserungen und Verschönerungen auf dem Gut zu reden, die mit dem Geld des Mädchens vorgenommen werden könnten. Mit alledem behelligte und verdroß er mich derart, daß ich wieder abreiste, ohne Gertrud oder Alkmene gesehen zu haben.

Die nächste Nachricht, die mich von daheim erreichte, war, daß der Pfarrer gestorben sei. Seit vielen Jahren war er von schwacher Gesundheit gewesen; die Reise nach Kopenhagen, mitten im Winter, hatte ihn ausgezehrt. Er hatte sich dort eine Erkältung zugezogen, aus der dann eine Lungenentzündung wurde. Bei seiner Beerdigung ward ich ergriffen von der tiefen Trauer seiner Pfarrkinder über den Hingang ihres Hirten. Gertrud, in ihrem großen Schmerz und Gram, berichtete mir von seiner Geduld in seiner Krankheit, und wie er auf seinem Sterbebett wohl eine plötzliche und herrliche Offenbarung gehabt und ausgerufen habe, nun verstehe er die Wege des Herrn. Sie zeigte mir eine Zeitung, die ihr von

Kopenhagen gesandt worden war. Es stand ein Nachruf auf ihren Mann darin, der so nachhaltig seinen Charakter rühmte, die Rolle, die er, hätte er nur den Ehrgeiz gehabt, auf der Bühne dieser Welt hätte spielen können, und seine Talente als junger Mann, daß es sogar mich überraschte, der ich solch eine hohe Meinung von ihm hatte. Es stand kein Name darunter, aber sowohl sie als auch ich waren sicher, daß er von seinem alten Freund, dem Professor, geschrieben worden war.

Nach einigen Monaten, noch während ihres Witwenjahres im Pfarrhaus, reiste Gertrud zu ihrer Schwester, die krank lag. Zur gleichen Zeit war mein Vater seiner Gicht wegen nach Pyrmont gereist. Alkmene war allein im Pfarrhaus, wie ich es im Herrenhaus war. Sie sandte mir Botschaft und bat mich, herunterzukommen und sie zu besuchen.

Sie war jetzt fünfzehn Jahre alt, groß für ihr Alter, aber schmal, und im Aussehen ganz wie damals, als sie ins Pfarrhaus gekommen war. Sie sagte zu mir: »Erinnerst du dich, Vilhelm, daß du mir einst versprachst, du würdest mir, wann immer ich dich darum bäte, einen großen Dienst erweisen?« Ich erinnerte mich daran und fragte sie, was es denn sei, was sie von mir wünsche. »Ich möchte nach Kopenhagen gehen«, sagte sie, »und du mußt mich hinbringen. Es muß jetzt geschehen, solange meine Mutter fort ist. Ich will aber nur einen Tag lang dort bleiben.« Nun war dies nicht leicht auszuführen. Mit der Reise hin und zurück würden wir eine Woche lang wegbleiben müssen, und niemand durfte etwas davon erfahren. Alkmene war jedoch fest entschlossen zu gehen, und da ich es einst versprochen hatte, konnte ich ihr jetzt meine Hilfe nicht verweigern. Ich dachte auch daran, was für ein köstliches Abenteuer es sein würde. So tat ich, worum sie bat. Sie ging zuerst zu Freunden nach Vejle, und dort, an einem frühen Morgen, gesellte ich mich ihr am Halteplatz der Postkutsche zu. Zum Glück begegneten wir weder in Vejle noch später unter den Passagieren jemandem, den wir kannten.

Es war Mai. Das Land, durch das wir fuhren, lag frisch entfaltet und grün; die Wälder schenkten sanften, zarten Schatten. Am frühen Morgen war es tauig und kühl, doch die Lerchen standen schon am Himmel. Als wir in Sorø Halt machten, hörten wir im Frühlingsabend die Nachtigall. Wenn ich heute auf unsere Reise zurückblicke, glaube ich, daß ich damals entschlossen gewesen sein muß, Alkmene zu meiner Frau zu machen, wenn sie mich haben wollte, denn ich legte größten Wert auf ihren unbescholtenen Namen. Wo wir auch hingingen, gab ich das hübsche Mädchen als meine Schwester aus, und in unserem Betragen lag nichts, was die Leute an meinen Worten hätte zweifeln lassen. Mein Herz jedoch war mit mehr Freude und Erregung erfüllt als das eines Bruders. Ich dachte, daß ich nie zuvor glücklich gewesen war. Ich malte mir aus, wie wir in der Zukunft viele Reisen miteinander machen würden. Das Mädchen nahm die rasch wechselnde Szenerie eifrig wie ein Kind in sich auf. Besonders das Meer, als wir am zweiten Tage bei Sonnenschein und einer leichten Brise den Großen Belt überquerten, machte, daß sie ganz außer sich geriet vor Staunen und Entzücken. Nur das Rätselhafte unseres Bestimmungsortes und zuweilen ein Ausdruck auf ihrem Gesicht bereiteten mir ein unbestimmtes Mißbehagen.

Ich war schon öfter in Kopenhagen gewesen. Ich hatte mich vor unserer Ankunft für das Hotel entschieden, in dem wir absteigen wollten. Es war ein ruhiges Haus. Wir kamen am Nachmittag in die Stadt. Das Mädchen sah sich die Menschen auf der Straße an und die Kleider der Frauen, aber sie sagte nicht viel.

Als wir im Hotel unser Abendessen eingenommen hatten, bat ich sie, mir nun doch zu sagen, was sie in Kopenhagen eigentlich wolle. Da holte sie aus ihrer Tasche die Zeitung hervor, die mir Gertrud nach des Pfarrers Tod gezeigt hatte, und sagte: »Das ist der Grund, warum ich hergekommen bin.« Auf der letzten Seite stand eine Mitteilung, den berüchtigten Mörder Ole Sjælsmark betreffend, dem auf dem Nordanger von Kopenhagen der Kopf abgeschlagen werden sollte. Es wurde bekanntgegeben, daß der Öffentlichkeit Zulaß zu der Hinrichtung gewährt sei. Auch waren Datum und Stunde der Hinrichtung angegeben; sie sollte am nächsten Morgen stattfinden.

Als ich dies las, packte mich eine große Angst. Ich sah und erkannte klar, daß die Mächte, unter denen ich gewandelt war, gewaltiger und furchtbarer waren, als ich geahnt hatte, und daß meine eigene heile Welt unter mir wegzusinken drohte. Ich sagte zu dem Mädchen: »Solch eine Sache anzusehen, ist doch etwas Schreckliches. Viele Leute halten es für eine barbarische Sitte, die Menge aus dem Leiden und Sterben eines Menschen eine Unterhaltung machen zu lassen, wie grausig seine Taten auch gewesen sein mögen.« »Nein«, sagte sie, »es ist keine Unterhaltung. Es ist eine Warnung für jene Menschen, die vielleicht nahe daran sind, das gleiche zu tun, und die sich von nichts anderem warnen lassen. Der Anblick, wie dieser Mann stirbt, wird sie nun davon abhalten, zu werden wie er. Mein Vater«, fuhr sie fort, »las mir einmal ein Gedicht von einem Mädchen vor, dem der Kopf abgeschlagen wurde. Ich erinnere mich noch an ihre Worte. Sie lauteten:

Jetzt hat über jedem Haupte gezittert
das Beil, das über meinem bebt.

Denn Gott allein weiß alles«, sagte sie, »und wer kann von sich sagen: Dieser Tat könnte ich mich nimmermehr schuldig gemacht haben?«

Früh am Morgen fuhren Alkmene und ich zum Nordanger hinaus; es war ein langer Weg. Um das Schafott herum hatte sich schon eine große Menge versammelt, meist derbes und gewöhnliches Volk, aber es waren viele Frauen darunter, und einige hatten sogar ihre Kinder mitgebracht. Als wir uns durch das Gedränge einen Weg bahnten, starrten sie das anmutige, totenblasse Mädchen an meinem Arm an. Doch dann richteten sie ihre Augen wieder dorthin, wo, in ihrer Mitte, das schreckliche Gerüst aufragte, bei dem der Scharfrichter und sein Knecht schon warteten.

Als der Karren mit dem Verurteilten und dem Gefängnispfarrer darinnen sich näherte, langsam, über den Köpfen der Menge, bebte Alkmene so heftig, daß ich meinen Arm um sie legte, und dies gab mir, obwohl ich selbst entsetzt und traurig war, einen süßen Trost. Der Mörder saß mit dem Gesicht uns zugewandt. Einen Moment lang schienen mir seine Augen die des Mädchens zu suchen. Der Geistliche bestieg das Schafott mit ihm und nahm dort seine Hand und sprach ihm zu, bevor er ihn vor den Block hinknien hieß und selbst zurücktrat, um den Scharfrichter an seine Stelle treten zu lassen. Einen Moment später fiel das schwere Beil.

Ich dachte, Alkmene werde zu Boden sinken, aber sie blieb auf den Füßen. Die Menge drängte sich jetzt um das Schafott, viele von ihnen tauchten Stoffetzen in das Blut, das vom Volk für ein Heilmittel gegen die Fallsucht gehalten wird, wir aber entfernten uns.

Ich hatte in der Nacht nicht geschlafen, und der furchtbare Anblick hatte mir die Haare zu Berge stehen lassen. Ich stützte das Mädchen, fand aber kein Wort, das ich ihr hätte sagen können. Auf unserem Rückweg, während der Tag heller wurde, fielen mir die Pläne ein, die ich auf unserer Herfahrt geschmiedet hatte, wie ich Alkmene die Stadt zeigen wollte, und ich verlachte mich, daß ich solch eine Jammerfigur hatte sein können, solch ein Tor. Dennoch sagte ich zu ihr, daß wir uns vor unserer Abreise – denn ich hatte versprochen, noch am selben Abend die Heimreise anzutreten – des Königs Schloß ansehen sollten. So machten wir uns, nachdem wir im Mietsstall aus unserer Droschke gestiegen waren, zu

Fuß auf den Weg dorthin. Ich konnte nicht umhin, zu bemerken, wie anmutig sie durch die Straßen schritt, wie hübsch und hoheitsvoll sie sich in ihrem Dorfkleidchen und ihrem Hütchen trug. Und als wir vor dem Schlosse standen und sie ernst zu ihm aufschaute, da dachte ich, daß sie dazu geboren sei, an einem solchen Ort zu leben.

Wie wir dort standen, kam ein alter Mann des Weges, mit einem großen Strauß in der Hand, sah das Mädchen im Vorbeigehen an und kehrte, als er ein Stückchen weitergegangen war, um und kam wieder zurück, um noch einmal an ihr vorüberzugehen und sie anzuschauen. Ich erkannte ihn, obgleich er sehr alt und krumm geworden war und jetzt auch gefärbte Haare hatte und geschminkt war, denn es war der Professor. Ich sah, daß er uns in einiger Entfernung durch die Straßen folgte, und als wir das Hotel betraten, blieb er davor stehen und sah sich die Fenster an. Ich dachte: »Jetzt wird er seinen Strauß überbringen, wem immer er zugedacht ist, und dann wird er zurückkommen. Dann aber werden wir, gemäß meinem Versprechen, nicht mehr hier sein.«

Es traf sich nun, daß ich im Hotel einem Bekannten begegnete, der mir von einem Schiff erzählte, das noch an diesem Abend nach Vejle fuhr. Ich fand es bequemer, auf dem Seeweg zu reisen, und ich scheute mich auch, auf dem Rückweg dieselben Straßen zu fahren, auf denen wir nach Kopenhagen gekommen waren. So schlugen wir, als wir aus dem Hotel kamen, den Weg zum Hafen ein.

Es war ein schöner Maiabend mit einem sanften Südwind, als wir den Sund hinaufsegelten. Wir saßen an Deck und betrachteten die Küste; wir sahen an der dänischen wie an der schwedischen Küste einige Lichter aufspringen, und wir blieben fast die ganze klare Nacht hindurch so sitzen. Alkmene hatte ihren Hut abgenommen und einen Schal um ihren Kopf gebunden. Als wir Helsingör und das Schloß von Kronborg passiert hatten, kam der Mond herauf.

Ich sagte zu ihr: »Ich hatte gedacht, daß du und ich unser

Leben lang zusammenblieben, Alkmene.« »Hattest du das gedacht?« sagte sie. »Es ist spät, jetzt über solche Dinge zu sprechen.« »Es gab eigentlich nie etwas« sagte ich, »das mich daran zweifeln ließ.« »Nein«, sagte sie, »ich habe jetzt gelernt, daß man die Dinge auf vielerlei Weise ansehen kann. Du, du sprichst jetzt von meinem Leben. Aber damals, als es Zeit war, versuchtest du nicht, es zu retten.« »Ich möchte dich dennoch eines fragen«, sagte ich. »Hast du denn nicht gewußt, daß ich dich immer liebte?« »Liebe?« sagte sie. »Alle liebten sie Alkmene. Du hast ihr nicht geholfen. Wußtest du denn nicht, jetzt, immer, daß sie alle gegen sie waren, alle?« Ich überdachte ihre Worte eine Weile. »Für mich war es ein Spaß«, sagte ich, »etwas zum Lachen. Nein, ich glaube, sie haben mir sogar leid getan. Es ist mir nie der Gedanke gekommen, du könntest nicht die Stärkere sein.« »Ja, aber es war nicht so«, sagte sie. »Sie waren die Stärkeren. Wie konnte es anders sein, da sie so gut waren, da sie immer recht hatten. Alkmene war allein. Und als sie starben und sie zwangen, dabei zuzusehen, da konnte sie ihnen nicht länger widerstehen. Sie konnte keinen anderen Ausweg mehr sehen, als ebenfalls zu sterben.« Sie saß reglos da, und sie sah klein aus auf dem Deck des Schiffes. »Und kannst du nicht«, fragte sie mich, »nicht einmal jetzt sagen: ›Arme Alkmene‹?« Ich versuchte es, aber ich brachte es nicht über die Lippen. »Wirst du dich erinnern«, fragte ich sie schließlich, »daß ich dein Freund bin?« »Ja«, sagte sie, »ich werde mich immer daran erinnern, daß du mich nach Kopenhagen gebracht hast, Vilhelm. Das war gut von dir.«

Ich brachte sie zwei Tage später zurück, und niemand im Pfarrhaus ahnte, daß sie nicht die ganze Zeit über bei ihren Freunden in Vejle gewesen war.

Kurze Zeit darauf schrieb mir mein Vater, ich solle zu ihm nach Pyrmont kommen, da er krank sei und nicht wage, die Heimreise allein zu unternehmen. Mir schien, daß ich auf Nørholm nichts zu schaffen hatte; und so reiste ich. In

Pyrmont erhielten sowohl mein Vater als auch ich einen Brief von Gertrud, die uns ihren Entschluß mitteilte, noch vor Ablauf des Witwenjahres aus dem Pfarrhaus auszuziehen. Denn ihre Tochter habe im Westen Land gekauft, mit einem kleinen Bauernhaus darauf, um dort Schafe zu halten. Gertrud war keine große Briefschreiberin. An meinen Vater schrieb sie demütig und dankbar. Doch in dem Brief an mich las ich, zwischen den Zeilen, die Bitte um Erklärung: Warum hatte alles nur so kommen müssen? Es kam darin auch eine dumpfe Angst zum Ausdruck, als bange ihr im Herzen davor, ihr Heim zu verlassen und in die weite Welt zu ziehen, allein mit ihrer Tochter. Ich sah keine Möglichkeit, wie ich sie beruhigen könnte. Ich schrieb zurück, dankte ihr für die mir in so vielen Jahren erwiesene Freundlichkeit und sagte Lebewohl.

Ich habe in dieser Geschichte über Alkmene nicht mehr viel zu erzählen.

Sechzehn Jahre nach unserer Reise nach Kopenhagen trug es sich zu, daß mich eine geschäftliche Angelegenheit in den Westen hinausführte, in den Bezirk, in dem Alkmenes Hof lag. Mein Weg führte dicht an ihm vorüber. Ich dachte, daß ich doch einmal hineinschauen könnte, und bog an dem schmalen, holprigen Weg zu ihrem Hause ab.

Ich fuhr durch eine weite, einsame Landschaft, mit Heide, Brüchen und langgezogenen Hügeln. Es war ein Tag spät im August; die Wolken hingen niedrig; es hatte geregnet, gegen Abend jedoch erhob sich ein Wind, und der Sonnenuntergang war schön. Unterwegs begegnete mir ein Ochsenkarren, hoch mit Säcken beladen, und ich dachte, dies müsse Alkmenes Wolle sein. Als ich ankam, zeigte es sich, daß zu dem Hof eine große Scheuer und einige Stallungen gehörten, die von hohen Heuhaufen umstanden waren. Das Wohnhaus war ein langes, niedriges, strohgedecktes Gebäude. Alles war sauber gehalten, aber sehr ärmlich. Ein alter Mann und ein paar Kinder starrten mich an, als sei es etwas Seltenes, hier einen

Besucher zu sehen. Als ich vor der Tür anhielt, kam eine Bäuerin, barfüßig, mit einem kleinen Tuch um den Kopf, aus der Stalltür heraus, und es war Gertrud.

Gertrud war alt geworden. Sie besaß ihre schlanke Taille und ihren runden Busen nicht mehr, sondern war viereckig wie ein Holzstoß. Ihr knochiges Gesicht war so braun, als seien alle ihre kleinen Sommersprossen zu einer einzigen zusammengelaufen, und sie hatte ein paar Zähne verloren. Aber sie war immer noch leichtfüßig und kläräugig, eine rechtschaffene, herzhafte alte Bauersfrau.

Auf dem einsamen Hofe wäre wohl jeder Besucher willkommen gewesen, doch über mich freute sich Gertrud, als sei ihr eigener Sohn gekommen. Sie sei allein auf dem Hof, sagte sie mir. Alkmene sei mit Wolle nach Ringkøbing gefahren, und um Geld auf die Sparkasse zu bringen – ich hätte ihr eigentlich auf dem Wege begegnen müssen. Sie führte mich in die gute Stube, die offensichtlich nie benutzt wurde, und ging dann, um Kaffee zu machen, den sie zuvor feierlich einer kleinen, hinter der Truhe versteckten Dose entnahm. Während ich allein war, sah ich mich um. Alles hier war reinlich, aber sehr ärmlich. Ich dachte an die Vergangenheit und an das Mädchen, das ich damals gekannt hatte, und ein Grauen befiel mich.

Beim Kaffee redeten Gertrud und ich über die alten Zeiten. Sie hatte ein gutes Gedächtnis für Menschen und Orte, die Ereignisse jedoch hatten sich ihr verwischt. Sie brachte ihre Reihenfolge durcheinander, so als habe sie lange nicht mehr darüber geredet oder daran gedacht. Sie fragte mich, ob ich geheiratet hätte. Ich sagte ihr, daß ich mit meiner Cousine auf Rugaard verlobt gewesen sei, daß wir aber nach dem Tod meines Vaters übereingekommen seien, die Verlobung aufzulösen.

Später kamen wir auf den Hof und die Schafe zu sprechen. Sie holte meinen Rat für ein krankes Lamm ein, sich daran erinnernd, wie ich damals die Kuh im Pfarrhaus verarztet hatte. Ihr und ihrer Tochter gehe es gut, sagte sie, nach den paar Anfangsjahren, in denen sie Fehler gemacht hätten und betrogen worden seien. Sie hätten ihre Herde vergrößert, und jeden Monat fahre Alkmene nach Ringkøbing und bringe Geld auf die Sparkasse. Aber sie arbeiteten immer noch schwer, von Sonnenaufgang bis in die Nacht hinein, und duldeten nicht die geringste Verschwendung. An dem alten Manne, ihrem einzigen Knecht, hätten sie nur geringe Hilfe. Gertrud wurde lebhaft, als sie über die Schafe sprach; ihre beiden Wangen glühten rosig, und sie gebrauchte eine derbe, direkte Sprache, wie ich sie aus ihrem Munde noch nie vernommen hatte. Ich dachte, daß die Schafe und die Landschaft hier Gertrud wohl in ihre Kindheit und frühe Jugend zurückversetzt hatten, und daß ich in Wirklichkeit mit dem jungen Bauernmädchen sprach, in das sich mein alter Lehrer verliebt hatte. Auf die gleiche Weise mochte ihre Tochter in ihrem Bewußtsein den Platz der eigenen Mutter eingenommen haben, in einem solchen Maße, daß Gertrud ihr, wenn sie nicht herschaute, den kleinen Streich mit der geheimen Dose und dem Kaffee spielte.

Ich hatte viel über Alkmenes Sparsamkeit gehört. In diesen sechzehn Jahren war die reiche Frau auf dem einsamen Hof in der ganzen Gegend zu einer Legende geworden, und die Leute fürchteten sich ein wenig vor ihr; sie hielten sie für verrückt. Alles um mich herum bestätigte nun diese Gerüchte. Da erkannte ich, wie alt wir alle geworden waren; die Welt schien mir ein einziges Jammertal, und ich fragte mich, bitter und belustigt zugleich, ob Gertrud in all ihrer natürlichen Unschuld und Umtriebigkeit nicht selbst in der Hölle etwas zu tun, und Erfüllung darin, fände.

Ich fragte Gertrud, was sie denn mit all dem Geld anfangen wollten, das sie Monat für Monat anhäuften. Gertrud wischte meine Frage so nachsichtig fort, als sei ich ein Kind. »Für meinen armen Vater wäre es doch eine gute Sache gewesen, wenn er dieses Geld auf der Sparkasse gehabt hätte, oder nicht?« fragte ich. Als ich nach einer Weile darauf zurückkam, fühlte sie sich bemüßigt, mir eine kleine Predigt zu halten: »Die Welt ist fürwahr ein gefährlicher Ort, Vilhelm«, sagte sie, »und was können wir besseres auf ihr finden als die schwere, ehrliche Arbeit, die uns der Herr hienieden aufgetragen hat? Wir dürfen nicht an Seinem Willen zweifeln.«

Doch hatte meine Frage an ein Thema gerührt, über das sie vielleicht selbst schon, ohne darüber zu sprechen, Überlegungen angestellt hatte. Sie wurde nachdenklich und nach einiger Zeit vertraute sie mir an, daß Mene zu sparsam sei, was sie selbst angehe. Sie sei freundlich zu ihrer Mutter; ich dürfe ja nichts anderes glauben, aber sie sei so hart gegen sich selbst.

Gertrud sah zu mir auf, das Netz feiner Runzeln in ihrem Gesicht zog sich zusammen. Zwei kleine Tränen ließen für einen Moment ihre Augen noch heller werden. Sie nahm meine Hand und drückte sie. »Vilhelm«, sagte sie, »weißt du was? Sie trägt nicht einmal ein Hemd!«

Der Fisch

Im Fenster in der klafterdicken Mauer stand ein kleiner Stern und leuchtete am blassen Himmel der Sommernacht. Der Friede dieses Sternes machte das Herz des Königs friedlos; er konnte nicht schlafen.

Die Nachtigallen, die den ganzen Abend die Wälder mit ihrem überschäumenden, verzückten Gesang erfüllt hatten, schwiegen in den Stunden um Mitternacht. Nirgendwo war ein Laut zu hören. Doch aus den Hainen rings um das Schloß kam durch das offene Fenster der Duft von frischen, nassen Blättern herein; er trug die ganze Waldwelt in des Königs Alkoven. Seine Seele wanderte frei und ziellos in jenem Silberland umher: Er sah das Reh und den Damhirsch friedlich unter den hohen Bäumen lagern, und in seinen Gedanken schritt er, ohne Bogen und Pfeil und ohne jeden Wunsch zu töten, dicht an die Tiere heran. Dort äste jetzt vielleicht die weiße Hindin, die keine wirkliche Hindin war, sondern eine Jungfrau in Tiergestalt, mit Hufen aus Gold. Noch weiter draußen, in den Tiefen des Waldes, schlief in einem Tal der Drache, den schrecklichen Schuppenkopf unter den Flügel gesteckt, den gewaltigen Schwanz schwach im tauigen Grase regend.

Des Königs Herz war seltsam bewegt und unruhig: Trauer lastete auf ihm, und doch fühlte er sich so stark wie nie zuvor. Es war, als läge seine eigene Kraft schwer auf ihm und drückte ihn nieder.

Der König dachte an viele Dinge, und es fiel ihm ein, wie er vor zehn Jahren, als er siebzehn war, in der Stadt Ribe dem Ewigen Juden begegnet war. Pater Anders, sein Beichtvater, hatte ihm gesagt, daß der seit zwölfhundert Jahren Geächtete nach Ribe gekommen sei, und er hatte nach ihm gesandt. Doch als der uralte, gekrümmte, erdfarbene Ahasverus in seinem schwarzen Kaftan sich vor ihm aufs Gesicht warf, wich jener furchtbare Zorn gegen den Mann, der den Herrn verspottet hatte, wieder aus seinem Herzen; er stand und sah ihn an, in tiefer Verwunderung. »Bist du der Schuhmacher von Jerusalem?« fragte er ihn. »Ja, ja, der bin ich«, antwortete der Jude und seufzte schwer. »Ich war einst Schuhmacher in Jerusalem, jener herrlichen Stadt. Ich machte Schuhe und Sandalen für die reichen Bürger und für die Römer ebenso. Einmal machte ich ein Paar Pantoffeln für die Frau des Pontius Pilatus, des Statthalters, die über den ganzen Rist hinweg mit Chrysopasen und Rosensteinen besetzt waren.«

Jetzt empfand der König wieder, als sei keine Zeit verflossen und so deutlich wie an jenem Tag in Ribe, die unendliche Einsamkeit des alten Wanderers. Doch heute nacht waren die Dinge umgekehrt und in einem neuen Sinne für ihn Wirklichkeit geworden: Er war nun selbst Ahasverus. Wie viele Menschen um ihn herum waren seit damals gestorben! Tapfere Ritter waren in der Schlacht gefallen, fröhliche Jugendfreunde waren nicht mehr, schöne Damen – sie alle waren entschwunden, wie Weisen auf einer Laute gespielt. Des alten Königs Narr fiel ihm ein, mit den kleinen Schellen an seiner Kappe, und wie possierlich er auf dem Tisch auf und ab gehüpft war, während er die großen Herren des Hofes nachäffte. Jetzt war es viele Jahre her, daß er tot war, ja, sogar viele Jahre, daß der König an ihn gedacht hatte. Oft war er dem Blick des gehetzten, ermatteten Hirsches begegnet, wenn er ihm das Messer ins Herz stieß und es umdrehte. Tränen waren aus den klaren Augen des Tieres geflossen.

Doch der König konnte nicht sagen, er wußte es nicht, ob er selbst jemals sterben würde.

Eine leichte Brise strich durch das Gras und die Kronen der Bäume draußen. Die Wandteppiche beim Fenster raschelten sacht; in der Dunkelheit konnte er die Gestalten der Männer und Tiere auf ihnen nicht erkennen, er wußte aber, daß sie sich bewegten, als zöge ihre Prozession über die Wand hin.

Des Königs Gedanken wanderten weiter und fanden nirgendwo Ruh. Er erinnerte sich, wie in den alten Tagen Entzücken sein Herz erfüllt hatte beim Gedanken an Jagd und Tanz, an Turniere, an Rache, an seine Freunde und an Frauen. Langsam ging er alle diese Freuden durch. Doch wo sollte er nun den Wein suchen, der ihn froh machte? Kein menschliches Wesen hatte die Macht, ihm diesen Wein zu kredenzen. Er war in seinem Königreich Dänemark so einsam, wie er es in seinem Schlaf, in seinen Träumen war. Jüngst hatte der König einen langen und bitteren Kampf mit seinen mächtigen Vasallen ausgefochten, und er hatte beim Gedanken an ihre Niederwerfung triumphiert; es war nicht das Entzücken, der Honig auf der Zunge vergangener Tage, aber es war ihm immer noch ein lockendes, lohnendes Spiel gewesen. Jetzt, in der innigen, kühlen, stummen Umarmung der Nacht und in der Gegenwart jenes Silbersternes, wurde diese ganze gewaltige Machtprobe mit seinen Lehensmänner zu einer Nichtigkeit, zu eines Knaben Zeitvertreib. Die großen Kräfte in ihm schrien nach gewaltigeren Unternehmungen und nach einer vollen Aufgabe. Er dachte an die Frauen seines Hofes, an die Damen mit den Schwanenhälsen, die in seinem Schloß den Reihen schritten. Er liebte es, sie tanzen zu sehen und sie singen zu hören; er hatte einst Vergnügen an ihren schönen Leibern gefunden, wenn sie nackt in seinen Armen lagen, doch mit keiner von ihnen wollte sich sein Herz heute nacht niederlegen.

Der König grämte sich um seine unsterbliche Seele, die er nicht erquicken konnte. Diese brennende Liebe, die seine

Seele erfüllte, gehörte seiner Jugend an; sie brachte lang vergangene Frühlingsnächte zurück. Damals war es nur das heiße Sehnen eines Jünglings gewesen; nun, da er die Welt kannte, durchströmte sie ihn ganz, in bitterem Schmerz. Auf Erden hatte seine Seele keinen Freund. Alle anderen menschlichen Wesen, seine Bauern und Barone, seine Soldaten und Gelehrten konnten ihresgleichen finden, denen sie sich anvertrauen, mit denen sie sich freuen konnten; wer aber konnte die Seele eines Königs trösten? Der König erhob seine Gedanken zu Gott, dem Herrn im Himmel. Er mußte so einsam sein wie er selbst, vielleicht noch einsamer, da er ein größerer König war.

Wieder schaute er den Stern an, so hoch droben und rein wie ein Diamant. »*Ave stella maris*« seufzte er. »*Dei mater alma.*« Unter all den Damen, die je auf Erden gewandelt waren, würde einzig die Heilige Jungfrau sein Herz kennen und schätzen und seine Anbetung huldreich würdigen.

Jener alte Jude, dachte er, mußte die Heilige Jungfrau gesehen haben und würde sie ihm wohl beschrieben haben, hätte er ihn danach gefragt. Wenn er selbst so viele Jahrhunderte früher geboren worden wäre, hätte auch er ins Heilige Land ziehen und Maria mit eigenen Augen schauen können. Ob dann der junge König von Dänemark ein Rivale des alten Himmelskönigs geworden wäre? »Nein, nein, Herr« flüsterte er. »Ich hätte nur ihren Handschuh an meinem Helm getragen. Ich hätte nur, mit gefällter Lanze, mein großes, graues, eisengepanzertes Pferd neben ihrem Esel hergehen lassen, auf jener Straße nach Ägypten. Du selbst hättest auf mich herniedergelächelt.«

Wie vollkommen könnte, dachte der König, das Verständnis zwischen dem Herrn und ihm sein, wie herrlich und herzlich könnte ihr Einvernehmen sein, wenn nur sie beide allein auf der Erde wären, ohne die anderen Menschen, die durch ihre Eitelkeit, ihren Ehrgeiz und ihren Neid die Klarheit trübten. »O Herr, es ist Zeit«, dachte der König, »daß ich mich abkehre von ihnen, daß ich alles von mir werfe, das dem Glück meiner Seele im Wege steht. An sie allein will ich von nun an denken. Ich werde meine Seele retten; ich will noch einmal fühlen, wie sie jauchzt.«

In diesem Augenblick war ihm, als ertöne eine Glocke in der Sommernacht, die nur er allein hörte. Ihr Klang umschloß ihn, wie die Wellen des Meeres einen Ertrinkenden. Der König erhob sich in seinem Bett auf die Knie und hob sein Gesicht auf. Er sah und verstand alles. Er erkannte, daß seine Einsamkeit seine Stärke war, denn er selbst war die ganze Welt.

Der Laut verklang. Eine lange Zeit danach, während er still dalag, die Hände auf der Brust gefaltet, sah der König an der Helle des Himmels, daß es nicht mehr lange bis zum Morgen war. Der Stern, den er zuerst beobachtet hatte, war zum Rahmen des Fensters hinaufgewandert. Ein kalter Hauch zog durch die Welt, so daß er die Seidendecke seines Bettes ans Kinn zog; Tau fiel. Er hörte die ersten drei oder vier zirpenden Töne der Goldammer im Wipfel eines Baumes; bald würden die anderen Vögel folgen; in einer kleinen Weile würde er den Kuckuck aus den Wäldern hören. Der König fiel in Schlaf.

Des Morgens, als die Diener kamen, um den König zu wecken und anzukleiden, regnete es. Als der König erwachte, war ihm seines Vaters alter wendischer Höriger im Sinn, Granze. Vielleicht hatte er im letzten leichten Schlaf dieser Nacht von ihm geträumt und das Rauschen des Regens hatte den Traum gebracht, denn er hatte noch das Geräusch der Wellen im Ohr, die über Kiesel gluckten. Der Vater dieses alten Hörigen war als Kind von der Insel Rügen nach Dänemark herübergebracht worden und zwar von dem großen Bischof Absalon. In seinem ganzen Leben hatte er niemanden seines eigenen Stammes gekannt. Er war so alt, so uralt wie das Salzmeer, doch für die Wenden, dachte der König, zählten die Jahre nicht so wie für Christenmenschen; sie lebten ewig. Vor zwanzig Jahren war der Hörige sein bester Freund gewesen. Sie hatten zusammen viele Tage am Strand verbracht, und der Wende hatte ihn gelehrt, Reusen zu stellen und bei Fackelschein Aale zu speeren. Nun hatten sie einander lange Zeit nicht gesehen. Aber er wußte, daß der alte Einsiedler noch am Leben war und in einer Hütte am Meer hauste. Er wollte, dachte er, hinunterreiten und den alten Hörigen noch einmal sehen. Granze war der Beginn seines Lebens gewesen, soweit er sich zurückerinnern konnte; es war nur richtig, daß er nun wieder in sein Leben trat. Der Wende hatte Kenntnis von vielen Dingen, die des Königs dänische Untertanen nicht wußten.

All seine Gedanken der vergangenen Nacht waren dem König noch im Sinn; er war stark, ruhig und leichten Herzens. Doch im Lichte des Tages verharrte er nicht bei ihnen. Er war fertig mit dem Grübeln und sah seinen Weg vor sich. Ja, er war selbst der Weg, die Wahrheit und das Leben.

Der König ließ sich von seinem Leibdiener den schweren, reich gefältelten, blau und rostrot gefärbten Mantel mit den eingewobenen Blättern und Vögeln über die Schultern hängen. Doch während sein Knappe ihm die Sporen anschnallte, kam Kunde, daß der Priester Sune Pedersen aus Paris eingetroffen sei. Dies schien dem König ein gutes Omen. Er sandte nach ihm. Sune Pedersen gehörte der Sippe Hvide an, einem widerspenstigen Clan, zu dem viele von des Königs grimmigsten Widersachern gehörten. Doch dem König und Sune war als Knaben zusammen Lesen und Schreiben beigebracht worden. Sune war einen halben Kopf kleiner als der Prinz gewesen, im Bogenschießen, Reiten und in der Falknerei ihm jedoch ebenbürtig, und er besaß einen raschen, scharfen Verstand. Er war seinen Freunden ein treuer Freund und fürchtete nichts. Er war jetzt fünf Jahre lang fortgewesen, um in Paris zu studieren, und von Zeit zu Zeit war dem König von seinen Fortschritten und seinen schönen Erfolgen dort berichtet worden.

Sune kam herein, noch in seiner schwarzen Reisekleidung,

halb Kleriker, halb Kavalier, und beugte das Knie vor dem König, der König aber hob ihn auf und küßte ihn auf beide Wangen. Sune Pedersen war ein eleganter und freimütiger junger Priester mit weißen Händen. Seine Kleider saßen gut an ihm; sein kleiner, frischer roter Mund zeigte ein gelassenes und heiteres Lächeln. Er hatte eine wohlklingende Stimme und redete in seiner alten, schlichten dänischen Weise; nur hin und wieder fügte er ein französisches Wort in seine Rede ein. Er machte dem König zunächst einige Komplimente zu den schönen neuen Kirchen in Dänemark und übermittelte Grüße von hohen Prälaten in Paris. Er war der Überbringer eines Geschenkes des Regenten Mathieu de Vendôme an den König, eine Reliquie, die in ein ziseliertes Kruzifix aus Gold eingelassen war, die er aber erst später, in Anwesenheit der Würdenträger der Kirche von Dänemark, überreichen sollte.

Während ihres Gespräches kam des Königs erster Schreiber herein und brachte ihm eine Liste der Herren und Geistlichen, die um Audienz ersuchten. Der König ließ seinen Blick über das Pergament gleiten. Dies waren die Männer, die den Frieden seiner Seele gestört und sich gegen den Willen des Königs von Dänemark gestellt hatten. Wie hatte er das nur zulassen können? Ein jäher Schmerz durchzuckte ihn, als hätte er ein edles Pferd einem rohen Knecht zum Reiten gegeben. Er stand eine Weile gedankenverloren da. Diese Liste verzeichnete eine lange Reihe stolzer Dänenköpfe. Dennoch konnten sie gebeugt werden und dennoch konnten sie fallen. Er gab die Liste dem Schreiber zurück und ließ durch ihn verkünden, daß er heute niemanden empfange; er werde ausreiten. Die Königin sandte Botschaft durch ihren Kammerherrn; sie war sehr in Sorge, weil ihr liebstes Schoßhündchen krank war, und bat den König zu kommen und nach ihm zu sehen. Der König ließ ausrichten, daß er morgen kommen werde.

Der König forderte Sune auf, mit ihm zu reiten. Sune hatte Granze in den alten Tagen gut gekannt und lächelte bei der

Erinnerung daran. Auch der König lächelte. Die Erinnerungen, die er mit Sune teilte, dachte er, waren alle strahlend, als seien sie hell erleuchtet; jene, die mit dem Wenden verbunden waren, gehörten jenen ganz frühen Tagen an, da er sich noch kaum seiner selbst oder der Welt bewußt war. Sie regten sich dumpf im Dunkel und rochen nach Muscheln und Tang. Das Lächeln blieb auf seinem Gesicht, wie er seine Gedanken weiterwandern ließ. Wenn er einen der beiden zum Tode verurteilen müßte, welcher Kopf würde dann wohl fallen – der alte, dunkle knorrige Schädel oder dieses junge, anmutig tonsierte Haupt? Er fragte Sune, ob er ihm für diesen Ritt ein sanftes Saumroß bringen lassen müsse. Sune erwiderte, daß er sich immer noch auf jedes Pferd aus des Königs Stall wage. Er habe aber frische Pferde mitgebracht. Er komme nicht geradewegs von Frankreich, sondern habe den Weg über Jütland genommen, um dort seine Verwandtschaft zu besuchen. Der König runzelte die Stirn, dann lächelte er wieder. Bald ritten der König und Sune zusammen durch den Schloßhof und zum Tor hinaus, und der Wächter auf der Brustwehr blies in sein Horn. Drei von des Königs Knechten, Sunes Diener und ein Hundeknappe trabten klirrend hinter ihnen drein, und der König ließ seine liebste Hirschhatzhündin, Blanzeflor, bei seinem Steigbügel laufen.

Sie ritten durch den Wald. Die jungen Blätter der tropfnassen Bäume waren noch weich und schlaff, seidig, weniger Blätter als Blüten, und hingen in der süßen Waldluft wie Wasserpflanzen in tiefem Gewässer. Unter den Baumkronen war der Waldweg erfüllt von durchsichtigem Glanz und vom lebendigen, bitteren Duft des frischen Blattwerks und der Blüten von Ahorn und Pappel. In dem Sprühregen sangen allenthalben die Vögel; die Hohltaube gurrte im hohen Gezweig, als sie unter ihr dahinritten. Einmal schnürte ein Fuchs vor ihnen über den sich dahinschlängelnden Weg, verhielt einen Moment und betrachtete die Reiter, die Lunte auf dem Boden, dann schlüpfte er davon, wie eine kleine rote Flamme, die im nassen Farn erlischt.

Der König befragte Sune Pedersen nach dem Leben in Paris, und Sune antwortete frei und fröhlich. Der Glanz der Universität, sagte er, sei vielleicht nicht mehr ganz der gleiche, wie vor hundert Jahren, in den Tagen Abelards und Peters von der Lombardei, doch ruhe deren Geist noch auf ihr und strahle davon aus. Man könne nicht, fuhr er fort, völlig begreifen, was es heißt, im Lichte zu wandeln, in der Erleuchtung der großen Wissenschaften und Künste, bevor man in Paris gewesen sei. Auch sei die Unabhängigkeit der Universität erst jüngst durch die päpstliche Bulle »*Parens Scientiarum*« bestätigt worden. Er ging dazu über, vom König von Frankreich zu erzählen und von seinem Hofe. König Philipp sei ein gewaltiger Nimrod. Sune war, zusammen mit einem adligen jungen Priester aus England, seinem Freunde, im Schlosse des Königs zu St. Germain gewesen und dort Zeuge einer Jagd geworden. Er schilderte die Einzelheiten des Jagdverlaufs, der Pferde und der Hunde. Und die französischen Damen, sagte er, säßen so kühn im Sattel wie die Männer. Stimmte es denn, fragte ihn der König, was man von der Schönheit jener Damen zu Frankreich erzähle? Ja, erwiderte Sune, insoweit ein Geistlicher sich darüber ein Urteil erlauben könne, so seien sie schön, edel, fromm und fein gebildet, in ihren Reden und Manieren so lieblich wie Melodien. Über ihnen allen erstrahle die junge Königin Marie von Brabant, eine weiße Lilie. Sie habe großen Einfluß auf den König, ihren Gemahl, und sei dabei, was jedermann hoffe, die schändliche Macht des Pierre la Brosse zu brechen, den der König mit Ländereien und Ehren überschütte. Pierre lohne es ihm schlecht, denn man glaube allgemein, daß er versucht habe, den jungen Prinzen Louis, des Königs ältesten Sohn, zu vergiften.

»Das ist der Lauf der Welt«, sagte der König. »Treue findet ein König nur selten – wenn es sie überhaupt gibt.« »Ja, so ist es wirklich, Herr«, sagte Sune. »Welche Treue kann der König von Frankreich wohl finden, solange er einen Leibeigenen, den Barbier seines Vaters, seinen adligen Lehensmännern vorzieht?«

Er kam wieder auf die Kirchen in Paris zu sprechen. Er beschrieb dem König die Sainte-Chapelle, die von König Ludwig erbaut worden war. Sie war fürwahr eine heilige und herrliche Stätte, wie das Paradies. Trauer befiel Sune unterm Reden. Er brach seine Schilderung ab und ritt schweigend dahin. Dieser grüne Wald von Seeland – er hatte ihn viele Male in seinen Träumen gesehen und hatte ihn für köstlicher gehalten als alle Kathedralen von Frankreich. Doch nun, da er endlich wieder in ihm ritt, im sanften Regen, wurde ihm das Herz schwer; er sehnte sich nach Paris und nach etwas, das nicht hier war. Er wiederholte: »Wie das Paradies.«

»Sage mir, Sune«, sagte der König, »geschieht es nach dem Willen des Herrn, daß die Menschheit niemals glücklich sein kann, sondern ewig nach Dingen sich sehnen muß, die sie nicht hat, und die vielleicht nirgendwo zu finden sind? Tiere und Vögel sind zufrieden auf dieser Erde. Sollte sie da nicht gut genug für die Menschen sein, die Gott in sie gesetzt hat: die Bauern, die über ihr hartes Los klagen, die großen Herren, die nie genug bekommen, und die jungen Priester, die mitten im grünen Walde nach dem Paradiese seufzen? Kann der Mensch denn nicht – kann denn nicht wenigstens ein einziger von all den Menschen – mit dem Herrn in solches Einvernehmen kommen, daß er sagte: ›Ich habe das Rätsel dieses Lebens gelöst. Ich habe mir die Erde zu eigen gemacht, und ich bin glücklich auf ihr?‹«

»Herr«, sagte Sune, und während er sprach, klopfte er seinem Pferd den Hals, »das ist der Menschheit alter Schrei. Seit Tausenden von Jahren haben die Menschen zu Gott im Himmel geklagt: ›Du hast die Erde erschaffen, o Herr, und Du hast den Menschen erschaffen, aber Du weißt nicht, wie es ist, einer von uns zu sein. Wir können die Bedingungen dieser

Erde mit der Natur unseres Herzens, wie Du Selbst sie in uns erschaffen hast, nicht versöhnen. Wir finden hienieden den Frieden nicht, die Gerechtigkeit nicht und das Glück nicht, wonach uns verlangt. Es ist eine immerwährende Trennung, und wir ertragen sie nicht mehr. Enthülle uns wenigstens Deinen Plan für die Welt und für uns, schenke uns die Lösung des Rätsels dieses Lebens.‹ Die Klage drang an Gottes Ohr. Er überdachte sie, und Er befragte die guten Engel, die überallhin entsandt werden, um die Wege des Menschen zu bewachen. ›Hat es mein Volk auf Erden wirklich so schwer, wie es behauptet?‹ Die Engel antworteten: ›Dein Volk auf Erden hat es wirklich schwer.‹ Der Herr dachte: ›Es ist unsicher, sich auf die Aussagen von Dienern zu verlassen. Ich habe Mitleid mit den Menschen geschöpft. Ich will hinabgehen und selbst sehen.‹ Also nahm Gott Menschengestalt an und stieg zur Erde nieder. Hierauf frohlockten die guten Engel und sagten zueinander: ›Seht, der Herr hat Mitleid mit den Menschen geschöpft. Nun wird Er endlich diesen armen unwissenden und einfältigen Sterblichen den Weg weisen, wie man auf Erden so gedeihlich, glücklich und in Eintracht sein kann, wie wir in unserem Himmel es sind. Von nun an werden wir auf unseren Wegen auf Erden keine Tränen mehr sehen.‹ Dreiunddreißig Jahre vergingen, was für die Bewohner des Paradieses nur wie eine einzige Stunde ist. Dann bestieg der Herr seinen Thron wieder und versammelte seine Engel um sich. Von allen Seiten kamen sie geflogen, begierig auf die Neuigkeit. Der Herr sah jünger aus, als sie Ihn je gesehen hatten, erhaben und ernst; als Er Seine Hand hob, da Er sprechen wollte, sahen die Engel, daß sie durchbohrt war. ›Wahrlich, ich bin von der Erde zurückgekehrt, meine Engel‹, sagte Er, ›und ich kenne jetzt die Bedingungen und Weisen des Menschen; niemand kennt sie besser als ich. Ich hatte Mitleid mit dem Menschen geschöpft und gelobt, ihm zu helfen. Ich habe nicht geruht, bis ich mein Versprechen erfüllt hatte. Ich habe nun das Herz des Menschen mit den Bedingungen der Erde versöhnt. Ich habe diesem armen und einfältigen Geschöpf den Weg gezeigt, geschmäht und verfolgt zu werden; ich habe ihm gezeigt, wie man bespien und gegeißelt wird; ich habe ihn gelehrt, wie man an ein Kreuz geschlagen wird. Ich habe dem Menschen jene Lösung seines Rätsels gegeben, die er von mir erflehte; ich habe ihm seine Erlösung geschenkt.‹«

Der König hatte zuerst nicht zugehört, denn er war in eigene Gedanken versunken dahingeritten. Doch als Sune in seiner Geschichte vorwärtskam, hörte er mit halbem Ohr zu und lachte insgeheim. Nicht vergeblich, dachte er, hatte Sune seine Verwandten besucht, die mächtigen Vasallen in Mølle-rup und Hald; der kleine Gottesmann, sein Schulkamerad, wollte dem König von Dänemark beweisen, daß Demut eine gottähnliche Tugend sei. So war das also mit den eigenen Freunden: sie ritten an deiner Seite, in ihren Herzen aber hatten sie ihre eigenen Absichten. Doch Sunes Stimme, wie er da redete, war wohlklingend, honigglatt und wohlbemessen, dem Ohr des Königs angenehm. Er dachte: »Nein, ich werde Sune nichts Böses antun. Im Gegenteil, ich werde ihn nicht zurück nach Paris gehen lassen, sondern werde ihn hier bei mir behalten, damit er mir solche Geschichten erzählt, wie ich sie von niemand anderem zu hören bekomme. Ich werde ihn wie auch Granze bei mir behalten, und beide sollen sie mir dienen!«

»Und doch«, sagte der König nachdenklich, als Sune mit seiner Geschichte fertig war, »hat der Herr, wie mir scheinen will, die Bedingungen des Menschen nicht zur Genüge erkundet. Weshalb hat Er sich nur unter Fischern und Zimmerleuten aufgehalten? Wenn Er schon einmal auf Erden war, hätte Er doch auch die Lage eines großen Herren, ja eines Königs erkunden können. Man kann nicht sagen, daß Er eine volle Kenntnis der Erde besitzt, so lange Er kein Pferd geritten hat. Ist es denn möglich, daß Er damals vielleicht vergessen hatte, daß Er selbst ja das Pferd erschaffen hat, den Hirsch, Eisen, süße Musik und Seide?«

Da sie unterdessen weitergeritten waren, war der Wald um sie her niedriger und lichter geworden; Eichen und Ahorn wurden von dünnen, windverkrüppelten Birken abgelöst. Hier und da wuchs Heidekraut auf den Lichtungen, und schließlich wurde aus dem Weg ein sandiger Pfad. Der Regen hatte aufgehört. Sie erreichten den Saum des Waldes und setzten im Galopp über Weideland mit ein paar schütteren und verkrüppelten Weißdornbüschen. Zwei Raben, die gemessen in dem kurzen Gras stolzierten, flogen vor den Reitern auf. Vor diesen lag eine Reihe unregelmäßiger, niedriger Dünen; sie ritten sie hinauf, und vor ihnen lag das offene Meer.

Der König hielt sein Pferd an und schaute hinaus. Der volle, salzige, feuchte Atem des Meeres berührte sein Gesicht und umarmte ihn. Er war durchtränkt von scharfem Tanggeruch; er sog ihn tief ein und fragte sich, weshalb er so lange Zeit nicht hierher gekommen war. Eine Zeitlang dachte er an nichts als an das Meer.

Der Tag war trüb, aber die Welt war, wie eine Glasglocke, von einem verschwommenen Halblicht erfüllt und von dem steten, melodischen Branden des Meeres: ein mächtiges, dumpfes Brausen von den Tiefen weit draußen her – seltsam unwirklich an diesem stillen Tage, aber zuvor hatte drei oder vier Tage lang ein heftiger Wind geweht –, ein köstliches Plätschern nahbei, wo die Wellen die Steine und Kiesel heraufliefen. Es waren die Laute, die der König in seinem Traum gehört hatte. Rings um den Horizont herum spielten Himmel und Meer miteinander, unbeständig und betörend. Gen Westen war das Meer bleifarben, dunkler als der Himmel; gen Osten war es heller als die Luft, perlmuttfarben, wie ein schimmernder Spiegel. Im Norden aber verbanden sich Himmel und Meer ohne die feinste Scheidelinie und wurden unermeßlicher Raum, All. Weit draußen stahl sich das Sonnenlicht durch die gestaltlosen, blinden Wolken, und wo es auf die See traf, glimmerte deren Oberfläche, als spielten ganze Fischschwärme drüber hin. Auf halbem Wege zum Horizont zog ein Keil wilder Schwäne eine weiße Linie, wie ein perlender Brecher am Himmel, quer über das blasse Gesichtsfeld.

Einer von des Königs Männern sollte ihm die Hütte des Hörigen zeigen, aber die Hütte war klein und verschmolz mit der Farbe der Küste. Er konnte sie erst ausmachen, als er eine dünne Säule blauen Rauchs von ihrem kegelförmigen Dach aufsteigen sah. Vor der Hütte lag Granzes kurzes, breites, dunkles Boot, und als sie die Dünen hinunterritten, sahen sie den Herrn über alles, Granze, bis zu den Knien im Wasser, wie er an Land watete und etwas Schweres, einen reichen Fang, hinter sich herzog. Als er die Reiter auf sich zukommen sah, blieb der alte Hörige stehen und beschattete mit der Hand seine Augen, um sie richtig sehen zu können; dann beschäftigte er sich wieder mit seiner Beute. Er hatte sein Kleid aus Ziegenfellen bis zur Hüfte hochgebunden, und die jungen Männer mußten bei diesem Anblick lachen, so wenig menschlich war seine knotige, dunkle Nacktheit. Er watete an Land, zottig und plattfüßig, schnaubte wie ein Wasserhund und legte den großen Fisch, den er hinter sich hergezogen hatte, auf den Sand; dann ließ er sein Kleid zu den Knöcheln hinab. Er stand stockstill und wartete auf seine Besucher. Als sie in seine Nähe kamen, preschte Sunes Pferd los und setzte sich vor das Pferd des Königs. Granze sah den König nicht an, sondern legte seine Hand auf Sunes Fuß.

»Bist du es, der hierher kommt, Sune, Absalons Verwandter?« sagte er. »Ich dachte, du seiest tot.« »Nein, noch nicht ganz tot, durch die Gnade Gottes«, sagte Sune lächelnd und beruhigte sein Pferd. Granze sah ihn an. »Du bist aber nahe dran gewesen, vor sieben Vollmonden«, sagte er. »Ja, so ist es«, sagte Sune ernst. Granze stand einen Moment stumm da; dann gluckste er. »Ein Weib hat dir was Feines gekocht«, kicherte er, »und hat Rattengift hineingetan. Hat sie dich für eine Ratte gehalten, kleiner Sune? Wenn die Ratten in die

Löcher gehen wollten, die Gott für sie gemacht hat, dann würden die Leute sie nicht vergiften.« Sune war blaß geworden. Er saß auf seinem Pferd ohne ein Wort.

Der König trieb sein Pferd dicht an seinen alten Leibeigenen heran. Das Gold an seinem Gewande, sein Schwertgriff und seine Schabracke glänzten. »Kennst du mich nicht mehr, Granze, Sohn Gnemers?« fragte er den Hörigen. »Wahrlich, ich kenne dich, Prinz Erik«, sagte der Wende feierlich, »wenn du auch blasser bist, als du es letztes Mal warst. Ich habe dich schon erkannt, als du noch oben auf der Düne warst.« Er sah dem König lange voll ins Gesicht. »Heil!« rief er dann. »Sei willkommen, mein Gebieter, wenn du deines Vaters guten, getreuen Hörigen durch deinen Besuch ehrst. Komm und trink mit Granze. Du sollst das gleiche gute Gebräu bekommen, wie du es hier anderntags bekamst, oder ein noch besseres. Und ich habe früh am Morgen einen großen Fisch gefangen. Ich werde ihn für dich braten. Ich räuchere gerade Fisch in meinem Haus, aber ich werde draußen auf den Steinen ein Feuer für dich machen. Setz dich zu Granze und iß noch einmal mit ihm.«

Er lief in seine Hütte und kam mit einem vollen schwarzen Ziegenschlauch über der Schulter wieder heraus. »Ruf deinen Hund zurück, mein Gebieter!« rief er, als ihm die Hündin folgte und an seinen Beinen schnüffelte, und er sprang so schnell von einem Fuß auf den anderen, als trete er Wasser. »Sie ist schön, sehr stark. Gewiß hilft sie dir gut, die Hirsche zu fangen. Doch die Hunde großer Herren mögen die Hörigen nie.« Er hob den schwarzen, fettigen Schlauch an den Mund des Königs, der auf seinem Pferde saß. »Trink«, sagte er. Der König hatte das Gebräu vergessen, das er vor langer Zeit in des Wenden Hütte gekostet hatte. Jetzt brachte der Geruch sogleich viele Bilder von Granze zurück, wie er damals nach dem Trunk getanzt und gelallt hatte. Es brannte ihm auf der Zunge und sandte ein süßes Wohlbehagen durch seine Adern. Granze hielt das Gefäß zu Sune empor, dann setzte er die Öffnung an seinen eigenen Mund, legte den Kopf zurück und leerte den Schlauch. »Nun sind wir Freunde«, sagte er. »Nun mag, was wir träumen und planen, verschieden sein, das Wasser aber, das wir lassen, wird das gleiche sein.«

Der König hatte eigentlich vorgehabt, Granze nach der Zukunft zu befragen, fand aber jetzt, daß dies nicht mehr nötig war. Es schien ihm, als seien er und Granze miteinander verwandt, so eng, wie keine zwei anderen Männer im Land – der Hörige, der aus seiner Heimat weggeführt worden war und nie einen Menschen aus seinem eigenen Volke gesehen hatte, und der König, der rings um sich her nirgendwo seinesgleichen fand. Einsamer als die anderen waren sie, aber auch weiser; die geheimen Mächte der Welt erkannten sie an und erwiesen ihnen Gehorsam.

»Du bist hier ein mächtiger Mann, Granze«, sagte er, »und hast die Welt zu eigen, so weit wie du sehen kannst. In gewisser Weise bist du geradesogut ein Heiliger wie die alten Eremiten, die sich in die Wüste zurückzogen, wie der Mann, der auf der Säule stand, um Gott anzubeten. Nur ist es nicht Gott der Herr, dem du dienst, sondern deine schwarzen, alten Holzgötzen in deiner Hütte drinnen sind es, an die ich mich gut erinnere.«

»Nein, nein«, sagte Granze schnell und sah Sune hilfesuchend an. »Granze ist begossen worden, Granze ist unterrichtet worden und hat nichts vergessen. Ich weiß von der, die geboren hat und doch Jungfrau geblieben ist, wie eure Glasfenster, durch die die Sonne geht und sie doch nicht bricht. Und auch vom Manne, der von dem Fisch geschluckt und wieder ausgespuckt wurde. Seht!« rief er und bekreuzigte sich feierlich. Sune sagte auf lateinisch: »Wenn du den Narren im Mörser zerstießest mit dem Stämpfel, wie Grütze, so ließe doch seine Narrheit nicht von ihm.«

Sune sprang vom Pferd und hielt dem König den Steigbügel. Auch die Männer des Königs saßen ab und führten die

Pferde beiseite. Des Königs Leibdiener breitete einen Mantel über einen Stein, damit sein Herr sitzen konnte.

Granze brachte in einem Becken Glut heraus, Holzkohlen und einen langen Spieß. Er hockte auf den Fersen im Sand und entfachte mit Sorgfalt und Geschick ein Feuer, wobei er hin und wieder, durch den Rauch hindurch, einen Blick auf seine Gäste warf. Er hielt ein Stück schwarzen, harten und fasrigen Torf hoch und sagte: »Das war ein Baum, der in der Erde wuchs, bevor in diesem Land eine Henne ein Ei gelegt hat.« »Es ist eine lange Zeit her«, sagte der König, »und ich erinnere mich nicht an diesen Baum.« »Nein, ich würde mich auch nicht an ihn erinnern, wenn ich du wäre«, sagte Granze. »Doch bei uns Wenden ist das eine andere Sache. Was unseres Vaters Vater geschehen ist und jenen alten Männern, die Moder waren, als seine Mutter ihn säugte, das haben wir immer noch in uns; wir rufen es zurück, wann immer wir wollen. Auch du hast die Lüste und die Ängste deiner Väter in deinem Blut, aber ihr Wissen hast du nicht; sie wußten nicht, wie man es mitgibt, wenn sie ein Kind zeugten. Das ist der Grund, weshalb jeder von euch von neuem beginnen muß, von Anfang an, wie eine neugeborene Maus im Dunkeln tappend.«

»In jenen alten Tagen«, erzählte er, »hatten viele Dinge Leben, die heute leblos sind. Die moosigen, morschen alten Baumstämme im Walde und in den Sümpfen konnten sprechen. Ich selber habe es nicht gehört, aber ich habe einen von ihnen in seinem Schlaf schnarchen hören, als ich des Nachts auf schmalem Pfad an ihm vorüberkam. Die großen Steine auf dem Meeresgrund kamen in den Vollmondnächten an Land, naß glänzend, mit Muscheln und Tang behangen; sie liefen um die Wette und paarten sich am Strand.

Die Menschen mußten die Bäume der großen Wälder fällen, um sich Pflugland zu schaffen. Heißa! war das saure Arbeit! Meine zwei Hände hier taten die Arbeit nicht, und doch sind sie schwielig davon; sollte da nicht auch mein

Gedächtnis die Schwielen zurückbehalten haben? Die Baumfäller machten sich am Fuß einer hohen Föhre einen niedrigen Unterschlupf, um darin zu schlafen, und sie waren sehr müde; sie wurden winzig wie Waldmäuse an ihrem Feuerchen in der Nacht. Dann kam der Sturm, pflanzte sich breit in den Wipfel der Föhre und sang: ›Schneefelder, Steinfelder, Wüstland, grau wandernde Wellen. Wie weit ist die Welt, ohne Ende ist sie!‹ Das Lied lief den Föhrenstamm hinunter und klagte: ›Platzvoll bin ich von Flucht, gesättigt von Ferne, erschlafft, erschlafft von der Wanderschaft. Wann wird mein Weg zu Ende sein?‹ Und plötzlich kam der Sturm selber heruntergerutscht, stieß seinen Kopf in die Hütte und brüllte: ›Ho ho! Ihr Menschlein! Ihr Ratten, ihr Läuse, ich könnte euch hinaus über den großen kalten Ozean hinpusten. Wo wäret ihr dann?‹ – und schnaubte ihnen Rauch und Asche in ihre Gesichter und war wieder weg.«

Der König saß da, das Kinn in die Hand gestützt, und schaute über das Wasser hin. Er hatte seine Kappe neben sich gelegt, und sein langes kastanienbraunes Haar fiel über seine goldene Halskette. Zu beiden Seiten von ihm erstreckte sich die Küste, knochenweiß, mit Muscheln besät. Hier wuchs nichts; hier hatte die Erde das Leben und Zeugen aufgegeben; alles war erhaben, öde und wüst. Es war Ende und Anfang der Welt. Er dachte an die Schiffe, die, Jahrhunderte hindurch, von den Küsten Dänemarks ausgelaufen waren. Sie hatten mächtige Segel gehißt, und Speere und Schwerter hatten an Bord geblitzt. Von hier aus war König Knud gen England gesegelt und Waldemar gen Estland; Bischof Absalon hatte seine Schiffe zu Wasser gelassen, um die wendischen Piraten zu züchtigen. Diese Fahrwasser führten zu gewaltigen Schlachten und Eroberungen. Die Siege über Männer und Völker waren hohe Ziele. Doch waren sie alle vorbei und vergessen, und im Raunen der Wellen lag mehr als Schlachtengesang: ein Weg ins Unendliche, die Ewigkeit selbst. Das Paradies, von dem Sune gesprochen hatte, begann vielleicht dort, wo sich vor ihm Himmel und Meer berührten.

Granzes Gesicht glühte ziegelrot von dem Trunk. Er sagte zum König: »Nun werde ich dir erzählen, weshalb ich Angst davor hatte, dich anzusprechen, als ich dich vorhin erblickte. Als du über die Dünen heraufkamst, hattest du einen leuchtenden Ring um deinen Kopf, so wie ihn eure heiligen Bilder haben. Wo hast du den herbekommen?«

Das Feuer loderte jetzt hell. Granze erhob sich und schleppte den großen Fisch herbei. Er steckte seine dicken Finger in die Kiemenöffnungen und hielt ihn vor sich hoch. Er hatte fast die Länge seines eigenen stumpigen Körpers. »Ein Fisch für einen großen Herrn«, sagte er, »für die, die einen leuchtenden Ring um den Kopf tragen. Er ist weit geschwommen, um dich zu treffen.« Er hob ein Messer auf und wischte es an seinem Rock ab. Er legte den Fisch in den Sand, schnitt ihn auf und griff mit beiden Händen hinein, um die Eingeweide herauszuziehen.

Sune sagte zum König: »Siehe, Herr. Der Wende hat augenscheinlich die Bräuche seiner Väter nicht vergessen. Gerade so, glaube ich, vollzogen die Priester Swantewits ihre Menschenopfer. Er ist jetzt glücklich. Es ist doch ein seltsam Ding«, fügte er hinzu, »um glückliche Menschen und die Gründe, die sie glücklich machen. Essen vermag es, und Blut, der Anblick ihrer Kinder. Und bei Frauen auch der Tanz.«

Hier am offenen Strand war Sunes Stimme nicht so wohl moduliert, wie sie es in des Königs Gemach gewesen war. Sie hatte jetzt einen zittrigen, eifrigen Unterton, wie die eines Knaben im Stimmbruch. Granze, kühn gemacht von seinem Gebräu, grinste ihn nur an.

Plötzlich hielt der Hörige in seinem Tun inne und stand still; sein Gesicht wurde dumm und ausdruckslos. Er zog seine rote rechte Hand heraus, hielt sie hoch und starrte sie an. Er spuckte darauf, wischte sie an seinem Kleid ab und starrte sie wieder an.

»Ho!« schrie er, mit einer Stimme, die vor Staunen so tief wie die eines Stieres war. »Der Fisch trägt ein Geschenk in seinem Bauch. Er hat dir einen Ring durch das tiefe Meer hergebracht. Hat Granze also nicht genau den richtigen Fisch für dich gefangen?« Er spuckte wieder auf seine Finger und rieb sie sorgfältig an seinem ledernen Kleid ab.

Sune lief hinzu und nahm dem Hörigen den Ring ab; er beugte das Knie vor dem König und hielt ihm den Ring hin. »Alles Heil, König von Dänemark!« rief er. »Die Elemente selbst schwören dir Gehorsam. Sie bringen dir ihre Schätze dar, wie sie es für König Polykrates taten.«

Der König zog seinen bestickten Handschuh ab und ließ sich von Sune den Ring auf den Finger schieben. »Ich habe die Weisheit unserer Schultage wieder vergessen«, sagte er. »Wie geht noch die Geschichte von König Polykrates?«

»Polykrates«, sagte Sune, »war König von Samos und berühmt für sein Glück. Als er dem König Amasis von Ägypten ein Bündnis vorschlug, machte es dieser König, dessen immerwährendes Glück fürchtend, zu einer Bedingung, daß Polykrates dieses versöhne, indem er eine besondere Kostbarkeit preisgebe. Polykrates warf also seinen Siegelring ins Meer, das Kleinod unter seinen Edelsteinen. Doch am nächsten Tag erhielt er einen großen Fisch zum Geschenk, und in dessen Bauch fand sich der Ring. Als Amasis dies erfuhr, lehnte er jegliche Verbindung mit König Polykrates ab.«

»Und was wurde aus König Polykrates?« fragte der König.

»Einige Zeit darauf«, fuhr Sune fort, »wurde Polykrates von Orontes eingeladen, dem Herrscher über Magnesia. Seine Tochter, von einem Traum gewarnt, flehte ihn an, nicht zu gehen, aber er hörte nicht auf sie.« »Und dann?« fragte der König. Sune sagte: »Zu Magnesia fand König Polykrates den Tod.«

»Ich aber«, sagte der König nach einer Weile, »habe nicht versucht, dem Schicksal ein Opfer zu bringen, um es mit meinem Glück zu versöhnen.« »Nein«, sagte Sune lächelnd, »dein Ring ist ein freies Geschenk von des Geschickes Mächten; sie zollen dir aus freien Stücken Gehorsam. Deine Geschichte wird sich dereinst in den Büchern anders ausnehmen.« »Dann sage mir«, sagte der König, »bei der Kameradschaft unserer Kindheit, welche Deutung gibst du diesem Geschenk?« »Herr«, sagte Sune, ernst geworden, »ich weiß dies: Die Geschehnisse erhalten ihre Bedeutung durch die Stimmung der Menschen, denen sie widerfahren und kein äußeres Geschehnis ist für zwei Menschen dasselbe. Du bist mein König und mein Lehnsherr, aber du bist nicht mein Beichtkind. Und ich kenne deine Gedanken nicht.«

Der König saß eine Weile schweigend da. »Als Granze den Ring fand und mir zurief«, sagte er dann, »weilten meine Gedanken bei König Knud von Dänemark. Du vergißt doch nie eine Geschichte, Sune. Du wirst dich daran erinnern, wie das Meer dem König Knud nicht gehorchte, als er ihm gebot.« »Ja, ich kenne die Geschichte, Herr«, sagte Sune. »König Knud selbst hat dieses Begebnis herbeigeführt, um seine Schmeichler und Augendiener zu beschämen, und nie war er ein größerer König, als in jener Stunde.« »Aber was«, sagte der König, »wenn das Meer ihm gehorcht hätte? Wenn es ihm gehorcht hatte, Sune?«

Es herrschte langes Schweigen.

Er hielt seine Hand hoch. »Der Stein in diesem Ring«, sagte er, »ist blau, wie das Meer.« Er streckte seine Hand aus, damit Sune ihn sehen konnte.

Sune hob ehrerbietig des Königs Finger, stand dann aber eine solch lange Zeit reglos da, sie anstarrend, daß der König ihn fragte: »Was schaust du dir an?« Sune ließ die Hand des Königs los, und seine eigene sank herab. »So wahr Gott lebt, Herr«, sagte er mit leiser, klarer Stimme, »dies ist ein solch seltsam Ding, daß ich dir kaum davon zu sprechen wage. Als ich das letzte Mal einen Ring wie diesen sah, saß er an der Hand meiner Verwandten, des Weibes deines Marschalls Stig

Andersen.« »An ihrer Hand?« sagte der König. »Ja«, sagte Sune, »bei Gott dem Allmächtigen, an ihrer rechten Hand.« »Wie heißt sie?« fragte ihn der König. »Ingeborg«, antwortete Sune.

»Wie ist so etwas möglich?« fragte der König. »Herr, ich weiß es nicht«, sagte Sune. »Ich war erst jetzt, vor einer Woche, bei ihrem Manne in Møllerup, in der Provinz Mols, als ich aus Frankreich kam. Sie und ich fuhren in einem Boot zu einer kleinen Insel hinaus, die ihrem Gatten gehört, nach Hielm, unweit der Küste. Es war ein klarer, sonniger Tag, die See war blau und Frau Ingeborg ließ ihre Hand im Wasser treiben. Ihre Finger waren schlank und glatt; der Ring war zu groß für sie, und ich sagte ihr, sie solle aufpassen, damit sie ihn nicht in der See verlöre, denn, sagte ich, einen solchen würde sie nicht wieder bekommen.« Der König sah den Ring an und lächelte. »So ist Granzes Fisch also«, sagte er, »von unserer Provinz Mols quer über das Meer gekommen.«

Nach einer Weile sagte er: »Ich habe viel von der Schönheit deiner Verwandten gehört, aber ich habe sie nie mit eigenen Augen gesehen. Ist sie wirklich so schön?« »Ja, sie ist wirklich sehr schön«, sagte Sune.

Vor dem Auge des Königs stieg das Bild des Bootes im blauen Wasser und in einer frischen Brise auf, mit dem jungen schwarzen Priester darinnen und der schönen Dame, in Seide und Gold, und ihre weißen Finger spielten im Wellengekräusel, und unter ihnen schwamm der große Fisch im dunkelblauen Schatten des Kiels. »Weshalb sagtest du zu deiner Verwandten, daß sie keinen solchen Ring mehr bekäme?« fragte er Sune. Sune lachte. »Herr«, sagte er, »ich kenne meine Verwandte, seit sie ein Kind war. Ich habe sie Schach gelehrt und das Lautenspiel, und viele Male haben wir miteinander gescherzt. Ich sagte zu ihr, im Spaß, daß sie auf ihren Ring gut achtgeben müsse, denn sie würde keinen zweiten blauen Stein mehr bekommen, der ihren Augen so gleiche.« Der König sagte: »Es ist huldreich und höflich von der Dame

Ingeborg, mir mit dem Fisch ihren Ring zu senden. Ich werde ihn tragen, bis ich ihn ihr zurückgeben kann.«

»Es ist ein merkwürdig Ding«, fügte er nach einer Weile hinzu, »wenn schöne Frauen edle Steine tragen, dann werden diese einem bestimmten Teil ihres Gesichtes oder Leibes gleich. Perlen scheinen nur ein anderer Ausdruck für die Schönheit ihrer Hälse und Brüste zu sein, Rubine und Granaten für die ihrer Lippen, Fingerspitzen und Brustwarzen. Und dieser blaue Stein, sagst du mir nun, ist wie die Augen der Dame.«

Granze war zu seinem Feuer zurückgekehrt, hatte aber von dort aus ihr Gespräch verfolgt und seine Augen bald auf das eine Gesicht, bald auf das andere gerichtet. Er rief dem König zu: »Nun ist der Fisch geschwommen und ist gefangen worden, nun ist er gebraten und kann aufgetragen werden. Du braucht ihn nur noch zu essen; dein Mahl erwartet dich.«

König Erik von Dänemark, der den Beinamen Glipping trug, wurde im Jahre des Herrn 1286 in der Scheune von Finnerup von einer Schar aufständischer Lehensmänner ermordet. Der Überlieferung und alten Balladen zufolge wurden die Mörder von des Königs Marschall angeführt, von Stig Andersen Hvide, der König Erik erschlug, Rache dafür nehmend, daß dieser seine Frau verführt hatte, Ingeborg.

Peter und Rosa

Vor mehr als einem Jahrhundert kam der Frühling eines Jahres spät nach Dänemark. In den letzten Märztagen war der Sund noch von der dänischen bis zur schwedischern Küste zugefroren und kaum erkennbar. Tagsüber taute der Schnee auf den Feldern und Wegen ein wenig, gefror aber wieder des Nachts; Erde und Luft waren gleichermaßen ohne Hoffnung oder Erbarmen.

Eines Nachts dann, nach einer Woche zähen und klammen Nebels, begann es zu regnen. Der harte, unerbittliche Himmel über der toten Landschaft barst, löste sich auf in strömendes Leben und ward eins mit der Erde. Allenthalben ertönte das unablässige Wispern von fallendem Wasser; es schwoll an und wurde zu einem Lied. Die Welt erwachte unter ihm; Dinge holten Atem im Dunkel. Aufs neue ward Hügeln und Tälern, Wäldern und gefesselten Wassern verkündet: »Ihr sollt leben!«

Im Pfarrhaus zu Søllerød saß der Neffe des Pfarrers, der fünfzehnjährige Peter Købke beim Schein einer Talgkerze über seinen Kirchenvätern, als durch das Rauschen des Regens hindurch ein neuer Laut an sein Ohr drang; er ließ das Buch liegen, stand auf und öffnete das Fenster. Wie das Regenbrausen da anschwoll! Er aber horchte auf andere, magische Stimmen in der Nacht. Sie kamen von oben, aus dem Äther herab, und Peter hob ihnen sein Gesicht entgegen. Die Nacht war pechschwarz, doch dies war keine Winterfinsternis mehr; sie war geschwängert von Klarheit, und als er sie fragte, antwortete sie ihm. Und ihm zu Häupten erklang die Musik des über den Himmel ziehenden Lebens. Schwingen sangen dort droben; helle Flöten spielten; schrille Pfeifsignale wurden hoch über seinem Kopf ausgetauscht. Es waren die Zugvögel auf ihrem Weg nach Norden.

Er stand lange da und dachte an sie; einen um den anderen ließ er sie im Geist an sich vorüberziehen. Hier zogen lange Keile von Wildgänsen, Scharen von Löffelenten und Krickenten, Schellenten dabei, auf die man an den späten, warmen Augustabenden ansitzt. Alle Freuden des Sommers zogen ihre Himmelsbahn; ein Zug der Hoffnung und Freude war heute nacht auf der Reise, eine mächtige Verheißung, für viele Stimmen gesetzt.

Peter war ein großer Jäger, und seine alte Flinte war sein teuerster Besitz; seine Seele schwang sich zum Himmel empor, um den Seelen der wilden Vögel zu begegnen. Er wußte gut, was ihre Herzen erfüllte. Jetzt riefen sie: »Nordwärts! Nordwärts!« Sie durchstießen den dänischen Regen mit ihren langgestreckten Hälsen und spürten ihn in ihren kleinen klaren Augen. Sie stürmten davon, dem nordischen Sommer voll Spiel und Veränderung zu, wo Sonne und Regen das unendliche Himmelsgewölbe untereinander teilen; sie flogen zu den unzähligen, namenlosen, klaren Seen hin und zu den hellen Sommernächten des Nordens. Sie drängten dahin, um zu kämpfen und zu lieben. Höher droben, in den Söllern der Welt, waren wohl große Schwärme von Rebhühnern, Drosseln und Schnepfen auf dem Zug. Solch ein gewaltiger Sehnsuchtsstrom, auf dem Wege zu seinem Ziel, ging über seinen Kopf hinweg, daß es Peter, drunten am Boden, in den Gliedern zuckte. Er flog eine lange Strecke mit den Gänsen mit.

Peter wollte zur See, der Pfarrer jedoch hielt ihn bei den Büchern fest. In dieser Nacht, im offenen Fenster, bedachte er langsam und ernsthaft seine Vergangenheit und seine Zukunft und gelobte, fortzulaufen und ein Seemann zu werden.

In diesem Augenblick verzieh er seinen Büchern und ließ die Absicht fahren, sie allesamt zu verbrennen. Mochten sie Staub ansetzen, dachte er, oder in die Hände verstaubter Leute fallen, die für Bücher taugten. Er aber würde unter Segeln leben, auf stampfendem Deck, und würde mit jeder Morgensonne einen neuen Horizont heraufsteigen sehen. Nachdem er diesen Entschluß gefaßt hatte, war er von solch tiefer Dankbarkeit erfüllt, daß er auf dem Fenstersims die Hände faltete. Er war fromm erzogen worden; sein Dank war Gott dargebracht, schweifte aber ein wenig vom Wege ab, als würde er von dem Regen vom Kurs gedrängt. Er dankte dem Frühling, den Vögeln und dem Regen.

Im Hause des Pfarrers stand der Tod im Mittelpunkt und wurde den Bewohnern stets vor Augen gehalten, und so faßte Peter bei seinem Überdenken der Zukunft auch das Ende des Seemanns in Betracht. Seine Gedanken verweilten einige Zeit bei seiner letzten Ruhestatt, auf dem Grunde des Meeres. Ernsthaft, mit gerunzelter Stirn, betrachtete er in seiner Phantasie seine Gebeine auf dem Sand. Die Tiefseeströmungen würden durch seine Augenhöhlen fluten, wie eine Kette lichter, grüner Träume; große Fische, Wale sogar, würden wie Wolken über ihn dahintreiben, und ein Schwarm Kleinfische mochte plötzlich dahergeschossen kommen, ein endloser Zug wie die Vögel heute nacht. Es würde friedvoll sein, dachte er, und besser als ein Begräbnis in Søllerød, mit seinem Onkel auf der Kanzel.

Die Vögel zogen über den Sund dahin, durch graue Regensträhnen hindurch. Die Lichter von Helsingør glimmerten tief drunten, wie ein Bruchstück der Milchstraße. Ein salziger Wind schlug ihnen entgegen, als sie das offene Wasser des Kattegats erreichten. Weite Strecken Meer und Land, Wälder, Marschen und Moor glitten im Laufe der Nacht südwärts unter ihnen hin.

Bei Tagesgrauen sanken sie durch die Silberluft und landeten auf einer langen Kette flacher und kahler Holme. Die

Schären erglänzten rosig, als die Sonne heraufkam; kleine Lichtglitzer tröpfelten auf die kleinen Wellen hinab. Die Strahlen der Morgenröte spiegelten sich in den schönen Hälsen und Flügeln der Enten wider. Sie quakten und kakelten, pickten und putzten ihre Federn und richteten sich zum Schlaf, steckten die Köpfe unter die Flügel.

Einige Tage später stand des Nachmittags die Tochter des Pfarrers, Rosa, an ihrem Webstuhl, in dem sie eben ein Stück roten und blauen Baumwollstoff aufgezogen hatte. Sie arbeitete nicht daran, sondern schaute zum Fenster hinaus. Ihr Sinn balancierte auf einem schmalen Grat, von dem er jeden Augenblick herabstürzen konnte: in Entzücken über das neue Gefühl von Frühling in der Luft und über ihre eigene frische Schönheit, oder, auf der anderen Seite, in bitteren Groll gegen die ganze Welt.

Rosa war die jüngste von drei Schwestern; die beiden anderen hatten geheiratet und waren aus dem Haus, die eine in Møen und die andere in Holstein. Sie war das verwöhnte Kind im Haus und konnte sagen und tun, was sie wollte, aber sie war nicht eben glücklich. Sie war einsam, und in ihrem Herzen glaubte sie, daß ihr eines Tages etwas Furchtbares zustoßen würde.

Rosa war groß für ihr Alter, mit einem runden Gesicht, einer klaren Haut und einem Mund wie Amors Bogen. Ihr Haar kringelte und kräuselte sich so widerspenstig, daß sie es nur mit Mühe flechten konnte, und ihre langen Wimpern ließen sie aussehen, als betrachte sie die Menschen aus einem Hinterhalt heraus. Sie hatte ein altes, verblichenes, blaues Winterkleidchen an, dessen Ärmel zu kurz waren, und ein Paar derbe, geflickte Schuhe. Doch die Leichtigkeit und Anmut ihres jungen Körpers verliehen den groben Kleidern eine klassische und ergreifende Majestät.

Rosas Mutter war bei der Geburt des Kindes gestorben, und des Pfarrers Sinn war ganz dem Grabe zugewandt. Selbst der Alltag im Pfarrhaus war auf das jenseitige Leben hin ausgerichtet; der Gedanke an die Vergänglichkeit erfüllte die Räume. In diesem Haus aufzuwachsen, war für die jungen Menschen Mühe und Kampf, als zögen die Mächte des Todes sie in die andere Richtung, in die Erde hinein, und ermahnten sie, das eitle und gefährliche Leben fahren zu lassen. Auf ihre eigene Weise grübelte Rosa ebensosehr über den Tod nach wie Peter. Ihr jedoch mißfiel der Gedanke daran; nicht einmal das Bild des Paradieses mit ihrer Mutter darin lockte sie, und sie vertraute fest darauf, daß sie noch hundert Jahre lang leben würde.

Dennoch war sie während dieses Winters ihrer Umgebung so überdrüssig, so zornig mit ihr gewesen, daß sie sich, um ihr zu entfliehen und sie zu bestrafen, gewünscht hatte zu sterben. Doch als das Wetter umschlug, war auch ihr Gemütszustand umgeschlagen. Es wäre besser, dachte sie, wenn die anderen alle stürben. Frei von ihnen, und allein, würde sie über die grüne Erde wandeln, Veilchen pflücken und den Kiebitzen zusehen, wie sie niedrig über die Felder schaukelten; sie würde Steine übers Wasser hüpfen lassen und ungestört in den Bächen und im Meere baden. Die Vision dieser glückseligen Welt war so lebendig gewesen in ihr, daß es sie jetzt sehr überraschte, ihren Vater im Nebenraum mit Peter schelten zu hören und zu erkennen, daß sie beide noch vorhanden waren.

In diesem Frühjahr hegte Rosa einen besonderen Groll gegen das Schicksal. Sie spürte ihn heftig, aber sie mochte ihn sich nicht eingestehen.

Peter, ihr verwaister Vetter, war vor neun Jahren ins Haus aufgenommen worden, als er und Rosa beide sechs Jahre alt waren. Sie konnte sich immer noch, wenn sie wollte, die Zeit ins Gedächtnis zurückrufen, als er noch nicht dagewesen war, und sich an die Puppen erinnern, die mit der Ankunft des Jungen aus ihrem Leben entschwunden waren. Die beiden Kinder kamen gut miteinander aus, denn Peter war ein gutmütiges Wesen und leicht zu beherrschen, und sie hatten damals gemeinsam viele große Abenteuer erlebt.

Aber vor zwei Jahren war Rosa plötzlich aufgeschossen und dem Jungen über den Kopf gewachsen. Und zur gleichen Zeit war sie in den Besitz einer eigenen Welt gelangt, unzugänglich für die anderen, wie die Welt der Musik dem Tauben unzugänglich ist. Niemand konnte sagen, wo ihre Welt lag; ebensowenig ließ sich deren Beschaffenheit in Worten ausdrücken. Die anderen würden sie niemals verstehen, erzählte sie ihnen je, daß ihre Welt unendlich und genau begrenzt zugleich sei, verspielt und sehr ernst, sicher und voller Gefahr. Auch hätte sie nicht erklären können, wie sie selbst so eins mit ihr war, daß durch die Schönheit und Macht ihrer Traumwelt sie nun, in ihrem alten Kleidchen und den geflickten Schuhen, sehr wahrscheinlich die schönste, mächtigste und gefährlichste Person auf Erden war. Manchmal, fühlte sie, drückte sie das Wesen dieser Traumwelt in ihren Bewegungen und in ihrer Stimme aus, doch dann redete sie in einer Sprache, welche die anderen nicht verstanden. Innerhalb dieses geheimnisvollen Gartens war sie gänzlich außer Reichweite eines täppischen Jungen mit schmutzigen Händen und aufgefallenen Knien; sie vergaß ihren alten Spielgefährten fast.

Doch plötzlich, im letzten Winter, hatte Peter sie eingeholt. Jetzt war er um einen halben Kopf größer als sie, und dieses Mal, dachte Rosa mit Bitterkeit, würde es so bleiben. Er wurde so viel stärker als sie, daß es das Mädchen schreckte und kränkte. Aus eigenem Antrieb begann er Flöte zu spielen. Peter war von philosophischer Veranlagung, und vor sieben oder acht Jahren, als die beiden Hand in Hand gingen, hatte er Rosa oft von den Elementen und der Ordnung des Universums gepredigt und über die merkwürdige Tatsache gesprochen, daß der Mond, wenn er noch ganz jung und zart sei, zu der Stunde, da die anderen Kinder ins Bett gesteckt würden, zum Spielen herausgelassen werde, wogegen er, wenn er alt und schrumplig würde, in aller Herrgottsfrühe hinausgejagt werde, wenn andere alte Leute gern im Bett blieben. Doch in

Gegenwart von Erwachsenen hatte er nie viel gesprochen, und als Rosa aufhörte, Anteil an seinen Abenteuern oder Betrachtungen zu nehmen, hatte er sich in sich selbst zurückgezogen. In jüngster Zeit hatte er nun damit begonnen, unaufgefordert und vor dem gesamten Haushalt seine Vorstellungen bezüglich der Welt vorzutragen, und viele von ihnen klangen in Rosas Ohren merkwürdig vertraut, wie ein Echo ihrer eigenen. In solchen Augenblicken faßte sie ihn scharf ins Auge, ergriffen von einer tiefen Angst. Sie konnte, fühlte sie, ihrer Traumwelt nicht länger sicher sein. Peter war imstande, das Sesam-öffne-Dich zu entdecken, das sie aufschloß, und in sie einzudringen, und jeden Tag war es möglich, daß sie ihm darin begegnete.

Es war ihr, als wäre sie von diesem Jungen betrogen worden, den sie gütig behandelt hatte, als er ein Kind gewesen war. Seine Gestalt begann ihr den Ausblick zu versperren und sie in ihrem eigenen Hause, auf das er in Wirklichkeit kein Recht hatte, der Luft zu berauben. Aus Gesprächen der Erwachsenen hatte Rosa geschlossen, daß Peter ein uneheliches Kind sei. Dieser Umstand hätte sie, wäre er ein Mädchen gewesen, mit Mitleid erfüllt; sie hätte ihre Spielgefährtin in einem romantischen und tragischen Licht gesehen. Als Knabe mußte er dagegen die Rolle des treulosen Vaters, jenes unbekannten Verführers, übernehmen. Während der langen Wintermonate hatte sie sich manchmal bei dem Wunsch ertappt, er möge zur See gehen und dort einen jähen Tod finden, bevor ihr durch ihn noch schlimmere Dinge zustießen. Peter war ein wilder, draufgängerischer Junge, sie konnte Hoffnung hegen.

Von allen diesen starken Gefühlen im Busen des Mädchens ahnte Peter nichts. Auf seine eigene Weise hatte er Rosa von dem Augenblick an geliebt, da er ins Pfarrhaus gekommen war; unter den Menschen dort war sie die einzige, der er vertraute. Er hatte unter ihrer Launenhaftigkeit gelitten, und diese doch auch irgendwie gemocht, wie er denn alles an ihr mochte. In jüngster Zeit war er bisweilen enttäuscht, wenn er es unmöglich fand, ihre Anteilnahme in den Dingen, die ihm wichtig waren, zu wecken; er hielt sie dann sogar für ein wenig oberflächlich und albern. Doch im großen und ganzen spielten Menschen, ihr Charakter und ihr Verhalten in Peters Gedankenkreis nur eine geringe Rolle und rangierten dort nur um Haaresbreite über den Büchern. Das Wetter, Vögel und Schiffe, Fische und die Sterne waren für ihn Erscheinungen von weit größerer Bedeutung. Auf einem Regal in seiner Kammer hatte er eine Bark stehen, die er mit großer Genauigkeit und Geduld geschnitzt und getakelt hatte. Sie bedeutete ihm mehr als die Gunst oder das Mißfallen irgendeines Hausbewohners. Zwar trug die Bark schon von Anfang an den Namen *Rosa,* es wäre aber schwer zu entscheiden gewesen, ob dies als eine Huldigung an das Schiff oder an das Mädchen gemeint war.

Das Mädchen Rosa wob also nicht, sondern schaute zum Fenster hinaus. Der Garten war noch winterlich düster und tot, doch am Himmel stand ein schwacher Silberschein; Wasser troff und tröpfelte vom Dach und von den Zweigen aller Büsche und Bäume; und die schwarze Erde kam auf den Gartenwegen zum Vorschein, wo der Schnee weggeschmolzen war. Rosa beschaute dies alles so ernst und sinnend wie eine Sibylle, in Wirklichkeit jedoch dachte sie an gar nichts.

Die Frau des Pfarrers, Eline, kam mit ihrem kleinen Sohn an der Hand ins Zimmer. Sie war seine Haushälterin gewesen, bis er sie vor vier Jahren geheiratet hatte, und der Tratsch in der Gemeinde wollte wissen, daß sie mehr gewesen sei. Sie war nur halb so alt wie ihr Mann, aber sie hatte ihr Leben lang schwer gearbeitet und sah älter aus, als sie war. Sie hatte ein braunes, knochiges Gesicht, war leicht in Gang und Bewegung und besaß eine sanfte Stimme. Ihr Leben mit dem Pfarrer war oft eine schwere Bürde für sie, denn schon bald nach ihrer Vermählung hatte er seine Untreue gegen das Andenken seiner ersten Frau bereut, die seine Base gewesen war, eine Dekanstochter und Jungfrau, als er sie heiratete. In seinem Herzen erachtete er auch den Sohn dieser Bäuerin nicht für seinen Töchtern ebenbürtig. Eline war jedoch ein einfältiges Geschöpf, verwurzelt in der schicksalsergebenen Lebensanschauung der Bauern; sie strebte keine höhere Stellung im Hause an als die, die sie von Anfang an dort innegehabt hatte. Sie ließ ihren Mann in Frieden, wenn er sie nicht rief, und machte ihrer hübschen Stieftochter die Magd.

Rosa ergriff bei allen Meinungsverschiedenheiten im Hause die Partei ihrer Stiefmutter. Sie liebte ihren kleinen Bruder und hatte ihn im Pfarrhaus als die einzige Person neben sich eingesetzt, die berechtigt war, in allen Dingen ihren Willen zu haben – in der Manier eines Monarchen, der dem anderen zuruft: »Bruder, Ihro Majestät!« Das Kind neigte aber nicht zum Verwöhntwerden. In diesem Hause, überhangen vom Schatten des Grabes, rangen die anderen jungen Menschen darum, am Leben zu bleiben; nur der jüngste Bewohner, dieses kleine hübsche Kind, schien sich still in sein Geschick zu fügen, sich vom Leben zurückzuhalten und das Erlöschen willkommen zu heißen, als hätte er nur widerwillig zugestimmt, überhaupt in die Welt zu kommen.

Die Pfarrersfrau setzte sich ergeben auf die Kante eines Stuhles und ließ ihre fleißigen Hände in ihrem Schoß auf der blauen Schürze ruhen.

»Nein, dein Vater will die Kuh nicht kaufen«, sagte sie und seufzte ein wenig. »Sie würden die Scheckin in Christiansminde für dreißig Reichstaler verkaufen. Es ist eine schöne Kuh, und in sechs Wochen wird sie kalben. Doch dein Vater zürnte mir, als ich ihn darum bat. Denn wie kann ich wissen, sagte er, ob der Tag des Gerichtes und die Wiederkehr Christi nicht näher sind, als irgend jemand ahnt? Wir dürfen in dieser Welt keine Schätze aufhäufen, sagte er. Aber«, fügte sie hinzu und seufzte wieder, »wir könnten die Kuh den Sommer über so gut brauchen.«

Rosa runzelte die Stirn, konnte aber ihre Gedanken nicht

hinreichend sammeln, um ihrem Vater wirklich zu zürnen. »Er wird sie am Ende doch kaufen müssen«, sagte sie kalt.

Ein Schmetterling, der den Winter überlebt hatte und mit dem ersten Frühlingshauch erwacht war, flatterte dem Licht entgegen und schlug mit den Flügeln gegen die Fensterscheibe, daß es klang wie ein kleiner, feiner Trommelwirbel. Das Kind hatte seine Augen schon eine ganze Weile auf den Schmetterling gerichtet gehabt: jetzt tat es in einem großen, innigen Blick Rosa seine Entdeckung kund.

»Mein Bruder«, sagte Eline, »ist hingegangen und hat sich die Kuh angesehen. Es ist eine schöne Kuh, und so gutmütig. Ich könnte sie selber melken.«

»Ja, das ist ein Schmetterling«, sagte Rosa zu dem Kind. »Er ist hübsch. Ich werde ihn für dich fangen.«

Als sie ihn zu ergreifen versuchte, flog der Falter zum Oberfenster hinauf. Rosa streifte ihre Schuhe ab und stieg auf die Fensterbank. Doch dort droben, hoch über der Welt, erkannte sie, daß der Gefangene hinaus und fliegen wollte. Die weißen Schmetterlinge des letzten Sommers fielen ihr ein, wie sie über die Lavendelrabatten im Garten geflattert waren; ihr Herz wurde leicht und groß, und der Eingesperrte dauerte sie. »Schau, wir lassen ihn in die Freiheit hinaus«, sagte sie zu dem Jungen. »Dann wird er davonfliegen.« Sie stieß das Fenster auf und wedelte den Schmetterling hinaus. Die Luft draußen war erfrischend wie ein Bad; sie atmete sie tief ein.

In diesem Augenblick kam Peter den Gartenweg vom Stall herauf. Beim Anblick Rosas im Fenster erstarrte er.

Seit er sich in der Nacht des Regens dazu entschlossen hatte, davonzulaufen und zur See zu gehen, hatten Schiffe sein Herz erfüllt: Schoner, Barkschiffe, Fregatten. Nun war Rosa, mit ihren strümpfigen Beinen und in ihrem blauen Kleid, dessen Saum von der Quersprosse des Fensters zurückgehalten wurde, der Galionsfigur eines großen, stolzen Schiffes so ähnlich, daß ihm einen Augenblick lang so war, als sehe er sich seiner Seele von Angesicht zu Angesicht gegenüber.

Leben und Tod, die Abenteuer des Seefahrers, das Schicksal selbst stand dort in Gestalt eines Mädchens erhöht vor ihm. Es dämmerte ihm, daß ihm vor langer Zeit, da er ein Kind gewesen, etwas Ähnliches geschehen war, und daß die Welt damals wunderbar gewesen war. Oft ist es der Heranwachsende, das Wesen, das gerade die Kindheit verlassen hat, das am tiefsten und schmerzlichsten den Verlust jener einfachen und geheimnisvollen Welt empfindet. Peter sagte nichts; er war sich nicht sicher, wie man eine Galionsfigur anredete, doch wie er sie so anstarrte, erwiderte sie seinen Blick, offen und freundlich, ihre Gedanken ganz bei dem Schmetterling. Da schien es ihm, als verheiße sie ihm etwas, ein großes Glück; und in einer süßen Aufwallung entschloß er sich, sich ihr anzuvertrauen und ihr alles zu erzählen.

Rosa stieg von der Fensterbank herunter und zog ihre Schuhe wieder an, mit sich und der Welt zufrieden. Sie hatte einen Falter glücklich gemacht; sie hatte ein Kind glücklich gemacht und einen Jungen – auch wenn es nur der dumme Peter war –, und das alles mit einer einzigen Bewegung und mit einem einzigen Blick. Sie wußten jetzt alle, daß sie gut war, allen Geschöpfen eine Wohltäterin. Sie wünschte, sie hätte für immer dort droben stehenbleiben können. Doch da dies nicht sein konnte, und da sie Peter regungslos auf derselben Stelle vor ihrem Fenster im Garten stehen sah, ging sie hinaus und stellte sich an die Gartentür.

Der Junge errötete, als er sie so nah bei sich sah. Er kam auf sie zu und faßte ihr Handgelenk unter dem knappen Ärmel. »Rosa«, sagte er, »ich habe ein großes Geheimnis, von dem niemand auf der Welt etwas wissen darf. Dir werde ich es erzählen.« »Was ist es denn?« fragte Rosa. »Nein, hier kann ich es dir nicht erzählen«, sagte er. »Es könnte uns jemand dabei zuhören. Mein Leben hängt davon ab.« Sie sahen einander ernst an. »Ich werde heute nacht zu dir hinaufkommen«, sagte Peter, »wenn die andern alle schlafen.« »Nein, dann hören sie dich doch«, sagte sie, denn ihr Zimmer war oben, im Giebel des Hauses, und das Peters unten. »Nein. Hör zu«, sagte er, »ich werde die Gartenleiter an dein Fenster stellen. Laß es offen für mich. Dann kann ich auf diesem Weg zu dir kommen.« »Ich weiß nicht, ob ich das möchte«, sagte Rosa. »Ach, sei doch kein Dummkopf, Rosa«, rief der Junge. »Laß mich zu dir hinein. Du bist der einzige Mensch auf der Welt, dem ich trauen kann.« Als sie Kinder waren und manch großes Abenteuer ausgeheckt hatten, war Peter gelegentlich in der Nacht in Rosas Zimmer gekommen. Sie besann sich darauf, und einen Augenblick lang war in ihrem Herzen, wie in seinem, ein Sehnen nach der verlorenen Kinderwelt. »Vielleicht werde ich es tun«, sagte sie, als sie ihren Arm aus seinem Griff befreite.

Die Nacht war neblig, doch war es die erste nach der Tag- und Nachtgleiche, und man spürte schon die köstliche Verlängerung des Tageslichtes. Peter verhielt sich mäuschenstill, bis er die Lampe in des Pfarrers Studierstube hatte erlöschen sehen; dann schlich er hinaus. Er schwankte mit der schweren Leiter zu der Giebelwand, stellte sie gegen Rosas Fenster und riß sich dabei die Hand auf. Als er das Fenster probierte, fand er es unverriegelt, und sein Herz begann heftig zu pochen. Er schwang sich hinein und durchquerte langsam und lautlos das Zimmer. In der Dunkelheit fuhr er mit der Hand über das Bett, um sich zu vergewissern, daß das Mädchen darin lag, denn sie rührte sich weder, noch sagte sie ein Wort. Dann setzte er sich auf den Bettrand, und eine Zeitlang war er so stumm wie sie.

Die Aussicht, einem Freunde sein Herz zu eröffnen, der ihn nicht unterbrechen oder auslachen würde, machte ihn so nachdenklich und dankbar, wie er es vor einigen Tagen gewesen war, als er den Zugvögeln gelauscht hatte. Es fiel ihm ein, daß es lange her war, Jahre vielleicht, seit er so mit Rosa geredet hatte. Er wußte nicht, ob die Schuld daran bei ihm oder bei ihr lag; in jedem Falle war es traurig. Nun, dachte er, würde es ihm schwerfallen, sich auszudrücken. Als er dann schließlich sprach, kamen die Worte langsam und zögernd.

»Rosa«, sagte er, »du mußt versuchen, mich zu verstehen, wenn ich auch nicht die richtigen Worte finde.« Er holte tief Luft.

»Ich habe mich mein Leben lang geirrt, Rosa«, sagte er, »aber erst heute ist es mir klargemacht worden. Du weißt doch, daß es Leute auf der Welt gibt, die man Atheisten nennt, schreckliche Lästerer, die Gottes Existenz leugnen? Ich aber bin noch schlimmer gewesen als sie. Ich habe Gott verletzt und Ihm Schaden zugefügt; ich habe Gott zunichte gemacht.«

Er sprach mit leiser, erstickter Stimme, mit langen Pausen zwischen den Sätzen, gehemmt von seiner starken Gemütsbewegung und von seiner Angst, die Menschen im Haus aufzuwecken.

»Denn siehst du, Rosa«, sagte er, »ein Mensch ist nicht mehr als die Dinge, die er macht – ob er Schiffe baut oder Uhren macht oder Gewehre oder sogar Bücher, das wage ich zu sagen. Du kannst einen Menschen nicht vortrefflich oder groß nennen, wenn das, was er macht, nicht groß ist. Mit Gott ist das genauso, Rosa. Wenn das Werk Gottes ihn nicht verherrlicht, wie kann Gott dann herrlich sein? – Und ich, ich bin das Werk Gottes.

Ich habe die Sterne betrachtet«, fuhr er fort, »das Meer und die Bäume und auch die Tiere und Vögel. Ich habe gesehen, wie gut sie mit Gottes Plänen übereinstimmen und werden, was er sie sein lassen will. Ihr Anblick muß für Gott befriedigend und ermutigend sein. Gerade so, wie wenn ein Schiffsbauer eine Brigg baut und dann ein schmuckes, seetüchtiges Schiff draus wird. Da habe ich dann gedacht, daß mein Anblick Gott traurig machen muß.«

Als er eine Pause machte, um seine Gedanken zu sammeln, hörte er Rosas sanftes Atmen. Er war ihr dankbar, daß sie nicht sprach.

»Neulich habe ich einen Fuchs gesehen«, nahm er den Faden wieder auf, nach langem Schweigen, »beim Bach im Birkenwäldchen. Er sah mich an und zuckte ein bißchen mit dem Schwanz. Ich dachte, wie ich seinen Blick erwiderte, daß er sich ganz ausgezeichnet darauf versteht, der Fuchs zu sein, den Gott beabsichtigt hat. Alles, was er tut oder denkt, ist ganz und gar füchsisch; nichts gibt es an ihm, von seinen Ohren bis zu seiner Lunte, was Gott nicht so haben wollte, und er widersetzt sich niemals dem Plan Gottes. Wenn ein Fuchs nicht so wäre, ein schönes und vollkommenes Wesen, dann wäre auch Gott nicht schön und vollkommen.«

»Aber hier bin nun ich, Peter Købke«, sagte er. »Gott hat mich gemacht und hat vielleicht viel Mühe darauf verwandt, und ich sollte ihm eigentlich Ehre erweisen, wie der Fuchs es tut. Statt dessen habe ich jedoch seine Pläne durchkreuzt; ich habe gegen ihn gearbeitet, nur weil die Leute um mich herum, die Leute, die man seine Nächsten nennt, gewollt haben, daß ich das tue. Ich bin Jahr um Jahr in einer Stube gesessen und habe Bücher gelesen, weil dein alter Vater will, daß ich ein Pfarrer werde. Wenn Gott einen Pfarrer hätte aus mir machen wollen, dann hätte Er mich gewiß dazu geschaffen; für ihn wäre das sogar eine ganz kleine Sache gewesen, denn er ist allmächtig. Er kann es tun, wenn Er will, weißt du; er hat schon viele Pfarrer erschaffen. Aber mich hat Er nicht dazu gemacht. Ich bin ein langsamer Lerner; du weißt ja selber, daß ich schwer von Begriff bin. Ich bin so träg und hart geworden, daß ich es schon in meinen Knochen spüre, ich bin ein häßliches Ding für diese Welt geworden, weil ich immer diese alten Kirchenväter lesen mußte. Und dadurch habe ich auch Gott träge und häßlich gemacht.

Weshalb müssen wir nur versuchen, unserem Nächsten zu gefallen?« fuhr er nach einer Pause nachdenklich fort. »Er weiß nicht, was groß ist; er kann die herrlichen Dinge der Welt so wenig erfinden wie wir selbst. Wenn der Fuchs die Leute gefragt hätte, wie sie ihn haben wollten, ja, und wenn er sogar den König gefragt hätte: Was für ein armseliges Wesen wäre dann aus ihm geworden. Wenn das Meer die Menschen gefragt hätte, wie sie es haben wollten, dann hätten sie eine rechte Pfütze aus ihm gemacht, das kann ich dir sagen. Und was kann man denn seinem Nächsten überhaupt Gutes tun, selbst wenn man es versucht? Gott ist es, dem wir dienen und gefallen müssen, Rosa. Ja, wenn wir Gott auch nur einen Augenblick lang froh machen könnten, dann wäre das etwas Großes.«

»Wenn ich auch die richtigen Worte nicht finde«, sagte er nach längerem Schweigen, »so mußt du mir trotzdem glauben. Denn ich habe über diese Dinge sehr lange Zeit nachgedacht, und ich weiß, daß ich recht habe. Wenn ich nichts tauge, dann taugt auch Gott nichts.«

Rosa stimmte dem meisten von dem, was er sagte, zu. Für sie war der sicherste Beweis für die Großartigkeit der Vorsehung die Tatsache, daß es sie, Rosa, gab, von Gottes Gnaden schön und vollkommen. Was Peters Anschauung des Nächsten anging, so war sie sich nicht sicher. Sie war der Ansicht, daß sie ihrem Nächsten viel Gutes tun konnte. Die Menschen zündeten ja auch nicht ein Licht an – Rosa – und setzten es unter einen Scheffel, sondern auf einen Leuchter; so leuchtet es allen, die im Hause sind. Immerhin, wenn Peter so sprechen konnte, war er ein Gefährte im Hause und mochte ihr, in unvermuteter Weise, eines Tages von Nutzen sein. Sie lächelte fein auf ihrem Kissen.

»Und doch«, sagte Peter in einem derart leidenschaftlichen Ausbruch, daß seine Stimme gegen seinen Willen laut wurde und brach, »liebe ich Gott über alles! Ich denke an die Ehre Gottes vor allem anderen.«

Er fürchtete, zu laut gesprochen zu haben, und er verhielt sich einige Minuten lang völlig still.

»Machst du ein bißchen Platz?« sagte er zu dem Mädchen, »damit ich mich auch hinlegen kann? Das Bett ist groß genug für uns beide.«

Ohne einen Laut zog sich Rosa bis an die Wand zurück, und Peter legte sich neben sie. Der Junge wusch sich nie mehr, als unbedingt nötig, und roch nach Erde und Schweiß, sein Atem jedoch war frisch und süß in der Dunkelheit, ihrem Gesicht nahe.

Mit der waagrechten Lage kam Ruhe in ihn, und er sprach weniger aufgewühlt. »Und all das«, sagte er sehr langsam »ist nur so gekommen, weil ich nicht fortgelaufen bin.«

»Fortgelaufen?« sagte Rosa, die zum ersten Mal sprach.

»Ja«, sagte er. »Ja. Hör zu. Ich werde fortlaufen und ein Seemann werden. Gott will, daß ich ein Seemann werde; das ist es, wofür Er mich erschaffen hat. Ich werde ein großer Seemann werden, so gut wie nur irgendeiner, den Er je erschaffen hat. Denk doch nur, Rosa! Daß Gott alle diese gewaltigen Meere erschaffen hat, und die Stürme auf ihnen, den Mond, der auf sie niederscheint – und daß ich mich nicht um sie gekümmert habe und nie hingegangen bin, um sie mir anzusehen! Ich bin in der Stube drunten gesessen und habe Dinge sechs Zoll von meiner Nase weg angestarrt. Gott muß es mißfallen haben, in meine Richtung zu schauen.

Nein, stell dir nur einmal vor, Rosa«, sagte er nach einer Weile, »stell dir nur vor, bloß damit du verstehst, was ich meine, daß ein Flötenmacher eine Flöte machte und daß niemand je auf ihr spielte. Wäre das nicht eine Schande und ein großer Jammer? Dann, ganz überraschend, nimmt jemand sie in die Hand und spielt auf ihr, und der Flötenmacher hört es und sagt: ›Das ist meine Flöte.‹« Wieder holte er tief Luft, und es herrschte langes Schweigen in dem Bett.

»Du«, sagte Rosa mit einer leisen, klaren Stimme, »ich habe mir oft gewünscht, du würdest zur See gehen.«

Ob dieses unerwarteten und verblüffenden Ausdrucks der Zuneigung wurde Peter vollkommen still. Er hatte also einen Freund auf der Welt, einen Verbündeten. Eine lange Zeit hatte er seinen Freund verkannt; er hatte Rosa sogar für flatterhaft und oberflächlich gehalten. Und dabei war sie die

ganze Zeit treu gewesen, sie hatte an ihn gedacht und hatte seine Nöte und seine Hoffnungen erraten. In dieser ruhigen und frischen Stunde der Frühlingsnacht ward ihm, zum ersten Male, und voller Geheimnis, die Köstlichkeit wahrer menschlicher Beziehungen enthüllt. Schließlich fragte er das Mädchen schüchtern: »Wie bist du nur darauf gekommen?«
»Ich weiß es nicht«, sagte Rosa und hatte in diesem Augenblick auch wirklich vergessen, weshalb sie gewünscht hatte, Peter sollte zur See gehen.

»Wirst du mir dann helfen wegzulaufen?« fragte er leise und schwindlig. »Ja«, sagte sie, und nach einer Weile: »Wie kann ich dir dabei helfen?«

»Hör zu«, sagte er und rückte ihr im Eifer ein wenig näher. »In Helsingør werde ich ein Schiff bekommen. Ich weiß von einem Schiff, der *Esperance*, unter Kapitän Svend Bagge, das jetzt dort vor Anker liegt. Die würde mich sicher mitnehmen. Aber ich kann nicht nach Helsingør kommen! Dein Vater wird mich nicht gehen lassen. Aber du könntest ihm sagen, daß du deine Patin dort besuchen willst und daß du nicht gern allein reisen möchtest, und dann läßt er mich wohl mit dir fahren.

Und wenn wir dort sind, Rosa, wenn wir in Helsingør sind, werde ich an Bord der *Esperance* gehen, bevor irgend jemand davon erfahren kann. Ich werde auf der Nordsee sein, bevor sie Wind davon bekommen und auf Dover in England zufahren, Rosa. Eines Tages werde ich Kap Horn umrunden.« Er mußte aufhören; es war zu viel, was er ihr erzählen mußte, jetzt, da es ihm endlich geglückt war, Segel zu setzen. »Aber ich kann ja die ganze Nacht hierbleiben«, dachte er. »Ich kann leicht bis morgen früh hierbleiben.«

Rosa antwortete nicht so schnell; es war nur gut, wenn er ein wenig in Spannung gehalten würde und ihre Hilfe zu schätzen lernte. »Du hast dir das alles sehr genau ausgedacht«, sagte sie schließlich, mit einer Spur Spott. Er überdachte ihre Worte. »Nein«, sagte er. »Nein, das habe ich eigentlich nicht. Es ist ganz von allein zu mir gekommen, plötzlich. Und weißt du, wann? Als ich dich im Fenster stehen sah.« Er genierte sich, ihr zu sagen, daß sie wie die leibhaftige Galionsfigur der *Esperance* ausgesehen habe, aber es lag so viel freudiger Triumph in seinem Flüstern, daß Rosa auch ohne Worte verstand.

Nach einer Weile sagte sie: »Viele Schiffe gehen unter, Peter. Die meisten Matrosen ertrinken früher oder später.« Er mußte seine Gedanken erst von ihrem Bild im Fenster zurückholen, bevor er sprechen konnte. »Ja, ich weiß«, sagte er. »Aber alle Menschen müssen eines Tages sterben, das weißt du doch. Und ich denke, Ertrinken muß der herrlichste Tod von allen sein.« »Weshalb denkst du das?« fragte Rosa, die Angst vorm Wasser hatte. »Oh, ich weiß nicht«, sagte er, und nach einem Moment: »Es wird wohl wegen der großen Wassermenge sein. Wenn du dir's nämlich richtig überlegst, dann gibt es eigentlich nichts, was den einen Ozean vom anderen trennt. Sie sind alle eins. Wenn du im Meer ertrinkst, dann sind es alle Meere der Welt, die dich aufnehmen. Mir scheint, daß das grandios ist.« »Ja, das mag sein«, sagte Rosa.

Während Peter von den Ozeanen sprach, hatte er mit der Hand weit ausgeholt und hatte dabei Rosas Kopf berührt. Er fühlte an seiner Handfläche ihr weiches, kräuseliges Haar und darunter ihren kleinen, harten, runden Schädel. Wieder verstummte er. Gegen seinen Willen tasteten seine Finger über ihren Kopf und spielten mit ihren Haaren und strichen darüber. Er zog seine Hand zurück, und nach einem Weilchen sagte er: »Jetzt muß ich gehen.« »Ja«, sagte sie. Er stieg aus dem Bett und blieb in der Dunkelheit neben ihm stehen. »Gute Nacht«, sagte er. »Gute Nacht«, sagte das Mädchen. »Schlaf gut«, sagte Peter, der noch nie in seinem Leben jemandem gewünscht hatte, er möge gut schlafen. »Schlaf gut, Peter«, sagte Rosa.

Peter kam in einem solchen Zustand des Entzückens und der Seligkeit die Leiter herunter, daß er eigentlich die entgegengesetzte Richtung hätte einschlagen müssen, himmelwärts, jenen wohlbekannten Sternen entgegen, die jetzt hinter dem Nebel verborgen waren. Die Gründe seiner Erregung waren auf der einen Seite seine Flucht und sein künftiges Leben auf See und auf der anderen: Rosa. Unter gewöhnlichen Umständen wären diese beiden Verzückungen wohl unvereinbar gewesen. Doch in dieser Nacht wurden alle Elemente und alle Kräfte seines Wesens ineinander verschmolzen zu einer unübertrefflichen Harmonie. Das Meer war eine weibliche Gottheit geworden, und Rosa so mächtig, schaumig, salzig und allumfassend wie die See. Einen Moment lang dachte er daran, die Leiter wieder hinaufzusteigen. Seine Seele stieg auch hinauf und umarmte Rosa noch einmal im Überbringen herrlicher Gefährtenschaft. Sein Körper wäre ihr gefolgt, wenn er nicht, bestürzt, erkannt hätte, daß er nicht wußte, was mit ihm anfangen, wenn er ihn bei Rosa hatte. So setzte er sich auf die unterste Leitersprosse, den Kopf in den Händen, in köstlichem Einklang mit aller Welt.

Nach einer Weile begannen sich seine Gedanken zu ordnen. Es gab doch einen Unterschied in seiner Einstellung zu dem Universum um ihn herum und zu dem Mädchen über ihm.

Was die Welt, die Menschheit im allgemeinen und sein eigenes Schicksal anging, so war er von nun an der Angreifer und der Eroberer. Sie würden sich ihm ergeben müssen; schlugen sie zu, so schlug er zurück, und er würde von ihnen nehmen, was er wollte. Auf dieser Seite war alles so klar wie der hellichte Tag, glänzend wie Metall oder der Spiegel des Meeres, blitzend vor Abenteuer, Gefahr, Sieg.

Doch Rosa strömte sein gesamtes Wesen entgegen, in einer überwältigenden Bewegung der Hochherzigkeit und Großzügigkeit, in dem Verlangen zu geben. Er hatte keine irdischen Reichtümer, mit denen er sie hätte belohnen können, und selbst wenn er alle Schätze der Welt besessen hätte, würde er sie jetzt vergessen haben. Es war etwas Absolutes, was er ihr darbringen wollte: sich selbst, die Essenz seines Wesens und zugleich die Ewigkeit. Die Darbringung, fühlte er, würde der höchste Triumph und das äußerste Opfer sein, dessen er fähig war. Er konnte nicht fortgehen, ehe es vollzogen war.

Würde Rosa ihn denn verstehen, würde sie ihn annehmen und sein Geschenk empfangen? Wie seine Seele langsam von Seeabenteuern und Taten dem Mädchen zuschwang, erkannte er, daß auf ihrer Seite alles in einem feierlichen und heiligen Dunkel lag, in einem solchen, dachte er, wie man es wohl in den Tiefen, den unauslotbaren, des Ozeans findet. Ihm schien, daß er sie nicht so gut kenne, wie sie ihn. Nicht einmal seine Gedanken konnten ihr ganz nahe kommen, sie wurden jedes Mal zurückgedrängt, wie von einem unbekannten Gesetz der Schwerkraft. Seine wilde, überwältigende Sehnsucht, sie glücklich zu machen, und diese neue, fremde Unerreichbarkeit ihrer Gestalt in seiner Vorstellung hielten, ihn in seinem eigenen Bett, bis zum Morgen wach. Jakob kam ihm in den Sinn, der die ganze Nacht mit dem Engel des Herrn gerungen hatte. Nur daß hier er sich gewissermaßen die Rolle des Engels aneignete und den Herzensschrei des Patriarchen umkehrte. Seine Seele schrie Rosa zu: »Du darfst mich nicht lassen, ich segnete dich denn.«

In ihrem Zimmer droben drehte sich Rosa, ein Weilchen, nachdem Peter von ihr gegangen war, auf die Seite, die Wange auf ihren gefalteten Händen und ihren langen Zopf auf der Brust, so wie sie das jeden Abend zu tun pflegte, wenn sie einschlafen wollte. Doch zu ihrem Erstaunen spürte sie, daß sie heute nacht überhaupt nicht schlafen würde. Sie hatte von Menschen gelesen, die eine schlaflose Nacht verbrachten, doch in der Regel waren das entweder Missetäter oder verschmähte Liebhaber, und es war, dachte sie, etwas Merkwürdiges, daß man auch in Zufriedenheit und Behagen schlaflos sein konnte. Sie sann über die Stunde nach, die Peter in ihrem Bett verbracht hatte. Ein schwacher Duft seines Haares hing noch über ihrem Kissen. Um nichts in der Welt wäre sie der Stelle nähergerückt, wo er gelegen hatte, sie blieb vielmehr gegen die Wand gedrückt liegen, wie sie das während seiner Anwesenheit getan hatte.

Alles, wiederholte sie in ihren Gedanken, war ganz von allein, plötzlich, zu ihm gekommen, als er sie im Fenster hatte stehen sehen. Sie erinnerte sich vage daran, daß sie vor nicht allzu langer Zeit ihrem alten Spielgefährten mißtraut und ihm den Zugang zu ihrer geheimen Welt hatte verwehren wollen. »Du bist ein törichtes Mädchen, Rosa«, flüsterte sie, wie damals, als sie ihre Puppen gescholten hatte. Der Gedanke an seine Kraft, die sie damals geängstigt hatte, war ihr jetzt angenehm. Ein Vorfall tauchte in ihr auf, an den sie viele Jahre lang nicht gedacht hatte. Kurz nachdem Peter damals ins Haus gekommen war, hatten er und sie einen erbitterten Kampf gegeneinander ausgetragen. Sie hatte mit all ihrer Kraft an seinen Haaren gezerrt, während er, sie mit seinem kräftigen Knabenarm umschlingend, versucht hatte, sie auf den Boden zu werfen. Sie lachte in der Erinnerung daran, mit geschlossenen Augen. Peter hatte versäumt, als er die Leiter hinuntergestiegen war, hinter sich das Fenster richtig zu schließen. Die Nachtluft im Zimmer war kalt. Eine halbe Stunde, nachdem Peter gegangen war, fiel Rosa in einen süßen, tiefen Schlaf.

Doch gegen Morgen hatte sie einen schrecklichen Traum und erwachte mit tränenüberströmtem Gesicht. Sie setzte sich auf, ihr Haar klebte an ihren nassen Wangen. Sie konnte sich ihres Traumes nicht ganz erinnern; sie wußte nur noch, daß sie darin von jemandem verraten und verlassen worden war, allein in einer kalten Welt zurückgeblieben, aus der alle Farben und das Leben verschwunden waren. Sie versuchte, den Traum zu verjagen, indem sie sich der Welt der Wirklichkeiten zuwandte und ihrem Alltagsleben. Doch als sie dies tat, fiel ihr Peter ein und die Tatsache, daß er davon und zur See gehen wollte. Da wurde sie sehr blaß.

Ja, er wollte davonlaufen, das war also sein Dank dafür,

daß sie ihn hatte in ihr Bett kommen lassen, und dafür, daß sie ihn, seit der vergangenen Nacht, lieber hatte als irgend einen Menschen. Sie ging ihr nächtliches Gespräch durch, Satz um Satz. Sie hatte so liebreich gegen ihn sein wollen – bevor sie eingeschlafen war, hatte sie da nicht, in ihrer Phantasie, sein dichtes, glänzendes Haar gestreichelt, an dem sie einst so gezerrt hatte, es geglättet und Strähnen davon um ihre Finger gewickelt? Er aber ging trotzdem davon, in ferne Länder, wohin sie ihm nicht folgen konnte. Es war ihm einerlei, was aus ihr wurde, er ließ sie einfach hier zurück, verloren wie in ihrem Traum.

In zwei oder drei Tagen würde er für immer fort sein. Er würde das Haus nicht mehr sehen, den Garten nicht und die Kirche nicht. Er würde nicht einmal die dänische Sprache mehr hören, sondern irgendeine fremde Zunge, ihr unverständlich. Und er würde nicht an sie denken: aus den Augen, aus dem Sinn. Fort, für immer fort, dachte sie, und biß in ihren Zopf, der naß von salzigen Tränen war.

Sie mußte jetzt, ihrem Versprechen gemäß, zu ihrem Vater gehen und für sich selbst und für Peter die Erlaubnis erbitten, nach Helsingør gehen zu dürfen. Nach einer Weile tauchte ein Einfall an der Oberfläche ihres Denkens auf. Wie leicht konnte sie alle seine großen Pläne zunichte machen! Wenn sie ihrem Vater von seinem Vorhaben berichtete, dann würde es in Peters Leben keine Schiffe geben, keine Umrundung von Kap Horn, kein Ertrinken im Wasser aller Ozeane. Sie saß in ihrem Bett und hockte auf diesem Gedanken wie eine Henne auf ihren Eiern. Bis zu diesem Augenblick, schien ihr, war es ihr stets gelungen, sich die Dinge vom Leibe zu halten; heute jedoch drangen sie auf sie ein, berührten sie – und Berührungen waren ihr seit jeher verhaßt –, und bedrückten ihre Brust. Endlich stand sie auf und zog ihr altes Kleidchen an.

Rosa bat ihren Vater sehr selten um etwas. Er gab ihr stets, worum sie bat, aus dem Grunde, wie man ihr gesagt hatte, weil sie ihrer Mutter, nach der sie genannt war, so ähnlich sehe. Aber es mißfiel ihr, auf diese Weise die Rolle einer Toten zu übernehmen; sie wollte sie selbst sein, die junge Rosa. So wandte sie sich zuweilen mit einer Bitte Elines oder des Kindes an ihn, für sich selbst tat sie es fast nie. Doch heute brauchte sie die Hilfe beider, des Vaters und der Mutter. Vor einiger Zeit hatte sie, um sich zu ergötzen, die Haare in der Mode ihrer Mutter hochgesteckt, wie diese auf dem kleinen Porträt aussah. Nun, vor dem kleinen, trüben Spiegel, steckte sie es wieder in der gleichen Weise auf. Dann ging sie in die Studierstube ihres Vaters hinunter.

Sie kam mit einem ausdruckslosen Gesicht aus ihr heraus, wie eine Puppe, und blieb dann einige Zeit vor dem Zimmer ganz still stehen. Sie hielt ihr Taschentuch in der Hand, in das ein Häufchen Geld eingebunden war, der Kaufpreis für die Kuh, den der Pfarrer ihr gegeben hatte, mit dem Auftrag, es Eline zu geben. Er war während ihrer Unterredung so erschüttert gewesen, daß er bei der Vorstellung der Undankbarkeit seines Neffen sogar sein Gesicht bedeckt hatte, und als er es wieder erhob, war es von Tränen gezeichnet. Als sie sich zum Gehen anschickte, nahm er ihre Hand und sah sie an.

Für den Pfarrer war es eine beständige Bürde und Sorge, daß er an das Dogma von der Wiederauferstehung des Leibes nicht recht glauben konnte, die er dennoch von seiner Kanzel herab verkünden mußte, denn er fürchtete den Leib und mißtraute ihm. Das junge Mädchen, dachte er, wurde von keinen derartigen Zweifeln gequält. Und wahrlich, das Fleisch, das er berührte, war frisch und rein; man konnte sich vorstellen, daß es Einlaß fände ins Paradies. Er hatte tief geseufzt, das Geld hergezählt und es in ihre kühle, ruhige Hand gelegt. Für Rosa waren aus irgendeinem Grunde alle Dinge, die mit Kaufen und Verkaufen zusammenhingen, unangenehm. Sie nahm das Geld widerstrebend und so achtlos, daß der alte Mann sie ermahnt hatte, es in ihr Taschentuch einzubinden. Nun, vor der Tür, steckte sie das Bündelchen in die Tasche ihres Rockes.

Sie wollte sich in ihrer Überzeugung bestärken, daß sie sich wie immer und vernünftig verhalte, und beschloß deshalb, in die Küche hinunterzugehen, um dort ihr Frühstück einzunehmen. Auf der Küchentreppe hörte sie schon lebhafte Stimmen, und in der Küche fand sie dann den ganzen Haushalt um ein Fischweib von der Küste versammelt, das in einem Weidenkorb auf ihrem Rücken Fische umhertrug und feilbot.

Diese Fischweiber waren ein handfester und lebhafter Schlag; sie liefen bei jedem Wetter und schwer beladen ihre zwanzig Meilen, und wenn sie dann abends heimkamen, kochten und flickten sie für einen Mann und ein Dutzend Kinder. Sie waren schlagfertig, große Neuigkeitenkrämer und in jedem Haus daheim, und sie zogen ihr Wandergewerbe in freier Luft dem der Bauersfrauen vor, die an Stall und Butterfaß gefesselt waren, und dem einer Pfarrfrau. Emma, das Fischweib, hatte ihren Korb auf den Boden plaziert und sich selbst auf den Hackblock. Sie trank ihren Kaffee aus der Untertasse und brachte das Neueste aus der Nachbarschaft in Umlauf, wobei sie aus vollem Halse über ihre eigenen Geschichten lachte. Der Klumpen Kandis in ihrem Mund, die Spärlichkeit ihrer Zähne und ihr breiter Dialekt – mit Schwedisch vermischt, denn von Geburt war sie Schwedin, wie das viele von den Fischersfrauen am Sund entlang waren – machten es schwer, ihren Erzählungen zu folgen. Doch die Kinder des Pfarrhauses beherrschten,wenn sie es wollten, den Dialekt ebenfalls. Sie unterbrach ihre Geschichte, um des Pfarrers hübscher Tochter zuzunicken, und Rosa trug ihre eigene Kaffeetasse zum Hackblock hinüber, um das Neueste zu hören.

Peter erblickte das Mädchen und sah und hörte nichts anderes mehr. Nach einer Weile ging er zu ihr hin und stellte sich neben sie, sagte aber nichts. Als das Schwatzen und Lachen die Küche erfüllte, sagte Rosa, ohne ihn anzusehen:

»Ich habe mit meinem Vater gesprochen. Ich darf nach Helsingør, und du kannst mich begleiten. Da der Schnee jetzt schmilzt, können wir mit den Fuhrleuten fahren. Wir können sogar schon heute fahren.« Auf diese Nachricht hin wurde der Junge so blaß, wie sie es geworden war, als sie, früh an diesem Morgen, in ihrem Bett an ihn gedacht hatte. Nach einer langen Pause sagte er: »Nein. Wir können heute nicht fahren. Ich werde heute nacht wieder in dein Zimmer kommen; da ist noch etwas, das ich dir sagen muß. Ich kann doch kommen, nicht?« fragte er. »Ja«, sagte Rosa. Peter ging ans andere Ende der Küche hinüber und kam dann wieder zurück. »Das Eis bricht auf«, sagte er. »Emma hat es heute morgen gesehen. Der Sund ist frei.« Emma wiederholte, Rosa zuliebe, ihren Bericht. Den ganzen Winter hindurch hatten die Fischer weit auf das Eis hinausgehen müssen, um Dorsche mit Zinnködern zu fangen. Jetzt brach das Eis auf; das offene Wasser war in Sicht. In ein paar Tagen würden sie ihre Boote wieder auf dem Wasser haben.

»Ich laufe hinunter und seh es mir an«, sagte Peter. Rosa warf einen Blick auf sein Gesicht und konnte dann ihre Augen nicht mehr von ihm abwenden – so seltsam strahlend und feierlich war es –, und er wußte, dachte sie, nicht das Geringste von dem, was sie wußte. »Komm mit mir, Rosa«, rief er in einer großen, glücklichen Erregtheit, als ertrüge er es nicht, sie aus den Augen zu lassen. »Ja«, sagte Rosa.

Der kleine Junge wollte, als er hörte, daß sie sich das Aufbrechen des Eises ansehen wollten, mit ihnen kommen. Rosa hob ihn hoch. »Nein, du kannst nicht mitkommen«, sagte sie zu ihm. »Es ist zu weit für dich. Ich werde dir alles erzählen, wenn ich zurückkomme.« Das Kind legte seine Hände ernst um ihr Gesicht. »Nein, du wirst es mir nie erzählen«, sagte es. Eline versuchte, das Mädchen zurückzuhalten und sagte ihr, daß es auch für sie zu weit sei.

»Nein, ich möchte ja weit weg«, sagte Rosa. Sie zog einen alten Mantel an und ein Paar schäbige, mit Pelz gefütterte Handschuhe, die ihrem Vater gehörten, und ging mit Peter hinaus.

Als sie aus dem Haus traten, sahen sie, daß der Schnee von den Feldern verschwunden war, daß die Welt aber dennoch heller war als zuvor, denn die Luft war erfüllt von einer flimmernden, schimmernden Klarheit. Sie blendete die beiden fast. Sie kniffen die Augen zusammen, um sich davor zu schützen. Allenthalben hörten sie das Sickern und Glucksen von Wasser. Das Gehen fiel schwer; der schmelzende Schnee hatte den Weg schlüpfrig gemacht. Peter schlug ein rasches Tempo an und mußte dann ungeduldig auf das Mädchen warten, die in ihren alten Schuhe rutschte und stolperte. Als sie ihn einholte, war ihr warm von der Anstrengung und schwindlig, wie ihm, von der Luft und dem Licht.

Er blieb stehen. »Horch«, sagte er, »das ist die Lerche.« Sie standen ganz still, dicht beieinander, und hörten wirklich, hoch über ihren Köpfen, das unermüdliche, jubelnde Trillern eines Lerchenliedes, ein Schauer des Entzückens.

Ein wenig weiter, im Walde, begegneten sie ein paar Holzfällern, und Peter blieb auf einen kleinen Schwatz mit ihnen stehen, während er zwei Buchenschößlinge aussuchte und für sich und Rosa daraus Stöcke schnitt. Ein alter Mann betrachtete Rosa, fragte, ob sie die Tochter des Pfarrers zu Søllerød sei und staunte darüber, wie groß sie geworden war. Die Kinder des Pfarrhauses kamen selten mit Menschen von draußen ins Gespräch. Nun, da sie mit Emma und dem alten Holzfäller gesprochen hatte, war Rosa, als öffne sich vor ihr die Welt.

Peter war in einem Zustand seliger Trunkenheit dahingegangen, vor ihm die See, die ihn anzog wie ein Magnet, und hinter ihm das Mädchen, das ihm auf den Fersen folgte. Nach seinem Gespräch mit den Holzfällern mußte er weiterreden; da es ihm aber unmöglich war, Worte für das zu finden, was er wirklich fühlte, begann er, ihr eine Geschichte zu erzählen.

»Ich habe einmal eine Geschichte gehört, Rosa«, sagte er, »von einem Kapitän, der sein Schiff nach seiner Frau nannte. Er ließ eine schöne Galionsfigur dafür schnitzen, seiner Frau zum Bilde, und das Haar daran vergolden. Seine Frau aber war eifersüchtig auf das Schiff. ›Du denkst mehr an diese Galionsfigur als an mich‹, sagte sie. ›Nein‹, antwortete er, ›sie ist mir nur so teuer, weil sie dir so ähnlich ist, ja, weil sie in Wirklichkeit du ist. Ist sie nicht stattlich, vollbusig; tanzt sie nicht auf den Wogen, wie du es bei unserer Hochzeit tatest? In einer Hinsicht ist sie sogar freundlicher zu mir, als du es bist. Sie galoppiert brav dorthin, wohin ich es ihr sage, und sie läßt ihr langes Haar frei herabhängen, wogegen du das deine unter eine Haube versteckst. Aber sie kehrt mir immer den Rücken zu, so daß ich, wenn ich einen Kuß haben will, heim nach Helsingør komme.‹ Nun begab es sich einmal, als der Kapitän vor Trankebar Handel trieb, daß er zufällig einem alten König der Eingeborenen half, vor Verrätern in seinem eigenen Lande zu fliehen. Als sie voneinander schieden, schenkte ihm der König zwei große blaue, kostbare Edelsteine, und diese ließ er in das Gesicht der Galionsfigur einsetzen, zu einem Paar Augen. Als er heimkam, erzählte er seiner Frau von seinem Abenteuer und sagte: ›Nun hat sie auch deine blauen Augen.‹ ›Du hättest diese Edelsteine besser mir gegeben, zu einem Paar Ohrringe‹, sagte sie. ›Nein‹, sagte er wiederum, ›das kann ich nicht tun, und du würdest mich nicht darum bitten, wenn du verstündest.‹ Die Frau konnte aber nicht aufhören, um die blauen Steine zu jammern, und eines Tages, als ihr Mann bei der Schiffergilde war, ließ sie einen Glaser aus der Stadt die Steine herausnehmen und statt ihrer zwei Stücke blaues Glas in das Gesicht der Galionsfigur einsetzen, und der Kapitän merkte es nicht, sondern setzte Segel nach Portugal. Nach einiger Zeit aber bemerkte die

Kapitänsfrau, daß ihr Augenlicht abnahm und daß sie nicht mehr genügend sah, um eine Nähnadel einzufädeln. Sie ging zu einer weisen Frau, die ihr Salben und Tränke gab, aber die halfen ihr nicht, und schließlich schüttelte die alte Frau den Kopf und sagte, daß dies eine seltene und unheilbare Krankheit sei und daß sie erblinden werde. ›Oh Gott‹, rief da die Frau, ›daß doch das Schiff wieder im Hafen von Helsingør wäre! Dann wollte ich die Glassteine herausnehmen und die Edelsteine wieder einsetzen lassen. Denn hat er nicht gesagt, daß sie meine Augen seien?‹ Das Schiff kam aber nicht zurück. Statt dessen erhielt die Kapitänsfrau einen Brief vom Konsul in Portugal, der ihr mitteilte, daß es mit Mann und Maus untergegangen sei. Und es sei höchst verwunderlich, schrieb der Konsul, daß das Schiff am hellichten Tage stracks auf einen großen Felsen gelaufen sei, der sich deutlich sichtbar aus dem Meer erhebe.«

Während Peter diese Geschichte erzählte, gingen sie einen langen Abhang im Walde hinab, und im Abstieg fühlte Rosa etwas sacht gegen ihr Knie schlagen. Sie steckte die Hand in die Tasche und berührte das Taschentuch mit dem Geld darin, das sie Eline zu geben vergessen hatte. Sie ließ ihre Finger darübergleiten; es mußten dreißig Münzen drin sein. Die Zahl klang ihr vertraut in den Ohren. Dreißig Silberlinge, der Kaufpreis eines Lebens. Sie hatte ein Leben verkauft, dachte sie, und hatte getan, was einst Judas Ischarioth getan.

Der Gedanke hatte ihr vielleicht schon einige Zeit undeutlich im Sinn gelegen, seit Peter sie in der Küche angesehen hatte. Als sie ihn sich nun verdeutlichte, traf er sie mit solch furchtbarer Wucht, daß sie meinte, sie müsse kopfüber den Abhang hinunterstürzen. Sie wankte, die Füße drohten ihr den Dienst zu versagen, und Peter, mitten in seiner Geschichte, sagte zu ihr, sie solle sich doch an ihm festhalten. Sie hörte, was er sagte, aber sie konnte nicht antworten und es war ihr, als folge seiner Stimme ein tödliches Schweigen. Obwohl sie sich dem Jungen dicht auf den Fersen hinterherschleppte, hörte sie weder ihrer beider Schritte noch die Geräusche des Waldes, sondern ging dahin wie ein tauber Mensch.

Nun war also das gekommen, dachte sie, was sie ihr Leben lang gefürchtet und erwartet hatte. Hier war, endlich, das Entsetzliche, das sie töten würde.

Sie hatte nicht das Gefühl, daß durch ihre eigene Schuld die Katastrophe, der Untergang über sie hereingebrochen war; sie hatte es nicht in sich, so zu fühlen, sie schob vielmehr bei allem Unheil rasch die Schuld auf jemand anderen. Aber sie nahm es als ihr eigenes Los und Teil voll an. Es war ihr Schicksal und ihr Verderben; es war ihr Ende.

Der Name »Judas« klang ihr im Ohr und hallte mit furchtbarer Gewalt in ihr wider. Ja, Judas war ihr Bruder, das einzige menschliche Wesen, an das sie sich jetzt noch um Mitgefühl wenden konnte oder um Rat; er würde ihr den Weg zeigen. So mächtig ergriff diese Vorstellung von ihr Besitz, daß sie sich nach einer Weile, verworren, nach einem Baum umzusehen begann, gleich dem, den Judas für sich gefunden hatte. Sie schritten durch eine Lichtung im Walde, auf der nur vereinzelte große Buchen wuchsen, und als sie Umschau hielt, strich ein Bussard, der erste, den sie in diesem Jahr sah, von einem hohen Aste ab und segelte majestätisch tiefer in den Wald hinein, mit einem Silberglanz auf seinen breiten, braunen Schwingen. Judas, dachte Rosa, hatte Christus geküßt, da er ihn verriet; sie mußten also so gute Freunde gewesen sein, daß es natürlich für sie war, einander zu küssen. Sie hatte Peter nicht geküßt, und nun würden sie einander niemals küssen, und dies war der einzige Unterschied zwischen ihr und dem verfluchten Jünger Jesu.

Sie sah den Wald um sich herum nicht, so wenig wie den fahlen Himmel über sich. Sie war wieder in der Studierstube ihres Vaters, und zwar in dem Augenblick, da sie Peter an ihn verraten hatte. Der Pfarrer hatte ihr von seiner Jugend gesprochen und ihr erzählt, wie er in Kopenhagen Vikar des Gefängnispfarrers gewesen war. Dort habe er gelernt, sagte er, daß ein Gefängnis ein guter, sicherer Ort für den Menschen sei; er denke auch heute noch oft, daß er in einem Gefängnis geborgener schlafen könne als an irgendeinem anderen Ort. Manche der Missetäter, erzählte er ihr, hätten versucht auszubrechen; er hatte ihre Kurzsichtigkeit bemitleidet und gefühlt, daß es zu ihrem eigenen Besten geschehe, wenn sie eingefangen und zurückgebracht würden. Dann, einen Augenblick bevor er mit einem Seufzen das Geld hervorholte und es ihr gab, hatte er ihr ins Gesicht geschaut und gesagt: »Aber du, Rosa, du willst nicht davonlaufen; du wirst bei mir bleiben.« Rosa hatte sich in dem Raum umgeschaut; da war ihr, als wiederhole dieser die Worte. Es war eine ärmliche Stube, spärlich möbliert, mit einem sandbestreuten Fußboden; die Leute, das wußte sie, lachten darüber, daß dies eines Pfarrers Studierzimmer sein sollte. Doch dieses Zimmer gehörte zu ihr; sie hatte es ihr Leben lang gekannt. Warum sollte irgend jemand, hatte sie gedacht, es verleugnen und verlassen, wenn sie es nicht tat? Nun hatte sie sich für jenes Zimmer entschieden, für das Gefängnis, für das Grab, und hatte deren Türen von innen zugeschlagen. Denn sie hatte in jenem Moment nicht geahnt, daß es ihr Schicksal sein würde, selbst nicht mehr frei zu sein, wenn Peter ein Gefangener war. Das offene Fenster der vergangenen Nacht fiel ihr ein, nachdem Peter von ihr gegangen war, und das frische Dunkel um ihr Kissen. Auch dieses Fenster hatte sie zugeschlagen. Sie hatte alle Fenster zur Welt zugeschlagen, und niemals wieder würde sie in einem offenen Fenster stehen und alles ganz von allein zu Peter kommen lassen, wenn er sie nur ansah.

Allmählich kehrte sie in die Welt der Wirklichkeit um sich herum zurück, zu dem nassen braunen Wald, den Biegungen des Weges und Peters Gestalt auf ihm, barhäuptig, einen großen alten Schal um seinen Hals geschlungen. Sie mochte ihn nicht, denn durch ihn war dieser ganze Jammer über sie gekommen, und wäre er nicht gewesen, hätte sie wie früher durch die Wälder wandeln können, schön, zufrieden und stolz. Aber es war ihr unmöglich, an etwas anderes auf Erden zu denken als an ihn. Leichtfüßig schritt er dahin, ein franker, ranker Bursche, den Kopf voller Träume. Es war, als sei sie mit einem Seil an ihn gebunden und würde von ihm hinterhergeschleppt, eine gebeugte, gebrechliche alte Frau, um so viel älter als er, daß sie sich grämen mußte, daß sie weinen mußte über seine Jugend und seine Einfalt.

Sie kamen wieder eine Anhöhe hinauf, von der aus sie einen Blick über die tiefer liegenden Teile des Waldes hatten, blau im Frühlingsschleier. Peter blieb stehen und stand ein Weilchen schweigend da.

»Weißt du noch, Rosa«, sagte er, »wie wir hierher gekommen sind, als wir klein waren, um wilde Erdbeeren zu pflükken? In vielen Jahren, wenn wir alte Leute sind, werden wir wieder hierherkommen. Vielleicht wird dann alles ganz anders sein, alle Bäume umgehauen, und wir werden den Ort nicht wiedererkennen. Dann werden wir miteinander von heute sprechen.«

Es war, abermals, die geheimnisvolle Melancholie der Jugend, die, auf dem Gipfel ihrer Lebenskraft und mit einer feierlichen Weisheit, die bald wieder verschwindet, Vergangenheit und Zukunft zugleich in sich schließt: die Zeit als Abstraktum. Rosa hörte ihm zu, konnte ihn aber nicht verstehen. Die Vergangenheit hatte sie zerstört und vor der Zukunft schrak sie mit Entsetzen zurück. Alles, was ihr in dieser Welt noch blieb, dachte sie, war diese eine Stunde und ihr Gang zum Meer.

Wenig später gelangten sie an eine steile Böschung, die mit verkrüppelten Föhren bewachsen war, und hatten den Sund direkt vor sich liegen.

Es war ein seltener und herrlicher Anblick. Das Eis brach auf; ein Stück von der Küste entfernt lag es noch fest gepanzert da, eine weißgraue Fläche. Doch schon in kurzer Entfernung vom Land, vom Grunde losgelöst und in Felder und Schollen gebrochen, schaukelte und schwappte es sacht und drehte sich langsam mit der Unterströmung. Und außerhalb der unregelmäßigen, durchbrochenen weißen Linie lag die offene See, blaßblau, fast ebenso hell wie die Luft, ein mächtiges Element, noch träge nach seinem langen Winterschlaf, aber befreit, dahinziehend gemäß eigener Herzenslust und alle Erde umarmend.

Es war fast windstill, aber in der Luft lag ein schwaches Knistern, wie ein leises, fröhliches Wispern von den Eisschollen her, die aneinander rieben und sich drängten, flott zu werden.

Peter hatte Rosa nicht berührt, seit er im Bett mit ihrem Haar gespielt hatte; jetzt ergriff er für einen Moment ihre Hand, und von seiner warmen Handfläche fühlte sie einen Strom von Kraft und Freude ausgehen. Dann stürmte er in ein paar großen Sprüngen den Hang hinab und hinaus auf das Eis, und sie rannte hinter ihm her.

Wenn Rosa zehn oder zwanzig Jahre älter gewesen wäre, so wäre sie in diesem Augenblick vielleicht vor Gram gestorben oder wahnsinnig geworden. Jetzt war sie so jung, daß noch ihre Verzweiflung voller Kraft war und sie trug. Da ihr nur diese eine Stunde Leben blieb, mußte sie in ihr bis zum Äußersten genießen, erfahren und leiden. Sie rannte auf dem Eise so schnell wie der Junge.

Für Rosa lag das höchste Wunder und Entzücken der Landschaft in der Tatsache, daß alles naß war. So lange war die Welt trocken und hart gewesen, fühllos unter der Berührung, ohne Antwort auf den Ruf des Herzens. Hier aber floß und flutete alles, die ganze Welt war flüssig. Nahe dem Strand gab es Krusten dünnen weißen Eises, die brachen, wenn sie darauf trat, so daß sie durch Teiche klaren Wassers waten mußte. Ihre Schuhe waren gleich durchnäßt; beim Laufen spritzte das Wasser über ihren Rock, und die Empfindung allumfassender Feuchtigkeit berauschte sie. Es war ihr, als müßte sie im nächsten oder übernächsten Moment, und Peter mit ihr, schmelzen und sich auflösen in einen unbekannten, salzigen Strom der Seligkeit und aufgesogen werden von der unendlichen, schwankenden, nassen Welt. Sie schien ihrer beider Gestalten zu sehen, winzig auf der weißen Fläche. Sie wußte nicht, daß ihr blasses Gesicht erstrahlte, wie sie dahinrannte.

Hier auf dem Eis wartete Peter geduldig auf sie und hielt sich bei ihr, gesammelter und in sich gewichtiger als auf dem Weg zum Meer, da er von dem stürmischen Verlangen seines Herzens fortgerissen worden war. Sie gingen oder rannten Seite an Seite. Rosa dachte: »Nun bin ich doch mit Peter zur See gegangen.« Sie bat ihn, einen Augenblick innezuhalten.

»Schau, Peter«, sagte sie. »Wir sind jetzt auf dem Weg nach Helsingør. Der große Haufen Packeis dort draußen ist das Haus der Patin. Und der noch weiter draußen, weißt du, das ist der Hafen.«

Sie steuerten stracks auf das Haus ihrer Patin zu. Unterwegs sagte Peter: »Ist das nicht eine seltsame Geschichte mit dem Meer, Rosa? Du kannst über es hinwegblicken, geradeso wie über eine Prärie, den ganzen Horizont entlang und dann, wenn du nur deinen Blick wendest, kannst du ebenso in es hinuntersehen, bis auf seinen Grund hinab, und es verbirgt nichts vor dir. Die Leute sagen manchmal, die See sei tückisch und die Erde verläßlich. Doch die Erde verschließt sich vor einem. Genau unter deinen Füßen kann sich wer weiß was befinden – ein vergrabener Schatz womöglich, ein Schatz von einem der alten Piraten –, und du hast keine Ahnung davon. Und was die Luft angeht – du kannst zwar in sie hinaufschauen, aber du wirst niemals wissen, wie sie von außen aussieht. Das Meer ist ein Freund.«

Sie machten vor dem Haus von Rosas Patin halt, setzten sich darauf und versuchten, die Orte der weiten, diesigen Küste entlang auszumachen. Zwei Bäume bildeten eine Landmarke über dem Fischerdorf Sletten; das waren Palmen auf einer Koralleninsel. Ein Blinken in der Luft, vom Kupferdach des Schlosses Kronborg her, hoch droben im Norden, war der erste Schimmer der weißen Felsen von Dover. Im Süden, eine Meile entfernt, waren Leute auf dem Eis, so wie sie; das waren Wilde, Kannibalen, denen sie aus dem Weg gehen mußten. »Ach«, dachte Rosa, »weshalb nur konnte er sich nicht mit solchen Reisen begnügen? Dann hätten wir glücklich sein können.«

Wie sie weitergingen, mußten sie von Zeit zu Zeit über tiefe Risse im Eis setzen, das hier grün wie Glas schimmerte; das Eis war mehr als zwei Fuß dick. Einmal meinte Rosa, daß sie den Grund unter sich leicht schwanken fühle und ein seltsames Gefühl beschlich sie, so als ob etwas oder jemand, ein Drittes, sich ihrem Seeabenteuer angeschlossen habe, aber zu Peter sagte sie nichts. Sie liefen und sprangen weiter, immer Seite an Seite. »Jetzt«, rief Rosa, »sind wir im Hafen von Helsingør!«

Der Atem des Meeres blies hier draußen direkt in ihre warmen, geröteten Gesichter. An dem stillen Tage kam die Strömung von Süden, die Eisfelder vor ihnen trieben langsam nach Norden.

An der Küste von Seeland geht der Wind von Osten nach Westen, selten über Nord, er weht meist erst lange Zeit von Osten her, begleitet von Regen und schlechtem Wetter, dann springt er nach Südost und Süd um, und schließlich weht er von Westen her und läßt das Wetter aufklaren. Bisweilen folgt darauf Windstille und, während der Wind schlummert, füllt sich der Sund langsam mit erschlafften Segeln aus vielen Ländern, wie lose Gänsedaunen, die an dem einen Ufer eines Teiches angeweht werden. Peter und Rosa dachten an die Schiffe, die sie hier bei Sommerwetter versammelt gesehen hatten.

Jetzt schwammen Reiherenten in dem fahlen Wasser, ihm in der Farbe so ähnlich, daß sie nur an ihren schwarzen Hälsen und Flügeln zu erkennen waren, eine unregelmäßige, unstete Formation kleiner schwarzer Tupfen auf den Wellen.

»Ja«, sagte Peter langsam, »jetzt sind wir im Hafen von

Helsingør.« »Und das dort«, fügte er hinzu und zeigte voraus, »ist die *Esperance*. Sie liegt vor Anker, aber sie ist bereit, in See zu stechen.« Die *Esperance* war eine große Eisscholle, fünfzig Fuß lang und von dem Eis, auf dem sie standen, durch einen tiefen Riß getrennt. »Soll ich jetzt an Bord gehen, Rosa?«

Rosa kreuzte die Arme vor der Brust. »Ja, wir werden jetzt an Bord gehen«, sagte sie. »Wir werden in der Nordsee sein, bevor jemand Wind davon bekommt, und bald in England. Und dann werden wir eines Tages um Kap Horn fahren.« Peter rief: »Du willst mit mir an Bord gehen?« »Ja«, sagte Rosa. »Und mit mir segeln«, fragte er, »die ganze Strecke bis zum Südpol hinunter?« »Ja«, sagte sie. »O Rosa!« sagte Peter, nach einer Pause.

Sie machten einen langen Schritt auf die Eisscholle hinüber, und Peter nahm Rosas Hand und hielt sie fest. Sie waren beide müde von ihrem Lauf über das Eis, und froh, still auf Deck stehen zu können.

Peter hielt Ausschau, mit erhobenem Gesicht. Das Mädchen jedoch wandte nach einem Weilchen den Kopf, um zu sehen, wie die heimatliche Küste von Seeland von so weit draußen sich ausnahm. Da sah sie, daß der Spalt zwischen der Scholle und dem Landeis breiter geworden war. Ein klarer Wasserstrom, sechs Fuß breit, zog sich jetzt dort hin, wo sie gegangen waren. Die *Esperance* war wirklich in See gestochen. Der Anblick entsetzte Rosa; sie wollte laut aufschreien und davonrennen.

Aber sie schrie nicht. Sie stand reglos da, und nicht einmal ihre Hand in Peters Hand bebte. Denn im nächsten Augenblick schon kam eine große Ruhe über sie. Jenes Verhängnis, das sie ihr Leben lang gefürchtet hatte und vor dem es heute kein Entrinnen mehr gab – das, erkannte sie nun, war der Tod. Es war der Tod und nichts als der Tod.

Einige Sekunden lang erkannte nur sie die Lage. Sie dachte nicht viel; sie stand aufrecht da und ernst, ihr Schicksal annehmend. Ja, sie mußten hier sterben, sie und Peter, würden ertrinken müssen. Peter würde nun niemals erfahren, daß sie ihn verraten hatte. Das war jetzt auch bedeutungslos geworden; sie konnte es ihm genausogut selber sagen. Sie war noch einmal Rosa, die schöne Gabe an die Welt, und auch an Peter. Im Augenblick, da sie ihr gesamtes Wesen sammelte, dem Tod zu begegnen, trauerte Rosa nicht um sich selbst. Sie trauerte jedoch, tief, um die Welt, die nun Rosa verlor. Soviel Schönheit, soviel Phantasie, so viele köstliche Wohltaten würden nun aus ihr verschwinden.

Peter spürte das leise Schwanken der Eisscholle, fuhr herum und sah, daß sie trieben. Sein Herz tat zwei oder drei gewaltige Schläge; er verlagerte seinen Griff vom Arm des Mädchens zum Ellbogen und riß sie mit sich an den Rand der Scholle. Dort sah er, daß er die Rinne wohl würde überspringen können, daß es aber für Rosa unmöglich war. So zog er sie wieder ein wenig zurück und schaute sich um. Ringsum war offenes Wasser. Die Leute, die sie vorhin auf dem Eis gesehen hatten, waren jetzt nicht mehr in Sicht. Die beiden waren allein mit Himmel und Meer.

Entsetzt und zitternd raufte sich der Junge mit der einen Hand das Haar, mit der anderen hielt er ihren Ellbogen fest. »Und ich habe dich drum gebeten, mit mir zu kommen!« schrie er.

Einen Moment später wandte er sich ihr zu, und dieses war das erste Mal, seit sie das Haus verlassen hatten, daß er sie voll ansah. Ihr rundes Gesicht war ruhig; sie blickte ihn unter ihren langen Wimpern hervor an wie aus einem Hinterhalt.

»Jetzt segeln wir gleich nach Helsingør«, sagte sie. »Das ist doch besser, als wenn wir zuerst noch nach Hause gegangen wären, meinst du nicht auch?«

Peter starrte sie an, und langsam stieg ihm das Blut ins Gesicht, bis es förmlich flammte. Ihre Gefährdung und sein Schuldgefühl darüber, daß er sie hierher gebracht hatte, verschwanden und wurden zu Nichts vor dem Wunder, daß ein Mädchen so herrlich sein konnte. Wie er sie so anschaute, zogen sein ganzes Leben und seine Zukunftsträume an ihm vorüber. Es fiel ihm auch ein, daß er in dieser Nacht in ihr Zimmer hatte hinaufkommen wollen, und beim Gedanken daran durchzuckte ihn ein schneller, scharfer Schmerz. Doch dies hier war wundervoller als irgend etwas.

»Wenn wir nach Helsingør kommen«, sagte Rosa, »wo der Sund eng ist, wird uns der Kapitän der *Esperance* doch sicherlich sehen und uns auf sein Schiff bringen lassen, das glaubst du doch auch?«

Das Herz des Jungen war bis zum Rande mit Anbetung erfüllt. Er spürte die Brise in seinem Haar und den Geruch des Meeres in seinen Nüstern, und die Bewegung des Wassers, die Rosa entsetzte, berauschte ihn. Es war ihm unmöglich, nicht zu hoffen; es konnte nicht sein, daß er nicht auf seinen Glücksstern vertrauen durfte. Es schien ihm in diesem Augenblick, als sei er lange Zeit, vielleicht sein ganzes Leben lang, von einer Verzückung in die andere gehoben worden, und als sei dies nun das alles krönende Wunder. Er hatte sich nie vor dem Sterben gefürchtet, aber jetzt konnte er der Vorstellung des Todes keinen Platz einräumen, denn noch nie hatte er das Leben so gewaltig gespürt. Zur gleichen Zeit war ihm, so wie auf der Eisscholle Traum und Wirklichkeit eins geworden schienen, als sei die Trennung von Leben und Tod aufgehoben. Er ahnte, daß dieser Zustand es war, den das Wort Unsterblichkeit meinte. Daher schaute er nicht mehr zurück und nicht mehr voraus; der Augenblick hielt ihn.

Er ließ Rosas Arm los und sah sich wieder um. Er ging hinüber und hob ihre Spazierstöcke auf, die sie weggeworfen hatten, als sie die *Esperance* betraten. Er brauchte einige Zeit, um mit seinem Messer ein Loch in das Eis zu bohren, in das er dann seinen Stock steckte, und an dessen Spitze er sein großes, rotes, altes Taschentuch band. Jetzt besaßen sie eine Notflagge und konnten von weit weg gesehen werden. Er band das Messer mit einem Stückchen Schnur aus seiner

Tasche an Rosas Stock, um einen Bootshaken daraus zu machen – sollte die Strömung sie je in die Nähe des festen Eises tragen, konnte er sich vielleicht mit dem Haken daran festhalten. Rosa schaute zu.

Mit dem Hissen der Flagge unterschied sich ihre Scholle von den anderen ringsum, wurde zu einem Schiff, einem Heim auf dem Wasser für ihn und sie. Es war nicht kalt; ein silbriges Licht erfüllte den Himmel. Ein sonderbarer Einfall ging Peter durch den Kopf; er wünschte, er hätte seine Flöte mitgebracht und könnte ihr jetzt vorspielen, während sie dahinfuhren, denn bisher hatte ihr noch nie daran gelegen, ihm zuzuhören.

In seiner Tasche hatte er eine kleine Flasche Gin. Er kramte sie heraus und bot Rosa einen Schluck an. Das werde ihr guttun, sagte er, und er würde nach ihr auch einen Schluck davon trinken. Rosa verabscheute den Geruch von Gin und hatte mit Peter immer gezürnt, wenn er ihn trank. Nun, nach einem kleinen Zögern, wollte sie ihn versuchen und sogar aus der Flasche trinken, denn sie hatten kein Glas. Die paar Tropfen, die sie schluckte, brachten sie zum Husten und trieben ihr Tränen in die Augen, doch als sie dann wieder Luft bekam, sagte sie: »Gin ist doch nicht so schlecht, wie ich dachte.« Peter zuliebe nahm sie sogar einen zweiten Schluck, der ihr wohlig warm machte und ihr die ganze Welt erhellte. Dann tat Peter einen tiefen Zug aus der Flasche und stellte sie auf das Eis.

Peter zog seine Jacke und seinen Schal aus und hüllte Rosa darin ein, den Schal über ihrer Brust zusammenbindend, und sie ließ ihn wortlos gewähren. »Weshalb hast du heute dein Haar aufgesteckt?« fragte er. Rosa schüttelte als Antwort nur den Kopf; es würde zu lange dauern, das zu erklären. »Laß es herunterhängen«, sagte er. »Dann kann es im Winde wehen.« »Ich kann meine Arme nicht heben, weil ich deinen Schal umhabe«, sagte Rosa. »Darf ich es dann tun?« fragte er. »Ja«, sagte sie.

Mit geschickten Fingern, geübt in der Takelung der Bark *Rosa*, löste Peter das Band, das ihr Haar hielt, während sie geduldig dastand, den Kopf ein wenig zur Seite geneigt, ihm nahe. Die weiche, schimmernde Masse gelöster Flechten fiel herab, verhüllte Wangen, Hals und Brust, und so, wie er vorhergesagt hatte, hob der Wind ihre Locken und wehte sie sanft gegen sein Gesicht.

In diesem Augenblick, plötzlich und ohne Warnung, barst das Eis unter ihren Füßen, als wären sie auf einen unsichtbaren Riß getreten und als habe es unter ihrem gemeinsamen Gewicht nachgegeben. Das Bersten warf sie auf die Knie und gegeneinander. Einen Moment noch trug das Eis sie, einen Fuß unter dem Wasserspiegel. Sie hätten sich vielleicht noch retten können, wenn sie sich getrennt und wenn sie versucht hätten, auf eine der beiden Hälften der Scholle zu kommen, aber keinem von beiden kam das in den Sinn.

Peter, als er sich aus dem Gleichgewicht geworfen fühlte und das eiskalte Wasser um seine Füße spürte, schlang in einer großen Bewegung seine Arme um Rosa und zog sie an sich. Und in diesem letzten Augenblick vereinte sich in ihm das phantastische, unbekannte Gefühl, nichts Festes mehr unter sich zu haben, mit dem nie gekannten Empfinden der Weichheit ihres Körpers an seinem. Rosa preßte ihr Gesicht in seine Halsgrube und schloß die Augen.

Die Strömung war stark; in wenigen Augenblicken wurden sie, eins in des anderen Armen, hinuntergerissen.

Eine tröstliche Geschichte

Charles Despard, der Schriftsteller, betrat ein kleines Café in Paris und erblickte dort einen Freund und Landsmann, der an einem Tisch beim Fenster behaglich zu Abend speiste. Er ließ sich vis-à-vis von ihm nieder, gab einen tiefen Seufzer der Erleichterung von sich und bestellte einen Absinth. Bevor er ihn bekommen und gekostet hatte, sagte er kein Wort, hörte aber einigen belanglosen Bemerkungen seines Tischgenossen aufmerksam zu.

Draußen schneite es. Die Schritte der Passanten waren in der dünnen Schneeschicht auf dem Trottoir unhörbar; die Erde war stumm und tot. Die Luft jedoch war höchst lebendig. In den dunklen Intervallen zwischen den Straßenlaternen machte sich der fallende Schnee den Wandernden in einer mannigfachen, kristallischen, eisigen Berührung an Wimpern und Mund bemerkbar. Doch rings um die hellen Scheiben der Gaslaternen sprang er in Sicht: ein Wirbel kleiner, durchleuchteter Flügel, die hinauf und hinab zu tanzen schienen, ein winziges weißes Weltensystem, wie ein quirlender, lautloser, toller Bienenkorb. Die Kathedrale von Notre-Dame ragte groß und grimmig, wie ein gewaltiger Fels, schräg und grenzenlos in die blinde Nacht hinein.

Charlie hatte jüngst mit einem neuen Buch einen großen Erfolg gehabt und verdiente viel Geld. Er verstand sich aber nicht darauf, es auszugeben, denn er war sein Leben lang arm gewesen und hatte keine kostspieligen Neigungen oder Wünsche, und wenn er anderen Menschen zusah, um von ihnen zu lernen, welche Mittel und Wege sie fanden, ihre Einnahmen wieder loszuwerden, dann kamen ihm die meisten davon töricht und abgeschmackt vor. So vertraute er seinen Reichtum den Händen der Bankmenschen an, den Leuten also, die unerklärlicherweise erpicht darauf waren, und sich mit dieser Seite der Existenz auskannten, und war für gewöhnlich knapp an Bargeld. Um diese Zeit war seine Frau zu ihrer Familie zurückgegangen, und er hatte keinen festen Wohnsitz mehr, sondern lebte auf Reisen. Er fühlte sich an den meisten Orten zu Hause, hatte aber in seinem Herzen ein stetes, leichtes Heimweh nach London und nach seinem alten Leben dort.

Er war nun schweigsam und scheute menschliche Gesellschaft, jener besonderen Trauer unterworfen, die in dem alten Wort ausgedrückt wird: *Omne animal post coitum triste.* Denn für Charlie waren Schreiben und Lieben eng miteinander verwandt. Es geschah ihm manchmal, daß er eine Melodie hörte oder einen Duft roch und zu sich selber sagte: »Ich habe diese Melodie schon einmal gehört oder diesen Duft schon einmal gerochen, zu einer Zeit, da ich entweder liebte oder an einem Buch arbeitete. Ich kann mich nicht besinnen, welches. Aber ich erinnere mich, daß ich damals, auf dem Gipfel meiner Lebenskraft, mein Wesen in Harmonie und Entzücken verströmte und daß alles, auf seltene und selige Weise, an seinem richtigen Platz zu sein schien.« So saß er nun an seinem Tisch wie ein Mann, dessen Liebesaffäre soeben ein Ende genommen hat, fröstelnd und erschöpft, mit einem starken Empfinden der Leere und Vergeblichkeit aller menschlichen Ambitionen. Dennoch war er erfreut, seinen Freund getroffen zu haben, mit dem er sich stets gut verstand.

Charlie war ein kleiner, schlanker Mann und sah für seine Jahre sehr jung aus, sein Gegenüber jedoch war noch kleiner als er und von unbestimmbarem Alter, wenn der Dichter auch wußte, daß er zehn oder fünfzehn Jahre älter war als er selbst. Er war so zierlich gestaltet, mit zarten Händen, Füßen und Ohren, mit fein geschnittenen Gesichtszügen, einem edlen kleinen Mund, frischem Teint und wohlklingender Stimme, daß er sich als Miniaturmodell der menschlichen Gestalt für ein Museum geeignet hätte. Seine Kleider waren gut geschnitten und korrekt; sein Zylinder lag auf dem Garderobenbord hinter ihm, über seinem Mantel und seinem Schirm.

Sein Name war Aeneas Snell, so nannte er sich jedenfalls, denn trotz seines leichten und heiteren Wesens waren seine Herkunft und sein vergangenes Leben selbst seinen Freunden dunkel. Es hieß, er sei einmal Geistlicher gewesen und in einem frühen Stadium dieser Laufbahn aus der Kirche ausgestoßen worden. Später im Leben war er dann Arzt für Hautkrankheiten geworden und hatte in diesem Beruf Erfolg gehabt. Er war in Europa, Afrika und Asien weit gereist und kannte viele Städte und Menschen. Keine großen Ereignisse, weder glückliche noch traurige, schienen ihm je persönlich widerfahren zu sein, es war jedoch sein Schicksal gewesen, daß dort, wo er war, sich merkwürdige Geschehnisse zutrugen, Dramen und Katastrophen. Er hatte die Pest in Ägypten miterlebt und während des Aufstandes im Dienst eines indischen Fürsten gestanden, und er war zu der Zeit Sekretär des Herzogs von Choiseul de Praslin, als dieser Edelmann seine Gemahlin ermordete. Gegenwärtig war er Bevollmächtigter eines großen Parvenüs in Paris. Seine Freunde wunderten sich zuweilen darüber, daß ein Mann von solchen Talenten und solcher Erfahrung sein Leben lang sich damit zufriedengeben sollte, im Dienste anderer Leute zu stehen. Aeneas erklärte es ihnen jedoch, indem er auf das Phlegma oder die Passivität seines Naturells hinwies. Er könne, sagte er, aus eigenem Antrieb keinen Grund finden, weswegen etwas so unbedingt getan werden müsse, daß er es täte, die Tatsache jedoch, daß ihn jemand darum bitte oder es ihm befehle, sei für ihn ein hinreichender Grund, die Sache zu besorgen. Er hatte Erfolg als Bevollmächtigter und besaß seines Prinzipals volles Vertrauen in allen Dingen. Etwas in seiner Haltung und seinem Auftreten brachte zum Ausdruck, daß er mit der Übernahme seiner Aufgabe sowohl sich selbst als auch seinem Arbeitgeber eine Ehre erwies, und dieser Zug fand bei dem reichen französischen Ehrenmann großen Anklang. Er war ein angenehmer Gefährte, ein aufmerksamer, geduldiger Zuhörer und ein glänzender Erzähler; in seinen Geschichten ließ er die eigene Person nie die Hauptrolle spielen, schilderte aber selbst die wundersamsten Geschichten so, als hätten sie sich vor seinen Augen ereignet, was wohl auch oft der Fall gewesen sein mochte.

Als Charlie seinen Absinth getrunken hatte, wurde er mitteilsam; er stützte den Arm auf den Tisch und das Kinn in die Hand und sagte langsam und schwer: »Du sollst lieben deine Kunst von ganzem Herzen, von ganzer Seele und von ganzem Gemüt. Und du sollst dein Publikum lieben wie dich selbst.« Und nach einer Weile fügte er hinzu: »Alle menschlichen Beziehungen haben etwas Gräßliches und Grausames an sich. Die Beziehung des Künstlers zu seinem Publikum jedoch gehört unter die gräßlichsten. Ja, sie ist so furchtbar wie die Ehe.« Hierbei warf er Aeneas einen tiefen, bitteren und gequälten Blick zu, als sehe er in ihm sein fleischgewordenes Publikum.

»Denn« fuhr er fort, »wir sind, der Künstler und das Publikum, und zwar sehr gegen unseren eigenen Willen, voneinander abhängig, was unsere Existenz an sich betrifft.« Hier feuerten Charlies Augen, finster vor Schmerz, wieder eine tödliche Anklage auf seinen Freund ab. Aeneas spürte, daß sich der Dichter in einer derart gefährlichen Gemütsverfassung befand, daß alles andere als eine banale Bemerkung ihn wohl vollends aus dem Gleichgewicht werfen würde. »Wenn es so ist«, sagte er, »hat dir dann nicht dein Publikum ein angenehmes Dasein verschafft?« Doch selbst diese Worte brachten Charlie derart durcheinander, daß er lange Zeit stumm dasaß. »Mein Gott«, sagte er schließlich, »denkst du denn, daß ich von meinem täglichen Brot redete – von diesem Glas hier, oder von meinem Rock und meiner Krawatte? Um Christi Barmherzigkeit willen, versuche doch zu verstehen, was ich sage! Nein, wir bedürfen, jeder von uns, der Zustimmung oder der Mitarbeit des anderen, um überhaupt existent zu werden. Wo es kein Kunstwerk zum Anschauen gibt, oder zum Anhören, da kann es auch kein Publikum geben; das müßte doch eigentlich sogar dir klar sein. Und was nun dieses Kunstwerk selbst angeht, sage mir, existiert ein Gemälde, das niemand anschaut? – existiert ein Buch, das nie gelesen wird? Nein, Aeneas, sie müssen betrachtet werden, sie müssen gelesen werden. Und nur durch diesen Akt des Betrachtetwerdens, des Gelesenwerdens, erschaffen sie jenes fürchterliche Wesen, den Betrachter, den Leser, der, bei genügender Vervielfachung – und wie wünschen wir ihn vervielfacht, elende Kreaturen, die wir sind – das Publikum wird. Und so sind wir denn, wie du wohl einsiehst, ihm auf Gnad und Barmherzigkeit ausgeliefert.« »In diesem Falle«, sagte Aeneas, »solltet ihr einander ein bißchen Barmherzigkeit erweisen.« »Barmherzigkeit? Wovon redest du eigentlich?« sagte Charlie und versank in tiefes Nachdenken. Nach einer langen Pause sagte er, sehr langsam: »Wir können einander keine Barmherzigkeit erweisen. Das Publikum kann gegen einen Künstler nicht barmherzig sein; wenn es barmherzig wäre, wäre es nicht das Publikum. Wenigstens dafür sei Gott gedankt! Und ebensowenig kann der Künstler gegen sein Publikum barmherzig sein, oder es ist zumindest bis jetzt noch nie versucht worden.«

»Nein«, sagte er, »ich werde dir erklären, wie es mit uns steht. Alle Kunstwerke sind schön und vollkommen. Und alle sind sie, zugleich, häßlich, lächerlich, völlig mißraten. In dem Augenblick, da ich ein Buch beginne, ist es immer wunderschön. Ich sehe es an, und siehe, es ist sehr gut. Während ich an seinem ersten Kapitel schreibe, ist es so wunderbar, ausgewogen, herrscht ein solch süßes Übereinstimmen zwischen den einzelnen Teilen, daß seine Gesamtheit zu einem Wunder an Harmonie wird, und für gewöhnlich ist zu diesem Zeitpunkt das letzte Kapitel des Buches das beste von allen. Aber zugleich wird es, vom Augenblick des Anfangs an, von einem schrecklichen Schatten verfolgt, von einer abscheulichen, widerwärtigen Mißgestalt, die ihm dennoch gleicht und bisweilen – ja, häufig sogar – den Platz mit ihm tauscht, so daß ich mein eigenes Werk nicht mehr erkenne, sondern vor ihm zurückpralle, wie die Bauersfrau vor dem Wechselbalg in ihrer Wiege, und mich bekreuzige bei dem Gedanken, daß ich dies jemals für mein eigen Fleisch und Blut hatte halten können. Ja, in Kürze und Wahrheit: Jedes Kunstwerk ist zugleich sein eigenes Ideal und sein eigenes Zerrbild, die Karikatur seiner selbst. Und das Publikum hat die Macht, im Guten wie im Bösen, es zum einen oder zum anderen zu machen. Wenn das Herz des Publikums von diesem Kunstwerk so bewegt und erschüttert wird, daß es mit Tränen der Zerknirschung und des Stolzes ihm als einem Meisterwerk zujauchzt, dann wird es zu jenem Meisterwerk, das ich zuerst darin sah. Und wenn das Publikum es als abgeschmackt und wertlos schmäht, dann wird es wertlos. Doch wenn das Publikum mein Werk erst gar nicht ansieht – *voilà*, wie man in dieser Stadt sagt, dann existiert es nicht. Vergeblich werde ich ihm dann zurufen: ›Siehst du denn dort nichts?‹ Es wird mir, ganz zu Recht, antworten: ›Nicht das geringste, obwohl ich alles sehe, was da ist.‹ Aeneas, wenn der Fall zwischen dem Künstler und seinem Publikum so steht, dann ist es nicht gut zu malen oder Bücher zu schreiben.«

»Aber glaube nur nicht«, sagte er nach einiger Zeit, »daß ich kein Erbarmen mit dem Publikum hätte oder mir meiner Schuld ihm gegenüber nicht bewußt wäre. Ich habe Erbarmen mit ihm, und die Schuld bedrückt mir das Herz. Ich habe das Buch Hiob lesen müssen, um die Kraft zu bekommen, meine Verantwortung überhaupt tragen zu können.« »Siehst du dich an Hiobs Stelle, Charlie?« fragte Aeneas. »Nein«, sagte Charlie feierlich und stolz, »an der Stelle des Herrn.«

»Ich habe mich gegen meinen Leser verhalten«, fuhr er langsam fort, »wie sich der Herr gegen Hiob verhält. Ich weiß, niemand weiß besser als ich, wie sehr der Herr den Hiob als Publikum braucht und ohne ihn nicht sein kann. Ja, es ist sogar zweifelhaft, ob nicht der Herr mehr von Hiob abhängig sei als Hiob vom Herrn. Ich habe mit Satan um die Seele meines Lesers gewettet. Ich habe seinen Weg verzäunt und Angst und Schrecken auf ihn gehetzt, gemacht, daß er auf dem Winde fährt und kräftig zerschmolzen wird, und als er des Lichtes harrte, kam Finsternis über ihn. Und Hiob will so wenig das Publikum des Herrn sein, wie mein Publikum das meine sein will.« Charlie seufzte und sah in sein Glas hinein, dann hob er es an seine Lippen und leerte es.

»Aber«, sagte er, »zuletzt werden die beiden versöhnt; es tut gut, das zu lesen. Denn im Wirbelwind führt der Herr die Verteidigung des Künstlers, und nur die des Künstlers. Er macht die moralischen Skrupel und die moralischen Leiden seines Publikums zunichte; er versucht nicht, seinen Auftritt durch die Darlegung, was Recht und Unrecht sei, zu begründen. ›Solltest du mein Urteil zunichte machen?‹ fragt der Herr. ›Weißt du des Himmels Ordnungen? ›Bist du in den Grund des Meeres gekommen und in den Fußtapfen der Tiefe gewandelt? Kannst du deine Stimme zu der Wolke erheben? Kannst du die Bande der Sieben Sterne zusammenbinden?‹ Ja, er spricht über die Schrecken und Greuel des Lebens und fragt sein Publikum so obenhin, ob es wohl mit ihnen spielen wolle, wie mit einem Vogel, und ob sie ihre Kinder das gleiche tun lassen wollten. Und Hiob ist fürwahr das ideale Publikum. Wer unter uns wird je wieder ein solches Publikum finden? Vor solchen Argumenten neigt er sein Haupt und nimmt seine Anklage zurück; er sieht ein, daß er in den Händen des Künstlers besser aufgehoben ist, und sicherer, als in denen irgendeiner anderen Macht auf Erden, und er gibt zu, daß er sich über Dinge geäußert hat, die er nicht verstand.« Charlie machte eine Pause. »Der Herr hat es so auch einmal mit mir gemacht«, sagte er schwer, seufzte und fuhr fort: »Ich habe das Buch Hiob viele Male gelesen« und schloß dann, »des Nachts, wenn ich nicht schlafen konnte. Und ich habe schlecht geschlafen in diesen letzten Monaten.« Er saß stumm da, verloren in Erinnerung.

»Aber dennoch frage ich mich«, sagte er nach einer langen Pause, »was wohl der Sinn des Ganzen ist. Weshalb können wir die Malerei und die Schreiberei nicht einfach aufgeben und das Publikum in Frieden lassen? Was tun wir ihm letzten Endes Gutes an? Was nutzt, letzten Endes, die Kunst dem Menschen? Es ist alles ganz eitel, ganz eitel!«

Aeneas hatte inzwischen sein Mahl beendet und trank jetzt geruhsam seinen Kaffee. »Monsieur Kohl, mein Prinzipal«, sagte er, »beschäftigt sich als Dilettant mit Bildern und möchte in seinem Stadtpalais unbedingt eine Galerie einrichten. Da er aber von Malerei nichts versteht und keine Muße hat, etwas darüber zu lernen, quälte und beunruhigte ihn früher die Auswahl seiner Bilder. Nun habe ich, in seinem Auftrag, die Runde unter den Künstlern gemacht, und habe jeden von ihnen gebeten, mir dasjenige seiner Bilder zu verkaufen, das er unter allen, die er je gemalt hat, persönlich für sein bestes hält. Unsere Sammlung wächst, und sie wird etwas Großartiges werden.«

»Er irrt sich«, sagte Charlie düster. »Der Künstler selbst kann nicht sagen, welches sein bestes Werk ist. Selbst wenn deine Künstler ehrliche Leute wären und wenn dir nicht das Bild angedreht wurde, das sie niemandem sonst verkaufen können – wie du es wahrlich verdientest –, können sie es nicht beurteilen.« »Nein, sie können es nicht beurteilen«, sagte Aeneas. »Doch eine Sammlung von Bildern, von denen jedes einzelne von seinem Maler als das beste ausgesucht wurde, das er je gemalt hat, wird mit der Zeit wohl die

Neugier des Publikums kitzeln und bei einem Verkauf einen guten Preis erzielen.«

»Dann spielst du also«, sagte Charlie bitter, »den Laufburschen für einen reichen Dilettanten und rennst von einem Künstler zum anderen. Aber du selbst hast nie, aus eigenem Antrieb, ein Bild gemalt oder eines gekauft. Wenn du dereinst diese schöne Welt verlassen wirst, dann könntest du ebensogut überhaupt nie gelebt haben.« Aeneas nickte. »Wozu nickst du jetzt?« fragte Charlie. »Zu dem, was du sagst«, sagte Aeneas. »Ich könnte ebensogut überhaupt nie gelebt haben.«

Charlie hatte sich jetzt seiner Unruhe und seines Mißmuts entledigt, die ihn besessen hatten, als er ins Café gekommen war, und er spürte, daß es angenehmer ward zuzuhören, als weiterzureden. Er entdeckte auch, daß er hungrig war, und bestellte das Abendessen. Als er mit der Suppe fertig war, lehnte er sich auf seinem Stuhl zurück, blickte sich in dem Raum um, als sähe er ihn zum ersten Mal, und sagte mit leiser und matter Stimme, der eines Genesenden gleich, zu Aeneas: »Kannst du mir denn nicht einmal eine Geschichte erzählen?«

Aeneas rührte in seinem Kaffee und löffelte den Zucker herauf, der sich am Boden der Tasse gesammelt hatte. Er führte die Serviette an seinen kleinen Mund, faltete sie zusammen und legte sie auf den Tisch. »Ja, ich kann dir eine Geschichte erzählen«, sagte er. Er saß eine Weile still da, sein Gedächtnis durchstöbernd. Während dieser Zeit ging, obwohl er sich so still verhielt, eine Verwandlung mit ihm vor; der korrekte Bevollmächtigte verblaßte und statt seiner saß auf seinem Stuhl eine abgründige und gefährliche kleine Gestalt, gesammelt, gewappnet und erbarmungslos – der Geschichtenerzähler aller Zeiten. »Ja«, sagte er schließlich und lächelte, »ich kann dir eine tröstliche Geschichte erzählen«, und mit einer sanften und melodischen Stimme hob er an:

»Als ich ein junger Mann war, stand ich im Dienste einer angesehenen Firma in London, die mit Teppichen handelte, und wurde von ihr ausersehen, nach Persien zu reisen, um dort alte Teppiche aufzukaufen. Durch die Fügungen des Schicksals jedoch wurde ich auf die Dauer von zwei Jahren, während einer Zeit politischer Unruhen und Intrigen, als Engländer und Russen miteinander um größeren Einfluß am persischen Hofe wetteiferten, Leibarzt des Herrschers über Persien, Mohammed Schah, einem höchst verdienstvollen Fürsten. Er litt schreckliche Schmerzen durch die Wundrose, eine Krankheit, gegen die ich so glücklich gewesen war, eine Heilmethode zu finden. Der jetzige Schah, Nasrud-Din Mirza, war damals Thronerbe.

Nasrud-Din war ein lebhafter junger Prinz, versessen auf Fortschritt und Reform, und von eigenwilligem und phantasievollem Temperament. Er war begierig, die Umstände und Lebensbedingungen seiner Untertanen kennenzulernen, vom höchsten bis zum geringsten, und gönnte im Verfolgen dieser Absicht weder sich selbst noch seiner Umgebung Ruhe. Er hatte die Geschichten aus ›Tausendundeiner Nacht‹ gründlich gelesen und nach dieser Lektüre Geschmack an der Rolle des Kalifen Harun-al-Raschid von Bagdad gefunden. So wanderte er nun oft, in Nachahmung dieses klassischen Mimen, ganz allein und in der Verkleidung eines Bettlers, eines Hausierers oder Gauklers, durch seine Stadt Teheran und besuchte deren Marktplätze und Schänken. Dort hörte er den Gesprächen der Taglöhner, Wasserträger und Huren zu, um von ihnen ihre wahre Meinung über die Amtsinhaber und Würdenträger zu erfahren und über den Zustand der Rechtspflege in seinem Reiche.

Diese Laune des Prinzen versetzte seine alten Wesire in Bestürzung und große Aufregung. Denn sie hielten es für einen unhaltbaren und widersinnigen Zustand, daß ein Prinz derart *au fait* mit dem Treiben und den Gefühlen seines Volkes sein sollte, und für einen Zustand, der das gesamte althergebrachte Regierungssystem des Landes durcheinanderzubringen drohte. Sie hielten ihm die Gefahren vor Augen, denen er sich aussetzte, und das Unrecht, das er mit seiner Waghalsigkeit dem persischen Reiche antat, das auf diese Weise, ohne Not, den traurigsten Verlust erleiden konnte. Doch je mehr sie redeten, desto versessener wurde Nasrud-Din auf seine Liebhaberei. Die Wesire mußten zu anderen Mitteln Zuflucht nehmen. Sie trugen Sorge dafür, daß ihm auf allen seinen Wegen heimlich bewaffnete Wächter folgten; sie bestachen auch seine Diener und Pagen, um zu erfahren, welche Verkleidung er anlegen und in welchen Stadtteil er seine Schritte lenken würde, und oft war dann der Bettler oder die Hure, mit denen der Prinz sich in ein Gespräch einließ, von den klugen alten Männern vorher unterwiesen worden. Hiervon ahnte Nasrud-Din nichts, und die Räte fürchteten seinen Zorn, sollte er es je herausfinden, so daß sie selbst untereinander über ihre Listen schwiegen.

Nun begab es sich zu der Zeit, da ich am Hofe war, daß der alte Großwesir Mirza Aghai eines Tages beim Prinzen um Audienz ersuchte und ihm, in feierlichem Ernste, eine Neuigkeit von seltsamer und finsterer Natur eröffnete.

Es gebe, sagte er, in der Stadt Teheran einen Mann, der von Gesicht, Gestalt und Stimme dem Prinzen Nasrud-Din so ähnlich sei, daß die Königin, seine Mutter, kaum den einen vom anderen unterscheiden könne. Ferner ahme der Fremde in seinem ganzen Gebaren das Verhalten und die Gewohnheiten des Prinzen auf das Genaueste nach. Dieser Mann ziehe seit einigen Monaten durch die ärmsten Viertel der Stadt, in der Verkleidung eines Bettlers, ähnlich jener, die der Prinz zu tragen pflege, lasse sich bei den Toren oder an der Stadtmauer nieder, frage dort das Volk aus und halte ihm Reden. Beweise das nicht, fragte der alte Wesir, wie gefährlich die Kurzweil des Prinzen sei? Denn was könne wohl dahinter stecken? Der Schwindler sei entweder ein Werkzeug in den Händen der Feinde des Schahs, von ihnen eingesetzt, unter der Bevölkerung Unzufriedenheit und Aufruhr zu säen, oder er sei ein Betrüger von unerhörter Verwegenheit, der seine eigenen finsteren Ränke schmiede und womöglich den schrecklichen Plan hege, den Thronerben zu beseitigen und sich dann selbst vor dem Volke als der Prinz auszugeben. Der alte Mann hatte in Gedanken alle Feinde des Königshauses an sich vorüberziehen lassen. Dabei hatte sich vor ihm der Schatten eines mächtigen Fürsten erhoben, eines Vetters des Schahs, der während eines Aufstandes vor zwanzig Jahren enthauptet worden war, und es war ihm eingefallen, daß ihm damals Gerüchte zu Ohren gekommen waren, wonach dem Empörer ein postumer Sohn geboren worden sei. Dieser Jüngling, meinte Mirza Aghai, könne nur zu gut danach trachten, seinen Vater zu rächen und sein Fürstentum zurückzugewinnen. Er flehte seinen jungen Gebieter an, seinen Streifzügen bis zu dem Zeitpunkt zu entsagen, da der Intrigant ergriffen und bestraft worden sei.

Nasrud-Din hörte den Vorschlag seines Großwesirs an und spielte indes mit den seidenen Troddeln seiner Säbelquaste. Was, fragte er, erzähle dieser seltsame Verschwörer, sein Ebenbild, dem Volke denn, und welchen Eindruck habe er auf die Leute gemacht? ›Mein Gebieter‹, sagte Mirza Aghai, ›was genau er dem Volke gesagt hat, kann ich nicht berichten, zum einen, weil seine Rede so tief und doppeldeutig zu sein scheint, daß jene, die sie gehört haben, sich nicht daran erinnern können, und zum anderen, weil er eigentlich nicht viel sagt. Der Eindruck aber, den er gemacht hat, ist fürwahr gewaltig. Denn er gibt sich nicht damit zufrieden, ihr Los zu erkunden, sondern hat es sich zur Aufgabe gemacht, dieses mit ihnen zu teilen. Man weiß, daß er in Winternächten an der Stadtmauer geschlafen hat, daß er von den Brosamen gelebt hat, die sich die Ärmsten der Armen für ihn vom Munde absparten, und daß er, wenn sie gar nichts mehr zu geben hatten, einen ganzen Tag lang gefastet hat. Er sucht die billigsten Huren der Stadt auf, um die Armen von seinem

Mitleiden und seiner Nächstenliebe zu überzeugen. Ja, um sich bei den geringsten deiner Untertanen in Teheran einzuschmeicheln, hält er es, mit Verlaub gesagt, mit einem Mädchen, das in der Schänke eines Marktplatzes Vorstellungen mit einem Esel gibt. Und dies alles, mein Prinz, in deiner Gestalt!‹

Der Prinz war ein fröhlicher und furchtloser junger Mann; es belustigte ihn, die alten, vorsichtigen Räte seines Vaters zu ängstigen, und Mirza Aghais Erzählung verhieß ihm ein außergewöhnliches Abenteuer. Als er die Sache überdacht hatte, sagte er dem Großwesir, daß er die Gelegenheit, seinem *Doppelgänger* zu begegnen, nicht vorübergehen lassen wolle. Er werde ihn aufsuchen, um mit ihm zu sprechen, und um herauszufinden, was es mit ihm auf sich habe. Er verbot den alten Männern, sich in seinen Plan einzumischen, und traf dieses Mal solche Vorkehrungen, daß es ihnen unmöglich war, ihm nachzuspionieren oder ihm zu folgen. Vergeblich beschwor ihn Mirza Aghai, von einem derart gefährlichen Unternehmen abzustehen. Das einzige Zugeständnis, das er ihm schließlich abrang, war das Versprechen, daß er wohlbewaffnet gehen werde und daß er einen Begleiter mitnehmen werde, dem er trauen konnte.

Ich hatte gerade damals häufig Umgang mit dem jungen Prinzen. Denn Prinz Nasrud-Din hatte auf seinem linken Backenknochen ein Muttermal von der Größe einer Kirsche. Es war an sich schon leicht entstellend, und natürlich war es ihm hinderlich, wenn er inkognito auf seine Streifzüge gehen wollte. Deshalb bat er mich, nachdem er gesehen hatte, wie ich seinen Vater, den Schah, heilte, ihn von seinem Naevus zu befreien. Die Behandlung war langwierig; ich hatte also Zeit, den Prinzen mit Geschichten zu unterhalten, die er liebte, und ich verfügte, der Natur der Dinge nach, über einen ganzen Sack voller Erzählungen, die unserer klassischen westlichen Kultur angehören, ihm aber neu waren.

Der Prinz fürchtete auch, fett zu werden, weswegen er

zuweilen sehr wenig aß. Seine Mutter, die Königin, die meinte, nie habe er niedlicher ausgesehen als zu der Zeit, da er noch seinen Kinderspeck hatte, gab sich große Mühe, Hoflieferanten und Leibköche alle erdenklichen Leckereien herbeischaffen und zubereiten zu lassen, um ihrem Sohne Appetit zu machen. Nun bemerkte sie, daß meine Geschichten den Prinzen an der Tafel festhielten, und sie bat mich huldreich, ihm beim Essen Gesellschaft zu leisten. Ich erzählte dem Prinzen so viel aus der *Divina Commedia* wie ich noch wußte und aus einigen von Shakespeares Tragödien, ebenso die ganzen »Geheimnisse von Paris« von Eugène Sue, die ich gerade vor meiner Abreise aus Europa gelesen hatte. Durch unsere Gespräche über solche Kunstwerke gewann ich sein Vertrauen, und als er dann einen Gefährten für seine geheimen Expeditionen auszusuchen hatte, bat er mich, ihn zu begleiten.

Er fand Vergnügen daran, mich als einen persischen Bettler ausstaffieren zu lassen, mit einem weiten Mantel und Pantoffeln und mit einer Augenklappe. Jeder von uns trug einen Dolch im Gürtel und eine Pistole in der Brusttasche; der Prinz machte mir diesen Dolch, der einen silbernen, mit Türkisen besetzten Griff hatte, dann zum Geschenk. Der alte Wesir Mirza Aghai suchte mich auf und versicherte mich seiner Dankbarkeit und eines ständigen und einträglichen Amtes bei Hofe, sollte es mir am Ende gelingen, Nasrud-Din von seiner gefährlichen Liebhaberei abzubringen. Ich traute mir jedoch nicht die Macht zu, den Sinn eines Prinzen zu wandeln, und ich verspürte auch nicht den Wunsch dazu.

So streiften wir denn an einigen Abenden zu Frühlingsbeginn durch die Straßen und die Armenviertel von Teheran. Auf den Terrassen der königlichen Gärten standen die Pfirsichbäume schon in Blüte, und im Grase blühten Krokus und Jonquillen. Die Luft jedoch war schneidend kalt und der Nachtfrost nicht fern.

In der Stadt Teheran sind um diese Jahreszeit die Abende

wunderbar blau. Die uralten grauen Mauern, die Platanen und Olivenbäume in den Gärten, die Menschen in ihren eintönigen Gewändern und die langen, langsam schreitenden Reihen schwerbeladener Kamele, die durch das Tor heimkommen – alles scheint in einem zarten Schleier von Azur zu schweben.

Der Prinz und ich besuchten die merkwürdigsten Orte und machten die Bekanntschaft von Tänzerinnen, Dieben, Kupplern und Wahrsagern.

Wir führten verschiedentlich lange Diskussionen miteinander über Religion und Liebe, und oftmals lachten wir auch zusammen von Herzen, denn wir waren beide jung. Doch den Mann, dem wir auf der Spur waren, fanden wir eine ganze Weile nicht; und wir hörten auch nirgendwo viel von ihm. Immerhin brachten wir den Namen in Erfahrung, den er führte, es war derselbe, den der Prinz als Bettler benutzt hatte. Und schließlich wurden wir eines Abends von einem kleinen Jungen zu einem Marktplatz geführt, in der Nähe des ältesten Stadttores, wo, wie uns gesagt wurde, der Gesuchte zu dieser Stunde sich niederzulassen pflege. Am Brunnen des Platzes blieb der barfüßige Junge stehen und zeigte auf eine kleine Gestalt, die in einiger Entfernung auf der Erde saß. Er warf uns einen klaren, festen Blick zu, sagte: »Weiter gehe ich nicht«, und rannte davon.

Wir blieben einen Augenblick stehen und faßten nach unseren Dolchen und Pistolen. Es war ein armseliger und abstoßender Platz; enge Gassen führten auf ihn zu; die Häuser waren erbärmlich und verfallen; die Luft war erfüllt von ekelerregenden Dünsten, die Erde rissig und voller Staub. Die zerlumpten Bewohner der Gassen waren von der Arbeit heimgekehrt und pflegten in dieser letzten hellen Stunde des Müßiggangs und schwatzten im Freien oder schöpften Wasser am Brunnen. Einige wenige von ihnen kauften Wein an einer offenen Schankbude, und wir folgten ihrem Beispiel, wobei wir den billigsten verlangten, den der Wirt feilbot, denn heute abend waren wir ja Bettler. Während wir tranken, behielten wir den Mann auf der Erde im Auge.

Aus einer Mauerspalte wuchs ein alter, verkrüppelter Feigenbaum, und unter diesem saß er. Keine Menschenmenge scharte sich um ihn, wie wir es auf die Auskünfte hin erwartet hatten. Doch während ich ihn beobachtete, sah ich, daß die Vorbeikommenden ihren Schritt verlangsamten, wenn sie an ihm vorübergingen. Der eine oder andere von ihnen blieb stehen und wechselte ein paar Worte mit ihm, bevor er wieder weiterging; und jeder von ihnen schien das Gesicht halb von dem Bettler abzuwenden und sich in seiner Nähe voll Verehrung und Scheu zu verhalten. Wie ich allmählich das ganze Bild vor mir aufnahm, empfand ich es in gewisser Weise als ungewöhnlich und ergreifend. Dieser Marktplatz war so elend und jämmerlich wie nur irgendeiner, über den ich in dieser Stadt gekommen war, doch lag in seiner Atmosphäre eine Würde, und eine Stille, die Hoffnung und Zuversicht zu verheißen schien. Die Kinder spielten ohne Streit und Geschrei miteinander, die Frauen schwatzten und lachten leise und fröhlich, und die Wasser Schöpfenden warteten geduldig, bis sie an die Reihe kamen.

Der Schankwirt unterhielt sich mit einem Eselstreiber, der ihm zwei große Körbe mit frischen Bohnen, Kohl und Salat gebracht hatte. Der Eselstreiber sagte: ›Was meinst du wohl, was sie heute abend im Palast speisen werden?‹ ›Was die speisen?‹ sagte der Wirt. ›Das läßt sich nicht leicht sagen. Vielleicht gibt es einen Pfauen, mit Oliven gefüllt. Oder sie essen Karpfenzungen, in Rotwein gesotten. Oder sie verleiben sich ein fettes, in Zimt gedünstetes Schaf ein.‹ ›Bei Gott, ja‹, sagte der Eselstreiber. Wir lächelten ob der Beschreibung dieser außerordentlichen Gerichte, die für die Armen offensichtlich Köstlichkeiten darstellten. Prinz Nasrud-Din zahlte den Wein, zog die Kapuze seines Bettlermantels über den Kopf, ging ohne ein Wort hinüber und setzte sich ein Stückchen von dem Fremden entfernt auf die Erde. Ich setzte mich neben diesen, dicht an die Mauer.

Der Mann, den wir so lange gesucht hatten und über den wir soviel miteinander geredet hatten, war ein stiller Mensch; er hob nicht einmal die Augen, um die Ankömmlinge zu betrachten. Er saß auf der Erde mit gekreuzten Beinen und gesenktem Kopf, und seine gefalteten Hände ruhten auf dem Boden vor ihm. Seine Bettlerschale stand neben ihm, und sie war leer.

Er hatte einen weiten Mantel an, dem gleich, den der Prinz trug, nur noch zerfledderter und geflickter. Die Kapuze daran verdeckte sein Gesicht zum Teil, doch wie er so ruhig dasaß, mit niedergeschlagenen Augen, hatte ich Zeit, sein Gesicht zu studieren. Es traf zu, daß er dem Prinzen ähnlich war. Er war ein dunkler, schmächtiger junger Mann, ein paar Jahre älter als Nasrud-Din, in dem Alter, das der Prinz in seiner Bettlerrolle anzunehmen pflegte. Er hatte lange, schwarze Wimpern und einen kleinen, schmalen, schütteren schwarzen Bart, ähnlich dem Barte, den der Prinz in seiner Bettlerverkleidung anlegte, nur daß dieser wirklich auf dem Gesicht seines Trägers wuchs. Auf seinem linken Backenknochen hatte er ein braunes Mal, in der Größe einer Kirsche, und ich sah, da ich hierin Erfahrung besaß, daß es künstlich angebracht war, mit großer Geschicklichkeit. Was sein Aussehen und Verhalten anlangte, so glich er in keiner Weise dem verwegenen und gefährlichen Verschwörer, dem zu begegnen ich erwartet hatte. Sein Gesicht war so friedvoll, daß ich mich nicht entsinnen kann, jemals ein heitereres Menschenantlitz gesehen zu haben. Es war auch einzigartig bar aller Schläue, ja, auch nur größerer Intelligenz. Jene Würde und Gesammeltheit, die ich vor kurzem auf dem Marktplatz um ihn herum mit Überraschung wahrgenommen hatte, wiederholten sich in der Person dieses Mannes, als seien diese Eigenschaften in dieser zerlumpten und mageren Bettlergestalt konzentriert oder strömten von ihr aus. Vielleicht, dachte ich, gibt es wenige Dinge, die der Ausstrahlung eines Menschen eine solch große Würde leihen, wie der Ausdruck völliger Zufriedenheit und Selbstgenügsamkeit.

Als wir so eine Weile schweigend beieinander gesessen hatten, begab es sich, daß ein ärmlicher Leichenzug daher kam, auf dem Wege zur Begräbnisstätte vor der Stadtmauer, der Leichnam auf einer Bahre und mit einem Tuch bedeckt; einige wenige Trauernde folgten ihm, und ein paar Müßiggänger aus den umliegenden Gassen schlenderten hinterher. Als sie des Bettlers unter dem Feigenbaum ansichtig wurden, schienen auch sie von einer Art Furcht oder Verehrung ergriffen zu werden; sie wandten sich im Vorübergehen etwas von ihm ab, sprachen ihn aber nicht an.

Als sie vorüber waren, hob der Bettler den Kopf, sah vor sich hin und sagte mit einer leisen und sanften Stimme: ›Leben und Tod sind zwei verschlossene Schreine, deren jeder den Schlüssel zum anderen enthält.‹

Der Prinz zuckte zusammen, als er seine Stimme hörte, so sehr glich die Sprechweise seiner eigenen, sogar mit dem leichten Näseln darin. Nach einem Augenblick sprach er den Fremden an. ›Ich bin ein Bettler wie du‹, sagte er, ›und ich bin hierhergekommen, um die Almosen zu sammeln, die barmherzige Menschen mir geben mögen. Laß uns die Zeit nicht vergeuden, während wir auf sie warten, sondern miteinander über unsere Leben sprechen. Ist dir dein Bettlerleben von so geringem Wert, daß du es mit dem Tod vertauschen möchtest?‹ Der Bettler schien auf eine derart energische Anrede nicht gefaßt zu sein. Eine Weile lang antwortete er nicht, dann schüttelte er sanft den Kopf und sagte: ›Ganz und gar nicht.‹

Eine alte arme Frau kam über den Platz herüber auf uns zugewankt, näherte sich dem Bettler in der scheuen und unterwürfigen Weise der anderen, ihr Gesicht abwendend, während sie mit ihm sprach. Sie hielt einen Laib Brot an ihre Brust gepreßt, und als sie stehenblieb, streckte sie es ihm mit beiden Händen hin. ›Um Gottes Barmherzigkeit willen‹, sagte sie, ›nimm dieses Brot und iß es. Wir haben gesehen, daß du zwei Tage lang hier an der Mauer gesessen bist und nichts zu essen hattest. Nun bin ich eine alte Frau, die ärmste der Armen hier, und ich glaube, daß du ein Almosen von mir nicht zurückweisen wirst.‹ Der Bettler hob sanft die Hand, um die Gabe abzuweisen. ›Nein‹, sagte er, ›nimm dein Brot zurück, ich werde heute abend nicht essen. Denn ich weiß von einem Bettler, meinem Bruder in Armut, der volle drei Tage lang an der Stadtmauer saß und dem nichts gegeben wurde. Ich will jetzt erfahren, was er dabei fühlte und dachte.‹ ›Ach Gott‹, seufzte die alte Frau, ›wenn du das Brot nicht essen willst, so werde ich es auch nicht essen, sondern werde es den Zugochsen geben, die zum Tor hereinkommen und müde und hungrig sind.‹ Und damit wankte sie wieder davon.

Als sie fort war, wandte sich der Prinz zum zweiten Mal an den Bettler. ›Du irrst dich‹, sagte er. ›Kein Bettler dieser Stadt mußte drei Tage lang an der Mauer sitzen, ohne daß er ein Almosen bekommen hätte. Ich habe ja selbst um milde Gaben gebettelt, und bin niemals auch nur einen Tag lang ohne Speise geblieben. Die Menschen von Teheran sind weder so hartherzig noch so arm, als daß sie den geringsten unter den Bettlern drei Tage lang hungern ließen.‹ Hierauf antwortete der Bettler mit keinem Wort.

Es wurde jetzt kälter. Der große Raum über unseren Köpfen war immer noch glasklar und von köstlichem Licht erfüllt; unzählige Fledermäuse waren aus den Löchern in der Mauer gekommen und durchkreuzten ihn lautlos, niedrig und hoch. Die Erde aber und alles, was ihr angehörte, lag in einem blauen Schatten, als sei sie von einer feinen Schicht Lazulit überzogen. Der Bettler zog seinen alten Mantel enger um sich und zitterte. ›Wir täten wohl gut daran‹, sagte ich, ›uns drüben im Tor ein wenig Schutz zu suchen.‹ ›Nein, ich werde nicht dorthin gehen‹, sagte der Bettler. ›Die Torwächter jagen alle Bettler mit Stockschlägen vom Tor weg.‹ ›Du irrst dich wieder‹, sagte der Prinz. ›Ich, der ich selbst ein Bettler bin, habe Schutz in den Toren gesucht, und kein Torwächter hat mir je befohlen zu verschwinden. Denn es ist Gesetz, daß arme und obdachlose Menschen in den Toren meiner Stadt sitzen dürfen, wenn der Verkehr des Tages vorüber ist.‹

Der Bettler überdachte diese Worte eine Weile; dann wandte er den Kopf und sah ihn an. ›Bist du der Prinz Nasrud-Din?‹ fragte er ihn.

Prinz Nasrud-Din ward von der direkten Frage des Bettlers überrascht und erschreckt; seine Hand fuhr zu seinem Dolch, und auch ich griff nach meinem. Doch einen Moment später sah er ihm stolz ins Gesicht. ›Ja, ich bin Nasrud-Din‹, sagte er. ›Du mußt mein Gesicht kennen, denn du hast es ja nachgemacht. Du mußt mir lange und sehr nahe gefolgt sein, um in den Augen meines Volkes diese Rolle mit soviel Geschick spielen zu können. Auch weiß ich von deinem Treiben schon seit einiger Zeit. Nur deinen Beweggrund dafür, den kenne ich nicht. Ich bin heute abend hierhergekommen, um ihn aus deinem Munde zu erfahren.‹

Der Bettler antwortete nicht sogleich; dann schüttelte er wieder den Kopf. ›Oho, edler Herr‹, sagte er. ›Kannst du das zu Recht sagen, wo ich gerade jenes Gewand und jenes Äußere angelegt habe, von denen du glaubst, sie seien deinen eigenen am unähnlichsten und am besten geeignet, dich unkenntlich zu machen und die Bewohner deiner Stadt zu täuschen? Könnte nicht ich mit gleichem Recht dich beschuldigen, in all deiner Größe mein armseliges Äußeres nachgeahmt und meine Bettlererscheinung gestohlen zu haben? Ja, es ist wahr, daß ich dich einmal gesehen habe, aus einiger Entfernung, in deinem Bettlergewand, aber ich habe mehr von jenen gelernt, die dir folgten und dich bewachten. Es ist auch wahr, daß ich aus der Ähnlichkeit, die Gott zwischen dir und mir zu erschaffen geruhte, Nutzen gezogen habe. Ich habe sie genutzt, um stolz zu werden und dankbar gegen

Gott, wo ich zuvor niedergeschmettert war. Kann ein Fürst seinen Diener darum tadeln?‹

›Und für wen‹, fragte der Prinz mit einem durchdringenden Blick auf den Bettler, ›halten die Menschen auf dem Marktplatz und in den Gassen dich?‹ Der Bettler sah sich rasch und verstohlen um. ›Scht, mein Gebieter, sprich leise‹, sagte er. ›Die Menschen auf dem Marktplatz und in den Gassen wagen es bei ihrem Leben nicht, mich wissen zu lassen, für wen sie mich halten. Hast du nicht gesehen, wie sie ihre Köpfe abwendeten und ihre Augen niederschlugen, als sie an mir vorbeikamen oder mit mir sprachen? Sie wissen, daß ich nicht erkannt zu werden wünsche; sie haben Angst, daß mein Zorn gegen sie, sollte ich je herausfinden, für wen sie mich halten, so furchtbar sein wird, daß ich gehe und nie wieder zu ihnen zurückkomme.‹

Bei diesen Worten errötete der Prinz und verstummte. Schließlich sagte er ernst: ›Sie glauben also, du seiest Prinz Nasrud-Din?‹ Der Bettler zeigte für einen Augenblick seine weißen Zähne in einem Lächeln. ›Ja, sie glauben, ich sei der Prinz Nasrud-Din‹, sagte er. ›Sie glauben, daß ich einen Palast zur Wohnung habe und dorthin zurückgehen kann, wann es mir beliebt. Sie glauben, daß ich den Keller voller Wein habe, meinen Tisch mit köstlichen Speisen besetzt, meine Truhen voll von Gewändern aus Seide und Pelz.‹

›Wer aber‹, fragte der Prinz, ›bist du dann, den es stolz und dankbar gegen Gott gemacht hat, mich nachzuahmen?‹ ›Ich bin, was ich scheine‹, sagte der Bettler. ›Ich bin ein Bettler von Teheran. Als solcher wurde ich geboren. Meine Mutter war eine Bettlerin und sie prügelte diesen Beruf in mich hinein, bevor ich soviel wog wie eine Katze. Ich habe um Almosen gebettelt in den Straßen und an den Mauern der Stadt mein Leben lang.‹ ›Wie heißt du, Bettler?‹ fragte der Prinz. ›Ich heiße Fath‹, sagte der Bettler.

›Und hast du nicht‹, fragte der Prinz nach einigem Schweigen, ›geplant, in jenen Palast zu gelangen, von dem du sprichst, kraft der Ähnlichkeit zwischen dir und mir?‹ ›Nein‹, sagte Fath. ›Hast du nicht danach getrachtet‹, fragte der Prinz wieder, ›Einfluß und Macht beim Volke zu gewinnen und deine Absichten mittels dieser Ähnlichkeit zu fördern?‹ ›Nein‹, sagte Fath. Er saß eine Weile nachdenklich da; dann sagte er: ›Nein. Ich bin ein Bettler und mag Geschick für das Bettlerhandwerk haben. Doch von diesen anderen Dingen verstehe ich nichts, und an keinem von ihnen liegt mir etwas. Ich wäre hilflos, wenn ich mit ihnen umgehen müßte. Ich habe Macht über die Menschen erlangt, das ist wahr, und es kann wohl sein, daß sie tun würden, was ich wünschte; was aber könnte ich mir von ihnen wünschen?‹

›Was hast du dann eigentlich getan‹, fragte der Prinz, ›nachdem du so schlau mein Aussehen und mein Benehmen ausgeforscht und die Menschen von Teheran glauben gemacht hattest, du seiest Prinz Nasrud-Din?‹ ›Ich habe‹, sagte Fath, ›um Almosen gebettelt in den Straßen und an den Mauern der Stadt.‹ Er sah den Prinzen an und rief dann aus: ›Was hast du mit dem Mal auf deiner Wange gemacht?‹ Der Prinz legte die Hand an seine Wange. ›Ich habe es entfernen lassen‹, sagte er. Fath hob ebenfalls die Hand an die Wange. ›Dem Volke wird das nicht gefallen‹, sagte er ernst.

›Aber weshalb verleumdest du mein Volk?‹ fragte der Prinz, ›und stellst das Los der Bettler in meiner Stadt schwerer dar, als es in Wirklichkeit ist? Weshalb erzähltest du, daß ein Bettler drei Tage lang an der Mauer gesessen sei, ohne etwas zu erhalten, und daß du zu erfahren wünschtest, was er dabei fühlte?‹ ›So wahr Gott lebt‹, sagte Fath, ›das ist keine Verleumdung, sondern die Wahrheit.‹ ›Wer‹, fragte der Prinz ihn streng, ›war der Bettler, der so grausam behandelt wurde?‹ ›Mein Gebieter, das war ich selbst‹, sagte Fath, ›in den Tagen, bevor ich dich gesehen hatte.‹

›Aber erkläre mir nun, denn ich verstehe es nicht‹, sagte der Prinz, ›weshalb du von dem Volk in meiner Stadt jetzt nichts annehmen willst, nachdem du es dazu gebracht hast, daß es dir das beste anbietet, was es hat? Weshalb hast du den Laib Brot zurückgewiesen, den dir die alte Frau brachte, und hast sie so traurig von dannen geschickt?‹ Fath bedachte diese Worte eine Weile. ›Gut, mein Gebieter‹, sagte er dann. ›Ich erkenne, mit Verlaub gesagt, daß du nur wenig weißt von der Bettelei. Du, nehme ich an, hast dein Leben lang so viel zum Essen gehabt, wie du wolltest. Wenn ich nehme, was sie mir anbieten, wie lange werden sie mir dann ihre Gaben wohl noch anbieten? Und wie lange werden sie dann wohl noch glauben, daß ich in meinem Palast die köstlichsten Speisen habe und alle Leckerbissen der Welt, vom Okzident zum Orient?‹

Der Prinz blieb eine Weile stumm; dann fing er zu lachen an. ›Bei den Gräbern meiner Väter, Fath‹, sagte er, ›ich hielt dich für einen Narren, doch jetzt denke ich, daß du der gerissenste Mann in meinem Reiche bist. Denn siehe, meine Höflinge und meine Freunde wollen alle Ämter von mir haben, Auszeichnungen und Gold, und wenn sie die bekommen haben, dann lassen sie mich in Frieden. Doch ein Bettler zu Teheran hat mich vor seinen Wagen gespannt und von nun an, im Wachen und im Schlafen, werde ich mich für Fath plagen müssen. Wenn ich eine Provinz erobere, wenn ich einen Löwen erlege, wenn ich ein Gedicht schreibe oder wenn ich die Tochter des Sultans von Sansibar heirate – es läuft alles auf eins hinaus: Es dient dem höheren Ruhme Faths!‹

Fath sah den Prinzen unter seinen langen Wimpern hervor an. ›Das könnte man sagen‹, sagte er, ›und nun hast du es gesagt. Ich könnte aber dagegenhalten, daß du selbst es warst, der Fath erschaffen hat und alles, was es von ihm gibt. Du hast nicht, während du als ein Bettler durch die Straßen gingst, danach getrachtet, weiser oder größer zu sein, edler oder hochherziger als die anderen Bettler der Stadt. Du hast dich nur zu einem Bettler unter vielen gemacht und hast es dir angelegen sein lassen, dich in nichts von den anderen zu unterscheiden, um dein Volk zu täuschen und, unerkannt, zu hören, was die Leute untereinander reden. Daher bin ich nun auch nicht mehr als ein gewöhnlicher Bettler. Im Wachen und im Schlafen bin ich nichts als die Bettlermaske des Prinzen Nasrud-Din.‹ ›Auch das könnte man sagen‹, sagte der Prinz.

›Ich beschwöre dich, Prinz‹, fuhr Fath feierlich fort, ›Provinzen zu erobern, Löwen zu erlegen, Gedichte zu schreiben. Ich habe Sorge dafür getragen, daß der Name des Prinzen Nasrud-Din und daß der Ruhm seiner allumfassenden Güte unter den Armen von Teheran groß wurden. Sorge du nun dafür, daß der Name Faths und sein Ruf, kühn und weise zu sein, unter den Königen und Fürsten groß werde. Wenn du einen Löwen erlegst, dann bedenke, daß Faths Herz ob deiner Tapferkeit frohlockt, und wenn du die Sultanstochter geheiratet hast, welch hohe Meinung werden dann deine Untertanen von dir haben, wenn sie dich dann immer noch an der Mauer sitzen sehen, die ganze kalte Nacht hindurch, auf daß du ihr schweres Los teilest. Welch hohe Meinung werden sie von dir haben, wenn du, um an dem traurigen Los der Ärmsten teilzuhaben, dich immer noch zu den Huren dieser Gassen setzest und mit ihnen sprichst.‹ ›Die Huren dieser Gassen‹, fragte der Prinz, ›umarmen sie dich jetzt glutvoll und erbeben sie in deinen Armen vor Wonne? Komm, du mußt es mir sagen, da ich nichts darüber weiß und da ihr Erbeben ja eigentlich mir zukommt.‹ ›Nein, ich kann es dir nicht sagen‹, sagte Fath. ›Ich weiß nicht mehr darüber als du. Ich wage nicht, sie zu umarmen; sie sind klug und könnten die Umarmung eines großen Herren kennen.‹ ›So fürchtest du dich also vor meinen Frauen, Fath?‹ sagte der Prinz. ›Du, der keine Furcht zeigte, als ich mich dir zu erkennen gab?‹ ›Mein Gebieter‹, sagte Fath, ›Mann und Frau sind zwei verschlossene Schreine, deren jeder den Schlüssel zum anderen enthält.‹

›Strecke deine Hände aus, Fath‹, sagte der Prinz, und als der Bettler dies tat, nahm er seinen Bettlerbeutel vom Gürtel und leerte dessen Inhalt in die ausgestreckten Hände. Fath ließ die Münzen auf seinen Handflächen liegen und betrachtete sie. ›Ist das Gold?‹ fragte er. ›Ja‹, sagte der Prinz. ›Ich habe davon gehört‹, sagte Fath. ›Ich weiß, daß es sehr mächtig ist.‹

Er ließ den Kopf hängen und saß lange Zeit da, trauernd, in tiefem Schweigen. ›Jetzt verstehe ich‹, sagte er endlich, ›weshalb du heute abend hierhergekommen bist. Du willst meiner Herrlichkeit ein Ende machen. Du willst, daß ich meine Ehre und meinen Ruhm beim Volke für dieses mächtige und gefährliche Metall verkaufe.‹ ›Nein, bei meinem Schwerte‹, sagte der Prinz, ›ich hatte nichts dergleichen im Sinn.‹ ›Was soll ich dann mit dem Gold?‹ fragte Fath. ›Wahrlich, Fath‹, sagte der Prinz in einiger Verlegenheit, ›das ist eine Frage, die mir noch nie gestellt wurde. Wenn du selbst keine Verwendung dafür hast, kannst du es ja den Armen hier auf dem Marktplatz geben.‹ Fath saß still da und betrachtete das Gold. ›Ich könnte‹, sagte er, ›wie der Mann in Ali Baba und die vierzig Räuber mir eine Bettlerschale borgen und versehentlich, wenn ich sie zurückgebe, auf ihrem Boden ein Goldstück liegenlassen, um das Volk von meinem Überfluß zu überzeugen. Es würde aber, mein Gebieter, weder ihnen noch mir gedeihlich sein. Sie würden mehr wollen, und mehr, als du mir gegeben hast, und mehr, als du mir je geben könntest. Sie würden mich nicht länger lieben, wie sie mich jetzt lieben, und nicht mehr an mein Mitleiden oder an meine Weisheit glauben. Nimm es zurück, der Bettler bittet dich. Das Gold ist besser bei dir als bei mir.‹

›Was dann kann ich für dich tun?‹ fragte der Prinz. Fath überdachte seine Worte, und dann erglänzte sein Gesicht wie das Gesicht eines Kindes.

›Höre, mein allmächtiger Gebieter‹, sagte er. ›Es gibt da eine Szene, die ich mir oft ausgemalt habe; du kannst sie Wirklichkeit werden lassen, wenn du es willst. Laß eines Tages dein stolzestes Reiterregiment über diesen Marktplatz hier reiten, mit deinem Hauptmann an der Spitze. Dann werde ich mich ihnen in den Weg setzen, und wenn sie kommen, rühre ich mich nicht vom Fleck. Befiehl deinem

Hauptmann, er solle, wenn er meiner ansichtig wird, wie in großer Überraschung und Schrecken sein Pferd anhalten und dem ganzen Regiment Halt gebieten, damit ich nicht berührt werde; ja, so jäh soll er das Regiment anhalten, daß die feurigen Rosse sich alle bäumen. Und dann, befiehl ihm, soll er weiterreiten, wenn ich ihm mit der Hand das Zeichen dazu gebe, und über mich hinweg, ohne auf mich zu achten – nur sag' ihm, man möge ein wenig Vorsicht walten lassen, damit die Pferde nicht auf mich treten. Dies ist, was du für mich tun kannst, mein Gebieter.‹

›Was für einen wunderlichen Einfall hast du da, Fath?‹ fragte der Prinz und lächelte. ›Noch nie ist es vorgekommen, daß meine Reiter in den Gassen oder auf den Marktplätzen einen Menschen niedergeritten haben.‹ ›Doch, es ist vorgekommen, mein Gebieter‹, sagte Fath; ›auf diese Weise wurde meine Mutter getötet.‹

Der Prinz saß einige Zeit gedankenverloren da. ›Es ist alles ganz eitel, ganz eitel‹, sagte er schließlich. ›Ich habe vor dem heutigen Tage, an meinem Hofe, viel über die Eitelkeit des Menschen gelernt. Heute abend jedoch habe ich von dir, einem Bettler, mehr gelernt. Es will mich nun dünken, als speise Eitelkeit den Darbenden und wärme den Bettler in seinem zerrissenen Mantel. Ist es so, Fath?‹ ›Siehe, mein Gebieter‹, sagte Fath, ›in hundert Jahren wird in den Büchern geschrieben stehen, daß Nasrud-Din ein solcher Fürst war und sein Reich von Persien auf solche Weise regierte, daß noch die ärmsten seiner Untertanen ihre Eitelkeit völlig befriedigt bekamen, während sie in ihren Lumpen an den Mauern von Teheran hungerten.‹

Der Prinz zog wieder seinen Mantel enger um sich und schlug die Kapuze über den Kopf.

›Ich werde jetzt zurückgehen‹, sagte er. ›Gute Nacht, Fath. Ich wäre eines Abends gern wieder einmal hierhergekommen, um mich mit dir zu unterhalten. Doch auf die Dauer würden meine Besuche wohl deinen Ruf ruinieren. Ich werde dafür sorgen, daß du von nun an in Frieden an deiner Mauer sitzen kannst. Und Gott möge mit dir sein.‹

Als er eben gehen wollte, hielt er inne. ›Nur ein Wort noch, bevor ich gehe‹, sagte er mit einigem Stolz. ›Es ist mir zu Ohren gekommen, daß du die Frau besuchst, die in der Schänke dieses Marktplatzes Vorstellungen mit einem Esel gibt. Es ist zwar gut, daß die Menschen von meinem Wunsche erfahren, ihre Lebensbedingungen kennenzulernen und sie sogar mit ihnen teilen zu wollen. Doch nimmst du dir mit unserer Person eine große Freiheit heraus, wenn du uns sozusagen in die Fußtapfen eines Esels treten läßt. Von heute abend an darfst du diese Frau nicht mehr sehen.‹ Ich hatte nicht bemerkt, daß gerade dieser Umstand in des Bettlers Treiben sich dem Herzen des Prinzen so tief eingeprägt hatte; nun erkannte ich, daß es ihn empört und beleidigt hatte und daß er glaubte, Fath habe Dinge, die wirklich groß und erhaben seien, in den Schmutz gezogen. Aber schließlich war er nicht nur ein Fürst, sondern auch ein junger Mann.

Auf dieses Wort hin sah Fath ganz verstört und entsetzt aus; er schlug die Augen nieder und rang die Hände. ›O mein Gebieter‹, rief er, ›dein Befehl kommt mich hart an. Diese Frau ist mein Eheweib. Ihre Einnahmen aus diesem Gewerbe sind es, von denen ich lebe!‹

Der Prinz stand lange da und sah ihn an. ›Fath‹, sagte er schließlich, sehr milde und wahrhaft königlich, ›wenn ich in der Sache zwischen dir und mir dir in allem nachgebe, so vermag ich selbst nicht zu sagen, ob dies aus Schwäche geschieht oder aus Stärke. Sage mir, mein Bettler von Teheran, wofür du es in deinem Herzen hältst?‹ ›Mein Gebieter‹, sagte Fath, ›du und ich, die Reichen und die Armen dieser Welt, sind zwei verschlossene Schreine, von denen jeder den Schlüssel zum anderen enthält.‹

Als wir durch die Nacht zurückgingen, spürte ich, daß der Prinz nachdenklich und in seinem Seelenfrieden gestört war. Ich sagte zu ihm: ›Du wirst, Hoheit, heute abend etwas Neues gelernt haben, was Größe und Macht des Fürsten angeht.‹ Prinz Nasrud-Din antwortete mir eine Zeitlang nicht. Doch als wir aus den engen, stinkenden Gassen herausgekommen waren und die schöneren und stattlicheren Stadtviertel betraten, sagte er: ›Ich werde in meiner Stadt nicht mehr verkleidet umhergehen.‹

So kamen wir gegen Mitternacht in den Palast zurück und speisten dort gemeinsam zur Nacht.«

Hier schloß Aeneas seine Geschichte. Er lehnte sich in seinem Stuhl zurück, holte Zigarettenpapier und Tabak aus der Tasche und drehte sich eine Zigarette.

Charlie hatte der Erzählung aufmerksam gelauscht, ohne ein Wort, die Augen auf den Tisch geheftet. Auf das Schweigen seines Freundes hin sah er auf, wie ein Kind, das aus dem Schlaf erwacht. Es fiel ihm wieder ein, daß es Tabak auf der Welt gab, und nach Aeneas' Beispiel drehte er sich gemächlich eine Zigarette und entzündete sie. Die beiden kleinen Herren, jeder auf seiner Seite des Tisches, rauchten in Frieden und sahen den blauen Rauchschleiern nach.

»Ja, das war eine gute Geschichte«, sagte Charlie, und, nach einem Weilchen, fügte er hinzu: »Ich werde jetzt nach Hause gehen. Ich glaube, daß ich heute nacht schlafen werde.« Doch als er seine Zigarette zu Ende geraucht hatte, lehnte auch er sich in seinem Stuhl zurück und wurde nachdenklich. »Nein«, sagte er. »Es war keine wirklich gute Geschichte. Aber sie hat etwas, womit sich arbeiten ließe und woraus man eine gute Geschichte machen könnte.«

1942 Amerikanische Ausgabe: *Winter's Tales,* by Isak Dinesen, New York, Random House, 1942, 314 S., Umschlagentwurf Stefan Salter. Inhalt: The Young Man with the Carnation, Sorrow-Acre, The Heroine, The Sailor Boy's Tale, The Pearls, The Invincible Slaveowners, The Dreaming Child, Alkmene, The Fish, Peter and Rosa, A Consolatory Tale.

Die deutsche Ausgabe von 1985 folgt der amerikanischen Ausgabe, sowohl was die Abfolge der Erzählungen als auch die Übersetzung der Titel betrifft.

1942 Dänische Ausgabe: *Winter-Eventyr,* Kopenhagen, Gyldendal, 1942, 332 S., Umschlagentwurf von Paul Saebye.

Inhalt: Skibsdrengens Fortaelling, Den unge Mand med Nelliken, En Historie om en Perle, De standhaftige Slavejerl, Heloise, Det drømmende Barn, Fra det gamle Danmark, Alkmene, Peter og Rosa, Sorg-Agre, En opbyggelig Historie.

1955 Geschichten aus den Bänden *Seven Gothic Tales* und *Winter's Tales* erschienen 1955 bei der Deutschen Verlags-Anstalt unter dem Titel *Die Träumer und andere seltsame Erzählungen,* Stuttgart, Deutsche Verlags-Anstalt 1955, 344 S. Übersetzt von Martin Lang, Rudolf von Scholtz und W. E. Süskind. Umschlagentwurf Albrecht Appelhaus.

Inhalt: Der Falke (Winter's Tales), Der junge Mann mit der Nelke (Winter's Tales), Die Träumer (Seven Gothic Tales), Die Unbesiegbaren (Winter's Tales), Das Traumkind (Winter's Tales), Der Dichter (Seven Gothic Tales).

1958 Unter dem Titel *Kamingeschichten* erschienen 1958 im Rowohlt Verlag eine Auswahl aus den *Winter's Tales.*

Kamingeschichten, Hamburg, Rowohlt 1958, 181 S., Übersetzung von Thyra Dohrenburg, Umschlagentwurf von C. Gröning Jr. und Gisela Pferdmenges.

Inhalt: Die Geschichte einer Perle, Heloise, Aus dem alten Dänemark, Alkmene, Peter und Rosa, Leid-Äcker, Eine erbauliche Geschichte.

Da sich die amerikanische und die dänische Ausgabe sowohl in der Anordnung der Geschichten als auch in deren Titelformulierungen unterscheiden, da zudem einzelne Geschichten in deutschen Ausgaben unter verschiedenen Titeln erschienen sind, folgt hier eine kurze Bibliographie der Einzeltitel:

Der junge Mann mit der Nelke (am.: The Young Man with the Carnation, dän.: Den unge Mand med Nelliken), deutsche Ausgaben: Der junge Mann mit der Nelke, Übersetzung W.E. Süskind, in: *Die Träumer und andere Erzählungen,* DVA, Stuttgart 1955, und in: *Die Ausfahrt,* Hauszeitschrift der Deutschen Verlags-Anstalt, Stuttgart, Herbst 1955, S. 2–3.

Leidacker (am: Sorrow-acre, dän.: Sorg-Acre), deutsche Ausgaben: Leid-Acker, in: *Kamingeschichten,* Rowohlt, Hamburg 1958, und in: *Geschichten und Novellen aus Dänemark und Norwegen. 19. und 20. Jahrhundert,* Freiburg, Herder, 1969, S. 245–290 (Erzähler der Welt). Übersetzung Thyra Dohrenburg.

Die Heldin (am.: The Heroine, dän.: Heloise), deutsche Ausgaben: Heloise, in: *Kamingeschichten,* a.a.O.

Die Geschichte des Schiffsjungen (am.: The Sailor-boy's Tale, dän.: Skibsdrengens Fortaelling), deutsche Ausgaben: Der Falke. Die Geschichte eines Schiffsjungen, in: *Europäische Revue,* XIX, Heft 7–8, Juli-August 1943, S. 256–262, außerdem in: *Die Träumer und andere seltsame Erzählungen,* a.a.O. Übersetzung Rudolf von Scholtz, und in: *Der Zauberspiegel. Phantastische Erzählungen der Weltliteratur,* Ausgew. u. hrsg. von Gunter Groll, Wien, Desch, 1961, S. 510–520.

Die Perlen (am.: The Pearls, dän.: En Historie um en Perle), deutsche Ausgaben: Die Geschichte einer Perle, in: *Kamingeschichten,* a.a.O.

Die unbezwingbaren Sklavenhalter (am.: The Invincible Slave-owners, dän.: De standhaftige Slavajere), deutsche Ausgaben: Die Unbesiegbaren, in: *Die Träumer und andere seltsame Erzählungen,* a.a.O.

Das träumende Kind (am.: The Dreaming Child, dän.: Det drømmende Barn), deutsche Ausgaben: Das Traumkind, übersetzt von Rudolf von Scholtz, in: *Hochland,* IIIL, Nr. 6, August 1955, S. 553–568, außerdem in: *Die Träumer und andere seltsame Erzählungen,* a.a.O.

Alkmene (am.: Alkmene, dän.: Alkmene), deutsche Ausgaben: Alkmene, in: *Kamingeschichten,* a.a.O.

Der Fisch (am.: The Fish, dän.: Fra det gamle Danmark), deutsche Ausgaben: Aus dem alten Dänemark, in: *Kamingeschichten,* a.a.O.

Peter und Rosa (am.: Peter and Rosa, dän.: Peter og Rosa), deutsche Ausgaben: Peter und Rosa, in: *Kamingeschichten,* a.a.O.

Eine tröstliche Geschichte (am.: A Consolatory Tale, dän.: Em opbyggelig Historie), deutsche Ausgaben: Eine erbauliche Geschichte, in: *Kamingeschichten,* a.a.O.

Inhalt

Tania Blixen
Schicksalsanekdoten

Vom Umfang her ausgewachsene Erzählungen, tragen diese fünf Geschichten das Merkmal der Anekdote: Eine pointierte Einzelhandlung erhellt blitzartig das Ganze eines Lebens –

Tania Blixen
Schicksalsanekdoten
Aus dem Englischen übertragen von W. E. Süskind
183 Seiten
Gebunden mit Schutzumschlag

DVA
Deutsche Verlags-Anstalt

B. Traven

Das Totenschiff
Die Geschichte eines amerikanischen Seemanns
rororo Band 126

Die weiße Rose
Roman aus Mexiko.
rororo Band 488

Die Baumwollpflücker
Roman
rororo Band 509

Der Karren
Roman
rororo Band 593

Die Brücke im Dschungel
Roman
rororo Band 764

Der Schatz der Sierra Madre
Roman
rororo Band 5274

rororo

C 146/9